KB059885

파도

The Waves

파도

버지니아 울프

박희진 옮김

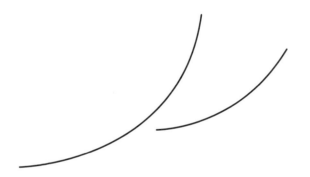

솔

울프 전집을 발간하며

왜 지금 울프인가? 1941년 3월 28일 양쪽 호주머니에 돌을 채워 넣고 우즈 강에 투신 자살한 작가 버지니아 울프의 전집을 이역만 리 한국에서 왜 지금 내놓는가?

20세기 초라면 울프에 대한 모더니스트로서의 위상 정립 작업이 필요했을 수도 있다. 또한 1980년대라면 1970년대 이후 서구에서 활발하게 진행된 페미니즘 논의와 연관시켜 페미니스트로서의 위 치 설정 작업이 필요하다고 할 수도 있다. 울프는 누가 뭐래도 페미 니스트이다. 울프의 페미니즘은 비록 예술이라는 포장지에 곱게 싸 여 있기는 하지만 나름대로 격렬한 것이다. 그럼에도 불구하고 페미 니즘은 절대로 울프 문학의 진수도 아니며, 전부는 더더욱 아니다.

그녀의 문학은 한마디로 말해서 인간주의 문학이다. 사랑을 설파 한 문학, 이타주의利他主義를 가장 소중히 여긴 고전 중의 고전이 그 녀의 문학이다. 모더니즘, 페미니즘, 사회주의와 같은 것들은 그녀 가 목적지를 향해 나아가는 도중에 잠깐씩 들른 간이역에 불과하 다. 궁극적인 목적지는 인본주의라는 정거장이었다. 그동안 그녀 는 모더니즘의 기수라는 훤칠한 한 그루의 나무로, 또는 페미니즘 의 대모代母라는 또 한 그루의 잘생긴 나무로 우리의 관심을 지나치 게 차지하여 우리가 크고도 울창한 숲과 같은 이 작가의 문학 세계 를 제대로 보지 못하는 경향이 없지 않았다. 이제는 바야흐로 이 깊 은 숲을 조망할 때가 온 것으로 믿는다. 지금 우리가 울프를 다시 읽 어야 하는 이유가 여기에 있다.

이 전집이 울프를 바로 이해하는 데 도움이 되고, 나아가 읽는 이 의 정서를 순화하는 데 작은 도움이 되었으면 한다.

울프 전집 간행위원회

차례

    태양은 아직 떠오르지 않았다. 바다는 하늘과 구분이 되지 않았다. 바다에는 마치 헝겊에 주름이 잡힌 듯 약간 접힌 자국이 있을 뿐이었다. 하늘이 희어지자 서서히 수평선 위에 검은 선이 그어지면서 바다와 하늘은 갈라지고, 수면 밑에서 차례로 하나씩 끊임없이 서로를 뒤쫓으며 밀려드는 시커먼 파도로 인해 회색빛 바다에는 줄무늬가 생겨나고 있었다.

    해안에 이르자 파도는 몸을 벌떡 일으켰다가는 곧바로 부서지면서 하얀 포말의 얇은 베일을 모래밭에 드리워놓았다. 파도는 무의식적으로 호흡을 계속하고 있는 잠든 사람처럼, 멈췄는가 싶으면 한숨지으며 다시 숨을 내쉬고 있었다. 검은 수평선은 서서히 그 모양이 선명해지고 있었다, 오래된 포도주 병의 찌꺼기가 가라앉으면 유리병이 선명한 초록빛이 되듯이. 하얀 침전물이 거기 가라앉은 듯 뒤에 있는 하늘의 모습도 선명해졌다, 아니면 수평선 밑에 웅크리고 있는 여인이 램프를 들어올려서 하얀색, 초록색, 그리고 노란색의 희미한 줄무늬가 부챗살처럼 하늘에 뻗쳐 있는 듯도 했다. 그녀는 램프를 더 높이 치켜들었고 대기는 섬유질로 변했다. 그리하여 대기는 모닥불에서 함성을 지르며 튀어나오는 연기 어린 불꽃처럼 빨간 그리고 노란 섬유로 불꽃을 튀기며 타올라 초록 수면에서 떨어져나가는 듯이 보였다. 타오르는 모닥불의 섬유는 서서히 녹아들어 안개가 되어 눈이 부시게 빛나고, 회색 양털과 흡사한 하늘을 머리 위에 들어올려 그것을 옅은 청색의 무수한 원자로 변하게 했다. 검은 줄이 거의 다 없어질 때까지 해면은 서서히 투명해지고 잔물결치며 반짝거리고 있었다. 여인은 램프를 든 팔을 천천히 높이, 더 높이 치켜들어 나중에는 거대한 불꽃이 그 모습을 드러냈다. 수면 위에 얼굴을 내민 태양이 수평선 위에 활 모양을 그리며 이글이글 타올라 바다는 온통 금색으로 번쩍였다.

햇빛은 정원의 나무에 비쳐서 나뭇잎을 하나하나 투명하게 만들어놓았다. 새 한 마리가 높다란 곳에서 재잘댔다. 잠시 잠잠한가 싶더니 또

한 마리가 이번에는 아래쪽에서 지저귀었다. 태양은 그 집 벽들에 정통으로 비쳐 하얀 덧문 위에 부채의 끝자락처럼 머물고 있어서 침실 창문 옆에 있는 나뭇잎 아래 파란 손가락 자국이 생겼다. 덧문은 약간 흔들렸으나 덧문 안에 있는 것들은 모두 희미해서 실제로 존재하는 것처럼 보이질 않았다. 새들은 밖에서 공허한 노래를 불러댔다.

"고리 하나가 내 머리 위에 매달려 있는 게 보여." 버나드는 말했다. "둥그런 빛 속에서 떨며 매달려 있어."

"옅은 황색의 넓고 두툼한 판때기가 보여." 수잔이 말했다. "그게 점점 퍼져나가 보라색 줄과 합쳐져."

"무슨 소리가 들려." 로우다가 말했다. "찍찍 쩩쩩, 소리는 올라갔다가는 내려가네."

"구球가 보여." 네빌이 말했다. "어딘가에 있는 언덕배기의 거대한 옆구리에 작은 물방울처럼 매달려서 대롱거리고 있어."

"금실로 엮어 짠 심홍색 장식 술이 보여." 지니가 말했다.

"발을 구르는 소리가 들려." 루이스가 말했다. "거대한 짐승의 발이 사슬에 묶였어. 그 짐승은 계속 발을 구르고 있어."

"발코니 구석에 저 거미줄 좀 봐." 버나드가 말했다. "그 거미줄 위에 물방울이 맺혀 있네, 하얀빛의 물방울이."

"나뭇잎이 쫑긋 세운 귀처럼 유리창 주위에 모여 있네." 수잔이 말했다.

"오솔길엔 어둠이 내려와 구부린 팔꿈치 같은 모양을 하고 있어." 루이스가 말했다.

"빛의 섬들이 잔디 위에서 부드럽게 움직이고 있어." 로우다가 말했다. "그것들은 나무 사이로 떨어져 내려왔어."

"나뭇잎의 터널에서 새들의 눈이 반짝이고 있어." 네빌이 말했다.

"줄기는 거칠고 짧은 털로 뒤덮여 있고, 그 줄기에 물방울이 붙어 있어." 지니가 말했다.

"애벌레 한 마리가 몸을 잔뜩 움츠려서 초록 고리 모양이 되었는데, 그 안에다 땅딸막한 발로 홈을 내놓았어." 수잔이 말했다.

"회색 껍데기를 뒤집어쓴 달팽이가 오솔길을 가로질러 다가오며 그의 뒤편에 있는 꽃잎들을 뭉개놓네." 로우다가 말했다.

"유리창에서 타오르는 빛이 잔디 위에 번쩍하고 비쳤다가 사라졌다 하네." 루이스가 말했다.

"돌멩이들이 발에 차갑게 느껴진다." 네빌이 말했다. "둥그런 돌, 뾰족한 돌, 하나하나 구별하겠어."

"손등은 화끈거리는데, 손바닥은 이슬에 젖어서 끈적끈적하고 축축해." 지니가 말했다.

"아아, 수탉이 우네." 버나드가 말했다. "하얀 파도 속의 붉고 탁한 경수硬水의 분출과도 같이."

"새들은 우리 주위 어디서나 노래하고 있어." 수잔이 말했다.

"짐승이 발을 구르고, 코끼리는 발이 묶여 있고, 거대한 짐승이 모래밭에서 발을 구르고 있어." 루이스가 말했다.

"저 집 좀 봐, 창이란 창에는 모두 하얀 해가리개를 쳤네." 지니가 말했다.

"설거지 하는 곳 수도꼭지에서 찬물이 나오기 시작해서, 그릇 안에 있는 고등어 위로 흐르네." 로우다가 말했다.

"벽에는 여기저기 금색 균열이 나 있고," 버나드가 말했다. "창

밑에는 손가락 모양의 파란 잎들의 그림자가 드리워 있네."

"저런, 컨스터블 부인이 투박한 검정색 스타킹을 허벅지 위로 끌어올리고 있네." 수잔이 말했다.

"연기가 피어오르자 졸음이 안개와도 같이 지붕 위에서 자취를 감추네." 루이스가 말했다.

"처음에는 새들이 목소리를 모아 노래를 불렀어." 로우다가 말했다. "부엌문이 열리자 새들은 날아간다. 씨앗을 흩뿌려놓은 듯 날아간다. 한데 그 가운데 유독 한 마리가 침실 창가에서 홀로 노래를 부르고 있네." 로우다가 말했다.

"냄비 바닥에 거품이 이네." 지니가 말했다. "그러더니 거품은 점점 더 빨리 부풀어올라 은색 사슬이 되어 꼭대기까지 부풀어오른다."

"하녀 비디가 나무 판때기 위에서 톱니바퀴 모양의 칼로 생선 비늘을 긁어내고 있어." 네빌이 말했다.

"식당의 창이 이제는 검푸른 색으로 변했고," 버나드는 말했다. "대기는 굴뚝 위에서 잔물결을 일으키고 있어."

"제비 한 마리가 피뢰침에 걸터앉아 있어." 수잔이 말했다. "비디가 부엌 바닥에 양동이를 던지자 요란한 소리가 났어."

"교회 종이 울리기 시작해." 루이스가 말했다. "자, 봐, 계속해서 울리지. 하나 둘, 하나 둘, 하나 둘."

"하얀 테이블보가 테이블 주위에서 펄럭거리고 있네." 로우다가 말했다. "하얀 사기그릇이 줄지어 놓여 있고 접시 옆에는 은제 나이프와 포크가 놓여 있어."

"난데없이 벌이 윙윙거리네." 네빌이 말했다. "여긴가 했더니 벌써 날아가 버렸어."

"햇빛을 피해 이 그늘에 들어오니까," 지니는 말했다. "무지하게 더웠다가 오한이 날 정도로 추워."

"모두 다 떠나버렸네," 루이스가 말했다. "나 혼자 남았군. 모두들 아침 먹으러 집 안으로 들어가고 나는 홀로 남아 꽃에 둘러싸여 벽 옆에 서 있어. 수업이 시작되기 전, 대단히 이른 시간이지. 짙은 초록 위에 꽃이란 꽃은 모두 각기 다른 채색을 해놓고 있어. 꽃잎은 울긋불긋한 옷차림을 한 익살꾼. 줄기는 지하의 움푹 팬 곳으로부터 솟아오른다. 꽃들은 빛으로 만들어진 물고기같이 검푸른 물결 위에서 헤엄을 치고 있어. 나는 손으로 줄기를 잡고 있어. 나는 줄기야. 나의 뿌리는 벽돌이 섞인 건조한 흙, 그리고 습한 흙, 납과 은의 광맥을 뚫고 이 세계의 깊숙한 곳까지 뻗어 내려간다. 나는 온통 섬유이다. 모든 미동微動은 나를 흔들어놓고, 흙의 무게가 내 갈비뼈를 짓누른다. 여기서 나의 눈은 아무것도 보지 않는 초록 잎이다. 지상에서의 나는 회색 플란넬 옷을 입고, 놋쇠로 만든 뱀 모양 장식이 달린 허리띠를 매고 있는 소년이다. 하지만 저쪽에서는 나일 강가 사막에 서 있는 석상의 눈꺼풀 없는 눈이 나의 눈이다. 빨간 물통을 들고 강으로 가는 여인네들의 모습이 보인다. 흔들흔들 걸어가는 낙타의 모습, 머리에 터번을 쓰고 있는 남자도 보인다. 쿵쿵거리며 걷는 소리, 진동하는 소리, 분주하게 움직이는 소리가 가까이에서 들린다.

여기서는 버나드, 네빌, 지니와 수잔이(그러나 로우다는 없어)망으로 화단을 훑고 있어. 흔들리는 꽃 머리에서 나비들을 걷어내고 있어. 세계의 표면을 솔질하고 지나가는 거지. 망 안에는 팔딱이는 나비의 날개가 가득 차 있어. '루이스! 루이스! 루이스!' 하고 그들은 외쳐댄다. 하지만 그들은 나를 절대로 보지 못하지. 나는 산울타리 반대편에 있으니까. 나뭇잎 사이에 작은 구멍이 있을 뿐이니까. 오오 하나님, 제발 저들이 그냥 지나가게 해주세요. 저들이 자갈 위에 손수건을 펴고 나비들을 나란히 놓게 해주세요. 저들이 들신선나비, 아틀란타큰멋쟁이나비, 배추흰나비의 수를 헤아리게 해주세요. 그러나 나는 보지 못하게 해주세요. 산울타리 그늘에 있는 나는 주목처럼 초록색이다. 머리칼은 나뭇잎으로 만들어졌고, 뿌리는 지구의 중심부까지 뻗쳐 있다. 나의 몸은 줄기여서 누르면 즙이 한 방울 입가에서 흘러나와 천천히 진하게 점점 더 커진다. 지금 뭔가 분홍색 물건이 나뭇잎 사이의 구멍 앞을 지나간다. 나뭇잎 사이의 틈으로 누군가가 잠깐 들여다보았어. 그 눈에서 뿜어져나오는 빛줄기가 나를 때린다. 나는 회색 플란넬 옷을 입고 있는 소년이다. 그녀에게 발각되었다. 내 목덜미에 무엇인가가 닿았다. 그녀가 키스를 한 것이다. 한순간에 모든 환상이 깨어져버렸다."

"나는 아침을 먹은 후에 달리고 있었지," 지니는 말했다. "산울타리의 갈라진 틈에서 잎들이 흔들리는 것을 보았어. '둥지에 새가 있는 거야'라고 생각했어. 잎을 헤치고 들여다보았지만 둥지 위에는 새가 없었어. 잎들은 계속 흔들리고 있었지. 무서웠어. 나는 달렸어. 수잔을 지나치고 로우다를 지나치고, 연장 창고에서 이야기를 나누고 있는 네빌과 버나드를 지나쳐 달렸어. 점점 더 빨리 달리면서 나는 울부짖었지. 잎들을 흔드는 것은 무엇이었을까? 나를 놀래어 달리게 하는 것은 또 무엇일까? 하고. 그러고는 이곳으로 돌진해 들어왔어. 루이스, 네가 관목처럼 초록색이 되어 나뭇가지처럼 전혀 움직이지 않고 눈을 고정시키고 있는 것을 보고, '죽었나?' 하고 생각하고는 네게 키스를 해보았어. 나의 심장은 분홍 드레스 밑에서 뛰었어, 그것들을 움직이게 하는 것이 아무것도 없는데도 계속 움직이고 있는 나뭇잎들처럼. 제라늄 냄새가 나. 흙 곰팡이 냄새도 나고. 나는 춤을 추며 잔물결을 일으키고

있어. 나는 네 위에 빛 그물처럼 던져져 있어. 네게 던져져서 떨며 누워 있지.'

"산울타리에 나 있는 틈새를 통해 그녀가 그에게 키스하는 걸 보았어." 수잔이 말했다. "화분에서 머리를 들어 산울타리의 틈새를 통해 보았어. 그녀가 그에게 키스하는 걸 보았어. 지니와 루이스가 키스하고 있는 걸 보았어. 이제 나는 나의 괴로움을 손수건으로 싸려 해. 세게 비틀어서 똥그랗게 만들고 말 거야. 수업이 시작되기 전에 나 혼자 너도밤나무 숲으로 갈 거야. 테이블에 앉아서 계산 문제를 풀든가 하고, 지니 옆에도 루이스 옆에도 앉지 않을 거야. 너도밤나무 뿌리 밑에 내 고뇌를 내려놓을 거야. 손가락 사이에 끼고 차근차근 조사해볼 거야. 그들은 나를 찾아내지 못할 거야. 나무 열매를 먹고 가시가 있는 관목을 헤치며 새알을 찾을 거야. 내 머리칼은 당연히 엉켜 있을 것이고 나는 산울타리 밑에서 잠이 들 테고 도랑물을 마시고 거기서 죽겠지."

"수잔이 우리 옆을 지나갔어," 버나드가 말했다. "손수건을 똥그랗게 뭉뚱그려 가지고 연장 창고를 지나갔어. 울고 있지는 않았지만 그토록 아름다운 그녀의 눈이 도약 직전의 고양이 눈처럼 가늘어져 있었어. 네빌, 내가 따라가 봐야겠어. 호기심에 이끌려 살금살금 뒤를 밟아 가까이 가야겠어. 그녀가 분을 터뜨리고 '나는 혼자야'라고 생각하게 될 때 위로해주기 위해.

그녀는 우리를 속이려고 아무렇지도 않다는 듯이 몸을 흔들며 들판을 가로질러 걸어가고 있다. 그러다가 움푹 팬 곳에 다다른다. 그녀는 우리가 자신을 보지 못한다고 생각하고 꼭 움켜쥔 주먹을 내밀고 달리기 시작한다. 뭉뚱그린 손수건을 손톱으로 지긋이 누르고 있다. 그녀는 어두운 너도밤나무 숲을 향해 가고 있다. 숲에 이르자 수영 선수처럼 양팔을 뻗고 어둠 속으로 돌진한다.

하지만 그녀는 빛이 없어지자 아무것도 안 보여 발을 헛딛고 나무 밑 뿌리 근처에 넘어지고 만다. 빛이 숨을 쉬듯이 비쳤다 사라졌다 한다. 나뭇가지가 튀어올랐다 늘어졌다 한다. 여기에는 동요와 고뇌가 가득 차 있다. 우울이 도사리고 있고 빛도 간헐적으로만 비쳤다. 여기에는 고뇌가 서려 있는 것이다. 나무뿌리는 지면에 해골 모양을 만들어놓고 있다, 귀퉁이마다 수북이 쌓인 낙엽으로. 수잔은 그녀의 고뇌를 펼쳐놓았다. 손수건을 너도밤나무 뿌리 위에 올려놓고 아무렇게나 주저앉아 흐느껴 울고 있다."

"그녀가 그에게 키스하는 걸 보았어," 수잔이 말했다. "나뭇잎 사이를 들여다보다가 그녀를 보았어. 지니는 햇빛을 받아 다이아몬드빛으로 얼룩덜룩해져서 가볍게 춤을 추며 들어왔어. 나는 땅딸보잖아, 버나드, 키가 작잖아. 그래도 눈을 지면에 착 갖다 붙이고 풀숲에 있는 곤충은 다 볼 수 있지. 지니가 루이스에게 키스하는 것을 보았을 때 내 옆구리에서 질투의 불길이 돌처럼 단단해졌어. 나는 풀을 뜯어먹고, 낙엽이 썩은, 갈색 웅덩이에 빠져 죽을 거야."

"네가 지나가는 걸 보았어," 버나드가 말했다. "연장 창고 문 앞을 지나가면서 '나는 불행해'라고 울부짖는 소리를 들었어. 나는 칼을 내려놓았어. 네빌과 함께 땔나무로 보트를 만들고 있었지. 나의 머리칼은 엉망이야. 컨스터블 부인이 머리를 빗으라고 했을 때 파리 한 마리가 거미줄에 걸려 있었거든. 그래서 나는 '저 파리를 놓아줄까? 거미가 잡아먹게 그냥 내버려둘까' 하고 생각하고 있었으니까. 그래서 나는 항상 뒤처지게 되지. 머리는 안 빗고 나무 조각들은 머리칼에 붙어 있고. 네가 울부짖는 소리를 듣고는 너를 따라갔어. 손수건을 똥그랗게 뭉쳐서 분노도 미움도 그 안에 쑤셔박아 넣고는 그 손수건을 내려놓는 걸 보았어. 하지만 곧 괜찮아질 거야. 우리 몸이 지금은 이렇듯 가까이 있어. 너는 내 숨소리까지 듣고 있지. 딱정벌레가 잔등이에 나뭇잎 하나를 실어 나르고 있는 것도 보고 있어. 이 딱정벌레가 이리저리 달리고 있어서 네가 그 놈을 지켜보고 있는 동안에는 하나를 소유하려는 욕망(지금은 루이스인데)조차 너도밤나무 잎의 안팎을 넘나드는 빛과 같이 흔들리지 않을 수 없어. 그러고 나서는 단어들이 너의 마음 깊은 곳에서 음울하게 움직이면서 네 손수건 안에 박힌 가혹의 매듭을 풀어줄 거야."

"나는 사랑해," 수잔이 말했다. "그리고 미워해. 나는 원하는 게 하나밖에 없어. 내 눈의 표정은 딱딱한데 지니의 눈은 무수한 빛으로 부서져. 로우다의 눈은 저녁나절이면 나방이들이 찾아오는 창백한 꽃 같아. 네 눈은 가장자리까지 가득 차서 부서지는 일이 없지. 그러나 나는 이미 추격하기 시작했어. 풀밭에 있는 곤충들이 보여. 어머니는 지금도 내 하얀 양말을 짜고, 앞치마의 가장자리를 공그르고 계셔. 그러니 나는 어린데도 벌써 사랑도 하고 미워하기도 해."

"하지만 우리가 바싹 붙어앉으면," 버나드가 말했다. "언어의 힘으로 하나로 녹아들어. 안개가 우리를 감싸고, 우리는 환상의 나라를 만들어내지."

"딱정벌레다," 수잔이 말했다. "까만색으로도, 초록색으로도 보이네. 나는 지극히 단순한 표현밖에 할 수가 없어. 그러나 너는 이 구속에서 벗어나지. 너는 슬쩍 빠져나가지. 다양한 문장으로 표현하면서 높이높이 올라가지."

"자," 버나드가 말했다. "탐험하자. 나무 사이에 하얀 집이 보여. 저 집은 저만치 아래쪽에 있어. 우리는 발끝으로 걸으며 헤엄치는 사람처럼 가라앉아버릴 거야. 수잔, 우리는 나뭇잎의 초록 대기를 빠져나가 가라앉아. 달리면서 가라앉아. 파도가 우리를 뒤덮고 너도밤나무 잎이 우리 머리 위에서 만나지. 마구간 시계의 도금된 바늘이 반짝이고 있어. 저것이 거대한 저택 지붕의 납작한 부분과 치솟은 부분이야. 마구간 소년이 고무장화를 신고 덜그럭거리며 걷고 있어. 저기가 엘브든이야.

자, 우리는 이제 나무꼭대기에서 지면으로 내려왔어. 대기는 이제 더 이상 머리 위에서 기다랗고 음울하고 보랏빛인 파도를 우리 위로 밀어보내지 않아. 우리는 땅을 밟으며 걷고 있어. 저건 귀부인들 정원의 짧게 깎은 산울타리지. 그들은 정오에 가위를 가지고 장미를 자르며 거닐어. 이제 우리는 벽이 둘러쳐진 숲속에 왔네. 여기가 바로 엘브든이야. 십자로에서 한 쪽 팔로 '엘브든으로'라고 가리키고 있는 표지판을 보았어. 여기에 와본 사람은 아무도 없어. 고비 냄새가 코를 찌르고, 그 밑에는 붉은 곰팡이가 자라고 있어. 이제 우리는 인간 같은 건 본 적도 없는, 잠자고 있는 갈까마귀들을 깨워놓았어. 이제 우리는 오래돼서 붉은색으로 변하고 미끈거리는 썩은 오미자 열매 위를 걷고 있어. 둥근 담이 숲을 에워싸고 있어. 이곳에는 아무도 오지 않아. 가만히 들어봐! 저건 거대한 두꺼비가 덤불에 털썩 떨어지는 소리야. 저건 어떤 원시의 전나무 열매가 떨어지는 소리야. 결국은 고비 사이에서 썩겠지.

이 벽돌을 밟아. 담 너머를 봐. 저게 엘브든이야. 두 개의 기다란 창 사이에 여인이 앉아서 글을 쓰고 있어. 정원사들은 거대한 빗자루로 뜰을 쓸고 있어. 우리가 이곳에 제일 먼저 왔어. 미지의 땅을 발견한 거지. 꼼짝도 하지 마. 정원사들이 우리를 보면 총을 쏠 테니까. 그러면 우리는 담비처럼 헛간 문에 못 박힐 테니까. 자! 움직이지 마. 벽 꼭대기에 있는 고비들을 꽉 움켜잡아."

"여인이 글을 쓰며 앉아 있어. 정원사들은 청소를 하고 있고." 수잔은 말했다. "우리가 여기서 죽는다 해도 우리를 묻어줄 사람이 아무도 없어."

"도망쳐!" 버나드가 말했다. "도망치란 말이야! 검은 수염이 난 정원사한테 들켜버렸어! 우리에게 총을 쏠 거야! 우리는 어치처럼 총에 맞아 벽에 붙여질 거야! 우리는 적국에 와 있어. 너도밤나무 숲으로 도망가야 해. 나무 밑에 숨어야 해. 우리가 여기 올 때 작은 나뭇가지를 제쳐보았어. 비밀 통로가 있어. 될 수 있는 대로 납작 엎드려. 뒤돌아보지 말고 따라와. 우리가 여우라고 생각할 거야. 달려!

이젠 됐어. 다시 허리를 펴고 서도 돼. 이젠 이 거대한 숲속에서, 무성하게 자란 이 나무들 가운데서 양팔을 뻗어도 돼. 아무 소리도 안 들려. 저건 공기가 소곤대는 소리일 뿐이야. 또 저건 비둘기가 너도밤나무 꼭대기에서 날아오르는 소리. 비둘기는 대기를 때리지, 나무처럼 단단한 날개로 대기를 때리고 있어."

"이제 너는 떠나가는구나," 수잔이 말했다. "글을 지으면서. 몇 겹의 나뭇잎 사이로 풍선의 끈처럼 높이, 더 높이, 잡을 수 없게 너는 올라가 버리는구나. 그런가 했더니 꾸물대며 내 치맛자락을 잡아당기면서 뒤를 돌아다보고는 글을 짓는다. 아, 가버렸네. 여기는 정원. 저건 산울타리. 길에서 로우다가 갈색 수반에 꽃잎을 띄우고 이리저리 흔들고 있어."

"내 배는 모두 다 하얘." 로우다가 말했다. "접시꽃이나 제라늄의 빨간 꽃잎은 필요 없어. 수반을 기울이면 떠오르는 하얀 꽃잎이 좋아. 해안에서 해안으로 무리를 지어 배가 달리고 있어. 작은 가지를 떨어뜨려 익사하는 선원을 구조하는 부대浮袋로 삼아야지. 작은 돌을 넣으면 바다의 밑바닥에서부터 거품이 일겠지. 네빌은 가버렸고 수잔도 가버렸다. 지니는 어쩌면 루이스와 함께 야채 밭에서 커런트를 따고 있는지도 몰라. 잠시 나는 혼자야. 허드슨 선생님이 교실 책상 위에 습자 교본을 펴놓는 사이에 잠깐의 자유 시간을 갖게 된 거지. 떨어진 꽃잎을 모두 주워 물에 띄웠어. 몇 개에는 빗방울을 떨어뜨렸어. 여기에는 스위트 앨리스 꽃잎으로 등대를 세우고. 갈색 수반을 이리저리 흔들어서 내 배가 파도를 타게 해야지. 몇 척은 침몰하고 또 몇 척은 절벽에 부딪혀서 박살이 나겠지. 한 척만 달리고 있네. 저건 내 배야. 내 배는 흰곰이 울어대고 종유석이 초록색 얼음 고리를 흔드는 얼음 동굴로 들어가. 파도는 높게 일고 파도의 꼭대기는 소용돌이치고 있어. 돛대 위의 불빛 좀 봐. 모두 흩어지고 가라앉아버렸어. 내 배만 빼고. 내 배는 파도를 타고 돌풍을 받으며 앞으로 나아가 섬에 다다랐어. 거기서는 앵무새가 지저귀고 담쟁이덩굴이……"

"버나드는 어디 있지?" 네빌이 말했다. "걔가 내 칼을 가지고 있는데. 우리가 연장 창고에서 보트를 만들고 있는데 수잔이 문앞을 지나갔어. 그랬더니 버나드가 보트를 떨어뜨리고 내 칼을 쥔 채 그녀를 따라갔어. 용골龍骨도 자를 수 있는 예리한 내 칼을 쥔 채. 그는 대롱대롱 매달려 있는 전선, 끊임없이 울리는 망가진 초인종 줄 같아, 창밖에 걸려 있는 해초같이 젖었나 하면 곧바로 마르는. 그는 나를 궁지에 버려두고 수잔을 따라가고 있어. 수잔이 울면 내 칼을 든 채로 그녀에게 이야기를 해줘. 커다란 칼날은 황제이고 깨어진 칼날은 흑인이지. 대롱대롱 매달려 있는 건 싫어, 축축한 것도 싫고. 별 목적 없이 돌아다니며, 이것저것 섞는 것도 싫어. 종이 치네. 늦겠다. 이젠 장난감들을 놓아두고 모두 들어가야 해. 초록색 모직 천을 펴놓은 테이블 위에 습자 교본이 나란히 놓여 있어."

"버나드가 끝낼 때까지는 이 동사를 활용시키지 않을 거야." 루이스가 말했다. "우리 아버지는 브리스베인[1]의 은행가야. 그래서 나는 호주 억양을 써. 기다렸다가 버나드가 하는 대로 해야지. 그는 영국에서 자랐으니까. 실은 모두 영국에서 자랐지. 수잔의 아버지는 목사님이고, 로우다는 아버지가 안 계셔. 버나드와 네빌도 신사의 자손이고. 지니는 할머니와 함께 런던에 살고 있지. 모두 펜을 빨고 있어. 습자 교본을 뒤틀기도 하고 허드슨 선생님을 곁눈질해 바라보며 웃옷에 달린 보라색 단추를 세어보기도 해. 버나드의 머리칼에는 대팻밥이 붙어 있고, 수잔의 눈에는 운 흔적이 남아 있어. 둘 다 얼굴이 상기되어 있어. 하지만 나는 창백해. 용모는 단정하고. 반바지는 놋쇠로 만든 뱀 장식이 달린 허리띠로 조여 매고 있어. 나는 이 과課를 줄줄 외우고 있지. 모두가 지금부터 배울 것보다 훨씬 더 많은 것을 이미 알고 있어. 격 변화, 성 변화를 환히 다 알아. 마음만 먹으면 이 세상의 지식은 모두 가질 수 있어. 하지만 일등을 해서 이 과를 낭송하기는 싫어. 나의 뿌리는 화분 속의 뿌리털처럼 세계를 에워싸고 있어. 일등을 해서 똑딱똑딱 시간을 알리는 노란 얼굴을 한 거대한 시계에 인도되어 살고 싶지는 않아. 지니와 수잔, 버나드와 네빌은 똘똘 뭉쳐서 나를 때린다. 그들은 내가 단정하다고 비웃고 호주 억양을 쓴다고 놀린다. 자, 이제 나는 버나드가 혀 짧은 소리로 라틴어 발음하는 것을 그대로 따르려고 애를 써볼 거야."

"저건 하얀 언어[2]야," 수잔이 말했다. "바닷가에서 줍는 돌멩이 같은."

"발음을 하면 어미가 오른쪽으로, 왼쪽으로 튀어." 버나드가 말

---

1   호주 동부의 항구.
2   라틴어.

했다. "꼬리를 흔들어, 획 흔들어. 그들은 대기 가운데서 떼를 지어 여기저기 돌아다녀. 일제히 움직이다가 흩어졌다가 다시 모이지."

"저건 노란 단어들이야, 불 같은 단어들." 지니가 말했다. "나는 불 같은 드레스가 좋아. 저녁에 입을 노란 드레스, 황갈색의 드레스가."

"시제時制마다 의미가 변해." 네빌이 말했다. "이 세상에는 질서가, 구별과 차이가 존재해. 나는 세계의 가장자리를 걷고 있어. 시작에 불과하니까."

"허드슨 선생님이 책장을 덮었어." 로우다가 말했다. "바야흐로 공포 분위기가 조성되기 시작해. 분필을 들어 칠판에다 6, 7, 8 숫자를 쓰고 그다음에는 십자 기호를, 그러고는 선 하나를 긋는다. 답이 뭐지? 모두 보고 있다. 안다는 표정으로 보고 있다. 루이스가 답을 쓴다. 수잔도 쓴다. 네빌도 쓰고 지니도 쓴다. 심지어 버나드도 이제는 쓰기 시작했다. 하지만 나는 쓸 수가 없다. 내게는 그저 숫자가 눈에 들어올 따름이다. 다른 학생들은 하나씩 하나씩 답안지를 제출하고 있다. 내 차례가 되었지만 나는 아직도 답을 내지 못하고 있다. 모두 가도 된다는 허락을 받았다. 그들은 문을 탕 닫고 나간다. 허드슨 선생님도 간다. 나만 홀로 남아 답을 찾지 않으면 안 된다. 지금 숫자는 아무 의미도 없다. 의미는 사라졌다. 시계가 똑딱거린다. 두 개의 바늘은 사막을 헤치고 행군해 나가는 호위자들이다. 문자판의 검은 막대기들은 오아시스. 긴 바늘이 앞서 나가서 물을 찾았고 짧은 바늘은 사막의 뜨거운 돌멩이 사이에서 고통스럽게 넘어지며 걷는다. 사막에서 죽을 것이다. 부엌문이 쾅 하고 닫힌다. 들개가 저 멀리서 짖는다. 봐라, 숫자의 고리에 시간이 가득 차기 시작해. 고리 안에 세상이 담겨 있어. 내가 숫자를 쓰기 시작하니까 그 고리 안에 세계가 들어가고 나 자신은 그 고리 밖에 있어. 이제 나는 그것을 잘 맞춰 봉하고 완전하게 만든다. 세계는 완전하지만 나는 그 안에 들어가지 못하고 '오오, 구해주세요, 시간의 고리 밖으로 영원히 쫓겨나 있는 나를!' 하고 울부짖는다."

"로우다는 앉아서 칠판을 뚫어져라 바라보고 있어." 루이스가 말했다. "우리는 어슬렁어슬렁 교실에서 걸어나가 버나드의 이야기를 들으며 여기서는 타임[3] 조금, 저기서는 개사철쑥 한 잎을 딴다. 그녀의 양쪽 어깨뼈가 작은 나비의 날개처럼 잔등이에서 만난다. 분필로 쓴 숫자를 응시하면서 마음은 하얀 고리 안에 머문다. 하얀 고리를 통해 허무 속으로 홀로 발을 내디딘다. 그녀에게 숫자는 아무 의미가 없다. 답도 모른다. 다른 사람과 같은 육체도 갖고 있지 않다. 나는, 호주 억양을 쓰고 브리스베인 은행가인 아버지를 둔 나는 다른 아이들보다는 그녀를 덜 무서워한다."

"기어가자," 버나드가 말했다. "커런트 잎사귀 지붕 밑으로. 그리고 이야기하자. 지하계에서 살아보자. 우리만의 은밀한 영토를 소유해보자. 이 땅에는 촛대처럼 매달려 있는 나뭇가지 모양의 커런트가 한쪽은 붉게 다른 한쪽은 검게 비춰주고 있어. 여기에서, 지니, 우리가 바싹 붙어 엎드리면 커런트 지붕 밑에 앉아서 향로들이 흔들리는 것을 지켜볼 수 있어. 이게 우리 세계야. 다른 애들은 마차 길을 걸어 내려가고 있어. 허드슨 선생님과 커리 선생님의 치마가 촛불 끄는 기구처럼 휙 하고 지나간다. 저건 수잔의 하얀 양말이고, 또 저건 자갈을 꼭꼭 밟는 루이스의 단정한 즈크화[4]야. 썩어가는 이파리와 부패하는 식물의 더운 질풍이 불어오네. 지금 우리는 늪지에 와 있어. 말라리아 정글 안에 있어. 눈에

---

3 백리향속의 식물.
4 모래밭을 걸을 때 신는 신발.

화살을 맞고 죽은 코끼리에 구더기가 하얗게 끼어 있어. 깡충깡충 뛰는 새—독수리—들의 번쩍이는 눈이 또렷이 보인다. 독수리들은 우리를 넘어진 나무라고 생각하고 벌레를 쪼아대고는—실제로는 두건을 쓰고 있는 것 같은 코브라를 쪼아놓고는—화농하는 갈색 상흔을 남긴 채 떠나간다. 그러면 사자들이 와서 그 상처를 난폭하게 다룬다. 이게 우리의 세계이다. 초승달과 별빛으로 밝혀지고 반투명의 거대한 꽃잎들이 보라색 창문처럼 틈새들을 막고 있다. 모든 것이 이상하다. 사물은 거대하면서 동시에 작다. 꽃의 줄기는 참나무만큼이나 두껍다. 나뭇잎들은 거대한 사원의 둥근 지붕처럼 높다랗다. 우리는 여기 누워서 숲을 떨게 만들 수 있는 거인들이다."

"바로 이곳, 그리고 현재가 중요해." 지니가 말했다. "그러나 우리는 곧 떠나게 되겠지. 조금 있으면 커리 선생님이 호루라기를 불 거야. 우리는 걸어가서 헤어지겠지. 너는 학교에 들어갈 거야. 너의 선생님들은 하얀 타이를 매고 십자가를 목에 걸고 있을 거야. 나는 동해안의 학교에서 앨리그젠더러 여왕[5]의 초상화 밑에 앉아 있는 여선생님에게 배우게 될 거야. 수잔과 로우다와 나는 이 학교에 가게 될 거야. 이렇게 할 수 있는 곳은 여기뿐 그리고 바로 지금뿐이지. 지금 우리는 커런트 덤불 밑에 누워 있어. 미풍이 불어올 때마다 온통 얼룩덜룩해져. 내 손은 뱀 껍질 같아. 내 무릎은 부유하는 분홍빛 섬. 네 얼굴은 그물을 뒤집어쓴 사과나무 같아."

"정글에서 더위가 떠나가네." 버나드가 말했다. "잎들이 머리 위에서 검은 날개를 퍼덕이네. 커리 선생님이 테라스에서 호루라기를 불었다. 커런트 잎사귀로 된 차양에서 기어나와 똑바로 서

5 1844~1925, 덴마크의 공주. 1863년 당시 영국의 황태자 에드워드 7세와 결혼.

야 해. 지니, 네 머리칼에 잔가지들이 붙어 있어. 목에는 초록색 유충이 달라붙어 있고. 우리는 두 명씩 줄을 맞춰 서야 해. 커리 선생님이 우리보고 활보하라고 하고, 선생님은 책상에 앉아서 계산을 하고 있어."

"재미없어," 지니가 말했다. "바라다볼 창도 없는 대로를 걷다니. 보도에 불거져나온 파란 유리의 흐릿한 눈을 볼 수 없다니."

"둘씩 짝을 지어 질서 정연하게 걸어야 해," 수잔이 말했다. "발을 질질 끌어서도 안 되고 꾸물대서도 안 돼. 루이스를 선두에 세우고, 그는 민첩하며 몽상가가 아니니까."

"나는 지나치게 약해서," 네빌이 말했다. "그들과 같이 갈 수 없는 것으로 되어 있어서, 너무 쉽게 지치고, 그러고 나서는 앓기 때문에 홀로 있는 이 시간을 활용할 거야. 말을 안 해도 되는 이 유예 기간을 이용해 집 주변을 돌아보고, 할 수만 있다면 층계참 위로 반쯤 올라가 어젯밤에 같은 층계에 서서 느꼈던 감정을 되살려보자. 어젯밤 요리사가 난로의 통풍 조절관을 밀어넣었다 뺐다 하고 있을 때, 안팎으로 열리는 회전문 너머로 그 죽은 사람에 관한 이야기를 들었을 때의 그 느낌을. 사체는 목이 잘려 있었어. 사과나무 잎은 하늘에 고정되어 움직이지 않았고, 달은 눈이 부시게 빛났으며, 나는 발자국을 떼어 계단을 오를 수가 없었지. 사체는 시궁창에서 발견되었어. 피가 시궁창 아래로 콸콸 흘러 내려갔어. 사체의 뺨은 죽은 대구처럼 하얬어. 이 긴장, 이 경직을 영원히 '사과나무 사이의 죽음'이라고 부르게 될 거야. 옅은 회색 구름이 흐르고, 달래기 힘든 나무, 딱딱한 은빛 껍질에 싸인 집념이 강한 나무가 있었어. 내 생명의 잔물결은 아무 소용이 없었어. 나는 지나갈 수가 없었어. 장애물이 있었어. 나는 '이 알 수 없는 장애물을 도저히 뛰어넘을 수 없어'라고 말했지. 그런데 다른 애들은 지나갔어. 하지만 우리 모두는 사과나무의, 도저히 지나갈 수 없는 집념 강한 나무의 저주를 받았어.

이제 드디어 긴장과 경직이 풀렸어. 나는 오후 느지막해서 해가 질 무렵 집 주위를 계속 둘러볼 테야, 태양이 마루의 리놀륨 여기저기에 번쩍이는 반점을 만들고, 새어 들어온 햇빛이 벽에 부딪혀 굴절해서 의자 다리가 부러진 것처럼 보이게 할 때에."

"하녀 플로리를 텃밭에서 보았어." 수잔이 말했다. "산책하고 돌아오다 보니까 그녀는 바람에 날리는 빨랫감을 안고 있었어. 파자마, 속옷, 팽팽하게 당겨질 정도로 부풀어 오른 잠옷들을. 그리고 하인 어니스트가 그녀에게 키스했어. 그는 초록색 모직 앞치마를 두르고 은그릇을 닦고 있었어. 그의 입은 지갑처럼 오므라져서 주름이 잡혔고 그녀를 잡으니까 두 사람 사이에는 파자마가 하나 가득 부풀어 올랐지. 그는 황소처럼 막무가내였고 그녀는 괴로워서 정신을 잃은 상태였어. 창백한 볼에는 작은 혈관만이 붉은 줄을 긋고 있었어. 이제 그들이 티타임에 버터 바른 빵 접시와 우유 컵을 패스하고 있지만 내 눈에는 대지의 틈과 뿜어오르는 뜨거운 증기가 보인다. 어니스트가 고함을 치면 항아리도 함성을 지르고 나는 부드러운 버터 바른 빵을 먹고 단 우유를 핥아먹는 동안에도 파자마처럼 세차게 바람에 날린다. 더위도, 얼어붙는 겨울도 무섭지 않아. 로우다는 우유에 담근 빵 껍질을 빨면서 꿈을 꾸고 있어. 루이스는 달팽이 같은 초록 눈으로 맞은편 벽을 바라보고 있어. 버나드는 빵을 뭉쳐 작은 알약 모양으로 만들어서 그것들을 '사람들'이라고 부른다. 네빌은 깔끔하고 단호하게 차 마시는 일을 끝냈다. 냅킨을 돌돌 말아 은제 고리 속으로 밀어넣었어. 지니는 테이블보 위에서 손가락을 뱅글뱅글 돌리고 있어. 마치 손가락들이 햇빛을 받으며 한 끝으로 급선회하면서 춤을 추고 있기라도 하듯이. 하지만 나는 더위도 얼어붙는 겨울도 두렵지 않아."

"자, 우린 모두 일어난다." 루이스가 말했다. "기립한다. 커리 선생님이 풍금 위에 표지가 검은 책을 활짝 펼쳐놓는다. 우리가 우리 자신을 어린아이라고 부르면서, 자는 동안에도 우리를 지켜달라고 하나님께 기도 드리며 노래 부를 때 눈물 흘리지 않을 수 없어. 슬프고 걱정이 되어 떨릴 때 다 같이 노래 부르면 기분이 좋아. 나는 수잔에게 수잔은 버나드에게 조금 기대면서 손을 잡고 마음속으로는 많이 두려워하면서, 나는 억양을, 로우다는 숫자를, 그러나 극복할 의지는 강한 상태에서."

"우리는 조랑말처럼 이층으로 떼를 지어 올라간다," 버나드가 말했다. "일렬로 발을 구르고 재잘대면서 차례로 목욕탕을 쓰려고. 우리는 주먹으로 싸우고 격투를 벌이고 단단하고 하얀 침대 위에서 솟구쳐올랐다 내려갔다 한다. 내 차례가 돌아왔다. 자, 가자.

컨스터블 부인은 목욕 수건을 몸에 두르고 레몬색 스펀지를 집어들어 물에 적신다. 스펀지는 초콜릿빛이 되어 물기를 뚝뚝 떨어뜨린다. 그것을 높다랗게 치켜들고 그녀 밑에서 덜덜 떨고 있는 내 머리 위에 대고 쥐어짠다. 내 등뼈를 타고 물이 쏟아져내린다. 예민한 감각의 화살이 양 옆구리를 달린다. 전신이 따뜻해지고 말라 있던 부분도 촉촉해졌다. 차가운 몸은 더워졌으며, 물을 끼얹으며 씻어서 반짝이고 있다. 물은 흘러내려 뱀장어처럼 나를 감싼다. 이제는 뜨거운 수건이 전신을 감싸고 잔등이를 문지르니까 성긴 올이 내 피를 용솟음치게 한다. 풍요롭고 묵직한 감각이 나의 마음의 지붕에 생긴다. 하루가 쏟아져내린다 ─ 숲이, 엘브든이, 수잔과 비둘기가. 하루의 이미지들이 내 마음의 벽을 타고 철철 흘러내렸다. 마치 굵고 찬란한 소나기와도 같이. 이제 나는 파자마 끈을 허리에 느슨하게 매고 이 얇은 홑이불을 덮고 누워 있다, 파도에 의해 내 머리 위에 펼쳐진 물의 피막처럼 연한 햇빛 속에서 부유하며. 햇빛을 통해 저 멀리서 희미하게 합창이 시작되는 소리를 듣는다. 차바퀴 소리, 개 짖는 소리, 사람들의 고함 소리, 교회 종소리, 합창이 시작되는 소리가 들려온다.”

“양복과 슈미즈를 개면서 수잔이 되고 싶다든가, 지니가 되고 싶다든가 하는 헛된 희망을 버린다.” 로우다가 말했다. “그러나 나는 침대 끝 부분에 있는 가로대까지 발가락을 뻗어보려 한다. 가로대를 건드리면서 무언가 단단한 것이 있다는 사실을 확인하고 싶은 거야. 지금 가라앉을 수는 없어. 얇은 시트에서 추락해버릴 수는 없어. 이 연약한 매트리스 위에 몸을 눕히고 매달려 있어본다. 봐라, 공중에 떠 있잖아. 나는 더 이상 오뚝하니 서 있지 않으니까 누군가가 나를 때려 상처를 입힐 수가 없어. 모든 게 보드랍고 굽어 있어. 벽이나 찬장이 흰색이 되고 노란 사각형을 구부러트리는데 그 위에 창백한 유리가 반짝이고 있다. 몸에서부터 마음이 쏟아져나올 수 있어. 나의 함대가 높은 파도를 타고 달리는 상상을 할 수 있어. 격돌이나 충돌 사고에서 면제되었어. 하얀 절벽 아래를 나는 혼자 항해해. 아아, 하지만 나는 결국 가라앉아, 나는 추락해! 저건 찬장의 귀퉁이이고, 또 저건 육아실 거울이지. 그러나 그것들은 뻗어나가고 길어져. 잠의 검은 깃털 위에 가라앉으니 그 두꺼운 날개가 내 눈을 누른다. 어둠 속을 걸어가노라니 한쪽에는 화단이 펼쳐져 있고 컨스터블 부인은 팜파스그라스 모퉁이 뒤에서 달려나와 나의 아주머니가 마차를 타고 나를 데리러 왔다고 일러준다. 나는 올라가고, 도망가고, 뒤꿈치에 용수철이 달린 장화를 신고 나무 꼭대기를 넘어 몸을 일으킨다. 그러나 현관 입구에 있는 마차 속으로 떨어졌다. 마차 안에는 아주머니가 유리처럼 반짝이는 대리석같이 단단한 눈으로, 노란 깃털 장식을 흔들며 앉아 있다. 아아, 꿈에서 깨어났으면! 저런, 저기 서랍장이 있네. 이 물에서 나가자. 그러나 파도가 내게 몰려와 그들의 거대한 어깨 사이로 나를 휩쓸어간다. 나는 돌려세워지고, 첨벙 빠지고, 이 긴 빛들, 이 긴 파도들, 이 끝없는 길 사이에서 잡아늘여진다, 뒤에서 사람들이 끊임없이 추격해오는 상태에서."

태양은 한층 더 높이 떠올랐다. 푸른 파도, 초록 파도가 해안에 재빨리 부채 모양으로 펼쳐져서 씨-할리[1]의 가시를 에워싸고 모래 위 이곳저곳에 빛의 웅덩이를 만들어놓았다. 파도 뒤에는 옅은 검정 테가 남았다. 뿌옇고 부드럽던 바위들이 단단해졌고 붉은 균열을 드러냈다.

풀잎에는 선명한 줄무늬 그림자가 그어졌고, 꽃과 잎 가장자리에 붙어 춤을 추는 이슬이 정원을 온전한 하나가 되지 못한, 낱개의 불꽃 모자이크 그림과 흡사하게 만들어놓았다. 가슴이 노란 새 그리고 가슴이 붉은 새들이 이제 한두 곡조를 같이 노래했는데, 그들은 마치 팔짱을 끼고 까불어대는 스케이터들처럼 격렬하게 노래하더니 갑자기 흩어지면서 조용해졌다.

태양은 그 집 위에 한층 더 넓게 비쳤다. 햇빛은 창 모퉁이에 있는 초록색 물건에 비쳐서 그것을 한 덩어리의 에메랄드, 씨 없는 파일 같은 순초록의 동굴로 만들어놓았다. 햇빛은 의자나 테이블 가장자리의 윤곽을

---

1 미나리과 에린기움 속의 다년초.

또렷하게 만들었고, 하얀 테이블보에 가느다란 금 철사로 바느질해놓았다. 햇빛이 더 강해지자 여기저기서 꽃봉오리가 터져 꽃을 피워냈다. 마치 피어나려는 안간힘이 그들을 들썩이게 한 것처럼 초록 줄기의 그 꽃들은 떨고 있었다, 그들의 연약한 방울 종의 추錘가 약하게 울리는 종소리를 내면서 하얀 벽을 때릴 때에. 모든 것은 서서히 형태가 사라졌다, 마치 사기 접시가 액체가 되고 강철 나이프도 녹아버리듯이. 그러는 동안에 파도는 넘어진 통나무처럼 해안에 둔탁한 소리를 내며 부서졌다.

"자, 이제 바야흐로 때가 됐어." 버나드가 말했다. "그날이 왔어. 현관에 택시가 와 있어. 조지는 나의 거대한 여행 가방에 눌려 안 짱다리를 더 넓게 구부린다. 끔찍한 의식은 끝났다. 팁도 주고 현관에서 작별 인사도 하고. 이제는 어머니와의 목이 메는 이별 의식 그리고 아버지와 악수하는 의식을 치를 차례다. 이제 나는 모퉁이를 다 돌 때까지 계속 손을 흔들어야만 한다. 이제 이 의식은 끝났다. 다행하게도 모든 의식은 끝났다. 나는 혼자다. 처음으로 학교에 가는 것이다.

모두가 바로 이 순간만을 위해 일들을 하고 있는 것처럼 보인다. 다시는 안 한다. 결코 두 번 다시는. 이 긴박감은 생각만 해도 끔찍하다. 내가 입학한 사실을, 난생 처음 학교에 간다는 사실을 누구나 알고 있어. '쟤가 처음으로 학교에 가는 거야,' 계단을 청소하면서 하녀가 말한다. 울면 안 돼. 아무렇지도 않다는 듯이 모두를 바라봐야 해. 끔찍한 기차역 입구가 거대하게 입을 벌리고 있어. '달을 닮은 둥근 얼굴의 시계가 나를 바라본다.' 나는 글을 짓고 또 지어서 나 자신과 하녀들의 날카로운 시선, 시계의 시선,

노려보는 얼굴들, 냉담한 얼굴들과 나 사이에 단단한 물건을 끼워넣어야 한다. 아니면 나는 울어버리고 말 것이다. 매표소 옆에 가방을 들고 긴 코트를 입고 루이스, 네빌이 서 있네. 둘 다 침착하다. 그러나 오늘따라 그들은 달라 보인다."

"버나드가 왔네," 루이스는 말했다. "그는 침착하고 편안해. 걸으면서 가방을 흔들어. 버나드를 따라가야지. 이 녀석은 겁을 먹지 않으니까. 우리는 매표소를 거쳐 플랫폼으로 끌려 들어가듯 들어갔어, 마치 시냇물이 작은 나뭇가지와 지푸라기를 교각 주위로 끌어가듯이. 목은 없고 잔등이와 넓적다리뿐인, 막강한 암녹색의 기관차가 증기를 내뿜고 있어. 차장이 호루라기를 분다. 깃발을 내린다. 저절로, 힘들이지 않고, 마치 조금만 밀어도 내려가기 시작하는 눈사태처럼 우리는 앞으로 걸어가기 시작한다. 버나드는 깔개를 펴고 공기놀이[2]를 시작한다. 네빌은 책을 읽는다. 런던은 무너진다. 런던은 한숨을 내쉬고는 격렬하게 움직인다. 굴뚝과 탑으로 꽉 차 있다. 저기에는 하얀 교회가, 저기 첨탑 사이에는 돛대가 하나 보인다. 저건 운하다. 또 이건 아스팔트 보도가 있는 달리기용 광장인데 지금은 사람들이 걸어다니고 있으니 이상도 하지. 지붕이 빨간 집들이 언덕에 줄지어 서 있다. 한 남자가 개를 데리고 다리를 건너간다. 빨간 옷을 입은 소년이 꿩을 향해 총을 쏘기 시작한다. 파란 옷을 입은 소년은 그를 옆으로 밀어낸다. '우리 아저씨는 영국에서 제일가는 사수야. 내 사촌은 여우 사냥 동우회의 간사다.' 자랑이 시작된다. 그런데 나는 자랑을 할 수가 없다. 아버지는 브리스베인의 은행가이고 나는 호주 억양을 쓰니까."

"이 소란 후에, 이 모든 난투와 소요 후에 우리는 도착했다." 네

2 양의 발꿈치 뼈로 만든 공기.

빌은 말했다. "이 순간이야말로 — 실로 엄숙하기 이를 데 없는 순간이야. 나는 들어간다, 정해진 방으로 들어가는 귀족처럼. 저건 이 학교의 설립자이다. 한쪽 발을 치켜들고 안마당에 서 있는 저분이 명성 높은 설립자이다. 나는 우리 설립자에게 인사한다. 고상한 로마의 분위기가 이 엄숙한 안뜰에 감돈다. 교실에는 이미 불이 켜졌다. 아마도 저건 실험실이겠지, 저건 도서관일 테고. 저기서 나는 라틴어의 정밀도를 연구하게 될 거고, 정교하게 표현된 문장을 단단히 익혀서 버질[3]과 루크레티우스[4]의 명쾌하고 쩡쩡 울리는 6보격 시를 낭독할 거야. 그리하여 결코 애매하거나 불명료한 구석이 없는 정열을 지니고 여백이 있는 사절판 크기의 커다란 책에서 카툴루스[5]의 사랑 노래를 읊조리게 될 거야. 나는 또한 간질이는 풀이 자라는 들판에 누워 있게 될 거야. 키가 큰 느티나무 아래 친구들과 함께 누워 있게 되겠지.

저분이 교장 선생님이셔. 슬프게도 놀리고 싶어지네. 너무 매끄럽고, 너무도 반짝반짝하고 새까매서 마치 공원에 서 있는 동상 같아. 꽉 껴서 큰북처럼 보이는 조끼 왼쪽에 십자가가 매달려 있어."

"늙은 두루미가 일어서서 우리에게 인사를 해." 버나드는 말했다. "늙은 두루미 교장의 코는 석양에 비친 산 같고, 그의 뺨에 난 파란 상처는 숲이 우거진 협곡 같아, 어느 소풍객이 불을 지른 협곡, 기차 차창에서 본, 숲이 우거진 협곡. 그는 약간 몸을 흔들면서 엄청나고 쩡쩡 울리는 단어들을 토해낸다. 하지만 그가 하는 말은 친절이 지나쳐서 사실로 들리지 않는다. 그래도 여기까지는

---

3 B.C. 70~19, 로마 제일의 시인.
4 B.C. 99?~55?, 로마의 서사 시인.
5 B.C. 84?~54?, 로마 최고의 서정 시인.

그가 자신이 하는 말의 진실성을 확신하고 있다. 그가 몸을 이리저리 약간 무겁게 비틀거리며 방을 나서서 회전문을 세차게 열고 나가자 다른 선생님들도 모두 약간 둔중하게 좌우로 비틀거리며 회전문을 세게 열고 나간다. 오늘 밤이 누이들과 헤어져 학교에서 보내는 첫날밤이다."

*

"오늘이 아버지를 떠나, 집을 떠나 학교에서 보내는 첫날밤이야." 수잔은 말했다. "내 눈은 퉁퉁 붓고 눈물이 나서 따가워. 소나무와 리놀륨 냄새가 싫어. 바람에 지친 관목과 위생적인 타일은 딱 질색이야. 모두가 기분 좋게 농담하는 게 싫고 모두의 윤기 나는 안색도 싫어. 내 다람쥐와 비둘기를 남자 아이에게 돌봐달라고 부탁하고 왔어. 부엌문이 탕 하고 닫히고 퍼시가 까마귀들을 향해 총을 쏘자 나뭇잎 사이에서 탄환이 또닥또닥 소리를 낸다. 여기 있는 모든 것은 가짜이고 천박해. 로우다와 지니는 서지 천으로 만든 갈색 옷을 입고 멀찌감치 앉아서 앨리그젠드러 여왕의 초상화 아래 앉아 있는 램버트 선생님이 앞에 놓인 책에서 한 구절을 뽑아내어 낭독하고 있는 것을 바라보고 있어. 저 파란 족자 모양의 자수는 어떤 졸업생이 수놓은 것이야. 입을 꼭 다물지 않으면, 손수건을 비틀지 않으면 나는 울고 말 거야."

"보라색이 램버트 선생님의 반지에서 흘러나와 기도서의 하얀 책장 위에 있는 검은 자국을 가로질러 이리저리 지나가네." 로우다가 말했다. "포도주색의 요염한 빛. 우리가 기숙사에서 짐을 풀었으므로 이렇게 모두 함께 세계지도 아래 모여 앉아 있는 거다. 책상에 잉크병이 붙어 있어. 여기서는 연습 문제를 펜으로 쓰나봐. 하지만 여기서 나는 아무도 아니야. 얼굴도 없어. 갈색 서지옷을 입은 많은 학생들이 나의 정체성을 빼앗아버렸어. 우리는 모두 냉담하고 친구도 없어. 나는 얼굴을 찾아볼 거야, 침착하고 위풍당당한 얼굴을. 그 얼굴에 전지全知를 부여하고 부적처럼 옷 안에 차고 다닐 테야. 그러고 나서(약속하건대) 숲속 어딘가에서 작은 골짜기를 찾아내어 여러 가지 신기한 보물을 그곳에 전시할 수 있을 거야. 꼭 그렇게 할 거야. 그러니까 울지 않을 거야."

"피부가 검은 저 여인은 광대뼈가 튀어나오고, 조개껍데기 같은 줄무늬의 반짝이는 야회용 드레스를 들고 있네." 지니가 말했다. "저 드레스는 여름에는 괜찮지만, 겨울에는 불빛에 빛나는 빨간 실을 박은 얇은 드레스가 좋아. 램프 불이 켜질 때 나는 빨간 드레스를 입을 거야. 베일처럼 얇아서 내 몸을 감싸고 내가 발끝을 세우고 뱅글뱅글 돌며 방에 들어올 때 큰 파도와도 같이 흔들리겠지. 내가 방 한가운데 있는 도금한 의자 위에 털썩 앉으면 꽃 모양이 될 거야. 그러나 램버트 선생님은 불투명한 색의 드레스를 입고 있는데, 하얀 손가락으로 책장을 꼭 누르면서 앨리그젠더 여왕의 초상 아래 앉자 순백색 주름 깃에서 드레스가 폭포처럼 떨어져내린다. 그리고 우리는 기도한다."

"지금 우리는 두 줄로 서서 행진하고 있어." 루이스가 말했다. "질서 정연하게 열列을 지어 예배당으로 간다. 성스러운 건물에 들어설 때의 그 어둠침침함이 나는 좋아. 질서 정연하게 행진하는 것도 좋고. 줄을 지어 들어가서는 자리에 앉지. 들어가는 순간 우리의 이러저러한 차이점들을 떨쳐버려. 크레인 박사가 약간 비틀대기는 하지만(그러나 몸이 좌우로 흔들리는 이 요동은 그만의 독특한 리듬이다) 설교단에 올라가 놋쇠로 만든 독수리형 성서대의 잔등이 위에 펼쳐진 성경의 지정 일과日課를 읽는 이때가 나는 좋아. 기쁘다. 내 가슴은 교장 선생님의 거대한 몸과 위엄에 휩싸여 팽창한다. 그는 나의 떨리는, 부끄러울 정도로 동요된 마음에 뱅뱅 도는 먼지 구름을 진정시킨다―크리스마스트리 주위에서 춤을 춘 것, 선물을 건네줄 때 모두들 나를 잊고, 뚱뚱한 여인네가 '얘한테는 어째 선물이 없네요' 하고는 크리스마스트리 꼭대기에서 반짝이는 영국 국기를 떼어내 준 일, 내가―동정의 대상으로 기억되는 게 싫어서―격렬하게 울었던 일. 이제는 모든 것이 그의 권위와 십자가에 의해 진정된다. 그리하여 나는 발밑의 땅을 온몸으로 느끼고, 내 뿌리가 땅 밑으로 내려가고 또 내려가서 중심에 있는 무언가 단단한 것의 주위를 감싸는 것을 느낀다. 선생님이 낭독하고 있을 때 나는 나의 일관성을 회복한다. 행렬 가운데 한 사람이 되고 거대한 차바퀴의 하나의 살이 된다. 차바퀴는 돌며 지금 여기서 드디어 나를 수직으로 일으켜 세워준다. 나는 어두움 가운데 있었다. 숨겨져 있었다. 하지만 차바퀴가 돌자(그가 낭독하니까) 나는 이 어슴푸레한 빛 속에서 몸을 일으켜서, 간신히, 무릎을 꿇고 있는 학생들과, 기둥과, 놋쇠로 만든 기념물의 모습을 겨우 감지한다. 여기에는 조야한 행위는 존재하지 않고, 느닷없는 키스도 없다."

"저 짐승만도 못한 놈이 나의 자유를 위협하고 있어," 네빌이 말했다. "기도를 할 때에…… 상상력의 열정이 서리지 않은 그의 말은 보도에 깔린 돌처럼 차갑게 내 머리 위에 떨어진다, 금빛 십자가가 그의 조끼 위에서 흔들리고 있을 때. 권위 있는 언어도 그 언어를 구사하는 사람에 따라서 더러워지기도 한다. 나는 이 서글픈 종교에 조소를 보내고 있다, 소심하고 슬픔에 잠긴 채 앞으로 걸어나가는 자들에게, 창백하고 상처 입은 이들에게. 소년들―벌거벗은 소년들―이 먼지 속에서 사지를 펼치는 무화과

나무로 그늘진 하얀 길을 걸어 내려가는 자들을 비웃는다. 술집 문간에 포도주를 담은, 양가죽으로 만든 주머니가 걸려 있다. 나는 아버지와 여행하다가 부활절에 로마에 머문 적이 있었다. 성모상이 비틀거리며 거리를 따라 운반되고 있었고, 또한 상처 입은 그리스도의 상도 유리 상자 안에 들어 있는 채로 지나갔다.

이제 넓적다리를 긁는 척하며 몸을 옆으로 기울여보겠다. 그러면 퍼서벌이 보이겠지. 그는 하급생들 사이에 몸을 꼿꼿이 세우고 앉아 있겠지. 오뚝한 코로 약간 무겁게 숨을 쉬고, 묘하게도 표정이 없는 파란 눈은 이교도의 무관심을 드러내며 맞은편 기둥에 고정되어 있다. 그는 나중에 훌륭한 교구 위원이 될 거야. 자작나무 회초리를 들고 행실이 나쁜 남자 아이들을 때리겠지. 그는 놋쇠로 만든 기념비에 각인된 라틴어 문구와 한패다. 그에게는 아무것도 보이지 않고 아무것도 들리지 않는다. 우리 모두에게서 뚝 떨어져나가 이교異敎의 세계에 살고 있다. 자, 봐, 손으로 목 뒷덜미를 가볍게 때리지. 저런 동작으로 인해 우리는 평생 동안 가망 없이 그를 사랑하게 된다. 돌턴, 존스, 에드거, 그리고 베이트먼도 그들 목덜미를 비슷하게 때려보지만 퍼서벌처럼은 잘 안 돼."

"마침내 으르렁거리는 소리는 그친다." 버나드가 말했다. "설교는 끝난다. 그는 문간에서 춤을 추고 있는 하얀 나비를 토막 내어 가루로 만들었다. 그의 거칠고 불쾌한 목소리는 면도하지 않은 턱 같다. 지금 그는 술 취한 선원처럼 비틀거리며 자리로 돌아간다. 다른 선생님들도 모두 따라하려 할 동작이다. 하지만 천박하고 야무지지 못하며 회색 바지를 입고 있는 그들은 자신들을 우스꽝스럽게 보이게 할 뿐이다. 나는 그들을 경멸하지 않는다. 그들의 기괴한 짓거리들이 내 눈에는 그저 가여워 보일 따름이다. 나중에 참고하려고 다른 많은 사실과 함께 이 사실을 공책에 적어놓는다. 어른이 되면 공책을 가지고 다니게 될 거야─꼼꼼하게 표제를 단 두꺼운 공책을. 내가 만든 문구를 적어넣게 될 거야. 'B' 항에는 '나비 가루'가 들어가겠지. 만약 내가 소설에서 창틀에 비치는 태양을 묘사한다면 나는 'B' 항을 들춰 보고 나비 가루를 발견하게 되는 거지. 유용할 거야. 나무는 '초록 손가락으로 창을 가린다.' 이것도 쓸모가 있겠지. 하지만 슬프다! 곧 산만해지고 만다─비틀어놓은 캔디 같은 머리칼이나 상아로 표지를 만든 시리아 기도서를 보면. 루이스는 몇 시간이고 눈 하나 깜박이지 않고 자연을 관조할 수 있다. 나는 누군가 말을 걸어오지 않으면 즉시 무너진다. '내 마음의 호수는 노櫓에 의해서도 동요되지 않고 평온하게 부풀어오르더니 곧 번들거리는 잠 속에 빠져드나니.' 유용하겠는데."

"자, 이제 이 냉기 서린 예배당을 나가 노란 운동장으로 간다." 루이스가 말했다. "오늘은 반공일(공작 탄신일)이니까 모두들 크리켓 게임을 하는 동안 잘 자란 풀밭에 앉아 있자. 내가 만약 그럴 수 있다면 크리켓 게임을 하는 쪽이 되고 싶다. 가슴받이에 쇠를 채우고 타수打手들의 선두에 서서 운동장을 가로질러 활보하고 싶다. 봐라, 모두 다 퍼서벌을 따라가고 있는 것을. 그는 체중이 꽤 나간다. 길게 자란 풀들을 가르고 거대한 느티나무들이 서 있는 곳으로 둔중하게 운동장을 걸어간다. 그는 중세 기사단의 기사 분단장 같은 위엄을 지녔다. 그가 밟고 지나간 풀 위에는 빛의 자국이 남아 있는 것 같다. 봐라, 우리가 그를 따라 앞으로 나아가는 것을, 충실한 부하인 우리는 양 떼처럼 공격을 받을 것이다, 그는 확실히 무언가 절망적인 행동을 꾀해서 전투하다 죽을 테니까. 마음이 산란해진다. 이 산란한 마음은 쇠붙이 자르는 양면 줄같이 내 옆구리를 문질러 닳게 만든다. 하나는 그의 출중함을 숭배하는 기분, 또 하나는 그의 단정치 못한 억양을 멸시하는 기분—내가 그보다 훨씬 우수한데—나는 그에게 질투심을 느낀다."

"자, 버나드를 제일 먼저 시키자." 네빌이 말했다. "우리가 이렇게 누워 있는 동안 버나드가 우리에게 재잘재잘 이야기하게 하자. 우리 모두가 본 것을 하나의 이야기로 꾸며내게 하자. 버나드 말에 의하면 이야기는 항상 있는 것이니까. 나도 하나의 이야기, 루이스도 하나의 이야기지. 구두닦이 소년 이야기, 외눈박이 남자 이야기, 바다 고둥 파는 여인 이야기. 흔들거리는 풀밭을 뚫고 지나가는 가슴대를 한 투수들의 뻣뻣한 다리를 누워서 바라보고 있는 동안 그로 하여금 이야기하게 하자. 전 세계가 곡선을 그리며 흘러가고 있는 듯하다—지상에서는 나무가, 하늘에서는 구름이. 나무들 틈으로 하늘을 올려다본다. 거기서 시합이 열리고 있는 것 같다. 부드러운 하얀 구름 사이에서 '달려라' 하고 외치는 소리를 듣는다. '하우즈 댓?'[6]이라고 외치는 소리가 가냘프게 들려온다. 바람이 흩어놓자 하얀 구름 빛이 엷어진다. 저 푸름이 언제까지나 그대로 있을 수 있다면, 저 나무 사이로 보이는 하늘이 영원히 이대로 남아 있을 수 있다면, 이 순간이 영원히 머무를 수만 있다면—

그러나 버나드는 이야기를 계속한다. 이미지가 부글부글 끓어오른다. '낙타같이'…… '독수리.' 낙타는 독수리이고 독수리는 낙타이다. 어쨌거나 버나드는 대롱대롱 매달려 있는 철사 줄 같은 존재이니까. 단정치는 못하지만 사람을 끄는 힘이 있어. 그래, 그가 바보 같은 비유를 해가면서 말을 할 때면 가벼운 기분이 되니까 말이야. 마치 거품처럼 몸이 붕 떠오르고 자유로워져. 해방

---

6 크리켓 게임에서 아웃인가 아닌가, 심판에게 판정을 요구하는 말.

되었다고 도망쳤다고 느끼게 돼. 토실토실 살이 찐 어린 소년들 (돌턴, 라펜트, 그리고 베이커)까지도 같은 자유를 느껴. 그들은 크리켓보다 이쪽을 더 좋아해. 문구가 부글부글 끓어오를 때 그것을 잡고, 부드러운 풀잎이 코를 간질이게 내버려둬. 그러고는 모두 퍼서벌이 우리 사이에 육중하게 누워 있는 것을 느껴. 그의 기묘한 너털웃음은 우리가 웃는 걸 승인하는 것처럼 보여. 하지만 지금 길게 자란 풀밭에서 그는 몸을 뒤집었어. 식물의 줄기를 씹고 있는 것 같아. 지루한 모양이야. 나도 따분해. 우리가 지루해한다는 사실을 버나드가 제일 먼저 알아차려. 그가 애써 거창한 문구를 써보려고 하는 것이 느껴져, 마치 '들어봐!'라고 말하기나 하는 것처럼. 그러나 퍼서벌은 '싫어'라고 말하지. 누구보다도 먼저 불성실성을 알아차리고, 그리고 극도로 잔인하기 때문이지. 문장은 희미하게 질질 끌다 사라지지. 그래, 버나드의 힘이 다하는 끔찍한 순간이 오고야 말았어. 이제는 더 이상 전후 관련성도 존재하지 않고, 실을 늘어뜨렸다 이리저리 비비 틀었다 하다가 울음을 터뜨릴 것처럼 입을 크게 벌리더니 잠잠해졌어. 그러니까 이건 삶의 고뇌와 황폐 중 하나겠지 ─ 우리 친구들이 그들의 이야기를 끝낼 수 없는 것은."

"해보자." 루이스가 말했다. "우리 모두 일어나기 전에, 차 마시러 가기 전에, 최대한 노력해서 이 순간을 고정시켜보자. 우리는 뿔뿔이 흩어진다. 차 마시러 가는 사람도 있고 운동 시합 구경하러 가는 사람도 있고. 나는 에드거 선생님께 에세이를 보여드리러 간다. 이 순간은 지속될 거야. 알력으로 인해서, 증오로 인해서 (비유를 가지고 노는 놈들을 나는 경멸한다 ─ 퍼서벌의 권력은 말도 할 수 없이 불쾌하다) 산산조각이 난 나의 마음은 어떤 갑작스러운 지각에 의해 봉합된다. 나는 나무를, 구름을 나의 완전한 통합의 증인으로 삼는다. 나 루이스는, 향후 70년간 지상을 걸어다닐 나는 증오로부터 알력으로부터 해방되어 완전한 모습으로 태어나는 거다. 이 둥근 풀밭에 우리는 함께 앉았다, 그 어떤 내적 강제의 어마어마한 힘에 묶여서. 나무들은 흔들리고 구름은 흐른다. 이러한 독백을 공유할 때가 다가오고 있다. 감동이 연속적으로 엄습해올 때 우리는 반드시 울려진 징 같은 소리를 내게 되지는 않을 거야. 애들아, 우리의 삶은 울리는 징이었던 거야. 소란과 자만, 절망의 절규, 정원에서 목덜미에 받은 타격들이었어.

이제, 풀과 나무들은 허공을 날다가 얼마 안 되어 다시 돌아오고, 나뭇잎을 흔들다 다시 내버려두는 바람, 그리고 양팔로 무릎을 안고 빙 둘러 앉아 있는 우리는 어떤 다른 질서를, 영원한 대의 명분을 만들어내는 더 나은 질서를 암시한다. 이것을 한순간 마음의 눈으로 보고 오늘 밤 언어로 고정시켜보자. 두드려서 강철 반지로 만들어보자, 비록 퍼서벌이 종종 걸음으로 그를 따라가는 조무래기들과 잔디를 밟아 뭉개고 멈칫거리면서 그것을 파괴시킬지도 모르지만. 그래도 나는 퍼서벌이 필요해. 시정詩情을 고취시키는 것은 퍼서벌이니까."

*

"벌써 몇 달째인지 몰라." 수잔이 말했다. "아니 몇 년째인지 몰라, 음산한 겨울날에도, 쌀쌀한 봄날에도, 이 계단을 달려 올라간 것이 말이야! 지금은 한여름이지. 우리는 이층에 올라가서 하얀 테니스복으로 갈아입어 ─지니와 나도, 뒤따라오는 로우다도. 계단을 오르면서 한 계단 한 계단 세지, 센 계단은 끝낸 것으로 치고. 마찬가지로 밤이 되면 달력에서 지나간 날을 찢어 꼭 비틀어

공 모양으로 만들지. 보복적으로 이렇게 해, 베티와 클래러가 무릎을 꿇고 있는 동안에. 나는 기도하지 않아. 지나간 하루에 대해 복수를 하고 있는 거야. 하루의 상징에 원수를 갚는 거야. 지긋지긋한 학교생활이여, 너는 이제 죽었다, 라고 말해주는 거지. 그들은 유월의 모든 날을— 오늘은 25일이야 — 반짝반짝하고 질서정연하게 만들어놓았어. 징, 수업, 손 씻어, 옷 갈아입어, 공부해, 먹어 하는 명령으로. 중국에서 온 선교사의 이야기를 듣는다든가, 아스팔트 보도를 따라 유람 마차를 타고 홀에서 열리는 음악회에 가거나, 미술품이나 그림을 보러 가거나 해.

집에서는 목장 한쪽에 건초가 물결치고 있어. 아버지는 담배를 피우며 회전문에 기대어 서 계셔. 인기척이 없는 복도를 여름 바람이 휩쓸고 지나갈 때 집 안에서는 이 문 저 문이 쾅쾅 소리를 낸다. 벽에 걸려 있는 오래된 그림이 흔들리는지도 모르지. 화분에서는 장미 꽃잎 하나가 떨어진다. 농장의 짐마차가 건초 다발을 산울타리에 뿌린다. 이런 광경이 눈에 들어온다, 지니를 선두로 하고 천천히 뒤를 따르는 로우다와 함께 층계참 위에 있는 거울을 지나갈 때에. 지니는 춤을 춘다. 현관의 보기 흉한 납화蠟花 타일 위에서 언제나 춤을 춘다. 운동장에서 짐마차의 바퀴를 돌리는가 하면 금단의 꽃을 따서 귀 뒤에 꽂는다. 그러면 클래러 선생님의 검은 눈에 감탄의 빛이 어린다. 내가 아니고 지니에 대해서. 클래러 선생님은 지니를 좋아하서. 나도 지니를 좋아할 수 있었지만 지금은 아무도 사랑하지 않아. 아버지와 남자 아이더러 돌봐달라고 부탁한, 새장 안에 넣어놓고 온 비둘기와 다람쥐 이외에는.”

“계단 위에 있는 작은 거울이 싫어.” 지니가 말했다. “얼굴밖에는 비추지 않아. 얼굴을 잘라버리지. 내 입은 너무 크고 양쪽 눈은 너무 붙어 있어. 웃으면 잇몸이 너무 많이 보여. 수잔의 얼굴, 그녀의 개성이 강한 표정과 풀색의 눈은 내 얼굴을 밀어내 버렸다. 버나드는 이런 눈을 하고 하얀 바느질감을 내려다보고 있는 모습을 시인이 좋아할 거라고 했다. 심지어는 멍하게 떠도는 로우다의 얼굴조차도 그녀의 수반 속에 띄워놓은 하얀 꽃잎들처럼 완성되어 있다. 이리하여 나는 이 둘을 지나쳐 다음 층계참까지 계단을 가볍게 뛰어 올라간다. 거기에는 기다란 거울이 걸려 있어서 전신이 비치지. 이제는 몸과 얼굴이 하나로 보여. 비록 서지 옷을 입고 있지만 내 몸과 얼굴은 붙어 있어. 자, 봐, 머리를 움직이면 야윈 몸뚱이가 잔물결 쳐. 야윈 두 다리도 바람에 흔들리는 풀줄기처럼 움직여. 수잔의 엄숙한 얼굴과 로우다의 애매모호한 얼굴 사이에서 나는 흔들린다. 대지의 틈새에서 번져나가는 불꽃처럼 나는 도약하고 움직이고 춤을 춘다. 나는 결코 동작을 멈추지 않고 춤을 그치지 않는다. 어렸을 적에 산울타리 안에서 나를 놀라게 한 나뭇잎처럼 그렇게 요동친다. 나의 춤은 찻주전자 위에서 불빛이 춤을 추는 모양으로 벽 위에 투영된다, 몰개성적이고, 줄무늬가 들어가 있으며, 하얗게 석회를 바르고, 가장자리에 노란 굽돌이 널을 두른 벽 위에. 여인네들의 차가운 눈빛으로부터조차도 나는 불이 붙는다. 교과서를 읽노라면 책의 검은 가장자리 둘레로 보라색 테가 둘러진다. 그러나 어형의 변화를 도저히 따라갈 수가 없다. 현재에서 과거로 생각을 따라갈 수가 없다. 나는 수잔처럼 집 생각이 나서 눈물을 글썽이며 멍하니 서 있지 않는다. 또한 로우다처럼 바다 밑에서 꽃이 피는 식물과 물고기가 천천히 헤엄치는 바위에 대해 꿈꾸면서 분홍 면 옷을 초록으로 물들이며 양치식물 사이에 구겨져 누워 있지도 않는다. 나는 꿈 같은 것은 꾸지 않는다.

자, 서두르자. 이 눈에 거슬리는 옷을 내가 제일 먼저 벗어버리리라. 새하얀 양말과 새 구두를 벗는다. 하얀 리본으로 머리를 묶고 안뜰을 가로질러 뛰어갈 때 리본은 순식간에 옆으로 휘어지지만 목 주위의 구불거리는 머리칼은 완벽하게 제자리에 있게 된다. 한 올도 흐트러뜨리지 않는다."

"저기 내 얼굴이," 로우다가 말했다. "수잔의 어깨 뒤에 있는 거울에 비치고 있어 ─ 저게 내 얼굴이야. 그러나 수잔 뒤로 피해서 얼굴을 감출 거야. 나는 여기 존재하지 않으니까. 내게는 얼굴이 없어, 다른 사람들은 있지만. 수잔과 지니는 얼굴이 있어. 그들은 여기 존재하고 있으니까. 그들의 세계는 실재하는 세계. 그들이 들어올리는 것에는 무게가 있고 그들은 '예' 아니면 '아니오'라고 분명하게 말하는데, 나는 이동하고, 변하고, 그리고 일순간에 정체를 드러내고 만다. 하녀는 그들을 만나면 웃지 않고 바라보는데 나를 보면 웃는다. 말을 걸어오면 무어라고 대답해야 할지를 그들은 알고 있고, 웃어도, 화를 내도 진짜이다. 그러나 나는 사람들이 어떻게 하는가를 먼저 본 다음에 그들이 하는 대로 할 수밖에 없다.

자, 봐, 지니가 얼마나 소신껏 스타킹을 신는가를, 단지 테니스를 치기 위하여. 그것에 나는 감탄하지. 하지만 수잔의 태도가 더 좋아. 더 결단력 있으면서 지니보다는 두각을 덜 나타내려 하니까. 둘 다 그들이 하는 대로 따라하는 나를 경멸해. 하지만 수잔은 때로는 내게 가르쳐주기도 해, 이를테면 나비넥타이 매는 법 따위를. 지니는 알고 있지만 남에게 가르쳐주지는 않아. 그들에게는 곁에 앉을 친구들이 있고 구석에서 은밀히 주고받을 수 있는 이야깃거리가 있어. 그렇지만 나는 이름과 얼굴에만 애착을 느끼고 이들을 재난 대비용 부적처럼 가슴에 품고 있어. 홀 저편에 보이는 모르는 얼굴을 찾아내고, 이름도 모르는 사람이 맞은편에 앉으면 나는 차도 제대로 마시지 못하지. 숨이 막히고 감정이 격해져서 온몸이 떨려. 이름도 없고 순진무구한 이 사람들이 뒤편의 숲 덤불에서 나를 지켜보고 있다는 느낌이 들지. 그들에게 칭찬받기 위해 나는 높이 뛴다. 밤이면 침대에서 이 사람들의 아낌없는 찬사를 유발해. 이 사람들의 눈물을 얻어내기 위해 화살에 맞아 죽는 경우도 허다해. 만약 이들이 지난번 휴가에는 스카버러[7]에 있었다고 말하든가, 아니면 그들의 여행용 트렁크에 붙어 있는 레테르에서 이 사실을 알게 되면 스카버러 전체가 금색으로 칠해지고 보도는 조명이 된다. 그래서 나는 나의 진짜 얼굴을 보여주는 거울이 싫은 거야. 나는 자주 혼자서 무無의 한가운데로 떨어지고 말아. 세계의 절벽에서 무 가운데로 떨어지지 않도록 살금살금 걸어나가야 해. 단단한 문을 손으로 땅 하고 쳐서 나 자신을 육체로 다시 불러들여야 해."

"늦었어," 수잔이 말했다. "시합에서 우리 차례가 될 때까지 기다려야 해. 길게 자란 잔디 위에 앉아 지니와 클래러, 베티와 메이비스의 시합을 구경하는 척하자. 하지만 실제로 보지는 않을 거야. 나는 다른 사람들의 시합을 구경하는 게 싫어. 제일 싫어하는 것들의 모형을 만들어서 땅에 파묻을 거야. 반짝이는 이 돌은 마담 칼로야. 그녀를 땅속 깊이 묻고 말 거야. 아첨 잘하고 비굴하게 굴기 때문에. 또한 음계를 칠 때 손가락 관절을 굽히지 말라고 내게 6펜스를 주었기 때문에. 그녀에게서 받은 6펜스를 땅에 묻었어. 학교 전체를 묻어버릴 거야, 체육관, 교실, 항상 고기 냄새가 나는 식당도, 예배당도. 적갈색 타일, 학교의 후원자, 설립자 등의 유화 초상화도. 내가 좋아하는 나무가 몇 그루 있어, 껍질에 투명

7 영국 북동부 요크셔의 휴양지.

한 수지樹脂 덩어리가 단단하게 붙어 있는 벚꽃 나무. 멀리 떨어져 있는 언덕이 보이는 다락방에서의 조망이 좋아. 이것들을 제외하고는 모두 파묻어버리고 싶어. 이 해안 주위에 늘 흩어져 있는 못생긴 돌들을 파묻을 때 부두와 여행자들도 함께 묻을 거야. 내 고향에서는 파도가 1마일이나 되게 길게 연속되어 있어. 겨울 밤이면 파도치는 소리가 들리지. 지난 크리스마스에는 한 남자가 이륜마차에 혼자 탄 채 익사한 일이 있었어."

"램버트 선생님이 목사님과 이야기하며 지나갈 때," 로우다가 말했다. "다른 애들은 그녀 뒤에서 그녀의 굽은 등 모양을 흉내 내며 웃어. 그러나 모든 것은 변하고 환해진다. 지니도 램버트 선생님이 지나갈 때 한층 더 높이 뛰어. 선생님이 저 데이지[8]를 보면 그것도 변하고 말 거야. 어딜 가든 그녀가 바라보면 모든 게 변해. 하지만 선생님이 가버리면 다시 원상 복구되지 않나 싶어. 램버트 선생님은 쪽문을 지나 자신의 정원으로 목사님을 안내해. 연못에 다다르자 나뭇잎 위에 있는 개구리 한 마리가 보이는데 그것도 변하겠지. 선생님이 수풀 속의 동상같이 서 있는 곳에서는 모든 것이 엄숙하고 창백해. 장식 술이 달린 비단 외투를 흘러내리게 하고, 보라색 반지만이 아직도 반짝이고 있어, 포도주색 자수정 반지만이. 떠나간 사람들 주위에는 이런 신비가 감돌게 마련이지. 떠난 사람들을 위엄 있게 하기 위해 나를 연못까지 데리고 가. 램버트 선생님은 지나가며 데이지를 변화시키고, 그녀가 소고기를 자를 때에는 모든 것이 불길 줄무늬가 되어 달리지. 한 달 두 달 세월이 흐르면서 사물은 견고함을 잃어가지. 지금은 심지어 나의 몸도 빛을 통과시켜서, 척추 뼈가 촛불 옆에 있는 초처럼 부드러워졌어. 나는 꿈을 꾸고 있어. 꿈을 꾸고 있어."

8 프랑스 국화.

"시합에 이겼어," 지니가 말했다. "자 이제 네 차례야. 땅에 엎드려서 헐떡여야 해. 달렸기 때문에, 이겼기 때문에 숨이 차. 몸 안의 모든 것이 달리고 승리해서 얇아질 대로 얇아진 것 같아. 늑골을 찰싹찰싹 때리고 용솟음친 혈액은 진홍색이 틀림없어. 발바닥이 따끔거려. 마치 철사로 된 고리가 내 발 가운데서 열렸다 닫혔다 하는 것처럼. 풀잎 하나하나가 분명하게 보여. 그러나 이마에서, 눈 뒤에서 맥박이 세게 울려, 모든 게 춤을 춘다—네트도, 풀도. 너희들의 얼굴은 나비처럼 깡충깡충 뛰고 나무들도 뛰어올랐다 내려갔다 하는 것 같아. 이 우주에는 변하지 않는 것, 영속적인 것은 아무것도 없어. 만물은 물결치며 춤추고 있어. 재빠름과 승리가 전부야. 단지 내가 딱딱한 지면에 홀로 누워 있을 때 너희들의 시합을 지켜보면서 나는 선택받고 싶다고 느끼기 시작해. 나를 찾으러 온 사람에게 불려가고 싶어. 그 사람은 내게 매력을 느껴서, 내게서 떨어져 나가지 못하고 양복을 꽃처럼 물결치게 하면서 도금한 의자에 앉아 있다가 내가 있는 곳으로 와. 그러면 방 안의 후미진 곳으로 가서 둘이서만 발코니에 앉아서 이야기하지.

이제 썰물이야. 나무들은 땅에 뿌리를 내리고 있어. 늑골을 찰싹찰싹 때리는 활기찬 파도는 좀 더 부드럽게 흔들리고 심장은 고동을 멈추지, 하얀 갑판에 돛이 서서히 미끄러져 내려오듯이. 시합은 끝났어. 차 마시러 가야 해."

*

"자랑을 늘어놓던 아이들은," 루이스가 말했다. "거대한 팀을 이루어 크리켓 시합을 하러 갔어. 합창을 하면서 대형 유람 마차를 타고 떠나갔어. 월계수가 무성한 숲 모퉁이에서 그들은 일제히 머리를 돌려. 자, 또 자랑이 시작된다. 라펜트의 형은 옥스퍼드 축구 선수였다든가. 스미스의 아버지는 로드[9]에서 100점을 땄다든가. 아치와 휴. 파커와 돌턴. 라펜트와 스미스. 그러고는 다시 아치와 휴. 파커와 돌턴. 라펜트와 스미스—이름이 반복된다, 이름은 항상 동일하다. 그들은 지원병들이고, 크리켓 경기자들이다. 박물 학회의 간사들이다. 언제나 4열 종대를 이루고 모자에 배지를 달고 대오를 짜서 행진한다. 장군의 동상 앞을 지날 때면 일제히 경례를 한다. 이들의 질서에는 얼마나 위엄이 서려 있으며, 또 이들의 복종은 얼마나 아름다운지. 이들을 따를 수만 있다면, 그들과 함께 있을 수만 있다면 내 지식 전부를 기꺼이 희생하겠다. 그러나 이들은 나비의 날개를 떼어내어 떨게 하기도 하고, 피가 엉겨붙은 더러운 손수건을 똘똘 뭉쳐서 한 구석에 던지기도 한다. 또한 깜깜한 복도에서 하급생들을 흐느껴 울게 만들기도 한다. 그들의 커다랗고 빨간 귀는 모자 밑에서 툭 튀어나온다. 그러나 우리는 그들처럼 되기를 바란다, 네빌과 나는. 나는 그들이 나가는 모습을 선망의 눈으로 지켜본다. 커튼 뒤에 숨어서 그들이 일사불란하게 행동하는 모습을 즐겁게 바라다본다. 나의 다리에 그들과 같은 힘이 있기만 하다면 나는 얼마나 잘 달릴 것인가! 그들과 함께 있고, 시합에 이기고, 보트 경기 대회에 출전하고, 하루 종일 말을 달렸더라면 한밤중에 노래를 우렁차게 불러댈 텐데! 단어들이 폭포처럼 내 목에서 쏟아져나오지 않겠는가!"

"퍼서벌은 떠나버렸어," 네빌이 말했다. "그는 시합 생각밖에 안 하지. 사륜마차가 월계수 무성한 숲의 모퉁이를 돌 때 그는 손을 흔드는 법이 없어. 몸이 약해서 시합에 나가지 못하는 나를 경멸하지(내가 몸이 약한 것에 대해서는 늘 친절하게 배려를 해주

---

9   런던의 북서부에 있는 크리켓 경기장.

기는 하지만). 그가 신경을 쓰지 않으면 그들이 이기든 지든 상관
도 하지 않는 나를 그는 경멸하고 있어. 그는 나의 헌신적인 애정
을 받아들이고 내가 부들부들 떨며 내놓는 선물을 받아들인다.
그의 지성을 경멸하는 기분이 들어가 있기 때문에 분명히 야비한
선물임에도 불구하고. 이 말은 그가 문맹이라는 뜻이다. 하지만
내가 무성하게 자란 풀밭에 누워서 셰익스피어나 카툴루스를 읽
을 때 그는 루이스보다 더 잘 이해한다. 단어들이 아니라—그러
나 단어라는 것은 무엇이란 말인가? 나는 이미 작시법을, 포프[10],
드라이든[11], 심지어는 셰익스피어를 모방하는 방법을 알고 있지
않은가? 그렇다고 해서 하루 종일 서서 눈으로 공을 좇는 일은
못해. 공이 날아오르는 것을 피부로 느끼고 오로지 공 생각만 하
지는 못해. 나는 생명이 붙어 있는 한 단어의 외연에 붙어먹고 살
게 될 거야. 그러나 그와 함께 살면서 그의 우둔을 감내할 수는 없
어. 그는 조야해지고 코를 골 거야. 그는 결혼을 할 테고, 아침식
사 때에는 감미로운 장면들이 펼쳐지겠지. 하지만 현재의 그는
젊어. 그가 더워서 침대에서 알몸으로 뒤척이며 누워 있을 때 그
와 태양, 그와 비, 그와 달 사이에는 실오라기 하나, 종이 한 장도
끼어 있지 않아. 그들이 대로를 따라 사륜마차로 달리는 지금 그
의 얼굴은 붉은색과 노란색으로 얼룩져 있어. 그는 웃옷을 벗어
버리고 두 다리를 널따랗게 벌리고, 손은 준비 태세를 갖추고 서
서 삼주문[12]을 지켜보고 있을 거야. 그러고는 기도하겠지. '신이
여, 승리하게 하소서'라고. 하나밖에는 생각하지 않을 거야, 이겨
야 한다는 것.

10 18세기 영국 시인.
11 17세기 후반의 영국 시인. 극작가. 비평가.
12 크리켓 경기에서 중앙에 서 있는 세 기둥의 문.

어떻게 내가 그들과 함께 사륜마차를 타고 크리켓 시합을 하러 갈 수 있겠는가? 버나드만이 그들과 함께 갈 수 있지만, 그도 느려터져서 안 돼. 그는 항상 늦으니까. 구제불능일 정도로 기분 파여서 같이 못 가. 손을 씻다 말고 '저 거미줄에 파리가 한 마리 걸려 있네. 구해줄까 아니면 거미가 잡아먹게 내버려둘까?' 그는 헤아릴 수 없이 많은 당혹감에 젖어 있거나 아니면 그들과 함께 가서 크리켓 시합을 하고 잔디에 누워 하늘을 바라보며 공이 맞으면 깜짝 놀라곤 한다. 그래도 그들은 그를 용서한다. 그들에게 이야기를 들려주니까."

"저놈들은 마차를 타고 가버렸어," 버나드가 말했다. "나는 너무 늦어서 같이 못 갔어. 네빌, 너와 루이스가 대단히 부러워한, 저 끔찍한, 그렇지만 또한 대단히 아름답기도 한 소년들은 일제히 머리를 같은 방향으로 향하고 마차를 타고 떠났어. 하지만 나는 이 심오한 구별은 몰라. 나의 손가락은 어느 것이 검고 어느 것이 흰 것인지도 모르는 채 건반 위를 미끄러지니까. 아치는 쉽사리 100점을 받지만 나는 이따금 요행으로 15점을 받는다. 그래도 우리의 차이점은 무엇인가? 기다려봐, 네빌. 말 좀 하게 해줘. 스튜 냄비 밑바닥에서 은빛 거품이 일 듯이 부글거리고 있으니, 이미지 위에 또 이미지가. 나는 루이스처럼 집요하게 앉아서 책을 볼 수가 없어. 나는 작은 뚜껑문을 열고 이 연결된 구절들을 토해내야만 해, 내가 이 구절들 속에 모든 사건을 엮어내어서 지리멸렬이 아니라 왔다 갔다 하는 실 한 줄이 사물을 가볍게 연결해주고 있는 것이 느껴지도록. 네게 박사님 이야기를 해줄게.

크레인 박사는 기도를 마치고 갈지자걸음으로 회전문을 나서면서 자신이 누구와도 비교가 안 되게 탁월하다는 사실에 대해 확신하고 있는 것처럼 보인다. 사실은, 네빌, 우리끼리 이야기인데 그가 떠나니까 안도감만 느끼는 것이 아니라 앓던 이 빠진 것처럼 시원해. 회전문을 나가 둔중하게 방으로 돌아가는 그를 따라가 보자. 마구간 위에 있는 사실私室에서 옷을 벗고 있는 그를 상상해보자. 양말대님을 푼다(사소한 것도 그냥 넘기지 말고 개인적인 것도 놓치지 말아보자). 그러고는 특색이 있는 동작으로(이 진부한 구절들을 쓰지 않을 수 없어. 게다가 그의 경우 어쩐 일인지 잘 들어맞기도 해) 바지 주머니에서 은전, 동전을 꺼내 화장대 위 여기저기에 놓는다. 의자 팔걸이에 양쪽 팔을 괴고 그는 생각에 잠긴다(지금이야말로 그의 은밀한 순간이다. 이 순간의 그를 잡으려고 해야만 해). 분홍 다리를 건너 침실로 갈 건가 안 갈 건가. 두 개의 방은 침대 옆에 있는 등불에서 비치는 장밋빛 다리로 연결되어 있다. 침대에는 크레인 부인이 머리칼을 베개에 얹고 누워서 프랑스어로 된 회상록을 읽고 있어. 읽으면서 절망적으로 이마를 손으로 문지르고는 '이게 전부인가?'라고 말하면서 한숨짓는다, 어느 프랑스 공작부인과 자신을 비교하면서. 이제, 박사는 말한다, 이 년 후면 나도 은퇴한다. 서부의 시골 정원에서 주목 울타리나 다듬고 있게 될 거야. 해군 대장이나 판사가 될 수 있었을지도 몰라, 교사가 아니고. 도대체 그 어떤 힘일까, 라고 그는, 지금까지 우리가 보아온 것보다 훨씬 더 크게 양어깨를 구부려 올리고(와이셔츠 차림이라는 사실을 기억하도록) 가스 불을 노려보면서 자문한다, 나를 이 지경에 갖다놓은 것이? 도대체 어떤 거대한 힘이, 하고 그는 생각한다, 어깨 너머로 창을 바라보면서, 거창한 구절들을 용감하게 구사하면서. 오늘 밤에는 폭풍우가 인다. 밤나무 가지가 요동을 치고 있다. 가지와 가지 사이에 별이 번뜩인다. 어떤 선과 악의 거대한 힘이 나를 여기에 데려다 놓았단 말인가? 라고 그는 묻고, 의자 때문에 보랏빛 털 카펫에 뚫린 작은 구멍을 슬픈 시선으로 바라본다. 이런 식으로 그는 앉아 있다, 바지 멜빵을 흔들면서. 그러나 사람들의 은밀한 사실까지 따라 들어가는 이야기를 하는 것은 쉽지가 않다. 이 이야기는 더 이상 못하겠다. 나는 실 한 오라기를 빙빙 돌려보기도 하고, 바지 주머니 안에 든 네댓 개의 동전을 마구 주물러보기도 한다."

"버나드의 이야기는 재미있어," 네빌은 말했다. "처음에는 말이야. 하지만 이야기가 어이없게 끝나고, 그가 실 한 오라기를 손끝으로 이리저리 만지작거리면서 하품을 할 때면 나는 고독을 느낀다. 그는 모든 인간을 멍청해진 눈으로 바라본다. 그리하여 나는 그에게 퍼서벌 이야기를 할 수가 없게 된다. 나의 우직하고도 격렬한 정열을 그의 젊은 포용성 앞에 드러낼 수는 없다. 그것 또한 하나의 '이야기' 거리가 될 테니까. 내게 필요한 것은 나무토막 위에 칼처럼 강하하는 정신의 소유자이다. 어리석음의 극치를 숭고하다고 생각하고, 구두끈을 찬탄하는 부류의 인간이다. 도대체 그 누구에게 나의 이 절절한 기분을 드러낼 수 있단 말인가? 루이스는 너무도 냉담하고 너무도 구체적이지 않다. 아무도 없다—회색 문, 신음하는 비둘기, 유쾌한 시합, 전통과 경쟁에 둘러싸여 있는 이곳에는. 모든 것이 고독을 느끼지 못하도록 교묘하게 조직되어 있다. 그래도 걷고 있는 도중에 지금부터 일어날 일이 갑자기 느껴져서 걸음을 멈추게 된다. 어제 개인 정원으로 통하는 열린 문을 지나다가 나는 펜위크가 공 치는 방망이를 추켜올린 것을 보았다. 잔디 한가운데에 있는 차 끓이는 기구에서 증기가 피어오르고 있었다. 둑에는 파란 꽃이 피어 있었다. 그때 갑자기 나는 막연하고 불가사의한 경모敬慕의 정에 휩싸여 혼돈을 이긴 완전성을 느꼈다. 열린 문 앞에 의연하게 서 있는 나의 자태를 아무도 보지 못했다. 유일무이의 신에게 몸을 바치고 죽어서 사라지고픈 나의 욕구를 감지한 사람은 하나도 없었다. 그의 방망이는 내려왔고 환상은 깨졌다.

하다못해 나무라도 찾아내야 하나? 교실과 도서관, 읽고 있는 카툴루스의 널따란 노란 페이지를 떠나 숲이나 들을 찾아나서야 하는 건가? 너도밤나무 아래를 산책하거나, 나무들이 연인인 양 강물에 비치는 강둑을 어슬렁거려야 하는가? 하지만 자연은 너무도 생기가 없어. 자연에는 장엄함과 거대함, 그리고 물과 잎들이 있을 뿐이야. 불빛, 사생활, 그리고 한 사람의 사지가 그리워지기 시작해."

"기다리기 시작해," 루이스가 말했다. "밤이 오기를. 손을 위컴 선생님의 옹이가 진 참나무 문짝 위에 올려놓고 여기 서 있을 때 나는 리슐리외[13]의 친구, 아니면 국왕인 루이 14세에게 코담배갑을 내밀고 있는 성 시몬 공작[14]이 된 듯한 기분이 든다. 이건 나의 특권이지. 나의 재담은 '피워놓은 들불처럼 온통 궁정에 퍼져나간다.' 공작부인들은 감탄한 나머지 귀걸이에서 에메랄드를 떼어낸다 ― 하지만 이 상상의 로켓은 어둠 속에서, 밤에 내 침실에서 쏘아올리는 것이 최고야. 지금 나는 위컴 선생님의 옹이가 진 참나무 문에 손가락을 대고 있는, 식민지 억양을 쓰고 있는 소년일 따름이야. 오늘도 수많은 승리와 치욕으로 가득 차 있었는데 웃음거리가 될까 봐 겁이 나서 숨기고 있었어. 나는 이 학교에서 가장 우수한 학생이지만 밤이 되면 나는 그 누구도 부러워하지 않는 이 육체 ― 커다란 코, 얇은 입술, 식민지 억양 ―를 벗어버리고 허공에서 살아. 그러면 나는 버질의 친구요, 플라톤의 친구도 되지. 프랑스 명문가의 마지막 자손이 되는 거다. 하지만 나

---

13 1624~1642, 루이 13세 때의 재상으로 사실상 프랑스의 지배자.
14 1675~1755, 프랑스의 작가. 정치가. 『회상록』의 저자.

는 또한 바람 불고 달이 비추는 이 영지를, 한밤중의 방황을 무리하게 버리고 떠나 옹이 진 참나무 문 앞에 서는 인간이기도 해. 내생전에 반드시 이루고 말 테야 ─ 하늘이여 오래 걸리지 않게 도와주소서 ─ 이렇게도 끔찍하게 명백한 두 개의 모순 사이의 거대한 융합을. 나는 이 고통 덕분에 이 작업을 기필코 해낼 거야. 나는 문을 두드리고 들어갈 거야."

*

"매일 한 장씩 떼어내는 일력에서 오월과 유월 달을 전부 떼어내었어," 수잔이 말했다. "칠월도 20일까지는 떼어냈어. 떼어내서 똘똘 뭉쳤어. 그래서 이제는 더 이상 그것들은 존재하지 않지, 단지 내 옆구리를 짓누르고 있을 뿐이야. 그것들은 날개가 오그라들어 날지 못하게 된 나방처럼 병신이 되었지. 8일이 남았을 뿐이야. 8일이 지나면 6시 25분에 기차에서 내려 플랫폼에 서 있게 될 거야. 그때부터 나의 자유는 펼쳐지고, 주름살 잡히고 오므라들게 하는 이 모든 제약들 ─ 수업 시간, 석차, 그리고 규율, 정확하게 정해진 시간에 이곳저곳에 있어야 하는 것 등 ─ 은 산산조각이 나는 거야. 마차의 문을 열고 늘 쓰시던 모자를 쓰고 각반을 두르고 계신 아버지를 보면 하루가 파도처럼 용솟음칠 것이다. 나는 떨면서 울음을 터뜨리게 될 거야. 그리고 이튿날 아침에는 꼭두새벽에 일어나게 되겠지. 부엌문으로 나와서 황야를 걸을 거야. 환상의 기수騎手를 태운 거대한 말들이 내 뒤에서 천둥소리를 내다가 갑자기 뚝 그칠 것이다. 제비가 풀밭을 스치고 지나가는 모습이 보일 거야. 강둑에 몸을 던지듯 누워 물고기가 갈대 사이를 들락거리는 것을 지켜볼 것이다. 손바닥에는 소나무 잎자국이

찍힐 것이다. 내가 여기서 만든 것이 무엇이든지 간에 거기에다 펼쳐놓을 거야, 무언가 단단한 것을. 왜냐하면 몇 번의 겨울과 몇 번의 여름을 보내는 동안 계단 위에서, 침실에서, 무언가 내 몸의 내부에서 크게 자라났기 때문이다. 나는 지니처럼 찬탄 받기를 원하지 않는다. 방에 들어올 때 사람들이 찬탄의 눈빛으로 올려다보기를 원치 않는다. 베풀고 받는 것이 내가 원하는 바이다. 그리고 내 소유물들을 펼쳐놓을 고독을 원한다.

그 이후 나는 호두 잎사귀 아치 밑의 나뭇잎이 흔들리는 골목길을 지나 돌아오게 될 거야. 막대기를 잔뜩 실은 유모차를 밀고 있는 노파와 양치기 옆을 지나게 될 거야. 하지만 말은 주고받지 않을 거야. 나는 채소밭을 지나 돌아오게 될 텐데, 양배추의 둥글게 말린 잎들에 작은 돌멩이처럼 이슬이 얹혀 있고, 정원 안의 집은 커튼을 친 창문 때문에 보이지 않을 거야. 이층 내 방에 올라가서 옷장 안에 넣고 주의 깊게 잠가놓은 내 물건들을 들쑤실 것이다—조개, 알, 신기한 돌. 비둘기와 다람쥐에게 먹이를 줄 것이다. 개집으로 가서 스패니얼의 털을 빗질해줄 것이다. 이렇듯 서서히 여기 내 옆구리에 자란 딱딱한 그 무엇을 조금씩 파낼 것이다. 그러나 종이 울리네. 발을 질질 끄는 소리가 끊임없이 들려오네."

"나는 어둠과 잠과 밤을 싫어해," 지니가 말했다. "그래서 새벽이 오기를 기다리며 누워 있어. 일주일이 아무 구분 없이 하루가 되었으면 해. 잠이 일찍 깼을 때는—주로 새소리가 잠을 깨우는데—누운 채로 식기 찬장의 놋쇠 손잡이가 점점 더 뚜렷하게 보이는 것을 지켜보지. 그러고는 세면대, 그다음에는 수건걸이가 분명하게 보여. 침실 안의 물건이 하나씩 그 모습이 분명해지자 심장의 고동이 빨라져. 몸이 단단해지고 분홍, 노랑, 갈색으로 변하는 기분이 들어. 다리와 몸을 양손으로 더듬노라니 신체의 선과 야윈 부위를 알아차리겠어. 구리로 만든 징 소리가 집 안에 울려퍼져 여기서 저기서 후두두 소요가 시작되는 것이 좋아. 여기저기서 문이 탕 하고 닫히고 물이 쏴아 하고 흐른다. 자, 또 하루가 시작되네, 또 하루가, 발이 마룻바닥에 닿자 나는 울부짖는다. 상처투성이의 하루, 불완전한 하루일지도 모른다. 나는 자주 꾸중을 들으니까. 게으름을 피워서, 웃어서 벌을 받지. 그러나 심지어 매슈스 선생님이 내가 덤벙대고 경솔하다고 꾸중을 하실 때조차도 무언가 움직이고 있는 것으로 눈이 간다—그것은 그림 위에 점점이 박힌 햇빛일 수도 있고, 정원을 가로질러 풀 깎는 기계를 끌고 가는 당나귀일 수도 있고, 월계수 잎 사이를 지나가는 범선일 수도 있다. 그리하여 나는 결코 풀이 죽는 법이 없다. 매슈스 선생님이 보지 않는 곳에서 뱅글뱅글 돌기를 그치고 기도하는 일은 없어.

바야흐로 학교를 졸업하고 긴 치마를 입게 되는 때도 오겠지. 밤에는 목걸이를 하고 소매 없는 하얀 드레스를 입을 거야. 휘황찬란한 방에서 파티가 열릴 거야. 한 남자가 나를 골라내어 누구에게도 하지 않은 이야기를 할 거야. 그는 수잔이나 로우다보다 나를 더 좋아할 거야. 그는 내 안에 있는 어떤 자질, 특별한 자질을 찾아낼 거야. 그러나 나는 한 사람만을 사랑하지는 않을 거야. 고정되고 구속되는 것은 싫어. 나는 산울타리의 나뭇잎처럼 떨고 흔들려, 새로운 하루가 시작되려 할 때 발을 흔들며 침대 가장자리에 앉아서. 내게는 50년, 아니 60년의 세월이 아직도 남아 있어. 비축해놓은 년 월에는 아직 손도 대지 않았어. 이제 시작일뿐이지."

"많은 시간이 지나야 비로소 나는 불을 끄고 침대에 누워서 몸을 우주 위로 떠 있게 할 수 있지," 로우다가 말했다. "하루를 끝내고, 머리 위의 거대한 초록 천막 속에서 떨며 나의 나무를 자라게 하기 위해서는. 여기서는 나의 나무를 키울 수가 없어. 누군가가 그 나무를 때려눕혀 버려. 모두가 질문을 하고 방해하고 넘어뜨리지.

자, 목욕탕에 가서 구두를 벗고 몸을 씻자. 그러나 씻으면서 세면기 위로 몸을 굽히며 러시아 여제女帝의 베일을 어깨 주위에 흘러내리게 하리라. 왕관의 다이아몬드가 내 이마 위에서 번쩍거린다. 발코니에 나가면 반란군의 함성이 들린다. 자, 나는 열심히 손을 말린다. 그러면 선생님이 — 이름은 잊었지만 — 격노한 군중을 향해 주먹을 휘두르고 있다는 사실을 도저히 알아차릴 수 없다. '나는 그대들의 여제요, 국민 여러분.' 나의 태도는 방약무인傍若無人 그 자체다. 두려움을 모르고 정복할 따름이다.

하지만 이건 이루어질 수 없는 꿈, 종이로 만든 나무야. 램버트 선생님이 후 하고 불어서 날려보내지. 복도 저 아래로 사라지는 그녀의 모습만으로도 산산조각이 나서 흩날려. 탄탄하지 못해. 만족감도 주지 못해 — 이 여제의 꿈은. 꿈은 사라지고, 떨고 있는 나를 여기 복도에 버려두지. 사물의 색깔이 점점 더 희미해지네. 도서관에 가서 책이나 대출해다가 읽고 또 주위를 둘러봐야지. 다시 읽고, 보고. 산울타리에 대한 시가 있네. 이 울타리 아래로 아무렇게나 걸어 내려가서 꽃을 따야지. 초록색 브리오니아, 달빛의 산사나무, 야생 장미, 그리고 구불구불한 담쟁이를 딸 거야. 이것들을 양손에 움켜쥐어다가 반짝이는 책상 위를 장식하겠어. 떨리는 강 가장자리에 앉아서 수련을 바라볼 거야, 산울타리에 걸려 있는 참나무를 파랗고 하얗게 비추는 넓고 밝은 수련을. 꽃을 따서 화환을 만들어 잔뜩 움켜쥐고는 바치리 — 오오! 그 누구에게? 내 존재의 흐름에 제동을 거는 무언가가 있어. 깊은 흐름은 무언가 장애물에 걸린다. 그것이 불쑥 세차게 잡아당기고 또 끌어당긴다. 그러면 중심에 있는 매듭이 저항한다. 오오, 이건 고통이고, 고뇌인저! 나는 약해지고, 쇠해진다. 몸이 녹고 제대로 봉합되지 않고 작열한다. 이제 시냇물은 수심 깊은 조수가 되어 쏟아져서 땅을 비옥하게 만들고, 막힌 데를 뚫고, 꼭 접힌 곳을 열며 줄기차게 쏟아진다. 지금 내 안에서 철철 흐르고 있는 모든 것을, 나의 미지근하고 다공성인 몸에서 흐르고 있는 이 모든 것을 그 누구에게 주어야 하나? 꽃을 모아서 증정하자―그런데 오오! 그 누구에게?

열병閱兵 중인 선원들이 어슬렁거리고 있다. 연인들도. 해안을 따라 버스가 마을 쪽으로 덜덜거리고 간다. 나는 줄 것이다, 장식할 거다. 이 아름다움을 세상에 되돌려줄 거야. 꽃을 묶어 화환을 만들어 손을 뻗치고 앞으로 나아가 바칠 것이다―아아! 도대체 그 누구에게?"

*

"자, 받았어," 루이스가 말했다. "오늘이 마지막 학기의 마지막 날이니까―네빌의, 버나드의, 그리고 나의 마지막 날이니까―선생님들이 우리에게 주어야 하는 모든 것을 받았어. 소개가 끝났다. 세계가 소개된 것이다. 선생님들은 남고 우리는 떠난다. 내가 가장 존경하는 위대한 박사는 테이블과 장정된 책들 사이에서 몸을 좌우로 약간 흔들며 호라티우스[15], 테니슨[16], 키츠[17]와 매슈 아놀드[18]의 전집에 적절한 헌사를 써서 나누어주셨다. 이것들

---

15 로마의 시인. 그의 시론은 17, 18세기의 고전주의 시론의 기초가 되었다.
16 19세기 영국 시인. 워즈워스를 계승한 계관시인.
17 영국의 낭만파 시인. 『엔디미온』이 대표작.
18 19세기 영국 시인. 비평가. 교육가. 『교양과 무질서』의 저자.

을 증정해주신 그분의 손을 나는 존경한다. 그는 확신을 갖고 말한다. 그의 언어는 우리에게는 그렇지 않지만 그에게는 진실이다. 감개무량하고 퉁명스러운 목소리로 말하면서 포악하게, 그러면서도 다정하게 우리는 지금 떠나려 하고 있다고 알려주었다. '남자답게 떠나'라고 그는 명령했다. (그의 입에서는 성서의 인용문이건 『타임스』지에서의 인용문이건 꼭 마찬가지로 장중미를 지니고 있는 듯했다.) 혹자는 이렇게 할 테고 다른 사람은 저렇게 할 거다. 다시 만나지 못하는 사람도 있게 마련이다. 인생이 우리를 갈라놓을 것이다. 그러나 우리는 모종의 유대감을 형성했다. 이제 우리의 무책임한 유년 시절은 지나갔다. 그러나 우리는 어떤 연대를 구축했다. 무엇보다도 전통을 계승했다. 이 도로에 깔린 자갈은 자그마치 600년간 사람들이 밟아온 것이다. 이 벽에는 군인, 정치가, 불행한 시인들의 이름이 아로새겨져 있다(내 이름도 언젠가는 저들 가운데 끼게 되었으면). 모든 전통과 보호와 제한에 축복 있으라! 까만색 가운을 입고 있는 당신들에게, 그대들의 지도력과 수호에 대하여 심심한 사의를 표한다. 그래도 결국 문제는 남는다. 대립은 아직 해소되지 않았다. 창밖의 꽃들이 머리를 힘차게 흔들고 있다. 야생의 새를 보자, 그 새보다 더 야생적인 충동이 나의 야생적인 혼에서 세차게 튀어나온다. 나의 눈은 야성적이다. 입술은 꼭 다물어져 있다. 새는 날고 꽃은 춤을 추고. 하지만 내게는 음울하게 철썩거리는 파도 소리가 늘 들려온다. 사슬에 묶인 짐승이 해안에서 발을 굴러 둥둥 소리를 낸다. 둥둥 둥둥 소리를 낸다."

"이게 마지막 의식이야," 버나드가 말했다. "모든 의식 가운데 마지막이야. 우리는 이상한 감정에 휩싸여 있어. 차장이 깃발을 치켜들고 바야흐로 호루라기를 불려는 참이야. 기차는 다음 순간 증기를 내뿜으며 출발하려 하고 있어. 우리는 이런 경우에 딱 들어맞는 말을 하고 싶고 그런 감정을 느껴보고 싶어한다. 마음의 준비는 되었고 입술은 오므라들었다. 그때 벌 한 마리가 날아들어와 햄프턴 장군 부인이 그녀가 받은 찬사에 대한 감사의 표시로 계속 냄새를 맡고 있는 꽃다발 주위를 윙윙거리고 돌아다닌다. 만약 벌이 부인의 코를 쏜다면? 우리는 모두 깊이 감동하고 있다, 그러나 불경스럽고, 그러면서도 뉘우치고 있고, 빨리 끝내고 싶어하면서도 떠나기는 싫어한다. 벌이 우리를 산만하게 만든다. 벌이 아무렇게나 날아다니며 우리의 긴장을 조롱하고 있는 듯하다. 붕붕거리며 여기저기 날아다니다가 이제는 카네이션 위에 앉았다. 우리 가운데 많은 사람을 이제 다시는 만나지 못할 것이다. 몇 개의 특정한 즐거움은 이제 다시는 맛보지 못할 게다, 마음대로 잠자리에 들 수 있게 되었을 때, 아니면 잠을 안 자고 앉아 있어도 상관없게 되었을 때, 더 이상 양초 토막이나 외설스러운 문학 책을 몰래 들여올 필요가 없을 때. 지금 벌은 위대한 박사의 머리 주위를 붕붕거리며 날고 있다. 라펜트, 존, 아치, 퍼서벌, 베이커와 스미스―나는 이들을 무척 좋아했다. 정신 나간 놈은 한 명뿐이었고, 내가 미워한 비열한 소년도 단 한 명밖에는 없었다. 돌이켜보건대 교장선생님과 같이 토스트와 마멀레이드를 먹었던 끔찍하게 어색했던 아침식사가 그립다. 교장 선생님 혼자만 벌의 존재를 알아차리지 못했다. 만약 교장 선생님의 코에 그 벌이 앉는다면 장중한 동작으로 날려 보내겠지. 지금 그는 특유의 농담을 했다. 그의 목소리가 완전히는 아니지만 부서졌다. 이제 우리는 해산했다―루이스, 네빌, 그리고 나는 영원히. 우리는 약간 알아보기 힘든 학자의 필체로 헌사가 쓰여 있는 반짝이는 책을 손에 든다. 우리는 일어나서 흩어진다. 억압은 치워졌다. 벌은 보잘

것없는, 무시해도 좋은 곤충이 돼버려서 열린 창문을 통해 망각의 늪으로 날아가 버렸다. 내일 우리는 출발한다."

"우리는 지금 막 헤어지려는 참이야," 네빌이 말했다. "여행용 트렁크가 줄지어 늘어서 있고 마차가 기다리고 있어. 저쪽에 중산모를 쓴 퍼서벌이 보이네. 그는 나를 잊을 거야. 내 편지를, 답장도 쓰지 않고 총과 사냥개 사이에 버려둘 거야. 그에게 시를 써 보내면 아마도 그는 그림엽서에 답장을 쓸 거야. 하지만 바로 그렇기 때문에 나는 그를 좋아하지. 만나고 싶다고 내가 제안을 할 거야―어떤 십자로의 시계 아래에서. 그러나 기다려도 그는 오지 않을 거야. 바로 그렇기 때문에 그가 좋아. 그는 부지불식간에 나의 생활에서 사라져버릴 거야. 그러면 나는 믿기지 않겠지만 다른 사람들의 생활 가운데로 들어갈 거야. 이것은 다분히 탈선, 서곡일 따름이야. 박사의 거창한 허례허식과 가짜 감정은 도저히 참아낼 수 없지만 나는 벌써 느끼고 있다. 희미하게만 감지한 것들이 가까이 다가오고 있는 것을. 펜위크가 공 치는 방망이를 치켜들고 있는 정원에 나는 자유로이 들어갈 수 있을 거야. 나를 바보 취급한 애들에게 나의 주권을 인정하게 만들 거야. 하지만 나의 존재를 규정하는 알기 어려운 법칙에 의하면 주권과 권력의 소유도 충분하지는 않을 거야. 나는 끊임없이 커튼을 젖히고 안으로 들어가서 속삭여진 말들을 홀로 참아볼 거야. 그래서 나는 간다, 반신반의하면서도, 의기양양하게. 견딜 수 없는 고통에 대하여 걱정하면서도. 하지만 나는 커다란 아픔을 정복한 후에는 모험에서 반드시 승리하여 결국에는 원하는 것을 찾아낼 거라고 확신해. 머리 위에 비둘기들이 머무르고 있는, 우리 학교의 경건한 창설자의 동상도 마지막으로 바라본다. 비둘기들은 그의 머리 주위를 언제까지나 선회하면서 동상의 머리를 하얗게 물들이고 있다, 예배당에서는 풍금이 슬픈 음색을 내고 있는 동안에. 그러고는 자리에 앉는다. 예약된 칸의 구석에 앉으면 책으로 눈을 가려 한 방울의 눈물을 감춘다. 눈을 가리고 관찰한다. 한 얼굴을 엿보기 위해서. 오늘부터 여름 방학이다."

*

"오늘부터 여름 방학이야," 수잔이 말했다. "하지만 오늘이라고 하는 날은 아직 개봉되지 않았어. 내가 기차에서 내리는 오늘 저녁 전에는 개봉되지 않을 거야. 들판에서 불어오는 초록의 차가운 공기 냄새를 맡을 때까지는 아무 냄새도 맡지 않을 테야. 그러나 이미 나는 학교 운동장에도 있지 않고 저것도 학교의 산울타리는 아니야. 이 밭에서 일하고 있는 사람들은 현실의 일을 하고 있어. 실제로 존재하는 건초를 짐마차에 가득 싣고 있고, 저기 있는 건 진짜 소이고 학교의 소가 아니야. 그래도 복도의 콜타르 냄새, 교실의 분필 냄새는 아직도 내 코끝에 붙어 있어. 유리를 끼워 반짝거리는 은촉 물림 판자가 아직도 눈에 어린다. 나는 밭과 산울타리, 숲과 들, 가파른 철도의 각이 진 길, 대피선에 있는 덮개 없는 화물차, 터널, 여인들이 세탁물을 내걸고 있는 교외의 정원, 그리고 또다시 밭, 그리고 문에 매달려 있는 아이들을 기다리지 않으면 안 돼, 죽도록 싫어한 학교를 덮어버리려면, 깊이깊이 묻어버리려면.

나는 아이들을 학교에 보내지 않을 테야. 또한 평생 하룻밤도 런던에서 보내지 않을 거야. 이 거대한 역에서는 모든 것이 메아리 치고 공허한 소리를 내. 빛도 차양 아래서의 노리끼리한 빛을 닮아 있어. 지니는 여기서 살아. 지니는 개를 데리고 이 보도 위를 산책해. 여기서는 모두가 말없이 발걸음을 재촉하며 지나가. 상점의 진열장만 바라보지. 사람들의 머리는 모두 거의 같은 높이에서 아래위로 움직여. 집들은 하나같이 유리나 꽃으로 장식되어 반짝이고 있어. 저것 좀 봐, 모든 집에는 정면에 현관이 있고 레이스 커튼이 쳐 있고 기둥과 하얀 계단이 있어. 그러나 나는 그냥 지나쳐서 다시 런던을 벗어나고 있어. 또다시 들판이 보이고 그다음에는 집과, 세탁물을 내다 걸고 있는 여인들, 나무, 그리고 들판이 보여. 지금 런던은 베일에 가려 있어, 그 모습이 사라지고, 가루가 되어 넘어졌어. 콜타르와 소나무 냄새가 사라지기 시작해. 옥수수와 무 냄새가 나. 하얀 면 조각으로 묶은 종이 꾸러미를 펼쳐본다. 달걀껍데기가 내 무릎 사이의 틈으로 미끄러져 들어와. 정거장마다 정차하고 밀크 캔을 굴려 내보내고 있어. 여자들이 서로 키스하고 바구니를 서로 들어줘. 창에서 몸을 굽혀 내밀 거야. 코에, 목에 공기가 세차게 흘러내려 ─ 차가운 공기가, 무 밭 냄새를 머금은 소금 맛을 지닌 공기가. 저기 아버지가 계시네, 등을 돌리고 농부와 이야기하고 계셔. 몸을 떨면서 나는 울부짖어. 저기 각반을 두르고 있는 아버지가 계시다고. 저분이 바로 내 아버지라고."

"북쪽으로 가고 있는 기차의 한 구석에 나는 편안하게 앉아 있어," 지니가 말했다. "함성을 내지르며 달리는 급행열차는 산울타리를 납작하게 만들고 언덕을 길게 늘여놓으면서 매끄럽게 질주하고 있어. 우리는 눈 깜짝할 사이에 신호소를 지나고, 우리 열차는 대지를 좌우로 약간 흔들리게 한다. 거리는 끝없이 한 점에 모이고, 우리는 끝없이 그 거리를 다시금 넓혀. 전신주가 끊임없이 머리를 들어올려서 하나가 넘어졌다고 생각하면 다른 것이 솟아오르지. 이제 우리는 함성을 지르며 터널 안으로 뛰어들어. 남자

66

들이 창을 닫지. 터널 안쪽에 붙여놓은 반짝거리는 거울에 여러 물체가 비치는 것이 보여. 그가 신문을 내려놓는 모습도 보여. 그는 터널에 비친 내 모습에 미소를 짓는다. 그가 응시하는 가운데 나의 육체는 즉시 저절로 치장을 한다. 내 육체는 독자적 삶을 사는 거야. 저런, 까만 유리창이 또다시 초록으로 변했네. 우리는 이제 터널을 빠져나왔어. 그는 신문을 읽고 있어. 하지만 우리는 서로의 육체를 인정하는 데 이미 합의를 보았어. 그러니까 육체의 대집단이라는 것이 있는데 내 육체가 거기에 소개된 거지. 내 육체는 금색 의자가 있는 방에 들어왔어. 저런 ― 별장의 창이란 창은 모조리, 그리고 하얀 커튼들도 춤을 추고 있네. 파란 손수건을 목에 매고 옥수수 밭 산울타리 안에 앉아 있는 남자들도 나와 마찬가지로 흥분과 환희를 느끼고 있는 거야. 기차가 지나갈 때 한 사람이 손을 흔들어. 별장 정원에는 정자와 나무가 많고 와이셔츠 바람의 젊은이들은 사다리에 올라가 장미를 다듬고 있어. 말을 탄 사람이 들판을 달리고 있고, 기차가 지나가니까 그의 말은 뒷다리를 쳐들면서 뛰어. 그러니까 말 탄 사람이 몸을 돌려 우리를 바라봐. 다시 기차는 굉음을 내며 어둠 속을 달려. 나는 드러누워 환희에 몸을 맡기지. 터널을 통과하면 램프가 켜지고 의자가 있는 방에 들어가서 뭇 사람의 찬탄을 받으며 의자 하나에 몸을 맡기면 드레스가 내 주위에서 크게 파도치지. 그러나 얼굴을 들어보니 내가 우쭐대고 있지는 않나 하는 심술궂은 여인의 시선을 받게 된다. 내 육체는 뻔뻔스럽게 파라솔처럼 그녀의 면전에서 닫혀버린다. 나는 자유자재로 육체를 닫기도 하고 열기도 한다. 인생은 지금 막 시작되고 있어. 지금 나는 인생의 보고寶庫를 뚫고 들어가고 있어."

"오늘부터 여름 방학이야," 로우다가 말했다. "기차가 이 빨간 바위 옆을, 이 파란 바다 옆을 지나가면 끝난 학기가 내 뒤에서 하나의 형태를 이루지. 그 색깔이 보여. 유월은 하얀색. 들판은 데이지 꽃이 피어 하얗고 드레스도 하얗고. 테니스 코트도 하얗게 선이 그어져. 그러고는 바람이 불고 격렬한 천둥이 울린다. 어느 날 밤에는 구름을 뚫고 별이 흐르고, 그러면 나는 별에게 기도한다. '나를 완전히 소진시켜 달라'고, 그건 한여름의 일이었어. 가든파티가 끝난 후, 가든파티에서 치욕스런 일을 당하고 난 후의 일이었어. 칠월을 채색한 것은 바람과 폭풍우. 또한 궁정 한가운데 섬뜩하고 무시무시한 회색 물웅덩이가 있었는데 나는 봉투 하나를 손에 들고 메시지를 전하러 갔어. 물웅덩이에 도달했는데 건널 수가 없었어. 나라고 하는 것이 이해가 되지 않았어. 인간은 무無라고 말하고 나는 넘어졌어. 깃털같이 훅 불려서 터널 안을 표류하고 있었어. 그러고 나서 매우 신중하게 발을 내밀었어, 벽돌로 된 벽에 손을 얹고. 섬뜩한 회색빛 물웅덩이를 넘어 나 자신을 다시 내 육체 안으로 끌어당겨 넣으면서 대단히 고통스럽게 나는 돌아왔어. 이것이 내 몸을 위탁한 인생이라는 거야.

이리하여 나는 여름 학기를 떼어낸다. 단속적으로 충격을 가하면서 호랑이가 갑자기 튀어오르듯 인생은 그의 검은 갈기를 치켜들며 바다로부터 모습을 드러낸다. 우리는 이것에 붙어 있는 것이다. 야생마에 묶인 육체들과도 같이 이것에 묶여 있는 것을. 하지만 우리는 파열된 틈을 메우고 갈라진 틈새를 감출 장치들을 발명해냈지. 검표원이 왔어. 남자가 둘, 여자가 셋, 바구니 안에는 고양이가 한 마리, 창문턱에 팔꿈치를 대고 있는 나 자신— 이것이 지금 이 장소에 있는 것. 우리를 태운 기차는 황금색 옥수수가 가볍게 흔들리고 있는 밭을 지나간다. 밭에서 일하던 여인네들은 호미질을 하면서 기차가 지나간 뒤에 놀라고 있다. 기차는 언덕을 올라가면서 무겁게 발을 구르고 코고는 소리를 낸다. 우리는 드디어 황야의 정상에 왔어. 여기에는 털이 덥수룩한 몇 마리의 망아지와 야생 양이 살고 있을 뿐이야. 그래도 우리는 모든 편의를 제공받고 있어, 신문 놓을 테이블, 컵 받침 등. 황야의 꼭대기 위로 이 물건들을 가지고 온다. 자, 이제 정상에 다다랐네. 기차가 지나가고 난 뒤에는 정적이 엄습하지. 저 대머리 진 정상을 넘어 돌아다보니 정적은 이미 엄습하고 있고 텅 빈 황야 위로 검은 구름이 서로를 뒤쫓고 있어. 우리가 잠시 지나간 뒤 정적이 엄습해. 이것이 현재의 순간. 이것이 여름 방학의 첫날. 벌떡 일어나는 괴물의 일부. 거기에 우리는 붙어 있는 거야."

*

"이제 우리는 떠났어," 루이스가 말했다. "나는 지금 묶인 곳 전혀 없이 우주에 매달려 있어. 우리는 어느 곳에도 존재하지 않아. 기차를 타고 영국을 빠져나가고 있어. 창 옆을, 언덕에서 숲으로, 강과 버드나무에서 또다시 도시로, 끊임없이 변하면서 영국은 미끄러지듯이 달려나간다. 그런데 내게는 똑 부러지게 정해진, 꼭 가야만 할 장소도 없어. 버나드와 네빌, 퍼서벌, 아치, 라펜트, 그리고 베이커는 옥스퍼드나 케임브리지에, 데인버러에, 로마에, 파리에, 베를린에, 혹은 어딘가 미국의 대학에 가고 나는 막연히, 막연히 돈 벌러 간다. 그러므로 이 금색 강모剛毛에는, 이 노란 들에는, 결코 경계를 넘어 흐르는 일은 없지만 가장자리까지 잔물결 치는 옥수수 밭에는 통절한 그림자가, 예리한 정취가 내려앉는다. 오늘은 새로운 인생의 첫날, 위로 회전하는 수레바퀴의 새 살이다. 하지만 내 몸은 새의 그림자처럼 떠돈다. 목장에 비치는 새 그림자가 곧 흐려져서 숲에 부딪히면 금방 지워져 없어지는 것처럼 내 몸은 덧없는 것이거늘, 무리하게 내 두뇌를 활동시키지 않는다면. 가령 아직 쓰지 않은 시 한 줄만이라도 나는 이 순간 무리하게 읊조려본다. 여인이 빨간 물 단지를 나일 강에 운반하는 파라오[19] 시대의 이집트에서 시작한 기나긴 역사 위에 이 작은 것이나마 새겨놓으리. 나는 벌써 몇천 년이나 산 것 같은 느낌이 든다. 하지만 지금 눈을 감으면, 과거와 현재의 접점을 인식하지 못하면, 휴가를 받아 귀향하는 소년들로 가득 찬 삼등차에 타고 있다는 사실을 잊는다면 인간의 역사는 순간의 투시력을 빼앗기고 만다. 나라는 인간을 통해서 보는 투명한 눈은 닫힌다 — 만약 내가 태만해서, 혹은 비겁해서 나 자신을 과거에, 어둠 속에 묻어두고 잠을 잔다면, 아니면 버나드처럼 이야기를 하면서 묵인하면, 그것도 아니라면 자만하면. 퍼서벌, 아치, 존, 월터, 레이슴, 라펜트, 로퍼, 스미스가 자만하는 것처럼 — 그들의 이름은 항상 똑같다, 자랑꾼 소년들의 이름은. 그들은 하나같이 모두 자랑을 하고 있어. 네빌만 빼놓고. 그는 프랑스 소설책의 가장자리 너머로 이따금 흘끔거려. 그리하여 항상 쿠션이 깔려 있고 벽난로에 불이 타고 있고 여러 권의 책과 한 명의 친구가 기다리고 있는 방에 슬쩍 들어오곤 하지. 나로 말할 것 같으면 카운터 뒤의 사무실 의자에 기대앉아 있어. 그러는 사이 나는 속이 뒤틀리는 것을 느끼고 그들을 조소하지. 내가 런던 태생의 아이들과, 사무원들과 어울리는 동안, 도시의 보도 위를 탁탁 소리를 내며 걷고 있는 동안, 주목 그늘 아래 안전하고 전통적인 생활 방식을 계승해나가고 있는 그들을 부러워하게 될 게야.

하지만 이제 육체를 벗어나서 정처 없이 들판을 지나가면서 —

19 고대 이집트 국왕의 칭호

(강이 있고, 한 남자가 낚시질을 하고 있으며, 첨탑이 있고, 활 모양의 창이 달린 여인숙이 있는 마을의 거리가 있네) 모든 것이 내게는 꿈만 같이 몽롱하네. 지난한 사고思考도, 시기도, 신랄함도 내게는 거하지 못한다. 나는 루이스의 유령, 잠깐 스쳐 지나가는 덧없는 과객인 것을. 나의 마음속에서는 꿈이 힘을 발휘하고, 이른 아침 측량할 길 없이 깊은 수면 위에 꽃잎이 떠다니고, 새가 노래할 때 내 마음은 술렁거린다. 나는 달려가서 어린 시절의 찬란한 물을 몸에 뿌린다. 그 얇은 막이 떨린다. 하지만 해변에서는 쇠사슬에 묶인 짐승이 쿵쿵 소리를 내며 발을 동동 구른다."

  "루이스와 네빌," 버나드는 말했다. "두 사람은 말 없이 앉아 있어. 둘은 뭔가에 빠져 있어. 두 사람은 타인의 존재를, 격리시키는 벽쯤으로 알고 있어. 하지만 나는 다른 사람들과 같이 있으면 즉시 말이 연기 고리를 만들어 — 자, 봐, 몇 개의 구절이 내 입술에서 즉시 원이 되어 떠나기 시작하는 것을. 마치 성냥에 불을 붙인 듯해. 무언가가 타고 있어. 나이가 지긋한 여행객이, 부유해 보이는 남자가 지금 들어오고 있어. 그러면 나는 즉시 그 남자에게 가까이 가고 싶어져. 이 남자가 자연스럽게 어울리지 못하고 냉정하게 우리 사이에 앉아 있는 것이 나는 본능적으로 싫어. 나는 분리가 싫어. 우리는 단독의 존재가 아니야. 또한 인간 생활에 관한 귀중한 관찰 수집에 보탬이 되고 싶어. 나는 확실히 여러 권의 책을 쓸 거야. 모든 종류의 다양한 남녀를 망라하게 될 테니까. 나는 만년필에 잉크를 채우는 동안 방이나 객차 안에서 일어나는 모든 일을 마음에 담지. 나는 변함없이 채워지지 않는 갈망을 지니고 있어. 아직은 모르지만 나중에는 알게 될 미세한 징조들에 의해 그의 도도함이 누그러지려 하고 있다는 사실을 느낀다. 그의 고독이 무너져내리고 있다는 징후가 보인다. 전원주택에 관해서 그는 자신의 의견을 말했다. 둥근 모양의 연기가 내 입술에서 나온다(농작물에 관해서). 둥근 모양의 연기는 그를 에워싸고 끌어들인다. 인간의 목소리에는 경계심을 풀어주는 특질이 있지 ─ (우리는 하나하나 떨어져 있는 존재가 아니라 합해서 하나가 된 존재야). 전원주택에 관해서 이렇게 몇 가지 의견을 다정하게 교환하면서 나는 그를 반짝거리게 만들고 구체적인 존재가 되게 한다. 그는 다정한 남편이기는 하지만 신의는 없다. 소수의 인원을 고용해서 사업을 하고 있는 중소 건축업자이다. 그 지방에서는 나름대로 중요한 인물이어서 벌써 시의원이 되었고, 아마도 머지않아 시장이 될 것이다. 뿌리째 뽑힌 두 개의 치아와도 같은 커다란 산호 장식물을 시계줄에 걸어놓고 있다. 월터 J. 트럼블이라고 부르는 것이 그에게는 어울리지. 사업차 부인과 함께 미국에 다녀왔는데, 작은 호텔의 2인용 객실 비용이 그의 한 달치 봉급에 해당하는 액수였다. 그의 앞니는 금으로 씌워져 있다.

사실 내게는 명상의 자질은 없어. 어느 것에서나 구체성을 요구하거든. 나는 그런 식으로만 세계를 파악하고 있어. 하지만 훌륭한 구절은 독립된 존재를 가지고 있는 것 같아. 그러나 최상의 구절은 고독한 가운데서 태어날 가능성이 높다고 생각해. 최상의 구절에 필수적인 마지막 냉각 과정을 나는 도저히 해낼 수가 없어. 항상 따뜻하고 녹아드는 단어들 속에 빠져 있기 때문에. 그럼에도 불구하고 내 방법에는 그들의 방법을 능가하는 몇 가지 이점이 있어. 네빌은 트럼블의 조야함을 끔찍이도 싫어하지. 루이스는 홀깃 바라보면서, 하잘것없는 학의 거창한 걸음걸이로 걸으면서, 사탕 집는 가위인 양 단어들을 집어올린다. 그의 눈은 ─ 야성적이고, 비록 웃고 있지만 절망적인 ─ 우리가 측량하지 못한 그 무엇을 드러낸다. 네빌과 루이스, 이 두 사람에게는 내가 칭찬은 하면서도 절대로 갖지 못할 정확성, 엄정성이 구비되어 있어. 자, 이제는 행동해야 한다는 사실을 깨닫기 시작한다. 갈아타야 할 역이 가까워지고 있어. 에든버러 행 기차를 타야 해. 그런데 내게는 이 사실이 정확하게 파악이 안 돼 ― 한 개의 단추같이, 하나의 작은 동전같이 막연하게 머릿속에 자리 잡고 있기는 하지만. 쾌활한 친구가 표를 받고 있어 ― 나도 표를 가지고 있었지 ― 틀림없이 한 장 가지고 있었지. 하지만 그건 문제가 아니야, 찾든지 못 찾든지. 가방을 뒤져보고 호주머니란 호주머니는 모조리 뒤져본다. 바로 이런 일들이 내가 늘 몰두해 있는 일, 즉 바로 이 순간에 딱 들어맞는 완벽한 구절을 찾아내는 일을 늘 방해하지."

"버나드는 떠났어," 네빌은 말했다. "표도 안 가지고. 손을 흔들며 문장을 만들면서 우리에게서 도망쳤어. 그는 말 사육사에게도 배관공에게도 우리에게와 마찬가지로 편안하게 이야기했어. 배관공은 그에게 반하고 말았지. '만약 나에게 저런 아들이 있다면,' 그는 생각하고 있었어. '무슨 수를 써서라도 옥스퍼드에 보내련만' 하고 말이야. 그러나 버나드 쪽에서는 배관공에 대해서 어떻게 느꼈을까? 혹시 자신에게 하고 있는 이야기를 계속해서 하기만을 바란 것은 아닐까? 어릴 적 빵을 뭉쳐서 작은 알약 모양을 만들던 때부터 그는 그 이야기를 시작했어. 빵 뭉친 것 하나는 남자, 또 하나는 여자였어. 그러니까 우리는 모두 빵 뭉치들이었던 거지. 우리는 모두 버나드의 이야기 가운데서 모든 구절, 그의 공책의 A 혹은 B 항에 그가 기록하는 것들이야. 그는 우리 이야기를 놀랍게도 잘 이해하면서 이야기해. 우리가 가장 절실하게 느끼는 것은 빼놓고 말이야. 왜냐하면 그는 우리를 필요로 하지 않기 때문이야. 그는 결코 우리가 원하는 대로 되어주질 않아. 저기 플랫폼에서 양팔을 흔들고 있어. 기차는 그를 태우지 않은 채 떠나고 말았어. 환승 열차를 놓친 거지. 기차표를 잃어버렸어. 하지만 그게 무슨 대수람. 그는 인간 운명의 본질에 관해서 술집 여종업원을 상대로 이야기하고 있을 거야. 우리가 탄 기차는 떠났어. 그는 벌써 우리를 까맣게 잊었어. 우리는 그의 시야에서 멀어져가고 있어. 우리는 얼마쯤은 괴롭고, 또 얼마쯤은 달콤한, 좀처럼 사라지지 않는 감정을 잔뜩 지니고 가고 있어. 왜냐하면 표는 잃어버리고 미완성의 문장을 무기로 세계와 맞서는 그가 어딘가 측은했기 때문이야. 또한 그는 사랑 받을 만한 녀석이기도 하지.

자, 나는 또 책을 읽는 척하고 있어. 거의 눈을 가릴 수 있을 만큼 책을 들어올려. 하지만 말 사육사와 배관공이 있는 데서는 도저히 책을 못 읽겠어. 나는 아첨은 못해. 나는 저 남자를 좋아하지 않고, 그는 나를 좋아하지 않아. 내가 최소한 정직할 수 있게 해줘. 실없는 소리를 지껄이고, 경박하게 굴고, 자기도취에 빠지는 것을 비난하게 해줘. 이 말 털로 만든 좌석을, 부두와 유보장遊步場의 색칠한 사진들을 거부할 수 있게 해줘. 이 세계의 안일한 자기도취에 대고 비명을 지를 수 있어. 시곗줄에 산호 장식물을 매달고 있는 말 사육사를 길러내고 있는 이 세상의 범속함을 거부하게 해줘. 그들을 완전히 소멸시킬 힘이 내게는 있어. 나는 웃어서 그들이 그들의 좌석에서 몸을 비틀게 만들 거고, 내 앞에서 신음하며 쫓겨 가게 만들 테다. 아니야, 그들은 불멸의 존재야. 그들은 승리를 거둘 거야. 그들은 내가 삼등차 안에서 항상 카툴루스를 읽지 못하게 만들 거야. 시월이 되면 나를 몰아내어 어딘가의 대학에 피난시키겠지. 대학에서 나는 연구원이 되어 교사들과 함께 그리스에 여행을 가고, 파르테논의 폐허에 관해서 강의할 거야. 대학을 나온 거만한 아내와 살면서 소포클레스[20]와 에우리피데

20 고대 그리스의 3대 비극 시인 가운데 한 사람.

스[21]의 해골 속을 구더기처럼 들락날락 하느니보다는 말을 사육하며 저 붉은 별장에서 사는 편이 나을 거야. 그러나 그게 나의 운명일 거야. 고통스럽겠지. 열여덟 살에 벌써 말 사육사가 나를 증오할 정도의 경멸을 드러낼 수 있어. 이게 나의 승리야. 타협 같은건 안 해. 쭈뼛거리지도 않지. 특유의 억양 같은 것도 안 써. 루이스처럼 '브리스베인의 은행가인 아버지'에 관해서 사람들이 어떻게 생각하나에 신경을 쓸 필요도 없어.

자, 이제 문명 세계의 중심에 다가가고 있어. 눈에 익은 가스탱크가 보여. 공원에는 아스팔트 보도가 교차하고 있어. 연인들은 부끄러운 줄도 모르고 불에 탄 잔디 위에서 입술에 입술을 대고 누워 있어. 퍼서벌은 지금쯤은 스코틀랜드에 도착했을 거야. 그가 탄 기차는 붉은 황야를 뚫고 지나가고 있어. 길게 늘어선 영국과 스코틀랜드 국경 지대의 고원과 로마인이 만들어놓은 성채의 기다란 선을 보고 있겠지. 그는 추리 소설을 즐겨 읽기는 하지만, 그 밖에도 도통 모르는 것이 없어.

런던에, 중심에 가까워지자 기차는 속도를 줄이고 길게 늘어난다. 그러니까 내 심장도 무서워서, 기뻐서, 늘어난다. 나는 지금 막 만나려는 참이야―무엇을 말이지? 우편 마차, 짐꾼들, 택시를 부르는 이 사람들 가운데서 어떤 비상한 모험이 나를 기다리고 있는 걸까? 나는 나 자신이 하찮은 존재이고, 갈팡질팡 갈피를 못 잡고 있지만 기쁨은 용솟음치는 것을 느끼고 있다. 약간의 충격을 받고 기차는 멈춰선다. 다른 사람들을 먼저 내리게 해야지. 저 혼돈, 저 소란 가운데로 들어가기 전에 나는 한순간이라도 조용히 앉아 있어야지. 앞으로 일어날 일 같은 건 예상해보지 않을래. 거대한 소요가 들려와. 이 유리로 된 지붕 밑에서 바다의 큰

---

21 고대 그리스의 3대 비극 시인 가운데 마지막 시인.

파도처럼 소요가 울리고 또 울리네. 우리는 손가방을 들고 플랫
폼에 던져졌어. 우리를 빙빙 돌려서 하나하나 흩어지게 했어. 나
의 죄의식은 거의 사라졌어. 경멸감도. 나는 끌려 들어가서 공중
높이 내던져졌어. 전 재산—가방 하나—을 꽉 붙잡고 플랫폼으
로 걸어 나오고 있어."

해가 떠올랐다. 노랑과 초록 빛줄기가 해안에 떨어졌다. 그리하여 노후한 보트의 늑재肋材를 금빛으로 물들이고 다년초 씨-할리와 쇠사슬 갑옷을 입은 잎사귀들을 강철처럼 푸른색을 내며 번쩍이게 만들었다. 파도가 부채 모양을 그리며 해변을 질주해나갈 때 빛은 발 빠른 얇은 파도를 거의 뚫고 지나갔다. 머리를 옆으로 흔들고, 모든 보석, 황옥, 남옥, 불꽃 튀기는 물색 보석들을 춤추게 만든 소녀는 지금 눈을 크게 뜨고 이마를 드러내고는 파도 위를 일직선으로 달렸다. 고등어색 파도의 떨리는 반짝임은 희미해졌고 파도는 한데 모였다. 움푹 들어간 초록 부분은 깊어지면서 어두워져 배회하는 많은 물고기가 건너갈 수 있을 정도가 되었다. 파도가 물을 튀기고 물러갔을 때 해변에 검은 나뭇가지와 코르크, 지푸라기와 나무토막 등이 남아 있었다. 마치 가벼운 소형 보트가 침몰해 양쪽 옆구리가 파열되고 육지로 헤엄쳐 나온 선원이 절벽을 뛰어넘고 그의 가벼운 짐이 물에 씻겨 해안에 남게 된 것처럼.

정원에서는 새벽녘에 저 나무 위에서, 저 숲에서, 무턱대고 발작적으로 노래하던 새들이 이제는 째지는 듯 예리한 목소리로 합창을 하고 있다, 우정을 의식하고 있기나 한 것처럼 이따금은 함께, 또 이따금은 창백한 푸른 하늘을 향해 혼자서. 검은 고양이가 숲에서 움직이니까 요리사가 잿더미 위에 타다 남은 뜬숯을 던져서 고양이를 놀래키자 새들은 일제히 날아가 버렸다. 그들의 노래에는 공포가, 고통스러운 근심이, 바로 지금 이 순간에 빨리 낚아채어져야 하는 전율이 깃들어 있었다. 또한 새들은 맑은 아침 공기 가운데서 경쟁적으로 노래를 불렀다. 느티나무 위로 높다랗게 날아돌면서 함께 노래 부르고 서로를 쫓고 쫓기고 쪼아댄다. 드디어 쫓고 쫓기는 비상飛翔에 싫증을 느끼고는 아름답게 내려왔다. 정교하게 몸을 굽히고 조용히 나무에, 벽에 내려앉았다. 머리를 사방으로 돌리면서, 빛나는 눈으로 흘끔거리면서. 깨어 있는 상태에서, 한 가지, 특별히 한 가지 일을 강렬하게 의식하면서.

어쩌면 그것은 회색 성당과도 같은 모습으로 풀 속에서 몸을 일으키고 있는 달팽이 껍데기인지도 모를 일이었다. 불에 타서 언저리에 검은 원들이 생기고, 풀 때문에 초록으로 그늘진 높다란 성당과도 같은 모습으로. 아니면 그들은 꽃들의 광채가 화단에 보라색빛을 흐르게 해주는 것을 보았는지도 모른다. 그 빛을 통해서 보랏빛 어두운 터널이 줄기 사이에 꽂혔다. 그것도 아니라면 그들은 조용히 흔들리고 있는, 가장자리가 분홍색인 꽃 사이에서 반짝이고 있는 딱딱한 사과 잎을 응시하고 있었는지도 모른다. 그것도 아니라면 산울타리에 떨어지는 빗방울을 보았는지도 모른다. 그 빗방울은 공중에 걸려 있으면서 집 전체를 그 안에서 구부러지게 하고, 느티나무를 솟아오르게 한다. 혹은 태양을 직시하고, 그들의 눈은 금색 구슬이 되어버렸는지도 모를 일이었다.

이제는 여기저기 흘끔거리며 새들은 좀 더 깊이 들여다보았다. 꽃 밑을, 어두운 거리를 지나 잎사귀가 썩고 꽃이 떨어진 암흑의 세계를 들여다보았다. 그때 새 한 마리가 힘차게 돌진해 나아가 정확하게 내려앉으면서 방어할 줄 모르는 버러지의 흐늘거리며 기피한 몸뚱이를 찌르고 쪼아대고는 상처가 곪게 했다. 꽃이 부패한 뿌리 주위에는 악취가 바람을 타고 진동했다. 부풀어오른 것들의 통통 부어오른 복부 위에는 물방울이 맺혔다. 썩은 과일 껍질이 찢어지고 알맹이는 지나치게 엉겨붙어서 흘러나오질 못했다. 벌레의 몸에서는 노란 배설물이 나왔고, 어느쪽이든 머리는 있으나 형태는 없는 몸은 때때로 천천히 이리저리 흔들렸다. 나뭇잎 사이를 화살처럼 돌진하는 금색 눈을 가진 새들은 그 화농을, 그 습함을 비웃으며 관찰했다. 이따금 부리 끝을 끈적끈적한 혼합물에 난폭하게 들이박기도 했다.

이제 또 떠오르는 태양은 창가에 비쳐 들어왔다. 가장자리가 빨간 커튼을 건드리고, 원과 선을 드러내기 시작했다. 점점 더 강해지는 빛 속에서 하얀 햇빛은 접시 안에 자리를 잡았고 칼날은 더 번쩍였다. 의자와 찬장이 뒤에서 희미하게 그 모습을 드러내어 실제로는 하나하나 분리되어 있지만 보기에는 뗄 수 없을 정도로 뒤얽혀 있는 듯했다. 거울은 벽 위에서 물웅덩이처럼 하얗게 빛났다. 창문턱에 있는 진짜 꽃은 유령 꽃의 일부였다. 하기야 유령도 꽃의 일부이기는 했다, 꽃봉오리가 터졌을 때 거울에 비친 옅은 색의 꽃도 봉오리를 터뜨렸으니.

바람이 불었다. 파도 소리가 해안에 울려퍼졌다. 터번을 쓴 투사들처럼, 독창毒槍을 움켜잡고 양팔을 높이 휘두르며 풀을 뜯어먹고 있는 양 떼, 그 하얀 양 떼를 향해서 앞으로 나아가는 터번을 두른 투사들처럼.

"여러 가지 일이 한층 더 복잡해지고 있어." 버나드는 말했다. "이 대학에서는 생활의 소요와 압박이 극에 달하고, 단순히 산다는 일의 흥분이 매일같이 더욱 절실해지고 있어. 매 시간 새로운 것이 거대한 브랜 파이[1]에서 발견된다. 나는 도대체 뭔가? 라고 묻는다. 이것인가? 아니야, 나는 저것이야. 특히 지금 방에서 나오고, 사람들은 계속 이야기를 하고 있고, 자갈길을 혼자서 발소리를 들으며 걸어 나아갈 때 오래된 예배당 꼭대기에 숭고하고 초연하게 달이 떠오르는 것을 보고 있노라면 ─ 나는 단순한 하나가 아니고 복잡다단한 여럿이라는 사실이 확실해져. 버나드는 사람들 앞에서는 잘 지껄이지만 혼자 있게 되면 입을 다문다. 다른 사람들은 이것을 몰라. 틀림없이 사람들은 지금 내가 그들을 피한다든가, 아니면 알 수 없는 녀석이라고 말하고 있을 테니까. 내가 몇 개의 전이 과정을 거쳐야 한다는 사실을 그들은 모르지, 버나드의 역할을 번갈아 대신할 몇 사람 사이를 들락날락해야 하는 것을. 나는 그때그때의 상황을 잘 알고 있어. 기차를 타고 책

<hr />

1   밀기울을 통 모양으로 만들어서 그 가운데 경품을 넣고 아이들에게 뽑게 하는 것.

을 읽으면서 저 사람은 건축업자인가, 저 여자는 불행한가, 반드시 생각해보지. 오늘도 나는 여드름이 난 가련한 사임스가 빌리 잭슨에게 잘 보일 가능성이 희박해져서 얼마나 속상해하고 있을까를 잘 알고 있어. 이걸 아프게 느끼면서 열심히 그를 정찬에 초대했어. 그는 자신을 숭배해서 그런 거라고 생각하겠지만 사실은 그렇지 않아. 그러나 '여성적인 감수성에' 추가해서(사실은 내 전기 작가의 말을 인용하고 있는 것이지만) '버나드는 남성의 논리적 냉철함도 구비하고 있어. 그런데 단일한 인상을 주는 사람, 그것도 주로 좋은 인상(단순성은 하나의 미덕 같으니까)을 주는 사람들은 흐름의 한가운데서 평정을 유지하고 있는 사람들이야. (나는 코를 한쪽으로 내밀고 있는 물고기와 다른 쪽을 지나 세차게 흘러가는 강을 동시에 본다.) 캐넌, 리세트, 피터스, 호킨스, 라펜트, 네빌 ─ 모두가 한가운데에 있는 물고기야. 하지만 너라면 알아주겠지, 부르기만 하면 언제라도 달려오는 나 자신인 너는 (불러도 아무도 오지 않는다는 것은 쓰라린 경험이지. 그러면 한밤중이 공허해지지, 이것이 클럽 노인들의 표정을 설명해주는 거야─그들은 불러도 오지 않는 자기 자신을 부르기를 포기했어), 알아주겠지. 오늘 밤 네가 말하고 있는 것은 나의 외면일 뿐이라는 것을. 그 밑에는 공적인 내가 사적인 나와 완전히 다른 순간에 통합되어 있기도 해. 요란스럽게 공감을 표시하고, 구멍 안의 두더지처럼 무슨 일이 일어나든지 전혀 개의치 않고 냉정하게 받아들이면서 앉아 있어. 지금 내 이야기를 하고 있는 너희들 중에 느끼고, 따지고 하는 이중 능력을 가진 자는 거의 없어. 리세트는 알려진 바와 같이 토끼 사냥을 좋아하고, 호킨스는 도서관에서 대단히 근면하게 오후를 보내고, 피터스는 순회 문고에서 일하는 처녀에게 홀딱 반했어. 너희는 모두 바쁘고, 어떤 일에 연루되어 있고, 몰두하고 있으며, 최대한 활기에 넘쳐 있어. 네빌은 예외지. 그의 정신 세계는 지나치게 복잡해서 한 가지 활동에 빠지질 못해. 나도 너무 복잡해. 내 경우에는 무언가가 남아서 공중에 표류하고 있어.

그런데 이렇게 방에 들어와서 불을 켜고 종이 쪽지나, 테이블이나, 의자 등받이에 아무렇게나 걸쳐놓은 가운을 보면 나는 저돌적이지만 다분히 사색적인 인간이며, 외투를 가볍게 벗어 던지고는 펜을 들어 열애하고 있는 여자애에게 재빨리 편지를 쓰는, 대담하고 위험천만한 인간이라고 느낀다. 이것이 내가 주위 상황에 민감하다는 증거다.

그래, 모든 게 상서로워. 마음이 내켜. 지금까지 수도 없이 쓰다 만 편지를 금방 다 써버릴 수 있어. 방금 방에 들어왔어. 모자와 지팡이를 집어 던지고, 머리에 떠오르는 대로, 편지지를 바로 놓으려고도 하지 않고 써나가고 있어. 쉬지도 않고 지우지도 않고 썼다고 그녀가 틀림없이 생각할 정도로 훌륭한 스케치가 될 거야. 자, 봐, 글자가 제대로 안 된 것을—부주의해서 생긴 얼룩도 있어. 스피드와 자연스러움을 위해서라면 모든 것이 희생되어야 해. 재빨리, 작은 글씨로 펜을 달리게 할 테야. 'y'자의 아랫부분을 과장하고 't'자에는—이런 식으로 가로 선을 긋고, 일필로. 날짜는 17일, 요일은 화요일 정도로 해두지. 그리고 의문부호를 붙이고. 그러나 저 소녀에게 이런 인상을 갖게 해야 하기도 해. 그는—이건 나 자신이 아니니까—이렇게 무작위적으로, 되는대로 써 내려가고 있지만 뭐랄까 그에게는 다정함과 존경심이 교묘하게 스며 있다는 인상을. 함께 나누었던 이야기들에 관해 말하자면—생각나는 장면이 있어. 그러나 그녀에게는(이건 대단히 중요한데) 내가 더할 수 없이 편안하게 차례차례 써 내려가고 있다고 생각될 거야. 익사한 남자를 목격한 일에서(그것에 대한 문구는 미리 준비해놓고 있어) 모파트 부인과 그녀가 한 이야기(그것들은 노트해놓았지)로의 이동, 그다음에는 겉으로 보기에는 아무것도 아닌 듯이 보이지만 사실은 심원함으로 가득 차 있는 의견을(심오한 비평은 흔히 담담하게 쓰이는 법이지) 약간 쓸 거야. 지금 읽고 있던, 말도 안 되는 책을 묘사해보겠네. 그녀가 브러시로 머리를 빗으면서, 혹은 촛불을 끄면서 '어디서 읽었던가? 오오 그래 버나드의 편지에서였지'라고 말했으면 해. 내가 필요로 하는 것은 속도와 뜨겁게 용해하는 효과와 문장에서 문장으로의 용암식 흐름이야. 나는 누구를 생각하고 있는 걸까? 물론 바이런[2]이지. 나는 어떤 점에서는 바이런을 닮았어. 어쩌면 바이런의 도움을 조금 받으면 박자가 맞을지도 몰라. 한 페이지 읽어볼까. 아니야, 이건 재미없어. 이건 산만해. 이건 약간 지나치게 형식적이야. 이제 감이 잡혀. 자, 그의 박자가 내 머릿속에 들어오고 있어(문장의 핵심은 리듬이니까). 자, 쉬지 않고 시작할 거야. 밝고 쾌활한 필치로—

하지만 벌렁 넘어지고 말아. 필력은 소진되지. 이 변모를 이겨낼 힘이 없어. 가짜 나에게서 진정한 나 자신이 떠나버려. 만약 내가 다시 쓰기 시작하면 그녀는 느낄 거야. '버나드는 작가의 포즈를 취하고 있어. 자신의 전기 작가에 관해서 생각하고 있는 거야'라고(그런데 그건 사실이야). 아니야, 이 편지는 내일 아침 먹고 즉시 쓰련다.

이번에는 상상의 광경을 머릿속에 떠올려보기로 하자. 랭글리 역에서 3마일, 킹스 로턴의 레스트오버 관에 묵도록 초청을 받았다고 가정하자. 나는 해가 질 무렵에 도착한다. 누추하긴 하지

---

2   영국 낭만파 시인. 『돈 주안』의 저자.

만 유서 깊은 이 저택의 안뜰에는 다리가 긴 개가 두세 마리 살금 살금 걸어다니고 있다. 홀에는 빛바랜 카펫이 깔려 있어. 군인으로 보이는 신사가 테라스를 거닐며 파이프를 태우고 있어. 유서 깊은 명문가의 경제적 어려움과 많은 친척이 군인이라는 사실을 알 수 있다. 군대풍의 이곳은 사람의 눈길을 끈다. 책상 위에는 사냥꾼의 말발굽이―필시 애마의 것이리라―놓여 있다. '승마를 하시나요?' '예, 매우 좋아하지요.' '딸이 거실에서 기다리고 있어요.' 내 심장의 고동이 늑골을 세게 친다. 그녀는 낮은 테이블 옆에 서 있다. 사냥에서 돌아왔다. 말괄량이인 그녀는 럼 샌드위치를 소리 내어 씹어 먹는다. 나는 대령에게 꽤 괜찮은 인상을 준다. 대단히 영리하지는 않지만, 또한 너무 풋내기도 아니라고 그는 생각한다. 나는 당구도 한다. 그러고는 삼십 년간이나 이 집에 있는 얌전한 하녀가 들어온다. 접시 위의 문양은 꽁지가 긴 동양새이다. 모슬린 천에 그린 그녀 모친의 초상이 벽난로 위에 걸려 있다. 나는 굉장히 쉽게 주위 정경을 자세하게 묘사할 수가 있어. 그러나 어떻게 사건의 당사자들을 움직이게 할 수 있을까? 그녀의 목소리를 들을 수 있을까―둘만 있을 때 '버나드' 하고 부르는 그 정확한 톤을? 그다음엔 어떻게 되지?

사실 내게는 타인으로부터의 자극이 필요해. 혼자서 외로이 불 꺼진 벽난로를 향하고 있으면 내 이야기의 빈약한 구석들이 보여. 진정한 소설가란 완벽하게 단순한 인간으로 무기한 상상을 계속해나갈 수가 있는 거야. 나처럼 전체의 통합에 절치부심하지는 않을 거야. 다 타버린 난로의 쇠살대에 있는 회색 재를 바라보고 있는 듯한 패배 의식을 맛보고 있지는 않을 거야. 어딘가의 차양이 팔딱거리고 있는 모습이 눈에 들어온다. 모든 것은 관통 불가능하게 되어버린다. 나는 이야기 짓는 일을 그친다.

회상해보자. 오늘은 대체적으로 좋은 하루였다. 저녁 때 영혼의 지붕 위에 형성되는 물방울은 둥글고 여러 가지 색깔이다. 아침은 쾌청했고 오후에는 산책했다. 나는 회색 들판 건너편의 첨탑을 즐겨 본다. 또한 사람들의 어깨 사이로 흘끔흘끔 이것저것 바라다보기를 즐긴다. 여러 가지 일이 계속 머리에 떠오른다. 나는 상상력이 풍부하고 예민하다. 저녁식사 후에 나는 재치가 넘쳤다. 우리의 공동 친구들에 관해서 막연하게 관찰한 것을 분명하게 했다. 나는 쉽게 변모했다. 그러나 이제는 석탄의 헐벗은 잔해가 솟아 있는 회색 불 앞에 앉은 채 결정적인 질문을 자신에게 던져본다. 이 사람들 중에서 나는 과연 누구인가? 이것은 다분히 지금 어느 방에 있는가에 의해서 좌우되는 문제이다. '버나드' 하고 나 자신에게 부르면 누가 오는가? 환멸을 느끼기는 하지만 격분하고 있지는 않은 충실하고 냉소적인 남자, 나이도 직업도 딱히 정해지지 않은 남자, 그저 나 자신이다. 지금 부젓가락을 손에 잡고 타다 남은 재가 쇠살대에서 홍수처럼 요란한 소리를 내며 쏟아져내리게 하는 남자. 타다 남은 것들이 떨어지는 것을 보고 '얼마나 자욱한 연기람!' 하고 혼잣말을 하고, 그러고는 서글프게, 그러나 약간은 위안을 느끼며, '모파트 부인이 와서 말끔히 치워줄 거야―'라고 덧붙인다. 아마도 나는 차의 이쪽저쪽에서 덜커덩 쾅 하고 부딪히며 살아가면서 종종 이 말을 되뇌일 거야. '오오 그래, 모파트 부인이 와서 말끔히 치워줄 거야'라고. 그러고는 잠자리에 들지."
　"현재의 순간을 포함하고 있는 세계에서," 네빌은 말했다. "어째서 판단을 하는가? 어떤 것에도 이름을 붙여서는 안 돼. 이름을 붙임으로 해서 그 물건을 변화시키면 안 되니까. 그대로 있게 하라, 강둑을, 이 아름다움을, 한순간 기쁨에 푹 빠져 있는 나를.

햇살은 따갑다. 나는 강을 본다. 가을 햇빛을 받아 점박이가 되어 불타고 있는 나무들을 본다. 빨강 사이를, 초록 사이를 보트 여러 척이 떠간다. 멀리서 종이 울리지만 조종弔鐘은 아니야. 인생을 위해 울리는 종은 늘 있는 법. 잎사귀 하나가 기쁨에 겨워 떨어진다. 오오! 나는 인생을 사랑해! 버드나무가 가느다란 가지를 공중에 내밀고 있어. 봐라. 그 가지들을 누비며 한 척의 배가 지나가고 있는 것을. 게으르게 아무 생각 없이 기운이 센 젊은이들을 태우고. 그들은 축음기에 귀를 기울이고 있어. 종이 봉지에서 과일을 꺼내 먹고 있어. 바나나 껍질을 던지니까 뱀장어처럼 몸을 말더니 강 속에 빠지고 마네. 그들이 하는 일은 모두 아름다워. 그들 뒤에는 양념 병과 장식물들이 놓여 있어. 방에는 노櫓와 유화 석판화가 가득 차 있지만 그들은 모든 것을 아름답게 만들어. 저 보트는 다리 밑을 지나가고 있어. 또 한 척이 오네. 그리고 또 한 척이. 쿠션에 누워 한 개의 돌로 만든 조상彫像처럼 유유자적하게 쉬고 있는 것은 다름 아닌 퍼서벌이야. 아니, 그의 일당 중 한 명이 한 개의 돌로 만든 조각같이 유유히 쉬고 있는 그의 모습을 흉내내고 있는 것일 뿐이야. 그만이 그들의 장난을 모르고 있지만, 그가 휴식을 취하고 있는 모습을 그들이 흉내내고 있다는 사실을 알게 되면 한 대 때리면서 온화하게 꾸짖어. 그들도 다리 밑을 지나갔다, '대롱대롱 매달려 있는 나무들의 분수'를 지나서, 노랑과 자주의 가느다란 가지들을 지나서. 커튼이 미풍에 펄럭인다. 나뭇잎 뒤에 엄숙하지만 영원히 유쾌한 건물들이 보여. 이들은 다공성인데 불길해 보이지는 않아. 아주 오래된 잔디 위에 기억할 수 없는 옛날부터 경쾌하게 서 있어. 어쩌면 좋지? 내 몸 안에 낯익은 리듬이 떠오르네. 지금껏 잠자고 있던 단어들이 머리를 들고 넘어졌다 일어나고 또 넘어졌다 일어나네. 그래 나는 시인이야. 확실히 위대한 시인이야. 지나가는 보트와 젊은이들과 멀리 있는 나무들, '매달려 있는 나무들의 분수,' 나는 이 모든 것을 보고 이 모든 것을 느낀다. 영감을 받고 양쪽 눈에 눈물이 가득 찬다. 하지만 이것을 느끼면서도 나는 점점 더 열광해가고 있는 거야. 흥분은 거품을 뿜어내고 인공적이며 진실하지 않은 것이 되지. 언어, 언어, 언어가 얼마나 질주하는가 — 그들의 긴 갈기 같은 머리털과 꼬리를 얼마나 빨리 움직이는가. 그러나 나는 내 안의 결함으로 인해서 언어의 잔등이에 나 자신을 맡길 수가 없어. 도망치는 여자들과 뒤집어진 손가방 사이를 언어와 함께 헤집고 날아다닐 수도 없어. 내게는 결함이 있어 — 치명적인 주저가 그것이지, 그걸 내버려두면 거품이 되고 거짓이 돼. 하지만 내가 위대한 시인이 아니라는 사실은 믿을 수 없어. 어젯밤에 쓴 것이 시가 아니라면 그럼 그건 도대체 무엇이란 말인가? 모르겠어. 너무 빨리 쓰나, 너무 쉽게 쓰나? 모르겠어. 때로는 나 자신도 모르겠어. 현재의 나를 만든 기질을 어떻게 평가해야 할지, 거기다 굳이 이름을 붙여야 할지, 굳이 밝혀내야 하는 건지 잘 모르겠어.

지금 무엇인가가 내게서 떠나간다. 무언가가 내게서 떠나 이곳으로 오고 있는 저 사람을 만나고 저 남자가 누구인가 내가 알아차리기도 전에 내가 이미 알고 있는 남자라고 확신시킨다. 인간이라는 존재는 친구가 하나라도, 설사 멀리서 와서라도 보태지면 얼마나 신기하게 변하는 것이란 말인가? 친구라고 하는 존재가 우리에게 과거에 있었던 일을 회상시켜줄 때 얼마나 유용한 역할을 하는지. 하지만 회상되고, 누그러뜨려진다는 것은 또 얼마나 괴로운 일인지, 자기 자신이 타인과 뒤섞여 그 사람의 일부가 되는 것은. 저 남자가 내게 다가올 때 나는 나 자신이 아니고 누군가와 섞인 네빌이 된다 — 누구와? — 버나드와? 그렇다, 버나드다. 나는 누구냐? 라는 질문은 버나드에게 물은 것이다."

"참 이상도 하지," 버나드가 말했다. "둘이 본 버드나무는. 나는 바이런이었고 나무는 바이런의 나무였다, 눈물로 가득 차고 눈물을 쏟아내며 슬퍼하는 바이런의 나무. 우리가 함께 나무를 바라보니까 가지 하나하나가 또렷하고 마치 빛살처럼 보였다. 너의 명쾌함에 강요당해서 내가 느끼는 것을 이야기해보겠다.

네가 찬성하지 않는 것은 익히 알고 있어. 너에게는 압도당하지. 너와 같이 있노라면 커다란 손수건을 크럼핏[3] 기름으로 항상 더럽히는, 단정치 못하고 충동적인 인간이 되고 말지. 그래, 나는 한 손에 그레이[4]의 『비가』를 들고 다른 손으로는 버터가 듬뿍 묻은, 접시 제일 밑바닥에 붙어 있는 크럼핏을 끄집어내고 있다. 이렇게 말하면 너는 기분이 나쁘겠지. 너의 슬픔이 아릴 정도로 느껴져. 너의 탄식에 자극을 받아서, 한 번 더 너의 호의를 얻고 싶어서, 방금 퍼서벌을 침대에서 어떻게 잡아 끌어냈는가 하는 이야기를 시작하는 거야. 그의 슬리퍼, 테이블, 촛농이 흘러내린 초를 묘사한다. 그의 발에서 담요를 잡아 젖힐 때 그가 내뱉는 퉁명스럽고 불만에 가득 찬 말투, 거대한 고치처럼 잠복하는 행위 등을. 이 모든 것을 대단히 재미있게 묘사하기 때문에 무언가 내면의 슬픔에 잠겨 있었다 하더라도(얼굴을 가린 사람이 우리가 만나는 장소에 군림하고 있기 때문에) 기분을 풀고 내 이야기를 듣고는 즐거워한다. 나의 매력적이고 유려한 언어는 기대치 않은 방향에서 자연 발생적으로 흘러나오기 때문에 나 자신까지도 기쁘게 만든다. 언어를 구사해서 사물의 베일을 벗길 때 실제로 내가 말할 수 있는 것보다 얼마나 많이, 얼마나 무한히 내가 관찰했

---

3 핫케이크의 일종. 보통 토스트해서 버터를 발라 먹는다.
4 1716~1771, 영국 시인.

는가에 놀라게 된다. 이야기하는 동안에도 이미지가 계속 머리에 떠오른다. 이것이야말로 내가 필요로 하는 것이라고 혼자 중얼거린다. 왜 지금 쓰고 있는 편지를 끝낼 수 없는 걸까? 라고 나는 묻는다. 내 방에는 항상 끝내지 못한 편지가 흩어져 있으니까. 너와 함께 있을 때면 가장 재능 있는 사람들과 사귀고 있다는 기분이 들어. 젊음의 기쁨과 잠재력과 미래에 대한 예감이 내 마음을 가득 채워. 실수를 하면서도 열렬히 나 자신이 꽃 주위를 붕붕 날아다니면서 콧노래를 부르며 새빨간 꽃봉오리를 따라 내려가 파란 깔때기들이 나의 웅웅거리는 소리를 메아리치게 한다. 나는 얼마나 풍성하게 청춘을 즐길 것인가(네가 나로 하여금 그렇게 느끼게 한다). 그리고 런던. 그리고 자유. 그러나 그만하자. 듣고 있지 않구나. 표현할 수 없이 낯익은 제스처로 무릎을 따라 손을 미끄러뜨리면서 너는 무언가 항의하고 있는 거야. 그러한 제스처에서 우리는 친구의 마음에 든 병을 진단해내지. '너의 넘치는 풍요 속에서 나를 지나쳐버리지 마'라고 말하고 있는 것 같아. '그만 해'라고 너는 말하지. '내가 어떤 고통을 겪고 있는지 물어봐 줘'라고 너는 말하고 있는 거야.

그렇다면 나로 하여금 너를 창조하게 해다오. (너도 나에 관해서 똑같이 했어.) 아직도 찬란한 시월의 어느 날, 저물어가고 있기는 하지만 이 아름답고도 조용한 날, 잘 다듬은 버드나무 가지 사이를 보트가 계속해서 떠가는 것을 지켜보며 이 뜨거운 강둑에 너는 누워 있다. 그러고는 시인이 되기를 원한다. 또한 연인이 되고 싶어한다. 하지만 네 지력의 찬란한 명쾌함이, 네 지성의 용서 없는 정직성이(이 라틴어 풍의 단어들은 너에게서 배운 것이지. 이와 같은 너의 우수성이 나를 약간 불안하게 만들고 내 실력의 찢긴 곳과, 조각을 대서 기운 데가 드러나게 한다) 너를 멈추게 한다. 너는 신비를 즐기지 않지. 장미색 혹은 노란색 구름으로 자신을 뿌옇게 만들지 않지.

내 말이 맞아? 네 왼손의 작은 동작을 내가 정확하게 읽었나? 그렇다면 너의 시를 나에게 줘. 어젯밤 뜨거운 영감 속에서 쓴, 지금은 조금 부끄럽다고 느끼는 저 시의 원고를 건네줘. 너는 자신의 혹은 나의 영감이라는 것을 도대체 믿지 않으니까. 자, 우리 함께 다리를 건너 느티나무 아래를 지나 나의 방으로 돌아가자. 방에 돌아가서 벽에 둘러싸여 빨간 서지 커튼을 내리면 마음을 산란하게 하는 목소리, 라임 나무의 향과 맛, 타인의 생활을 모두 닫아버릴 수 있어. 안하무인격으로 경쾌하게 걷는 뻔뻔한 여점원들, 무거운 짐을 들고 발을 질질 끌며 걷는 늙은 여자들을 무시할 수 있어. 누군지 잘 알아볼 수 없게 멀어져가는 사람의 흘끔거리는 비밀스러운 시선들—지니인지도 몰라 아니면 수잔인지도 모르지. 그것도 아니면 가로수 길을 따라 내려가 가뭇없이 사라지는 로우다인가? 또한 미세한 경련에서 너의 기분을 추측해. 너를 피했어, 벌 떼처럼 붕붕거리며 끝없이 배회하며. 너처럼 하나의 물체에 혹독하게 집중하는 능력이 없으니까. 하지만 나는 돌아올 거야.

그러나 자전거와 라임 나무 향기와 소란한 거리에서 사라져가고 있는 인간들을 잠깐 만나고 나서 우리는 본령을 되찾았어. 이제 우리는 고요함과 질서의 지배자, 자랑스러운 전통의 계승자이다. 빛이 광장을 가로질러 노랗게 째진 틈을 만들기 시작하고 있어. 강에서 피어오르는 안개가 이 오래된 공간을 가득 메우고 있어. 안개는 허예진 돌에 부드럽게 달라붙는다. 잎사귀들은 시골 골목길에 수북이 쌓여 있고 축축한 들판에서는 양 떼가 기침을 한다. 하지만 여기 너의 방에서 우리는 안전하다. 우리는 은밀하게 이야기를 나눈다. 불길은 타올랐다 가라앉으면서 문의 손잡이를 번쩍거리게 하고.

너는 바이런을 읽고 있었어. 너의 품성을 시인하는 것 같은 시구에 표시를 해나가고 있었지. 냉소적이지만 정열적인 성품을, 딱딱한 유리에 몸을 부딪치는 나방과도 같은 격렬함을 드러내는 문장에는 모조리 표시를 하고 있군. 너는 연필로 거기에 선을 그으면서 생각한 거야, '나도 저렇게 외투를 벗어버린다. 운명에 맞서서 손가락을 튕겨 딱 소리를 낸다.' 하지만 바이런은 네가 하듯이 차를 끓인 일은 없어, 뚜껑을 덮으면 차가 흘러넘칠 정도로 찻주전자를 가득 채워서 말이야. 테이블 위에는 다갈색의 웅덩이가 있어 — 책이나 원고 사이를 흐르고 있어. 네가 어설프게 손수건으로 그것을 닦아내고 있군. 그러고는 손수건을 호주머니에 다시 쑤셔 넣는다 — 이건 바이런 식은 아니지. 네 방식이야. 철저히 너다운 방식이지. 그래서 만약 이십 년 후에 우리 두 사람이 유명해지고 중풍에 걸려 도저히 눈뜨고 볼 수 없게 되었을 때 내가 너를 생각하면 이 장면이 떠오를 거야. 네가 죽으면 나는 울겠지. 한때 너는 톨스토이 풍의 젊은이였는데 이제는 바이런 풍의 젊은이고, 아마도 미래에는 메러디스[5] 풍의 젊은이가 될지도 모르지. 언젠가 부활절 휴가에 파리를 방문하고 아무도 들어본 적 없는 혐오스러운 프랑스인이 되어서 까만 넥타이를 매고 돌아올지도 모르지. 그때는 너와는 절교야.

나는 한 인간일 따름이야 — 나 자신. 카툴루스를 존경하고는 있지만 구현하고 있지는 않아. 나는 가장 근면한 학생이야. 사전은 여기에, 과거 분사의 신기한 용법들을 적어넣는 공책은 저기

5 1828~1901, 영국의 소설가. 시인. 자아가 강한 사람을 풍자한 심리소설 『에고이스트』가 대표작.

에 있지. 하지만 이런 고대의 명문銘文을 칼로 더 분명하게 깎는 일을 계속할 수는 없지. 나는 항상 붉은 서지 커튼을 단단히 쳐놓고 대리석 조각처럼 창백한 책을 보아야 하는가? 영광스러운 생활이 되겠지, 완벽을 위해 헌신하는 생활은, 문장의 흐름이 인도하는 대로 유혹에도 꼬임에도 개의치 않고 사막이건 모래바람 밑이건 따라가는 것은, 언제나 가난하고, 단정치 못하고, 피커딜리[6]에서 웃음거리가 되는 것은.

하지만 나는 신경과민이어서 문장을 제대로 끝맺지 못해. 초조함을 감추기 위해 왔다 갔다 하면서 말을 빠르게 한다. 너의 기름때 묻은 손수건이 싫어 ―『돈 주안』[7]도 더럽히겠지. 내 말을 듣고 있지 않군. 바이런에 관해서 글을 짓고 있어. 네가 외투, 지팡이를 써가며 동작으로 말하고 있는 동안 나는 아직 아무에게도 말하지 않은 비밀을 발설하려 하고 있어. 너에게 나를 맡기고(너에게 등을 대고 서 있으면서도) 나는 사랑하는 이들로부터 항상 혐오감을 불러일으킬 숙명인가를 알려달라고 묻고 있어."

"나는 너에게 등을 대고 안절부절못하면서 서 있어. 아니야, 내 손은 지금 완전히 정지해 있어. 책꽂이에 공간을 만들며 나는 『돈 주안』을 거기에 꽂아. 나는 차라리 사랑받고 싶어, 모래 가운데서 완벽을 추구하기보다는 차라리 유명해지고 싶어. 그러나 나는 혐오감을 유발할 운명을 타고났는가? 나는 시인인가? 이것을 받아줘. 내 입술 뒤에서 장전한 납같이 차갑고 탄환같이 잔인한 욕망, 여점원이나 여인들을 노리는 것, 위선, 인생의 추잡함(나는 인생을 사랑하고 있기 때문에), 이것을 집어 던지면 너를 향해 날아갈 테니 ― 받아줘 ― 나의 시야!"

---

6 영국 런던 중앙에 있는 가장 번화한 거리.
7 바이런의 서사시. 1819~1824, 당시 영국 사회를 풍자한 미완의 대 장편 시.

"그는 화살과도 같이 방에서 날아갔어." 버나드가 말했다. "내게 그의 시를 남겼어. 아아, 우정이여, 나도 셰익스피어의 『소네트집』[8]의 책갈피에 꽃을 눌러놓겠다! 오오, 우정이여, 그대의 창槍은 얼마나 예리한지 — 저기, 저기, 또 저기로 돌진한다. 그는 내가 있는 쪽으로 몸을 돌려 나를 바라보고 내게 그의 시를 주었어. 내 존재의 지붕에서 안개가 모두 걷혔다. 이 믿음을 죽는 날까지 고이 간직할 거다. 긴 파도같이, 중후한 바다의 굽이치는 파도같이 그는 나를 넘어갔다, 그의 파괴적인 존재가 — 용서 없이 나를 끌어내어 열어젖혀서 내 영혼의 해안에 조약돌들을 발가벗겨 놓았다. 굴욕적인 일이었다. 나는 작은 돌이 되고 만 것이다. 모든 허세는 걷어올려졌다. '너는 바이런이 아니야. 너는 너 자신일 따름이야.' 타인의 손에서 단일한 존재로 축소되는 것은 — 참으로 기묘한 일인지고.

우리 몸에서 자아낸 실이 서로의 사이에 있는 세계의 뿌연 공간을 가로질러 그 가느다란 실을 길게 늘이고 있는 것을 느끼는 것은 얼마나 기이한 일인지. 그는 떠나버렸다. 그의 시를 손에 들고 나는 여기 서 있다. 우리 사이에는 이 실이 늘어져 있다. 그러나 저 이질적 존재가 제거된 것, 저 응시가 걷어지고 덮혀버렸다는 사실을 느끼는 것은 얼마나 편안하고, 얼마나 고무적인가! 커튼을 내리고 타인을 안에 들이지 않은 것은 얼마나 감사한 일인가. 또한 네빌이 탁월한 힘으로 억지로 감추어버린 초라한 동거인들이, 그 친구들이, 피난해 있던 어두침침한 모퉁이에서 다시 돌아오고 있는 것을 느끼는 것은 얼마나 고마운 일인가. 가장 비참한 위기의 순간에도 나를 지켜주었던, 심술궂고 관찰력 예리한 영혼들이 이제 또다시 떼를 지어 돌아온다. 그들 덕분에 나는 버

<hr>

8   154편이나 되는 14행 시집. 우정과 연애에 대해 노래했다.

나드이고 바이런이기도 하다. 나는 이것이고, 저것이고, 또 다른 것이다. 그들은 옛날처럼 별난 행동이나 논평으로 주위를 그늘지게 하고, 나를 풍부하게 하고, 내 감동의 순간의 섬세한 단순성을 흐리게 한다. 나에게는 네빌이 생각하는 것보다 더 많은 자아가 있기 때문이다. 우리는 친구들이 자신들의 필요에 부응시키기 위하여 이랬으면 좋겠다고 생각하는 것처럼 단순하지는 않다. 하지만 사랑은 단순하다.

자, 나의 동거인들이, 친우들이 돌아왔어. 놀라울 정도로 몸체가 가느다란 칼로 네빌이 찔러서 생긴 상처가, 내가 나를 방어할 때마다 생긴 상처가 이제 아물었다. 이제 나는 거의 온전하다. 네빌이 무시한 자질을 모두 활동시켜서 내가 얼마나 기쁨에 차 있는가를 알겠지. 커튼을 젖히고 창밖을 내다보면서 생각한다. '그는 재미가 없을 거야. 하지만 나는 즐거워'라고. (우리는 친구를 이용해서 우리 자신의 능력을 측정해보지) 나는 네빌이 결코 도달하지 못하는 경지에 닿을 수 있어. 그들은 길을 걸으면서 큰 소리로 사냥 노래를 부르고 있어. 비글[9] 종의 개를 데리고 달리는 것을 축하하고 있어. 사륜마차가 모퉁이를 도는 순간 항상 일제히 얼굴을 들고, 모자를 쓰고 있는 소년들이 서로의 어깨를 치며 뽐내고 있다. 하지만 네빌은 교묘하게 간섭을 피하면서 남몰래 음모자같이 자기 방으로 서둘러 돌아간다. 낮은 의자에 푹 가라앉아서 그 순간 탄탄한 건물 모양으로 타오르고 있는 불을 응시한다. 만약 인생이, 그는 생각한다, 저 영원성의 옷을 입을 수 있다면, 저 질서를 지닐 수만 있다면 — 그는 무엇보다도 질서를 갈망하고, 나의 바이런 류의 난삽을 싫어하니까. 그리하여 커튼을 치고 문은 잠근다. 양쪽 눈에(사랑에 빠져 있으니까. 사랑의 불길

---

9 토끼 사냥에 사용하는, 다리는 짧고 귀는 늘어진 작은 사냥개.

한 자태가 우리의 만남의 장에 만연해 있었다) 그리움이 가득하고 눈물이 넘친다. 그는 부젓가락을 낚아채어 타고 있는 석탄 가운데 순간적으로 견고해 보이던 것을 일격에 망가뜨린다. 모든 것이 변한다. 청춘도 사랑도. 보트는 버드나무 아치를 통해 떠내려가면서 이제는 다리 밑에 가 있다. 퍼서벌, 토니, 아치, 혹은 다른 친구도 인도로 갈 거야. 우리는 다시는 만나지 못할 것이다. 그때 그는 손을 뻗어 공책을 잡는다―잡색 표지의 산뜻한 공책을―그러고는 그 순간 그가 가장 존경하는 사람이 하는 것처럼 무아지경에 빠져 긴 시를 써 내려간다.

하지만 나는 밍기적거리고 싶어. 창밖으로 몸을 내밀고 귀 기울여보고 싶어. 저 유쾌한 합창이 또 들려오네. 그들은 지금 사기그릇을 깨뜨리고 있어―그것도 관습이야. 합창은 바위 위로 솟아오르는 급류처럼 잔인하게 오래된 나무들을 공격하면서 찬란한 분방으로 완전히 거꾸로 절벽에서 내리 퍼붓는다. 그들은 계속 흔들어대고 질주한다, 사냥개를 쫓아서 축구공을 쫓아서. 밀가루 부대처럼 노에 착 달라붙어서 아래위로 요동친다. 모든 구별은 사라지고―그들은 한 몸이 되어 행동한다. 시월의 세찬 바람이 소음과 정적으로 안뜰을 가로질러 분다. 이제 또다시 사기그릇을 쨍강쨍강 깨고 있는데―이것은 관습이다. 늙고 뒤뚱대는 노부인이 보따리를 들고 불같이 빨간 창 밑을 지나 걸음을 재촉해 집으로 돌아간다. 그녀는 약간 두려워서 떨고 있다, 그들이 그녀를 덮쳐 시궁창 속으로 밀어넣지 않을까 해서. 하지만 그녀는 불똥비와 바람에 날린 종잇조각들을 흩뿌리는 모닥불에 옹이가 지고 류머티즘 기가 있는 양손을 덥히기라도 하려는 듯이 멈춰선다. 노부인은 불 켜진 창에 기대어 멈춰선다. 하나의 대조이다. 내게는 이것이 보이는데 네빌은 보지 못한다. 나는 느끼는데 네빌은 느끼지 못한다. 따라서 그는 그가 추구해 마지않는 완벽성에 도달할 것이고, 나는 실패하고, 모래로 지저분해진 불완전한 구절들만 남기게 될 것이다.

루이스가 생각나. 그는 얼마나 악의적인, 그러나 탐색적인 시선으로 이 저물어가는 가을 저녁을, 깨진 사기그릇을, 사냥 노래 윤창을, 네빌, 바이런, 그리고 이곳에서의 우리 생활 모두를 바라다보겠는가? 얇은 입술은 약간 오므라져 있고 안색은 창백하다. 사무실에서 무언가 잘 알 수 없는 영업용 서류를 눈이 빠지게 들여다보고 있다. '나의 아버지, 브리스베인의 은행가'는―아버지를 부끄럽게 여기기 때문에 이 말을 항상 입에 올리는데―파산했다. 그래서 그는 사무실에 앉아 있는 거다, 학교에서 공부를 제일 잘하는 루이스가. 하지만 대조를 추구하는 나는 그의 눈이 우리를 향하고 있는 것을 느낀다. 그의 웃고 있는 눈, 야성적인 눈이 사무실에서 끊임없이 집요하게 추적하고 있는 총계 속의 세세한 항목처럼 우리를 합하고 있는 것을 느낀다. 그러다 어느 날 촉이 가느다란 펜을 들고 빨간 잉크를 찍으면 합계는 끝날 거야. 우리의 총계가 나오겠지. 하지만 그것으로 충분하지는 않을 거야.

쿵! 저들이 의자를 벽에다 집어 던졌어. 그러면 우리는 파멸이다. 나의 경우는 애매하다. 부당한 감동에 빠져들고 있는 건 아닌가? 그렇다, 창에서 몸을 내밀어 담배를 떨어뜨려 그것이 뱅그르르 돌면서 땅에 떨어질 때 루이스가 그 담배까지도 응시하고 있다는 걸 느낀다. 그래서 루이스는 말한다, '여기에는 무언가 의미가 있는데, 어떤 의미인가?'라고."

"사람들은 계속 지나가고 있어." 루이스가 말했다. "이 식당의 창밖을 지나가고 있어. 자동차, 유개有蓋 트럭, 버스. 또 버스, 유개 트럭, 자동차―이런 것들이 창밖을 지나가고 있어. 그 뒤에 상점과 집들이 보여. 시 교회의 회색빛 첨탑도 보이고. 앞에는 포도를 넣은 롤빵과 햄 샌드위치 접시가 놓여 있는 유리 선반이 있어. 모든 것이 찻주전자에서 나오는 증기 때문에 약간 뿌예졌어. 소고기와 양고기, 소시지, 으깬 감자, 고기 냄새, 증기 냄새가 눅눅한 그물처럼 식당의 한가운데에 걸려 있다. 나는 우스터 소스 병에 책을 기대어놓고 다른 사람과 똑같이 보이려고 애를 쓴다.

하지만 안 돼. (사람들은 계속해서 지나가고 있어. 무질서하게 지나가고 있어.) 책을 읽을 수도 없고, 확신을 가지고 소고기를 주문할 수도 없어. '나는 평범한 영국인이다. 평범한 사무원이다'라고 반복해서 말해보지만 옆 테이블의 작은 남자들을 바라보고, 내가 그들과 똑같이 하고 있는가를 새삼 확인한다. 그들의 피부는 유연하고 포동포동하며 얼굴은 다양한 감정에 의해 끊임없이 흔들리고 원숭이 같은 장악력을 소지하고 있으며, 이 특정한 순간에도 방금 기름칠이 된 듯 합당한 몸짓을 하며 피아노 판매 이야기를 하고 있다. 피아노가 현관을 막고 있다. 그래서 십 파운드만 받으면 팔아버리려고 한다. 사람들은 계속해서 지나간다. 그들은 교회의 첨탑, 그리고 햄 샌드위치 접시를 뒤로하고 지나간다. 나의 의식의 흐름은 이 무질서에 의해 끊임없이 찢기어 아파한다. 따라서 나는 식사에 집중할 수가 없다. '십 파운드만 받으면 팔 거야. 피아노 자체는 훌륭하지만 현관을 완전히 막아버려서.' 깃털에 기름이 묻어 미끈거리는 바다오리류처럼 그들은 잠수하고 뛰어든다. 그 기준을 뛰어넘은 것은 모두 헛것이야. 그것이 중용이다. 평균이다. 그러는 사이에도 모자가 몇 개씩이나 아래위로 흔들린다. 문은 끊임없이 열렸다 닫혔다 하고. 나는 유동流動과 혼란을 느낀다. 절멸과 절망을 느낀다. 만약 이것이 전부라면 아무 가치도 없다. 하지만 식당의 리듬이 느껴져. 왈츠의 곡조처

럼 둥글게 소용돌이치고 있어. 여종업원들은 쟁반을 평형으로 들
고 들락거리며, 여기저기에 야채, 살구와 커스터드 접시를 들고
돌아다니면서, 어김없이 제때에 손님에게 나르고 있다. 평범한
사람들은 그녀의 리듬을 그들의 리듬에 넣어서('십 파운드에 팔
거야. 현관을 막으니까') 야채를 먹고 살구와 커스터드를 먹는다.
그렇다면 이 고리의 어디가 깨져 있을까? 재난을 볼 수 있는 틈
새는 어디란 말인가? 이 원은 깨지지 않았고 조화는 완벽해. 이것
이 중심 리듬이고 이것이 공통의 원천이야. 이것이 팽창하고 수
축하고 다시 팽창하는 것을 지켜보고 있어. 그래도 나는 포함되
질 않아. 내가 그들의 어투를 흉내 내어 말을 하면 그들은 귀를 쫑
긋 세우고 내가 다시 말하기를 기다렸다가, 판가름하려고 해ㅡ
내가 캐나다 출신인지 아니면 호주 출신인지를. 사랑으로 보듬어
지기를 무엇보다도 간절히 바라는데, 나는 이방인이며 국외인이
니. 평범한 보호파保護波로 뒤덮이기를 바라는 나는 곁눈질을 해
서 멀리 있는 지평선을 바라본다. 모자가 끊임없이 불규칙적으로
올라가고 내려가는 것을 본다. 혼이 빠져 배회하는 귀신이 나를
향해 탄식한다(치아가 나쁜 여인이 카운터에서 중얼거리고 있
다), '우리를 양 우리에 데려다 달라, 아래위로 흔들리면서 햄 샌
드위치 접시를 전면에 배치해놓은 창 옆을 뿔뿔이 흩어져 지나가
고 있는 우리를.' 좋아, 너희에게 질서를 회복시켜주지.

　우스터 소스 병에 기대어놓은 책을 읽을 거야. 몇 개인가의 쇠
붙이를 녹여서 만든 반지와 완전한 진술과 두세 개의 단어가 이
책에는 쓰여 있지만 시는 들어 있지 않다. 너희들은 모두 시를 무
시하고 있는 거야. 죽은 시인이 한 말을 너희는 다 잊어버리고 만
것이다. 그런데 나는 그것을 너희에게 번역해주어 그 언어의 구
속력으로 너희를 묶어서 그대들이 목적을 상실한 삶을 살고 있

다는 사실을 분명하게 해줄 수가 없는 거다. 리듬은 천박하고 가치가 없다는 것을 알게 하는 것이 불가능해. 그리하여 만약 너희가 목적을 상실하고 있다는 사실을 깨닫지 못한다면 너희에게 스며들어서 아직 젊은데도 불구하고 노쇠하게 만드는 타락을 쫓아버리는 일이 불가능한 것이다. 이 시를 쉽게 읽을 수 있도록 번역하는 일이 바로 내가 혼신의 힘을 다하는 일이다. 플라톤 그리고 버질의 반려인 나는 옹이가 진 참나무 문을 두드릴 것이다. 여러 개의 화살을 한꺼번에 쏘는 강철로 만든 활이 뚫고 지나갈 것에 맞선다. 중절모와 홈부르크 모자[10]와 깃털 장식을 한 다양한 여인네들의 머리 장식들에 굴복하지 않을 것이다. (내가 존경하는 수잔은 여름날 장식 없는 밀짚모자를 쓸 것이다.) 그리하여 유리창 아래로 아무렇게나 떨어져내리는 증기, 정차했다가 덜컹거리며 발차하는 버스들, 카운터에서의 머뭇거림들, 인간적인 의미도 없이 끔찍하게 질질 끄는 단어들, 너희들의 질서를 회복시키겠노라.

나의 뿌리는 납과 은 광맥을 지나, 눅눅하고 악취 나는 늪지도 지나 중앙에 함께 묶인 참나무 뿌리로 만들어진 마디에까지 다다른다. 눈에 흙이 들어가서 아무것도 보이지 않지만, 귀까지 막혔지만, 전쟁에 대한 소문은 듣고 있지, 그리고 나이팅게일의 울음소리도. 수많은 사람들이 마치 여름을 찾아 이동하는 새 떼처럼 문명을 찾아서 떼 지어 여기저기를 서둘러 다니는 것을 알아차렸다. 여인들이 빨간 물통을 들고 나일 강 둑을 향해 가고 있는 것을 보았다. 나는 목덜미에 일격을 받으면서 정원에서 일하고 있다. 지니가 뜨거운 키스를 한 것이다. 이 모든 것을 밤중에 큰 화재가 일어난 곳의 혼란스러운 외침과, 넘어지는 기둥, 빨갛고

10 챙이 좁은 펠트제 중절모자.

검은 불길을 상기하듯이 기억한다. 나는 시종일관 자다 깨다 하고 있다. 자고 있다고 생각하면 또 깬다. 차 끓이는 반짝이는 그릇이 보여. 옅은 황색 샌드위치로 가득 찬 유리상자들이 보여. 외투를 뒤집어쓰고 카운터의 등 없는 의자에 허리를 걸치고 있는 남자들, 그리고 그들 뒤의 영접이 보여. 그것은 두건을 쓴 남자가 빨갛게 달구어진 쇠로 나의 떨고 있는 살에 지져놓은 도장이다. 풍성한 날개를 접고 코너에 몰려 파닥이고 있는, 과거라고 하는 새의 날개 뒤에 식당이 보인다. 그리하여 나는 입을 꼭 다물고 있고 안색은 환자처럼 창백하다. 주목 아래를 어슬렁거리는 버나드와 네빌, 팔걸이가 달린 의자를 물려받고, 커튼을 야무지게 치고, 램프 불빛으로 책을 읽는 버나드와 네빌에게서 증오와 분개로 얼굴을 돌려버릴 때 나의 불쾌하고 매력 없는 모습도 거기에서 오는 것이다.

나는 수잔을 존경해, 앉아서 수를 놓고 있으니까. 그녀는 창가에서 귀리가 살랑대는 집 조용한 램프 아래에서 바느질을 하고 있어 내게 안정감을 안겨줘. 왜냐하면 그들 가운데 나는 가장 어리고 약하기 때문이야. 나는 발밑을 바라보고 흐르는 물이 자갈길에 만들어놓은 작은 시내를 바라보는 어린애야. 저건 달팽이라고 나는 말하지, 저건 나뭇잎이라고. 나뭇잎을 보면 기뻐. 나는 항상 최연소, 제일 순진하고 제일 믿을 수 있는 애야. 너희는 모두 보호를 받고 있지만 나는 무방비 상태에 있어. 머리칼을 동그랗게 땋은 여종업원이 쌩 하고 지나가면서 누이동생처럼 주저 없이 살구와 커스터드를 너희에게 나누어주지. 너희는 그녀의 남자형제들이야. 하지만 나는 빵 부스러기를 조끼에서 털어내며 일어설 때 일 실링이나 되는, 지나치게 많은 팁을 접시 밑에 밀어넣는다, 내가 사라질 때까지 그녀가 보지 못하도록, 웃으면서 그것을 집어들 때의 나에 대한 그녀의 경멸이 회전문을 나갈 때까지 나의 마음에 충격을 주지 않도록."

*

"바람 때문에 커튼이 올라가네." 수잔이 말했다. "항아리, 그릇, 매트리스, 구멍이 뚫린 초라한 팔걸이의자가 분명하게 보여. 빛바랜 리본이 늘 그렇듯이 벽지 여기저기에 붙어 있다. 새의 합창은 끝나고 지금은 한 마리만이 침실 창가에 바싹 붙어서 노래를 하고 있다. 나는 양말을 신고 침실에서 조용히 나와 아래층 부엌으로 내려가 온실을 지나고 정원을 지나 들판으로 나갈 거야. 아직도 이른 아침이야. 늪지대에는 안개가 자욱이 끼어 있어. 오늘이라는 날은 리넨 수의와 같이 딱딱하지만 곧 부드러워지고 따뜻해질 거야. 이 시간, 아직 이른 이 시간에 나는 들판이고 창고이고 나무라고 생각해. 새 떼들은 나의 것, 내가 덮치는 거의 마지막 순간에 튀어오르는 어린 암토끼도, 커다란 날개를 느리게 펼치는 왜가리도 나의 것. 쩝쩝 소리 내어 음식을 씹으면서 한 발자국씩 내디딜 때 끼익거리는 암소도, 갑자기 날아오르는 야생 제비도, 하늘의 옅은 붉은색도, 빨강이 사라진 후의 연두도, 정적과 종소리도, 들판에서 짐수레를 가져오라고 외쳐대는 소리도 ─ 모두 내 것인 것을.

나는 분리되거나 뚝 떨어질 수는 없어. 학교에 보내졌어. 교육을 마치기 위해 스위스에 보내졌어. 나는 리놀륨이 싫어. 전나무와 산이 싫어. 구름이 유유히 흐르는 옅은 색 하늘 아래 이 평평한 땅 위에 몸을 던지게 해줘. 짐마차가 길을 따라 다가올 때 점점 더 크게 보여. 양들은 들판 한가운데 모여. 새들은 길 한가운데 모이고―그들은 아직 공중에서 날아다닐 필요는 없어. 나무를 태우는 연기가 피어오른다. 여명의 견고함이 사라지고 있다. 오늘이라고 하는 날이 움직이기 시작하고 있어. 색이 돌아오고 있어. 태양 빛이 금색의 농작물과 함께 파도치고 대지는 발밑에 무겁게 걸려 있어.

그런데 도대체 나는 누구란 말인가, 이 문에 기대어 세터 종의 개가 원을 그리면서 냄새를 맡고 있는 모습을 지켜보고 있는 나는? 때때로 생각하지(나는 아직 스무 살도 안 되었어). 나는 여자가 아니라 이 문 위에, 이 지면 위에, 내리쪼이는 빛이 아닌가 하고. 나는 다양한 계절이라고 생각해, 일월, 오월, 아니면 십일월이라고, 진흙, 안개, 여명이라고. 나는 여기저기 던져지고, 부드럽게 표류하거나 사람들과 잘 섞이질 못해. 하지만 지금 문이 내 팔에 자국을 낼 때까지 여기 이렇게 기대어 서서 뱃속에 고인 무게를 느낀다. 무언가가 된 거야, 스위스의 학교에서, 무언가 견고한 것이. 한숨도 웃음도 없어, 빙빙 돌리는 기묘한 구절들도, 로우다가 우리가 있는 쪽을 우리 어깨 너머로 바라다볼 적에 기이한 의사 전달도 없어. 사지와 몸이 하나가 되어 피루엣 춤을 추는 지니도 없어. 내가 주는 것은 격렬한 것. 다른 사람들과 잘 섞이면서 조용히 표류하지 못해. 길에서 만난 목동들의 눈길이 제일 좋아. 도랑 안의 집마차 옆에서, 언젠가 내가 내 아이들에게 그렇게 하듯이 그들의 아이들에게 젖을 물리고 있는 집시 여인들의 시선이 제일 마음에 들어. 머지않아 벌들이 접시꽃 주위를 윙윙거리고 다니는 무더운 한낮에 나의 연인은 올 거야. 히말라야 삼나무 그늘 아래 그는 서 있을 거야. 그가 한마디 하면 나도 한마디로 대답하겠지. 내 몸 안에 고인 것을 그에게 주게 될 거야. 애들을 낳겠지. 앞치마를 두른 하녀들, 쇠스랑을 든 남자들을 고용하겠지. 부엌도 갖게 되겠지. 병이 든 양을 따뜻한 바구니에 넣어 데려오고, 햄이 걸려 있고, 양파가 반짝이는 부엌을 갖게 되겠지. 나도 어머니같이 되겠지. 파란 앞치마를 두르고 말없이 찬장에 자물쇠를 채우겠지.

배가 고파. 세터 종의 개를 부르자. 양지바른 방에 빵 껍질과 버터 바른 빵과 하얀 접시가 나란히 놓인 것이 생각나. 들판을 가로질러 돌아갈 거야. 힘차고 침착하게 이 풀밭을 걸어가련다, 물웅덩이를 피하느라 돌아가기도 하고 무성한 숲 쪽으로 경쾌하게 튀어오르기도 하면서. 성긴 천으로 만든 치마 위에 물방울이 맺힌다. 내 구두 가죽은 부드러워지고 거무스름해진다. 햇볕에서 굳은 빛은 사라지고 회색, 초록 그리고 갈색으로 변했다. 이젠 새들이 더 이상 대로에 앉지 않는다.

나는 돌아오고 있어, 서리를 맞아 털이 회색으로 변하고 지면이 험해서 발이 딱딱해진 고양이나 여우가 결국엔 돌아오듯이. 내가 양배추 밭을 지나가자 양배추 잎에서 끽끽 소리가 나고 물방울들이 떨어진다. 아버지가 무슨 약초인가를 손가락으로 짓이기며 발을 질질 끌며 복도를 걸어가고 있을 때 나는 앉아서 아버지의 발자국 소리를 기다린다. 내가 차례로 차를 따르는 동안 테이블 위에서 아직 피지 않은 꽃이 잼이 든 병, 빵, 그리고 버터 사이에서 몸을 꼿꼿이 세우고 있다. 모두 침묵하고 있다.

그리고 나서 나는 찬장으로 가 씨가 없는 맛있는 건포도가 들어 있는 눅눅한 봉지를 꺼낸다. 깨끗하게 문질러 닦아놓은 조리대 위에 무거운 밀가루 반죽 덩어리를 내려놓는다. 그러고는 그것을 짓이기고 잡아 늘이고, 따뜻한 반죽 한가운데에 양손을 파묻었다 잡아당겼다 한다. 찬물을 손가락 사이로 부채 모양으로 흘려보낸다. 화덕의 불은 요란한 소리를 내며 타오르고 파리 떼는 붕붕거리며 빙글빙글 돌며 날아다닌다. 건포도와 쌀, 은색 봉투와 푸른색 봉투는 다시 찬장 안에 넣고 잠근다. 고기는 오븐 안에 넣고 깨끗한 수건으로 싼 빵은 부드러운 원형지붕 형태로 부풀어오른다. 오후가 되면 강변을 따라 걸어 내려간다. 모든 것이 번식하고 있다. 파리 떼는 풀밭에서 풀밭으로 날아다니고 꽃들은 꽃가루에 묻혀 있고 백조는 질서 정연하게 시냇물 위쪽으로 헤엄쳐 나아간다. 구름이, 여기저기 햇빛을 받아 이제는 따뜻해진 물속에, 백조의 목에, 금색의 그림자를 드리우며 언덕 위로 흘러간다. 암소들은 쩝쩝 입맛을 다시면서 한 발짝씩 내디뎌 들판을 건너간다. 나는 풀을 헤치고 하얀 원형 지붕같이 생긴 버섯을 찾는다. 그러고는 줄기를 꺾고 그 옆에서 자라고 있는 보랏빛 난을 꺾어 뿌리 부분에 흙이 묻은 채 버섯 옆에다 놓는다. 그러고는 집에 돌아가 차 테이블에 놓인 방금 피어난 빨간 장미에 둘러싸여 아버지를 위해 주전자에 물을 끓인다.

저녁이 되면 램프마다 불이 켜진다. 저녁때가 되어 램프에 불이 켜지면 담쟁이덩굴이 노랗게 타오른다. 나는 바느질감을 가지고 테이블 옆에 앉는다. 지니의 일, 로우다의 일이 생각난다. 농장의 말이 뚜벅뚜벅 걸어서 집으로 갈 때 보도 위를 달리는 차바퀴 소리가 들린다. 차가 지나가며 내는 소음이 저녁 바람에 실려 온다. 나는 어두운 정원에서 떨고 있는 나뭇잎을 바라보며 '모두들 런던에서 춤을 추고 있어. 지니가 루이스에게 키스하고 있어'라고 생각한다."

"얼마나 이상한 일인가," 지니가 말했다. "인간은 자야만 한다는 사실이, 불을 끄고 이층으로 올라가야만 한다는 사실이. 그들은 정장을 벗고 하얀 잠옷으로 갈아입었다. 어느 집에서도 불빛은 새어나오지 않는다. 일련의 굴뚝이 하늘을 배경으로 우뚝우뚝

서 있고 가로등이 하나둘 켜져 있어, 아무도 필요로 하지 않는데 켜 있는 램프같이. 거리에는 가는 사람도 오는 사람도 없다. 하루가 끝났으니까. 경찰 몇 명이 길모퉁이에 서 있다. 그래도 밤은 이제 막 시작되고 있다. 어둠 속에서 내가 반짝이고 있다는 사실을 느낀다. 무릎 위에 비단이 느껴져. 비단 구두를 신은 양쪽 발이 매끄럽게 서로 문지르고 있어. 목걸이의 보석이 차갑게 느껴져. 양쪽 발은 구두가 쬐는 것을 감지하고. 나는 자세를 곧추세우고 앉아 있어, 머리카락이 의자 등받이에 닿지 않도록. 나는 성장을 하고 있으며 만반의 준비가 되어 있어. 이건 순간적인 휴지休止, 어두운 순간이야. 드디어 바이올린 연주자들이 활을 들었어.

차가 미끄러지듯 멈춰선다. 한 줄기 빛이 보도를 밝힌다. 문이 열렸다 닫히고 있다. 사람들은 속속 도착하고 있어. 입은 다문 채 서둘러 들어온다. 현관에서 외투를 벗느라고 쉬익 하는 소리를 낸다. 이것은 서곡이요, 시작일 뿐이다. 나는 흘깃 보고 또 엿보고는 얼굴에 분을 바른다. 모든 것이 정확하고 준비가 잘 되어 있다. 머리는 커브를 이루며 빗겨져 있고 입술은 나무랄 데 없이 빨갛게 칠해졌다. 계단 위의 남자들과 여자들, 나의 동료들과 섞일 만반의 준비가 되어 있다. 그들 앞을 지나 그들의 시선에 노출된다. 그들은 내 시선에 노출되고 번개같이 서로를 바라보지만 부드러운 표정을 짓거나 서로 알아보는 내색은 하지 않는다. 우리의 몸이 의사소통을 한다. 이것이 나의 천직이다. 이것이 나의 세계. 모든 게 확실하게 정해지고 준비되었다. 하인들이 여기저기 서서 내 이름을, 신선하고 알려지지 않은 내 이름을 가지고 내 면전에서 들까부른다. 자 이제 들어간다.

휑하니 비어 있는 채로 손님을 기다리고 있는 방, 방에는 금색 의자가 놓여 있고, 벽 앞에는 정원에 있는 꽃보다 더 조용히, 더 당당하게 초록과 하얀 꽃들이 피어 있어. 작은 테이블에는 장정본이 한 권 있고. 이것이야말로 내가 꿈꾸어왔던 거야. 바로 이것이 내가 예언하던 거지. 나는 여기 토박이야. 두꺼운 카펫 위를 내집같이 거닐어. 반짝반짝하게 닦아놓은 마루 위에서도 힘 하나 안 들이고 미끄러지듯 걸어다니고, 이 향기 가운데, 이 광휘 가운데 돌돌 말린 잎을 펼치는 양치식물처럼 내 몸을 편다. 나는 멈춰선다. 이 세계를 평가한다. 모르는 사람들을 바라본다. 윤기 나는 초록, 분홍, 진줏빛 드레스를 입은 여인들 가운데 남자들이 몸을 곧추세우고 서 있다. 그들의 의복은 검거나 희고 의복의 하단에는 작은 홈이 깊게 파여 있다. 다시 한 번 터널 창문에 비친 물체를 의식한다. 그것은 움직인다. 검고 하얀 옷을 입은, 모르는 남자들은 내가 몸을 내밀면 나를 쳐다본다. 내가 그림을 보려고 몸을 돌리면 그들도 그쪽을 향한다. 손은 기계적으로 넥타이를 만지작거리고 또 조끼와 손수건도 만진다. 매우 젊은 사람들이야. 좋은 인상을 주고 싶어해. 수많은 능력이 내 몸 안에서 용솟음쳐오르고 있어. 때로는 교활했다가 또 때로는 명랑했다가, 그러다가 활기를 잃기도 하고 우울해지기도 해. 뿌리는 내리고 있지만 나는 여전히 흐르고 있어. 온몸이 금색이 되어 저쪽으로 흘러가서는 이 사람에게 '오세요'라고 말한다. 검은 물결을 일으키며 저 사람에게는 '안 돼요'라고 말한다. 한 사람이 유리 캐비닛 아래를 떠나 가까이 다가온다. 내게로 가까이 온다. 지금껏 느껴보지 못한 가슴 두근거리는 이 순간. 가슴은 콩닥거리고, 작은 파문을 일으키고, 나는 강물에 떠 있는 풀잎같이 이쪽저쪽으로 떠내려가지만 뿌리는 굳건히 내리고 있는 거야. 그가 내게 올 수 있도록. '와요'라고 나는 말한다. '오세요.' 이쪽으로 오고 있는 사람은 안색이 창백하고 머리칼은 검고 우울하고 로맨틱한 친구야. 그래서 나는 교활하게 보이고 수다를 떨고 변덕을 부려. 왜냐하면 그는 우울하니까, 로맨틱하니까. 그는 여기 왔어. 내 옆에 서 있어.

약간 끌어당겨지면서 바위에서 채취한 조개처럼 나는 떨어져 나와 그와 함께 넘어지고 쏠려간다. 우리는 이 완만한 흐름에 굴복한다. 이 머뭇거리는 음악에 몸을 내맡긴다. 바위가 춤의 흐름을 깨니까 갈피를 못 잡고 서로 부딪힌다. 들어갔다 나왔다 하면서 이 거대한 피겨[11]의 한가운데로 우리는 빨려 들어간다. 그것은 우리 두 사람을 잡고는 놓아주지 않는다. 이 구불구불하고 머뭇머뭇거리고 당돌한, 완벽하게 에워싸는 벽 밖으로 나올 수는 없다. 우리 두 사람의 육체는, 그의 단단한 육체와 나의 흐르는 듯 부드러운 육체는 그것의 거대한 동체 안에 꾹 눌려 있다. 그것은 우리 둘을 떼어놓지 않는다. 그러고는 매끄럽고 구불거리는 주름으로 길게 늘어뜨리면서 우리들을 굴린다, 계속해서. 갑자기 음악이 끊긴다. 피는 계속 달리지만 나의 육체는 움직이지 않는다. 눈앞에서 방이 빙글빙글 돌아간다. 그러다가 멈춘다.

자, 그렇다면 빙글빙글 돌아서 금색 의자가 있는 곳으로 가자. 육체는 생각보다 강하다. 생각보다 어지럽다. 이 세상 그 어느 것에도 신경이 쓰이지 않는다. 이름도 모르는 이 사람 말고는 누구에게도 관심이 가지 않는다. 달님이시여, 우리 매력 없나요? 공단 드레스를 입은 나와 검정과 하얀 옷을 입은 그가 이렇게 같이 앉아 있는 게 아름답지 않은가? 지금 친구들이 보고 있을지도 몰라. 나도 곧바로 되받아보고 있어, 여러분. 나는 여러분 가운데 한 사람. 여기는 나의 세계. 자, 손잡이가 가느다란 유리잔을 잡고 홀짝거린다. 포도주는 강렬하고 톡 쏘는 맛이 있지. 마시면서 몸을 움츠리지 않을 수 없어. 향과 꽃들, 광휘와 열이 증류되어 불같이 노

11 춤에서의 일련의 동작.

란 액체가 돼. 어깨뼈 바로 밑에서 눈을 크게 뜨고 뭔가 마른 물체가 조용히 눈을 감고 서서히 잠이 든다. 이것이 환희이다. 구원이다. 목구멍 뒷부분에 있는 막대기 모양의 덩어리가 내려온다. 단어가 무리를 지어 몰려와 서로 짓누른다. 어느 것이 위로 가는가는 상관이 없다. 서로의 어깨 위에 올라가 난폭하게 서로 밀친다. 한 사람의 고독한 친구가 몸을 굴려 다수가 된다. 내가 무슨 말을 하든지 아무 상관이 없다. 무리를 이루며 날개를 파닥거리는 새처럼 하나의 문장이 우리 사이의 공간을 가로질러 그의 입술 위에서 멈춘다. 나는 유리잔을 다시 채운다. 홀짝거린다. 두 사람 사이의 베일은 떨어져나간다. 나는 타인의 영혼의 따끈한 내부에 들어가도록 허락을 받았다. 우리는 함께 그 어딘가 높은 알프스 산 길 위에 있다. 그는 그 꼭대기에 우울하게 서 있다. 나는 몸을 굽히고 있다. 파란 꽃을 집어 발끝으로 서서 손을 뻗쳐 그의 외투에 꽂아준다. 됐어? 바로 이것이 황홀한 순간이야. 이제 끝났어.

이제 느슨함과 무관심이 우리를 침범한다. 타인들이 스치고 지나간다. 테이블 밑에서 두 사람의 육체가 하나가 되어 있다는 의식을 잃었다. 나는 파란 눈의 금발 남자를 좋아해. 문이 열리네. 계속 열려. 나는 생각해, 다음번에 문이 또 열리면 내 인생이 완전히 바뀔 거라고. 누가 들어올지 몰라. 하인이 유리잔을 가지고 올 따름이야. 나이 많은 사람이 왔네 ― 그와 비교하면 나는 어린애지. 이번에는 훌륭한 귀부인이네 ― 무시하자. 내 또래의 여자 애들이 있네. 이 애들에 대해서는 당당한 적개심의 칼을 뽑아든 느낌이 드네. 나의 동료들이니까. 이 세계는 내가 태어난 고향. 여기에 나의 위험이, 모험이 있어. 문이 열리네. 오오, 들어오세요, 라고 나는 이 사람에게 말하노라, 머리부터 발끝까지 금빛으로 물결치면서. '오세요'라고 하니까 그는 나를 향해 다가온다."

"그들 뒤에서 조금씩 앞으로 나가야지," 로우다가 말했다. "마치 아는 사람을 보기라도 한 듯이. 하지만 실제로는 나는 아무도 몰라. 커튼을 열고 달을 바라볼 테야. 망각의 바람이 나의 동요를 잠자게 할 거야. 문이 열리고 호랑이가 튀어오른다. 문이 열리고 공포가 밀려든다. 계속해서 공포가 나를 밀어붙인다. 따로 떼어놓은 보물이 있는 곳으로 몰래 가보자. 이 세계의 반대쪽에 대리석 기둥을 비추는 연못이 있어. 검은 연못에 제비가 날개를 적셔. 그러나 여기서는 문이 열리고 사람들이 들어오고 있어. 그들은 나를 향해 오고 있어. 잔인함과 무관심을 감추려고 희미한 미소를 던지면서 나를 붙잡아. 제비가 날개를 적시고 달님도 혼자 푸른 바다를 달리고 있어. 나는 그의 손을 잡아야 해. 대답해야만 해. 하지만 뭐라고 대답하지? 나는 다시 내던져져서 이 어색하고 불편한 육체를 불태우면서 그의 무관심과 경멸의 화살을 받으며 서 있어, 제비가 날개를 담그는 세계 저편의 연못과 대리석 기둥을 동경하는 나는.

밤이 깊어 어둠이 굴뚝의 연통에서 약간 더 멀리 넘어갔다. 그의 어깨 너머 창밖으로 당황한 고양이의 모습이 보인다. 빛 속에 가라앉지도 않고 비단 옷에 갇히지도 않고 자유롭게 멈추었다가 몸을 뻗었다가는 다시 움직였다. 나는 개인 생활의 세부 사항은 싫어. 하지만 여기 멈춰서서 귀를 기울일 수밖에 없어. 무지막지한 압력이 나를 내리누르고 있어. 수 세기의 무게를 몰아내지 않고서는 도저히 움직일 수가 없어. 백만 개의 화살이 나를 찔러. 경멸과 조소가 나를 찔러. 폭풍우를 만나서 손바닥으로 가슴을 치고, 설사 우박이 숨통을 틀어막아도 기쁘게 몸을 내어맡길 수 있는 내가 여기 묶여 속수무책으로 노출되어 있어. 호랑이가 튀어오른다. 채찍을 몇 개씩이나 달고 있는 혀가 나를 덮친다. 계속 움직이고 유연한 상태에서 나를 덮친다. 나는 우물쭈물하고 거짓말을 해서 그들을 막아내지 않으면 안 된다. 이 재난을 방지할 부적은 그 무엇일까? 이 뜨거운 열기 위에 서늘하게 앉아 있기 위해 어떤 얼굴을 불러낼 수 있을까? 트렁크의 이름이 머리에 떠오른다. 널따란 무릎에서 치마를 늘어뜨린 어머니들이, 수많은 봉우리가 있는 험준한 언덕들의 기슭이, 완만하게 경사진 들판이 펼쳐진 숲속의 빈터가 떠오른다. 나를 숨겨줘, 하고 나는 울부짖는다. 나를 좀 보호해줘, 하고. 나는 너희 중에 제일 어리고 몸을 지켜낼 것이 아무것도 없으니까. 지니는 갈매기처럼 파도를 타고 달린다, 능수능란하게 여기저기 바라보며 정곡을 찌르는 말을 이말 저 말 하면서. 그러나 나는 거짓말을 한다. 말을 얼버무린다.

혼자서 나는 수반을 흔든다. 내가 함대의 지휘관이야. 그러나 이 집 창에 걸려 있는 수놓은 커튼의 수실을 비비 꼬면서 나는 여러 조각으로 깨어진다. 더 이상 하나가 아니다. 그렇다면 춤추고 있을 때의 지니가 가지고 있는 지식은 무엇인가? 램프 불 밑에서 조용히 몸을 구부리고 바늘귀 사이로 하얀 실을 잡아당기는 수잔의 그 자신감은 또 무엇이란 말인가? 어떤 사람들은 예, 라고 하고 아니오, 라고도 하면서 주먹으로 테이블을 탕 하고 내리친다. 그래도 나는 의심하며 떨고 있다. 야생 가시나무가 사막에서 그림자를 흔들고 있는 것이 보인다.

자, 나는 걸어갈 거야, 마치 목적이 있는 듯이 방을 지나 차양 밑의 발코니를 향해서. 갑작스러운 달의 광휘 덕분에 부드럽게 털 장식이 된 하늘이 보인다. 광장의 난간도, 얼굴 없는 두 사람이 하늘을 배경으로 동상처럼 기대어 서 있는 것도 보여. 그렇다면 변화를 면제받은 세계는 결국 존재하는 것이구나. 칼과 같이 예리하게 나를 난도질하고 나로 하여금 말을 더듬게 만들고 거짓말을 하게 하는, 교묘한 설변을 구사하는 거실을 빠져나오자 나는 이목구비가 없는, 아름다움에 감싸인 얼굴들을 보게 된다. 플라타너스 아래 연인들이 웅크리고 있어. 길 모퉁이에는 순경이 보초를 서고 있고. 한 사람이 지나가네. 그렇다면 변화를 면제받은 세계는 확실히 존재하는 거야. 그러나 불길의 가장자리에 발끝으로 서서 뜨거운 입김에 애가 타고, 문이 열리고 호랑이가 튀어오르는 것을 두려워하는 나는 한 문장을 만들어낼 만큼 충분히 침착하지 못하다. 내가 입에 올리는 말은 어김없이 반복된다. 문이 열릴 때마다 나는 방해를 받는다. 21세기가 채 안 되었다. 나는 몸을 망가뜨릴 운명에 처해 있어. 평생 동안 조롱의 대상이 될 운명이야. 얼굴 근육을 씰룩거리며 거짓말을 하는, 이런 남녀 가운데서 거친 바다에 떠 있는 코르크같이 이리저리 던져질 운명이야. 문이 열릴 때마다 리본처럼 생긴 잡초처럼 멀리 던져진다. 나는 바위 끝 가장자리를 말끔히 청소한 듯 하얀색으로 채우는 거품인 것을. 이 방에서는 한 소녀이기도 하지."

높이 떠오른 태양은 이제는 더 이상 초록 물 매트 위에서 쉬고 있지 않았다, 주옥같이 빛나는 수면을 간헐적으로 뚫고 들여다보면서. 이제는 바야흐로 그 얼굴을 드러내고 파도 쪽을 곧바로 바라다보았다. 파도는 규칙적으로 철썩이며 부서졌다, 잔디 위의 말발굽 소리를 연상시키는 반향음을 내면서 부서졌다. 파도의 물안개가 기수들 머리 위로 던져지는 투창같이 튀어올랐다. 다이아몬드가 점점이 박힌 듯한 청동색 파도는 해안을 씻어냈다. 파도는 멈췄다가는 다시 발동하는 엔진의 정력과 근육질 힘을 가지고 밀려 들어왔다 나갔다 했다. 태양은 옥수수 밭과 삼림에 내리비췄다. 강물은 푸른색의 수많은 잔물결을 지었고 물 가장자리까지 비스듬하게 내려온 잔디는 조용히 세우는 새의 깃털처럼 초록으로 변했다. 선명하게 곡선을 긋는 언덕들은 근육이 조여진 팔다리처럼 가죽 끈으로 잔등이를 결박당한 형국이었다. 그리하여 옆구리에 거만하게 곤두선 삼림은 말 목덜미 위에 짧게 깎인 갈기 같았으니.

화단, 연못, 그리고 온실 너머로 울창한 나무들이 들어서 있는 정원에서는 새들이 뜨거운 햇볕 속에서 노래를 부르고 있었다. 각자 따로따로, 한 마리는 라일락이 무성한 숲의 가장 높은 작은 가지 위에서 노래하고, 또 다른 한 마리는 벽 가장자리에서 노래를 불렀다. 새마다 시끄럽게 정열적으로 그리고 격렬하게 노래했다. 몸에서 노래를 폭발시키듯이, 귀에 거슬리는 불협화음이 다른 새의 노래를 망쳐도 전혀 상관하지 않고. 새들의 동그란 눈에서는 광휘가 넘쳐흘렀고 발톱은 작은 가지나 난간을 꽉 잡았다. 새들은 숨을 장소도 없이 바람과 태양에 노출된 채 노래를 불렀다. 조개껍데기 같은 무늬가 있는 놈도 있고, 번쩍번쩍하는 갑옷을 두른 놈, 부드러운 청색 줄이 들어가 있는 놈, 금색 염료가 튀어 묻어 있는 놈, 하나의 찬란한 깃털이 줄무늬처럼 들어가 있는 놈, 새로 난 깃털도 아름다운지고. 그들은 아침의 압박에 못 이긴 듯 노래를 불렀다. 마치 존재의 각이 갑자기 예리해지고 부드러운 청록색 빛을, 젖은 대지를 자르고 동강내야만 하는 것처럼, 기름 낀 부엌 연무煙霧의 향기와 증기를, 양고기와 소고기의 뜨거운 향기를, 과자와 과일의 풍성한 맛을, 부엌의 양동이에 던져버린 눅눅한 부스러기들과 껍질들을 자르고 동강내야 하듯이 그들은 튀어올랐다. 그 양동이에서는 증기가 천천히 쓰레기 더미 위에 흘러내리고 있었다. 눅눅하고 축축하게 더럽혀지고, 습기로 위축된 것 위에 새들이 내려앉았다, 바싹 마른 주둥이로 용서 없고 당돌하게. 갑자기 라일락 가지나 울타리에 날아들었다. 달팽이를 발견하고 껍데기를 돌로 쳤다. 맹렬하고 조직적으로 때리니까 드디어 껍데기는 깨어지고 그 틈에서 끈적끈적한 액체가 흘러나왔다. 새들은 예리한 각을 이루며 날아올라 하늘 높이 날면서 짧고 예리하게 노래하고, 어떤 나무의 윗가지에 앉아서 나뭇잎과 어린 싹을 내려다보고, 꽃으로 하얗게 되어, 풀과 함께 흔들리는 전원을 내려다보고, 깃털 장식을 하고 터번을 두른 연대의 군인들을 일으켜 세우는 북처럼 파도가 심하게 부딪치는 바다를 내려다보았다. 이따금 새들의 노래는 빠른 음조로 함께 흘러갔다, 합류해서 거품이 일고 그리고 합쳐져서 드디어는 널따란 나뭇잎들도 스치면서 서둘러 수로를 내려가는 계곡물의 교차같이. 하지만 바위가 있어서 그들은 각각 흩어진다.

태양은 예리한 쐐기 모양으로 실내에 내리쬐었다. 빛이 닿은 것은 그 어느 것이나 강렬한 삶을 부여받았다. 접시는 하얀 조수 같았고, 나이프는 얼음 단검으로 변했다. 갑자기 빛줄기를 받아 컵이 그 모습을 드러냈다. 테이블과 의자는 물밑에 가라앉았다 떠오르기라도 한 것처럼, 잘 익은 파일 껍질의 흰 가루처럼 빨간빛, 오렌지빛, 혹은 보랏빛을 띠고 표면으로 떠올랐다. 도자기 유약의 줄기가, 목제의 옹이가, 매트의 섬유가 점점 더 미세하게 각인되었다. 어느 것에도 그림자가 없었다. 항아리는 너무도 짙은 초록색이어서 그 강렬함은 그것을 바라보는 사람의 눈을 깔때기로 빨아들이는 듯했다. 조개처럼 달라붙는 느낌이었다. 그러자 사물의 형태가 질감과 가장자리를 드러냈다. 의자의 장식 돌기, 찬장의 부피가 드러났다. 햇빛이 더 강해지자 그림자 떼가 빛 앞에서 쫓겨나 합쳐져서 여러 겹의 벽이 되어 배경에 걸려 있었다.

"그 얼마나 아름답고, 그 얼마나 이상한가," 버나드가 말했다. "반짝반짝 빛나고, 수많은 첨탑이 솟아 있고, 수많은 원형지붕이 보이는 런던이 안개에 쌓인 채 눈앞에 놓여 있다. 가스탱크의 보호를 받고, 공장 굴뚝이 지켜주는 가운데, 우리가 다가갔을 때 런던은 잠이 들어 누워 있다. 개미탑을 가슴에 안고 있다. 모든 절규, 모든 소요는 정적 속에 부드럽게 에워싸여 있다. 심지어는 로마도 이보다 더 위엄 있어 보이지는 않는다. 하지만 우리는 런던을 겨냥하고 있다. 런던의 어머니와 같은 잠은 이미 교란되었다. 연달아 있는 집집의 지붕들이 안개 가운데서 솟아오른다. 공장, 대사원, 유리로 된 원형 지붕, 공공건물, 그리고 극장들이 우뚝우뚝 서 있다. 이른 아침 북부에서 온 기차가 런던을 향해 화살처럼 날아든다. 달리는 열차 안에서 우리는 커튼을 젖힌다. 서둘러 정거장에서 빠져나올 때 멍한 기대에 찬 얼굴들이 우리를 노려본다. 우리 열차가 일으키는 바람이 그들을 휙 스치고 지나갈 때 남자들은 마음에 죽음을 그리면서 신문을 잡은 손에 힘을 준다. 그러나 우리는 함성을 지르며 돌진한다, 모성적이며 당당한 동물의 옆구리에서 파열하는 탄환처럼. 런던은 중얼거리고 또 중얼거린다. 우리를 기다리고 있다.

열차의 창밖을 내다보고 서 있을 때 너무 행복해서(나는 약혼을 했다) 이 속력의, 도시를 향해 돌진하는 이 화살의 일부분이 된 것처럼 감각이 무뎌지고 너그럽고 순응적이 된다. 여보세요, 나는 말하고 싶어진다, 왜 쭈뼛거리고 있어요, 여행 가방을 내려놓고 밤새 머리에 쓰고 있던 나이트캡을 그 안에 쑤셔 박으면서? 우리가 무슨 일을 해도 소용이 없을 게다. 화려한 만장일치의 기분이 우리 머리 위에 드리운다. 우리는 확대되고 엄숙해지고 거대한 거위의 회색 날개로 문질러진 것같이 하나가 된다(개긴 했으나 햇빛은 비치지 않는 아침이다), 우리는 단지 하나의 소원이 있을 따름이다―정거장에 도착하는 게 소원이다. 열차가 쿵 하고 정지하는 것은 정말 싫어. 밤새도록 마주 앉은 우리를 묶어주었던 연결 고리가 깨어지는 게 싫어. 증오와 경쟁심, 그 밖의 다양한 원망이 다시 세력을 휘두르고 있다고는 생각하기 싫어. 유스톤[1]에 도착하고 싶다는 소망 하나로 돌진하는 열차에 함께 앉아 있는 우리는 참으로 기분 좋은 집단이었다. 하지만 봐라! 그것도 끝났다. 우리는 소원을 성취했다. 플랫폼에 도착했다. 서두름과 혼란과 제일 먼저 개찰구를 빠져나가 엘리베이터를 타고 싶은 욕망이 고개를 든다. 그러나 나는 제일 먼저 개찰구를 빠져나와 개인 생활의 하중을 떠맡고 싶지는 않아. 그녀가 나를 받아들인 월요일 이후 신경이란 신경은 모조리 자의식으로 곤두서 있어. 컵에 들어 있는 칫솔을 보고도 '내 칫솔'이라고 하던 나는 이제 양손을 펴고 소유물을 떨어뜨리고 그저 이 거리에 서서 어떤 일과도 관계를 맺지 않고 버스를 지켜보며 서 있다. 욕망도 없이,

---

1   런던 중심 역의 하나. 리버풀이나 맨체스터 등 영국 중부 방면 열차의 시발역.

선망도 없이, 만약 나의 이성에 어느 정도의 예리함이 남아 있다면 그것은 오로지 인간의 운명에 관한 끝없는 호기심일 것이다. 그러나 그러한 예리함은 남아 있지 않다. 나는 도착했고 구혼의 승낙을 받아냈다. 이제 원하는 것은 아무것도 없다.

어머니 젖가슴에서 떨어져나오는 어린아이처럼 만족한 채 나는 자유로이 어디나 존재하는 일반적 삶의 한가운데로 깊숙하게 침잠한다. (나로 하여금 얼마나 많은 것이 단순히 양복바지에 달려 있는가를 주목하게 하라. 제아무리 우수한 두뇌라 해도 초라한 양복바지 때문에 완전히 난처해질 수 있다.) 엘리베이터 입구에서 기묘한 머뭇거림들을 볼 수 있다. 이쪽인가, 저쪽인가, 아니면 다른 쪽인가? 그러면 개성이 발휘된다. 그들은 모두 떠났다. 모두들 어떤 필요에 쫓기고 있는 거야. 사람과의 약속을 지킨다든가, 모자를 산다든가 하는 비참한 일이 한때는 하나로 묶어놓았던 이 아름다운 인간들을 갈라놓고 만다. 나로 말할 것 같으면 아무런 목적이 없어. 야심이 없어. 보편적인 충동을 따라 흘러가게 내버려둘 거야. 정신의 표면은 지나가는 것을 비추는 엷은 회색의 시냇물과 같이 흘러가는 거야. 내 과거도, 코도, 눈 색깔도, 대저 내가 나 자신이라고 생각하고 있는 것도 기억나지 않는다. 단지 위급한 순간에 교차점이나 보도의 커브에서 육체를 보존하고 싶은 욕망이 솟아나서 나를 꽉 붙잡고 여기 버스 앞에 세운다. 우리는 삶에 집착하고 있는 듯하다. 그러니까 또다시 무관심이 내려앉는다. 오가는 차와 말이 내는 소음이, 여기저기 지나가는 잘 구별되지 않는 얼굴이 나를 꿈속으로 끌고 들어가서는 사람의 얼굴에서 이목구비를 지워버린다. 나 자신이 붙들려 있다는 것을 알게 된 이 순간, 이 특정한 날은 도대체 뭐란 말인가, 왕래의 으르렁거림은 그게 어떤 소음이라도 아무 상관이 없다, 설사 그게 숲속의 나무나 야수라 하더라도. 시간은 윙윙거리는 소리를 내며 일 인치 혹은 이 인치 후퇴했다. 우리의 짧은 전진은 취소되었다. 우리의 육체는 사실은 벌거벗었다고 생각한다. 단추가 달린 헝겊으로 가볍게 몸을 덮었을 따름이다. 그리고 이 보도 밑에는 조개껍데기, 뼈, 그리고 침묵이 존재한다.

하지만 수면 아래로 떠내려간 사람처럼 나의 꿈은, 나의 일시적인 전진은 방해받고, 찢기고, 찔리고, 뽑혀 나갔다. 잠들어 있는 동안처럼 무책임한 상태에서 호기심, 탐욕, 욕망 등의 자연발생적이기는 하지만 앞뒤가 맞지 않는 감각에 의하여. (저 가방이 탐나─라고 한 것처럼.) 아니야, 그러나 나는 아래를 내려다보고 싶어. 심오한 밑바닥에 가보고 싶어. 항상 행동하지 않아도 되고 탐색할 수 있는 나의 특권을 때로는 행사해보고 싶어. 삐걱이는 나뭇가지의, 매머드의, 태곳적부터의 불명료한 소리를 듣고 이해의 양팔로 전 세계를 껴안고 싶은 불가능한 소원에 빠져보고 싶어 ─ 행동하는 자들에게는 가능하지 않은 소원에. 나는 걸으면서 불가사의한 공감의 진동에 떨고 있지 않은가? 이것들은 개인적인 존재로부터 풀려난 나이기는 하지만 포옹하라고 명령한다 ─ 무아몽중無我夢中의 군중을, 응시하는 자들과 경쾌하게 걷는 자들을, 심부름하는 아이들과 그들의 운명을 무시하고 가게 진열장을 몰래 들여다보다가 달아나는 여자 아이들을. 하지만 나는 인생이 덧없음을 이미 알고 있노라.

그러나, 사실이야, 나에게 삶이란 지금은 불가사의할 정도로 연장되었다는 느낌을 부인할 수 없어. 이것은 내게 결국은 자녀들도 있을 수 있고, 이 세대를 뛰어넘어 노상에서 끊임없는 경쟁 속에 서로를 밀어붙이는 숙명에 에워싸인 사람들을 초월하여 넓게 종자를 퍼뜨릴 수도 있다는 것인가? 우리 딸들이 여름에 방문하고, 아들들은 새로운 밭을 경작하게 될 거야. 이러니까 우리는 바람에 곧바로 말라버리는 물방울이 아닌 것을. 우리는 정원에 꽃을 피우고 사람들로 하여금 함성을 지르게 한다. 번번이 다른 모습으로 언제까지나 싹을 틔우는 거다. 그러니까 이것은 나의 자신감, 나의 안정감을 설명해준다. 그렇지 않으면 이 번잡한 신작로 위 사람들의 행렬에 휩쓸려 나가지 않고 사람들 사이를 용케도 빠져나가고 안전하게 길을 건널 수 없는 것이다. 이것은 허영이 아니다, 나는 야심 같은 것은 없으니까. 나는 기억하지 못해, 자신의 특수한 재능이라든가 특질이라든가 육체적 특징 등을. 눈이나 코나 입이나 나는 지금 이 순간 나 자신이 아니야.

하지만, 봐라, 다시 시작하는 것을. 저 집요한 냄새를 없애버릴수는 없어. 어딘가 조직의 틈새를 통해 살며시 들어오는 것을—인간의 본성이라고 하는 놈은 말이야. 나는 결코 거리의 일부는 아니야—거리를 관찰하는 입장이지. 그래서 늘 분열이 생겨. 예를 들면 저 뒷골목 구석에 한 소녀가 누군가를 애타게 기다리는 표정을 하고 서 있다—누구를 기다리지? 로맨틱한 이야기감이지. 저 가게의 벽에는 소형 기중기가 설치되어 있다. 그런데 왜 저기에 기중기가 설치되어 있는 것인가? 라고 나는 묻는다. 거기서 60년대 언젠가[2] 뚱뚱하게 살이 찌고 보라색 옷을 입은 부인을 땀을 뻘뻘 흘리는 남편이 사륜마차에서 내던지는 장면을 만들어낸다. 그로테스크한 이야기이지. 즉 나는 타고난 언어 제조사이고 계속 포말을 불어내는 남자이다. 이러한 관찰을 자연스럽게 해내면서 자신을 정돈하고 차별화한다. 그러고는 천천히 걸어서 지나갈 때 '봐! 저길 좀 봐!'라고 외치는 소리에 귀를 기울이며 겨울 밤에 관찰한 모든 것에 의미를 부여하라는 소명을 받았다고 생

2 1869년.

각한다―이 줄에서 저 줄로 이어지는 글을, 완결시키는 요약문을 쓰라고. 그러나 후미진 뒷골목에서의 독백은 곧바로 시체를 덮는 이불 홑청이 되고 만다. 들어줄 상대가 필요하다. 이것이 나의 파멸이다. 이것이 결정적인 표현의 가장자리를 주름잡히게 하고 제대로 형태를 이루어내지 못하게 한다. 나는 어딘가 더러운 식당에 앉아서 매일같이 똑같은 술을 주문하고 한 개의 유동체―이 삶―에 나의 몸을 완전히 담글 수는 없나니. 나는 문장을 만들고 그걸 들고 어딘가 가구를 갖춘 방으로 달려가면 거기서 수십 개의 촛불이 그것을 비출 것이다. 내가 이렇게 요란한 장식의 옷을 다시 입으려면 내게 주목할 여러 사람의 눈이 필요하다. 나 자신이 되기 위해서는(똑똑히 써놓자) 타인의 눈이 비춰주어야 한다. 그러므로 나는 나 자신이 무언지 도통 알지 못하겠는 거다. 루이스나 로우다 같은 진짜배기들은 고독 속에서 가장 완전하게 존재한다. 조명이나 반복을 싫어하지. 그들은 고개를 숙이고 일단 다 그린 초상화를 들판에 던져버린다. 루이스의 말에는 얼음이 두껍게 얹혀 있다. 그가 하는 말은 압축되고 응축되어 있으며 지속력이 있다.

그리고 나는 이 몽롱함에서 깨어난 후 친구들의 얼굴빛을 받아 다면체가 되어 불꽃을 튀기고 싶어. 나는 본성이 부재하는 어두운 지역을 가로질러 왔어. 기묘한 땅이었지. 마음이 푸근해진 순간에, 일체를 지워버린 만족의 순간에, 밝은 빛의 원 저편에서 끌어당기는 조수의 들락거리는 한숨을 들은 적이 있어, 이 비합리적인 분노의 두들김을. 나는 거대한 평화의 순간을 맛본 적이 있어. 아마 이것이 행복일지도 몰라. 지금 예리하게 찌르는 듯한 감정이 나를 끌고 왔어. 호기심이라든가 탐욕(배가 고프다)이라든가 나 자신이 되고픈 억제할 길이 없는 욕구가 끌고 왔어. 이러저러한 이야기를 할 수 있는 사람들이 머리에 떠오른다, 루이스, 네빌, 수잔, 지니, 그리고 로우다가. 그들과 함께 나는 다면체가 되는 거야. 그네들은 나를 암흑에서 구해주지. 고맙게도 우리는 오늘 밤 만나는 거야. 덕분에 혼자일 필요가 없게 된 거지. 다 같이 식사할 거야. 인도로 가는 퍼서벌에게 작별 인사를 하는 거야. 그 시간은 아직 멀었지만 벌써 나는 전령들을, 여기에 있지 않은 친구들의 자태를 마음속에 그려보고 있어. 돌에 새긴 조각 같은 루이스. 면도칼같이 정확한 네빌. 눈이 수정 같은 수잔. 마른 대지 위에서 열병에 걸린 듯, 뜨거운 불꽃처럼 춤추는 지니. 그리고 언제나 젖어 있는 물의 요정 로우다. 이것들은 환상적인 초상화이다—가짜이다. 여기 있지 않은 친구들의 환영이다, 그로테스크하고 구두의 발가락이 건드리자마자 사라지는 환영들. 그러나 그들은 나를 두들겨 패서 내게 활기를 불어넣어 준다. 이 뿌연 증기를 털어내어 준다. 나는 고독을 못 견디기 시작한다—고독의 휘장이 내 주위에 무덥고 해롭게 걸려 있음을 느낀다. 아아, 이 휘장을 집어 던져버리고 마음껏 움직일 수 있었으면! 누구라도 좋아. 까다롭게 굴지 않을 거야. 굴뚝 청소부라도 좋아. 우편배달부라도 좋고. 이 프랑스 식당의 종업원이라도 상관없어. 성품이 온화한 상점 주인이라면 더 좋겠지. 그는 바로 자기 자신을 위해 온화한 성품을 가지고 있어. 특별한 손님이 오면 그가 직접 샐러드를 만들지. 그런데 그 누가 특별한 손님이란 말인가? 라고 나는 묻고 또한 그 이유는 뭐지? 라고 묻는다. 그런데 귀걸이를 한 저 부인에게 그는 무슨 말을 하고 있는 걸까? 저 부인은 친구인가 손님인가? 테이블에 앉자마자 혼란과 불확실성과 가능성과 온갖 추측이 맛깔스럽게 마음을 어지럽히는 것을 느낀다. 이미지가 즉시 떠오른다. 나 자신의 풍부한 상상력에 놀랐다. 의자고 테이블이고 하나하나를, 여기서 점심식사를 하는 한 사람 한 사람을 풍성한 언어로 자유자재로 묘사할 수 있다. 나의 정신은 모든 것에 언어의 베일을 씌우고 여기저기 콧노래를 부르며 날아든다. 말을 하는 것, 그것이 심지어는 급사에게 포도주에 관해서 건네는 이야기라 해도 하나의 폭발을 불러일으키는 것이다. 로켓이 올라간다. 그 금색 낟알 화약은 내 상상의 비옥한 토양 위에 비료가 되어 떨어진다. 전혀 기대하지 않았던 이 폭발의 특질 ─ 이것이 교제의 기쁨인 것을. 나는 모르는 이탈리아인 급사와 섞였다 ─ 도대체 나라는 존재는 무엇인가? 이 세상에는 변하지 않는 것이 하나도 없다. 무언가 의미가 있다고, 도대체 누가 감히 말을 할 수 있는가? 언어의 비상飛上을 그 누가 예언할 수 있단 말인가? 그것은 나무 꼭대기 위로 날아가는 풍선인 것을. 지식을 입에 올리는 것은 무모하다. 모든 것이 실험이고 모험인 것을. 우리는 무수히 많은 미지의 것들과 끊임없이 섞이고 있다. 앞으로 무슨 일이 일어날 것인가? 모른다. 그러나 유리잔을 내려놓을 때 문득 생각난다. 나는 약혼을 했다. 오늘 밤 친구들과 저녁 약속이 있다. 나는 버나드, 나 자신이다."

"여덟 시 오 분 전이네," 네빌이 말했다. "나는 일찍 왔지. 기대의 매 순간을 음미하기 위해 약속 시간 십구 분 전부터 테이블에 자리를 잡고 앉았어. 문이 열리는 것을 보고, '퍼서벌인가? 아니야, 퍼서벌이 아니야.' '아니야, 퍼서벌이 아니야.'라고 말하는 데에는 묘한 병적인 기쁨이 있어. 벌써 스무 번도 넘게 문이 열렸다 닫히는 걸 보았어. 매번 불안감에 몸이 잘려나가는 듯해. 이곳이 그가 올 장소, 이것이 그가 앉을 테이블이지. 이곳에, 믿기지 않지만 그의 몸이 실제로 나타날 것이다. 이 테이블, 의자, 세 송이의 빨간 꽃을 꽂은 금속 화병은 실로 놀라운 변모를 경험하게 될 것이다. 회전문이 달린 이 방은 과일과, 뼈가 붙은 냉동 고기가 쌓인 테이블이 있어서 그 어떤 일인가가 일어날 것을 기대하는 장소의 허공에 떠 있는 듯한 비현실적인 모습을 띠고 있다. 여러 가지 것들이 아직 존재하지 않는 듯이 떨고 있다. 하얀 테이블보가 눈부시게 빛을 발한다. 여기에서 식사를 하고 있는 사람들의 적의와 무관심은 숨이 막힐 정도이다. 우리는 서로를 바라보고, 아는 사이가 아님을 깨닫고는 노려보고 그 자리를 뜬다. 이러한 시선은 채찍이나 다름없다. 그 시선들 속에서 세계 전체의 잔인성과 무관심을 느낀다. 만약 그가 오지 않는다면 도저히 견딜 수가 없다. 나는 가야만 한다. 하지만 틀림없이 지금 누군가가 그를 만나고 있을 것이다. 그는 택시를 타고 있음에 틀림없다. 틀림없이 어떤 상점을 지나고 있을 것이다. 그래서 매 순간 그는 이 방에, 이 찌르는 듯한 빛을, 이 강렬한 존재감을 펌프질 해 넣는 것 같다. 그래서 사물은 평상의 효용성을 잃고 말았다 ─ 이 칼날은 번쩍이는 빛에 불과하고, 더 이상 무언가를 자르는 물건이 아니다. 평상이 폐지된 것이다.

  문은 열리는데 그는 오지 않는다. 저기서 뭉그적거리고 있는 것은 루이스이다. 저건 자신감과 쭈뼛거림이 기묘하게 섞인 그다운 혼합물이다. 방에 들어오면서 거울에 비친 자신의 모습을 보고 머리칼을 매만진다. 자신의 모습이 영 못마땅한 모양이다. 그는 말한다, '나는 공작이다 ─ 오래된 명문가의 마지막 자손이다'라고. 그는 신랄하고, 의구심이 강하고, 지배적이고, 까다롭다(퍼서벌과 비교해서 말이다), 동시에 굳건하다, 눈에는 웃음이 깃들어 있으니 말이다. 나를 보았다. 자, 그가 왔다."

  "수잔이 저기 있네." 루이스가 말했다. "그런데 우리를 못 봐. 정장을 하지 않았네. 런던의 경박성을 싹 무시하는 거지. 한순간 회전문가에 서서 램프 불빛에 눈이 부신 동물처럼 주위를 둘러본다. 이제 움직이기 시작하네. 야생 동물같이 살금살금, 그러나 자신 있는 움직임이다(테이블과 의자 사이를 걸을 때에도). 이 작은 테이블을 누비며 걷는 길도 본능적으로 찾아낸다. 아무도 안 건드리고, 급사들은 완전히 무시하고, 방의 한구석에 있는 우리 테이블로 곧바로 온다. 그녀는 우리를 보자(네빌과 나뿐이지만) 탐나던 물건을 손에 넣기라도 한 것처럼 놀라운 확신을 얼굴에 드러낸다. 수잔의 사랑을 받는 것은 새의 예리한 부리에 찔리는 것과 같을 것이다, 농가의 곳간 마당에 못 박히는 것과도 같을 것인즉. 하지만 살다 보면 부리에 찔릴 것을 소원할 수 있는 순간들이 있다. 곳간 마당 문에 한번 확실하게 못 박히고 싶은 순간들이 있다.

로우다가 온다, 어디선가 모르게, 우리가 안 보는 동안에 살짝 미끄러져 들어왔다. 종업원 뒤에 숨기도 하고, 장식이 달린 기둥 뒤에 숨기도 하면서 돌고 돌아온 것이 틀림없어, 서로를 알아보고 인사할 때의 충격을 가능하면 뒤로 미루기 위해, 자신의 수반 안에 꽃잎들을 흔들기 위한 한순간을 더 확보하기 위해. 우리는 그녀를 깨운다. 그녀를 고문한다. 그녀는 우리를 두려워하고 경멸한다. 하지만 움츠러들면서도 우리 옆으로 다가온다. 우리는 잔인하지만 항상 어떤 이름, 어떤 얼굴이 있어 그 광휘가 그녀가 걸어가는 보도를 비추고, 그녀의 꿈을 재충전하게 해주니까."

"문이 열린다, 몇 번이고 열린다," 네빌은 말했다. "그러나 그는 오지 않는다."

"지니다," 수잔이 말했다. "문 안쪽에 서 있네. 모든 것이 정지된 듯해. 종업원도 멈춰서고, 문가 테이블에 앉아 있던 사람들은 그녀를 바라본다. 그녀는 모든 것의 중심인 듯하다. 그녀의 주위에서는 테이블, 문, 창, 천장이 박살난 유리창 한가운데서 뚜렷이 떠오르는 별 주위의 빛같이 번쩍인다. 그녀는 모든 것을 하나의 점에 모아 질서를 부여한다. 자, 봐라, 이제 그녀가 우리를 보고 다가온다. 그러니까 모든 빛이 잔물결을 이루며 흘러 우리 머리 위에서 흔들리며 새로운 감동의 물결을 불러들인다. 우리는 변한다. 루이스는 넥타이를 만지작거린다. 강렬한 고뇌를 씹으며 기다리고 앉아 있던 네빌은 앞에 놓여 있는 포크를 신경질적으로 가지런히 정돈한다. 로우다는 그 어딘가 머나먼 지평선 위에서 불길이 작열하고 있기나 한 것처럼 놀라서 그녀를 바라본다. 나는 젖은 풀, 젖은 초원, 지붕을 때리는 빗소리와 겨울에 격렬하게 집을 때리는 돌풍 등으로 마음을 단련해. 그렇게 함으로써 그녀를 이겨내고 영혼을 보호해보려 해도 그녀의 조롱이 살며시 내 몸을 휘감아 들어오고, 그녀의 웃음이 불꽃의 혀로 나의 신체를 말고 들어와서, 나의 누추한 옷을, 네모난 손톱을 인정사정없이 비추는 것을 느끼고, 테이블보 밑으로 즉시 손톱을 감춘다."

"그는 아직 오지 않았어." 네빌이 말했다. "문은 열리지만 그는 오지 않는다. 저건 버나드야. 외투를 벗을 때 겨드랑이 밑의 푸른 와이셔츠를 꼭 내보여. 그러고는 우리들과는 달리 문을 밀어서 열지 않고, 모르는 사람이 그득한 방에 들어온다는 사실을 모르는 채 들어온다. 거울도 들여다보지 않는다. 머리칼은 엉망이지만 자신은 그런 줄을 모른다. 우리가 다르다는 사실도, 이 테이블이 그의 목적지라는 것도 모르고 있다. 여기로 오는 도중에 그는 머뭇거린다. 저건 누구지? 그는 자문해본다, 야회용 코트를 입고 있는 부인을 조금은 알 것 같아서. 그는 누구라 할 것 없이 조금은 알고 있다. 그러니까 사실은 아무도 모르는 거다(퍼서벌과 비교해서 하는 말이다). 그러나 지금은 우리를 보고 정이 담뿍 담긴 손짓으로 인사한다. 비상한 친절로, 대단한 인류애로(아이러니컬하게도 '인류를 사랑하는 일의' 덧없음에 대하여 유머를 섞어 말하고 있는데) 우리를 압도해 이 모든 것을 증발시켜버리는 퍼서벌이 아니었더라면 나도 벌써 다른 사람들이 느끼는 것처럼 느낄 텐데. 자, 바야흐로 우리들의 축제다, 우리가 다 모였으니까. 그러나 퍼서벌이 없으면 충만감이 없다. 우리는 실루엣에 불과하고 배경 없이 안개처럼 떠도는, 몸체 없는 환영에 불과한 것을."

"회전문이 몇 번이고 열린다." 로우다가 말했다. "모르는 사람들이 계속 들어오네, 다시는 보지 못할 사람들이, 친한 척하고 허물없이 기분 나쁘게 스치고 지나가는 사람들이, 무관심하게, 우리가 없어도 세상은 존속하리라는 듯이. 우리는 우리가 파멸하는 것을 느낄 수 없고, 우리 얼굴을 잊어버릴 수가 없어. 얼굴이 없는 나도, 들어와도 아무런 변화를 일으키지 않는 나도(수잔과 지니는 많은 사람의 얼굴과 육체를 변화시켜), 어디고 정착하지 않고 날아다녀, 그 어디에도 닻을 내리지 않고, 다른 것과 합쳐지지 않고, 공백이나 연속성이나, 몇 개인가의 육체가 움직이는 배후의 벽을 형성하지도 못하고서. 이것도 네빌과 그의 비참함 때문이야. 그의 고뇌의 예리한 숨결이 나의 존재를 부숴놓아. 아무것도 제대로 자리 잡을 수 없고, 아무것도 가라앉지 못해. 문이 열릴 때마다 그는 테이블에 시선을 고정시킨다 — 감히 눈을 들어올리지 못한다 — 그리고 잠깐 바라보고는 '그는 오지 않았어'라고 말한다. 그러나 그는 왔다."

"자," 네빌은 말했다. "내 나무에 꽃이 핀다. 심장이 솟아오른다. 모든 눌리는 기분이 사라지고 장애란 장애는 모조리 치워졌다. 혼돈의 지배는 끝났다. 그가 질서를 부여했다. 칼을 다시 든다."

"퍼서벌이 왔어," 지니가 말했다. "정장은 하지 않았네."

"퍼서벌이 왔네," 버나드가 말했다. "머리칼을 매만지면서, 허영심에서 그러는 것은 아니고(그는 거울은 들여다보지 않았다) 예절의 신을 달래기 위해서 그럴 따름이다. 그는 보수적이다. 영웅이다. 하급생들은 그의 뒤를 따라 떼를 지어 운동장을 건너갔다. 그가 코를 풀면 그들도 똑같이 했다. 하지만 잘 되지는 않았다, 왜냐하면 그는 퍼서벌이니까. 이제 그가 우리를 떠나 인도로 가려 할 때 이 모든 사소한 것들이 다시 떠오른다. 그는 영웅이다. 오오, 그렇다, 이는 부정할 수 없는 사실이다. 그리하여 그가 사랑하는 수잔 옆에 앉으면 이번 모임은 완성되는 것이다. 서로의 발꿈치를 물면서 자칼처럼 캥캥 짖어대던 우리는 이제 대장 앞에 있는 병사처럼 차분하고 자신 있는 태도를 취한다. 젊었기 때문에 서로 떨어져 있던 우리는(최고 연장자가 아직 스물다섯 살이 안 되었다), 열심히 새들처럼 각자의 노래를 부르고, 청년 특유의 가혹하고 야만적인 이기심으로 자신의 달팽이 껍데기를 깰 때까지 두들겨대면서(나는 약혼을 했다), 아니면, 어딘가 침실 창밖에 홀로 외로이 앉아서 사랑을, 명예를, 아직 부리에 황색 수염을 붙이고 있는 어린 새에게는 대단한, 그 외의 하나하나의 경험을 노래한 우리는 이제 조금 더 가까이 서로에게 다가온다. 각자 자기 생각만 하는 이 식당에서, 끊임없는 차마車馬의 왕래가 우리를 산만하게 만들고 유리 새장을 끊임없이 여는 문이 무수한 유혹으로 꼬여서 우리의 자신감을 모욕하고 상처를 입히는 이 식당에서, 다 같이 여기 앉아서 우리는 서로 사랑하고 우리의 인내력을 신뢰하는 것이다."

"고독의 어둠으로부터 빠져나가자." 루이스가 말했다.

"말하자, 잔인하고 솔직하게, 우리 가슴에 있는 것을." 네빌이 말했다. "우리의 고립, 우리의 준비는 끝났다. 비밀과 숨김의 은밀한 날들, 계단 위의 계시, 공포와 황홀의 순간들은 이제 끝났다."

"친애하는 컨스터블 부인이 스펀지를 치켜들었고 따뜻한 물이 우리 위에 부어졌다." 버나드가 말했다. "이 변화무쌍하고 예민한 육체의 옷이 전신을 감싼다."

"부엌 뜰에서 구두닦이 소년이 하녀와 사랑을 하고 있어," 수잔이 말했다. "바람에 날리는 세탁물 가운데서."

"바람의 숨결은 호랑이가 헐떡이는 것 같아." 로우다가 말했다.

"목이 잘린 남자가 안색이 납빛이 되어 시궁창 안에 누워 있어." 네빌이 말했다. "그리고 이층에 올라가면서 나는 딱딱한 은색 이파리들이 달려 있는 무자비한 사과나무 앞을 지나갈 수가 없었어."

"아무도 바람을 불어넣지 않았는데 산울타리 안에서 나뭇잎이 춤을 추고 있었어." 지니가 말했다.

"햇볕이 내리쪼이는 구석에, 꽃잎들이 초록 바다에서 헤엄치고 있었지." 루이스가 말했다.

"엘브든에서는 정원사들이 커다란 빗자루로 마당을 쓸고 또 쓸었고, 여인은 테이블에 앉아서 글을 쓰고 있었어." 버나드가 말했다.

"단단하게 만 실 꾸러미에서 우리는 지금 한 줄씩 한 줄씩 잡아빼내고 있어," 루이스가 말했다. "우리가 만났을 때를 기억해내면서."

"그러고 나서 차가 현관에 도착했어," 버나드가 말했다. "그리고는 여자 같은 눈물을 감추느라 새 중절모를 눈 있는 데까지 깊숙이 뒤집어쓰고 거리를 차로 질주하니까 하녀들까지도 우리를 바라다보았지. 게다가 트렁크에 하얀 글자로 새겨진 우리의 이름은 세상을 향해 선언하고 있었지, 어머니들이 며칠 밤을 새워 우리 이름의 첫 자를 박아넣은 양말과 팬티를, 정해진 개수만 트렁크에 넣어서 우리가 학교에 가고 있다는 사실을 알리고 있었어. 어머니의 육체로부터 두 번째로 분리된 것이지."

"그리고 램버트 선생님, 커팅 선생님, 바드 선생님," 지니가 말했다. "하얀 주름 옷깃을 대고, 안색은 돌 같고, 도무지 불가사의하고 위풍당당한 부인들이 수업을 진행했지. 그들이 끼고 있는 자수정 반지는 반딧불처럼 프랑스어, 지리, 산수 책의 페이지 위에서 움직였어. 지도, 옅은 초록의 칠판이 있고, 단 위에 구두가 줄을 짓고 있었어."

"종이 시간을 딱딱 맞춰 울렸어," 수잔이 말했다. "하녀들이 낄낄거리며 허둥댔어. 리놀륨 위의 의자를 끌어내기도 하고 끌어들이기도 했지. 하지만 저기 있는 다락방에서는 파란 경치가 보였어. 이 규격화되고 비현실적이며 부패한 생존으로 오염되지 않은 들판을 멀리서 보여주었어."

"머리 위에서 베일이 벗겨졌어," 로우다가 말했다. "초록 이파리들이 서걱거리며 화환으로 꽃들을 묶었어."

"우리는 변했어, 알아보지 못할 정도로," 루이스가 말했다. "모두 각기 다른 빛에 노출되어 우리가 내면에 지니고 있는 것이(우리는 모두 대단히 다르니까) 약간의 산酸을 접시 위에 아무렇게나 떨어뜨린 것처럼 단속적으로 군데군데 빈 곳도 있고, 얼룩덜룩하게 표면으로 떠올랐어. 나는 이것이고, 네빌은 저것, 로우다는 또 다르고, 버나드도 또 다르고."

"그때 옅은 색의 버드나무 가지 사이로 카누 몇 대가 미끄러져 나아갔어," 네빌이 말했다. "그러자 버나드가 초록의 넓은 곳을 향해, 유서 깊은 가문들을 향해, 버나드다운 아무렇지도 않다는 듯한 태도로 걸어나가면서 내 옆의 바닥에 털썩 주저앉았지. 감정에 쫓겨서 ─ 바람도 이보다는 더 세차게 울부짖을 수가 없어, 번개도 이 이상 급작스러울 수는 없어 ─ 나는 나의 시를 부여잡고, 그에게 그것을 내팽개치고, 쾅 하고 문을 닫고는 뛰쳐나왔어."

"하지만 나는," 루이스가 말했다. "너와 헤어지고 사무실에 앉아 날짜가 적힌 달력 한 장을 찢어내고 선박 중개인, 곡물 상인, 보험 수리사들의 세계를 향해서 10일의 금요일, 18일의 화요일이 런던 시에 밝아온다는 사실을 알렸어."

"그리고," 지니가 말했다. "로우다와 나는, 화려한 드레스를 입고 사람들 앞에 나타나, 두세 개의 보석이 붙은 차가운 목걸이를 목에 두르고 인사를 하고, 악수를 하고, 미소를 지으며 접시에서 샌드위치를 집어들었지."

"호랑이가 튀어올랐고, 세계의 다른 쪽 어두운 연못에서 제비가 날개를 적셨어." 로우다가 말했다.

"하지만 우리는 지금 여기에 함께 있어," 버나드가 말했다. "이 특정한 시각에, 이 특정한 장소에 우리는 모인 거야. 우리는 무언가 심원한 공통의 감정에 이끌려 이 친밀한 교제에 끌려 들어온 거야. 이 감정을 '사랑'이라고 불러볼까? 퍼서벌이 인도에 가니까 '퍼서벌에 대한 사랑'이라고?"

"아니야, 그건 너무도 작고 너무도 특수한 명칭이야. 우리 감정의 폭과 넓이를 그렇게나 작은 명칭에 소속시킬 수는 없어. 우리는 모인 거야 (북부에서, 남부에서, 수잔의 농장에서, 루이스의 사무실에서) 하나의 것을 만들어내기 위해 ─ 영속적인 것은 아니지만 ─ 영속적인 것이 도대체 있기나 한단 말인가? ─ 많은 사람의 눈이 동시에 볼 수 있는 것을 만들어내기 위해. 저 꽃병에는 빨간 카네이션이 한 송이 꽂혀 있네. 우리가 여기 앉아서 기다리고 있는 동안에는 한 송이 꽃이었지만 이제는 일곱 개의 면을 가진 꽃이야. 많은 꽃잎이 매달려 있고 붉고, 암갈색이고, 보라색이고, 은색 물이 든 이파리들로 딱딱해진 ― 보는 눈에 따라서 그것 나름의 기여를 하는, 하나의 온전한 꽃."

"청춘의 변덕스러운 정열, 끝을 모르는 청춘의 권태," 네빌은 말했다. "이제 빛은 실제의 물체에 내리비춘다. 나이프와 포크가 있어. 세계는 그 모습을 드러내고 우리도 그렇다. 그리하여 우리는 이야기를 할 수 있는 거야."

"우리는 서로 달라, 아마 너무 심오하게 다른지도 몰라," 루이스가 말했다. "설명하지 못할 정도로. 하지만 시도는 해보자. 나는 들어올 때 머리칼을 매만졌어, 너희들과 같아 보이고 싶어서. 하지만 그렇게 보일 수는 없어. 나는 너희들처럼 단일하고 온전하지 않으니까. 이미 나는 수천 개의 인생을 살았어. 날이면 날마다 무덤을 파내 ― 파내는 거야. 나일 강가에서 노래를 듣고, 쇠사슬에 묶인 짐승이 발을 구르는 소리를 들었던 수천 년 전 여자들이 만들어놓은 모래 언덕 가운데서 나의 유해를 찾아낸다. 너희들 옆에 있는 이 남자는, 이 루이스는 한때 찬란했던 어떤 것의 타다 남은 재에 불과해. 나는 아라비아의 왕자였어. 내 활달한 몸놀림을 봐. 나는 엘리자베스조의 위대한 시인이었어. 루이 14세 때의 공작이었어. 나는 대단히 허영심이 많고 대단히 자신만만해. 여인들이 공감의 한숨을 쉬어주기를 끝없이 바라지. 오늘은 점심을 먹지 않았어. 수잔이 내가 야위어 보인다고 생각하게 하고 싶어서. 그리고 지니가 동정이라는 절묘한 진통제를 보내주기를 바라서. 하지만 나는 수잔과 퍼서벌은 숭배하지만 다른 친구들은 미워한다. 내가 머리칼을 매만지고, 억양을 감추는 등 기묘하게 구는 것은 그들 때문이기에. 나는 나무 열매를 보고 끽끽거리는 작은 원숭이이고, 너희들은 번쩍이는 손가방에 오래된 과자빵을 넣고 다니는 볼품없는 여인들이다. 나는 또한 우리에 갇힌 호랑이이기도 하고, 너희는 새빨갛게 달구어진 부지깽이를 들고 있는 간수다. 즉, 내가 너희보다 더 포악하고 더 힘이 세다. 그러나 오랜 세월 동안 실존하지 않았다가 땅 위에 나타나는 유령은 너희가 비웃을까 두려워, 폭풍을 마주해 그것을 피하려고 방향을 바꾸느라고, 명석한 시의 강철로 된 고리를 만들어보려고 노력하면서 지쳐버릴 것이다. 갈매기와 치아가 나쁜 여인들을 한데 묶는 시, 교회의 첨탑과 점심을 먹으면서 양념 통과 고기 국물이 튄 계산서에 내가 좋아하는 시인을 ─루크레티우스일까? ─ 받쳐놓고 까딱거리는 중산모를 연결시켜주는 시일까?"

"하지만 너는 절대로 나를 미워하진 않을 거야," 지니가 말했다. "너는 금색 의자와 대사大使들이 가득한 방의 반대쪽에서도 나를 보기만 하면 동정을 구하기 위해 방을 가로질러 내가 있는 곳으로 올 테니까. 방금 내가 들어왔을 때 모든 것이 주형에 박힌 것처럼 정지했어. 종업원들이 걸음을 멈추었고, 식사를 하고 있던 사람들은 포크를 치켜든 채로 움직이지 않았어. 나는 어떤 일이 일어나더라도 만반의 준비가 되어 있는 자세를 취하고 있었어. 내가 자리를 잡고 앉으니까 너는 손을 넥타이로 가져가고는, 그 손을 테이블 밑에 숨겼지. 하지만 나는 아무것도 숨기지 않아. 준비가 되어 있어. 문이 열릴 때마다 '더!' 하고 외치지. 하지만 나의 상상력은 육체야. 육체가 주조한 범위를 넘는 것은 아무것도 상상할 수 없어. 나의 육체는 어두운 골목길을 비추는 등불처럼 어둠 속에서 사물을 하나, 또 하나, 둥근 빛 가운데로 끌어내면서 나보다 앞서서 나아가고 있어. 나는 너를 현혹시키고 있어. 이것이 전부라고 믿게 만들고 있지."

"하지만 네가 입구에 서 있으면 모든 것이 고요해져," 네빌이 말했다. "숭배하게 돼. 이건 자유로운 교섭에 커다란 장애지. 너는 문가에 서서 우리의 주목을 끌어. 그러나 너희 중의 그 누구도 내가 다가가는 것을 알아차리지 못해. 나는 일찍 왔어. 발 빠르게 곧장 왔어. 사랑하는 사람 옆에 앉으려고. 내 생활에는 너희 생활에는 없는 신속성이 있어. 나는 냄새로 목표물을 찾아가는 사냥개를 닮았지. 이른 새벽부터 해가 뉘엿뉘엿 질 때까지 나는 사냥을 해. 아무것도, 사막을 통해 완벽을 추구하는 것도, 명성도, 돈도, 나에게는 아무런 의미가 없어. 언젠가 부자가 될 거야, 명성도 얻게 되겠지. 그러나 내가 정말 원하는 것은 손에 넣지 못할 거야. 육체가 우아하지도 못하고, 이에 수반되는 용기도 없기 때문에. 나의 지성은 육체와는 비교도 안 되게 기민해. 목표에 도달하기 전에 좌절하여 기운을 잃고 아마도 보기 흉한 모습으로 주저앉을지도 몰라. 나는 인생의 위기에 처해서 동정심을 불러일으킬지는 모르지만 애정은 아니야. 그러므로 나는 무지무지하게 괴롭지. 그러나 루이스처럼 자신을 멋있게 보이게 하려고 고통받지는 않을 거야. 이러한 사기와 위장을 허용하기에는 너무도 예민하게 현실을 인식하기 때문이지. 나는 모든 것을 봐 — 한 가지만 제외하고는 — 완전히 명석하게. 이것이 나의 구원이지. 이것이 나의 괴로움에 끊임없는 자극을 준다. 내가 명령할 수 있게 하는 것이지, 말을 하지 않고 있을 때조차도. 나는 어떤 점에서는 환상에 젖어 있기 때문에, 원하지 않더라도 신체는 항상 변화하는 것이니까, 밤에 누구 옆에 앉았었나 하는 것을 아침에는 모르니까 나는 결코 침체에 빠지는 법이 없지. 최악의 재난에서 몸을 일으켜 방향을 돌리고 변화해. 근육질이고, 팽창된 나의 육체의 갑옷에서 자갈들이 튕겨나가. 이러한 것을 추구하면서 나는 늙어갈 테지."

"믿을 수만 있다면," 로우다는 말했다. "추구와 변화 가운데서 늙어간다는 것을 믿을 수만 있다면 공포를 없앨 수 있을 텐데. 아무것도 남지 않아. 한 순간은 다른 순간으로 이어지지 않아. 문이 열리고 호랑이가 튀어올라. 너희들은 내가 오는 것을 보지 못했어. 튀어오르는 공포를 피하기 위해 의자들을 돌아서 왔어. 너희들 모두가 무서워. 튀어오르는 감동의 충격이 무서워서―너희들처럼 그것을 다룰 수 없기에―순간과 순간을 이을 줄을 몰라. 나에게 순간은 모두 난폭하고, 모두 분리된 것이야. 만약 내가 순간적인 도약의 충격에 넘어지기라도 하면 너희는 나를 덮쳐 발기발기 찢어놓을 거야. 내게는 목적이 없어. 일 분 일 분을, 한 시간 한 시간을 어떻게 지내야 하고, 그 어떤 자연의 힘에 의해 분과 시간을 해결해서, 너희가 소위 인생이라고 부르는 하나의 온전하고 분리 불가능한 것이 될 때까지 어떻게 해야 하는지 몰라. 너희에게는 목적이 있기 때문에―그 목적이 옆에 앉고 싶은 한 사람일까, 어떤 사상일까, 자신의 아름다움일까? 나는 모른다―너희의 날들과 시간들은 나뭇가지같이, 매끈한 초록 승마도로같이 냄새로 추적하는 사냥개에게로 뻗어 있다. 하지만 내게는 따라갈 냄새도 전혀 없고, 사람도 없어. 내게는 얼굴도 없어. 나는 해안 위를 달리는 거품, 아니면 양철 깡통 위에 화살처럼 떨어지는 달빛, 갑옷을 입은 씨-할리 위에 떨어지는 거품이야. 아니면 하나의 뼈다귀, 그것도 아니면 반쯤 부식된 보트이다. 동굴 밑으로 선회해 내려가고, 끝이 없는 복도에 부딪히는 종이같이 팔락거리며, 몸을 지탱하기 위해서는 손으로 벽을 누르지 않으면 안 된다.

하지만 내게는 숙소가 그 무엇보다도 필요하기 때문에 지니와 수잔 뒤로 처지면서 천천히 계단을 오르며 목적이 있는 척한다. 그녀들이 양말을 신는 것을 보면 나도 신고. 너희가 입을 열기를 기다렸다가 그런 다음에 너희처럼 말한다. 내가 런던을 가로질러 이 특정한 지점, 이 특정한 장소에 온 것도 너 혹은 너, 또 너를 보러 온 것이 아니라 온전하게, 분리를 모르고 걱정도 없이 살아가고 있는 너희 모두의 강렬한 불꽃에 나의 불을 붙여보기 위해서야."

　"오늘 밤 이 방에 들어왔을 때, 나는 걸음을 멈추고 서서 지면 가까이 있는 동물처럼 주위를 노려보았어." 수잔은 말했다. "양탄자나, 가구, 그리고 향수 냄새는 역해. 나는 혼자서 이슬에 젖은 들판을 걷거나, 문간에서 걸음을 멈추고 사냥개가 냄새를 맡으며 돌아가는 것을 지켜보며 '토끼는 어디 있지?' 하고 묻고 싶어. 나의 아버지처럼 약초를 배배 꼬고, 난롯불에 침을 뱉고, 슬리퍼를 신고 발을 질질 끌며 긴 복도를 내려가는 사람들과 같이 있고 싶어. 내가 이해하는 유일한 언어는 사랑, 미움, 분노, 그리고 고통의 절규. 이 이야기는 늙은 여인에게서 신체의 일부같이 되어버린 듯한 옷을 벗기는 것과 같아. 그러나 우리가 이야기를 해나갈 때마다 노파의 병색이 도는 피부, 주름진 넓적다리와 축 늘어진 유방이 조금씩 보인다. 너희들이 잠자코 있을 때 다시금 아름다워. 나는 평범한 행복밖에는 모를 거야. 그것으로 거의 만족할 거야. 지쳐서 잠자리에 들게 될 거고, 되풀이해서 곡식을 키우는 밭처럼 누워 있을 거야. 여름이면 더위가 내 위에서 춤을 출 것이고, 겨울이 되면 추워서 피부가 갈라지겠지. 그러나 더위나 추위는 원하든 원하지 않든 자연히 돌아오지. 아이들이 나를 도와주겠지. 아이들의 이가 나오고, 울고, 학교에 갔다 오는 것이 파도같이 나를 움직이게 하겠지. 파도가 움직이지 않는 날은 하루도 없겠지. 사계절의 잔등이 위에 탄 나는 너희 중 그 누구보다도 높이 들어올려질 거야. 죽을 때쯤에는 지니보다도, 로우다보다도 많은 것을 가지게 될 거야. 그러나 다른 한편으로는 너희들은 다양하고, 타인의 사상과 웃음을 몇백만 번이라도 즐기는 반면에 나는 실쭉하고, 폭풍우빛이고 화가 나서 안색이 벌겋게 될 테지. 아름다운 동물적 모성애로 인해 품격이 떨어지고 편협해지겠지. 신중하지 못하게 아이들을 출세시키려고 할 테지. 아이들의 결점을 보는 사람들을 미워하고 그들을 도우려고 야비한 거짓말도 할 테지. 아이들이라는 장벽 때문에 너도, 너도, 또 너도 가까이하지 않을 거야. 또한 나는 질투로 갈기갈기 찢어졌어. 지니는 나의 양 손이 새빨갛고 손톱을 물어뜯은 흔적이 있다는 것을 상기시키기 때문에 미워. 나는 그렇게나 격렬하게 사랑하기 때문에 내가 사랑하는 대상이 도망갈 수 있다는 한마디에 죽을 정도로 충격을 받아. 그가 도망을 치고 나는 나무 꼭대기에 있는 이파리들 가운데서 들락날락하는 줄을 움켜쥐고 있어. 문학은 이해 못해."

"만약에 내가, 단어가 연결된다는 사실을 몰랐다면 도대체 어떤 인간이 되었을는지 모르겠다." 버나드는 말했다. "하지만 지금 도처에서 연속성을 발견하게 되는 고로 고독의 압박을 견딜 수가 없어. 단어가 나의 주위에서 연기같이 둥글게 말려 올라가는 것을 볼 수 없을 때 나는 어둠 속에 있게 되고―무無가 되어버린다. 홀로 있으면 무기력해져서 난로의 쇠창살에서 타다 남은 재를 찔러 빼내며 음산하게 독백을 하지, 모파트 부인이 와줄 거라고. 그녀가 와서 깨끗이 치워버릴 거라고. 루이스가 혼자 있을 때에는 놀라운 집중력으로 관찰하고, 우리 모두보다 더 오래 남을 몇 개의 단어를 적어놓는다. 로우다는 홀로 있는 것을 좋아해. 우리를 두려워하지. 혼자 있을 때 극도에 달하는 존재감을 우리가 망치기 때문이야―자, 봐, 그녀가 포크를 어떻게 쥐고 있는가를―그녀의 포크는 우리를 향한 무기인 것을. 하지만 나는 배관공이나 말 사육사나, 아니면 그 누가 되었든지 간에 내게 활기를 불어넣어 주는 말을 하면 그때 비로소 존재하게 되는 거야. 그러면 나의 문구의 뭉게뭉게 피어오르는 연기는 얼마나 아름다운지. 그 연기는 새빨간 바닷가재 위를, 노란 과실 위를 올라갔다 내려갔다 하며 뽐내다가 떨어지면서 모두를 하나의 아름다운 것으로 뭉뚱그린다. 그러나 잘 봐, 이 문구가 얼마나 엉터리인가를―어느 정도나 가짜와 오래된 거짓말로 이루어져 있는가를. 그러므로 나의 성격은 어느 정도는 타인이 제공해주는 자극으로 이루어지고, 너희들의 성격처럼 전적으로 내 것은 아니야. 어떤 치명적인 경향이, 어떤 방황하고 있으며 불규칙적인 은 광맥이 성격을 약화시키고 있어. 학교 다닐 때 네빌을 격노하게 만들곤 했던 것도, 내가 그를 떠난 것도 이 때문이다. 작은 모자를 쓰고 배지를 달고 뽐내는 소년들과 함께 커다란 사륜마차를 타고 떠났지―그들 가운데 몇 명이 오늘 밤 여기서 정장을 하고 함께 식사를 하고 있어. 식사가 끝나면 정말 사이좋게 음악당으로 가는 거야. 나는 이들을 좋아했어. 이들은 너와 마찬가지로 확실히 나를 존재하게 만드니까. 따라서 너희들 또한 내가 너희와 작별하고 기차가 출발하면, 떠나는 것은 기차가 아니라 나, 버나드라고 느낀다. 신경도 안 쓰고, 감정도 없고, 기차표도 없고, 어쩌면 지갑도 잃어버렸을지 모르는 버나드라고. 수잔은 너도밤나무 이파리 사이에서 보였다 안 보였다 하는 끈을 노려보며 울부짖는다, '그는 가버렸어. 나에게서 도망쳤어!'라고. 부여잡을 것이 아무것도 없기에. 나는 끊임없이 만들어지고 다시 만들어진다. 다른 사람들이 다른 단어를 내게서 끄집어낸다.

그리하여 오늘 밤 내가 옆에 앉고 싶은 사람은 한 사람이 아니라 오십 명이야. 하지만 여기서 자연스럽고 편안하게 있을 수 있는 사람은 너희들 가운데 나 하나뿐이야. 나는 품격이 낮지도 않고 속물도 아니야. 사교 생활의 압력에 몸을 내맡기면 나는 교묘한 말로 무언가 어려운 것을 통용시킨다. 눈 깜짝하는 사이에 무無에서 꾀어나온 나의 문구가 사람들을 얼마나 즐겁게 하는가를 봐. 나는 악착같이 모아서 쌓아놓는 사람은 아니야 ─ 죽을 때는 입던 옷을 넣은 장 하나를 남기게 될 거야 ─ 게다가 나는 루이스를 그토록 괴롭히는 작은 허영들에 대해서는 거의 관심이 없어. 하지만 많은 것을 희생했어. 나는 쇠라든가 은, 그리고 상스러운 진흙으로 구성되어 있기는 하지만 몸을 위축시켜 자극에 의존하지 않는 사람들이 거머쥐는 주먹이 될 수는 없어. 부정하는 일, 루이스나 로우다의 영웅적 행위가 내게는 가능하지 않아. 말을 하고 있을 때조차도 결코 완전한 문구를 만들지는 못해. 하지만 너희 누구보다도 스쳐 지나가는 순간에 더 많은 것을 기여하게 될 거야. 너희 누구보다도 많은 방에 들어가게 될 거야, 더 많은 다른 방에. 하지만 안으로부터가 아니고 밖으로부터 나오는 어떤 것 때문에 나는 잊혀질 것이다. 내 목소리가 잠잠해질 때 너희는 나를 기억하지 못할 것이다. 한때 과일을 에워쌌던 목소리의 메아리로만 기억하겠지."

"자, 봐, 좀 들어봐." 로우다가 말했다. "순간순간 빛이 어떻게 더 풍요로워지는가를, 여기저기 꽃이 피고 열매가 익어가는 것을. 우리의 눈은 테이블이 나란히 놓여 있는 방을 둘러보면서 빨간빛, 오렌지빛이거나 아니면 호박빛이거나 기묘하고 알쏭달쏭한 빛깔의 커튼을 헤치고 지나가는 거야. 베일처럼 굴복했다가 닫히는 커튼을 헤치고 지나가는 거지. 그리고 하나하나가 녹아서 합쳐진다."

"그래, 우리의 감각은 넓어졌어." 지니가 말했다. "얇은 막이, 하얗고 축 늘어진 신경의 망이 속이 꽉 차고 쫙 펴져서 섬유같이 우리 주위를 부유하고 있어. 공기를 손으로 만지게 하고, 지금껏 들어본 적이 없는 머나먼 소리를 그들 안에서 잡고."

"런던의 소음이 우리를 에워싸고 있어." 루이스가 말했다. "자동차, 유개 트럭, 버스가 끝도 한도 없이 왕래한다. 모든 것이 단조로운 소리를 내며 돌아가는 바퀴 속에서 일단 합쳐진다. 각각의 모든 소리가—차 소리, 종소리, 술 취한 사람들과 시끄럽게 노는 사람들의 고함인 듯한 소리가—모두 분쇄되어 청동색 원의 하나의 소리가 되었다. 그러고 나서는 사이렌이 울린다. 그러니까 육지는 미끄러져 흘러가고, 굴뚝은 납작해지고, 배는 탁 트인 바다를 향해 나아간다."

"퍼서벌은 떠난다," 네빌이 말했다. "우리는 에워싸이고, 조명을 받고, 여러 가지 색깔을 하고, 여기에 앉아 있어. 모든 것이—손이나 커튼이나, 나이프와 포크, 식사를 하고 있는 다른 사람들이—모두 하나가 되는 거야. 우리는 여기서 벽에 둘러싸여 있어. 하지만 인도는 벽 바깥에 있지."

"인도가 보여," 버나드가 말했다. "나지막하고 기다란 해안이 보여. 금방이라도 무너져내릴 듯한 탑 사이를 들락거리는, 사람들이 밟고 다녀서 단단해진 꼬불꼬불한 진흙 길이 보여. 어떤 동양 박람회에서 임시로 세워놓은 건물인 듯한 부실함과 폐휴의 기운이 감도는, 도금을 하고 협간 장식을 한 건물들이 보인다. 햇볕이 쨍쨍 내리쬐는 길을 두 필의 거세된 소가 나지막한 이륜마차를 끌고 가고 있는 것이 보여. 짐마차는 무력하게 이리저리 크게 흔들려. 바퀴 하나가 홈에 딱 달라붙어 버렸어. 그랬더니 즉시 허리에 천을 감은 수많은 원주민이 그 주위로 떼를 지어 몰려와서는 흥분해서 지껄여댔어. 그러나 그들은 아무런 행동도 하지 않아. 시간은 무한하고 야심은 헛된 것이니까. 인간의 노력이 헛되다는 것을 깨달은 느낌이 모두에게 감돈다. 기묘하고 시큼한 냄새가 난다. 시궁창에 빠진 한 노인이 계속해서 인도 후추를 씹으며 배꼽을 응시하고 있다. 하지만 봐라, 퍼서벌이 앞으로 나아가고 있어. 벼룩한테 물린 망아지를 타고 햇빛을 가리는 헬멧을 쓰고 있어. 서양의 기준을 적용해서, 그에게 익숙한 난폭한 언어를 써서 채 오 분도 되기 전에 거세된 소가 끄는 짐마차를 바로잡는다. 동양의 문제는 해결된다. 그는 말을 몰고 앞으로 나아간다. 수많은 사람들이 그의 둘레에 모여 마치 그가—실제로 그렇지만—하나님이기나 한 것처럼 그를 바라본다.'

"비밀이 있든 없든 상관이 없지만 어딘가 모를 데가 있는 그는," 로우다가 말했다. "연못에 떨어져 잉어 떼에게 둘러싸인 돌멩이 같아. 잉어처럼 여기저기서 힘차게 헤엄치고 있던 우리는 그가 왔을 때 모두 그의 주위로 달려갔다. 잉어처럼 커다란 돌의 존재를 의식하고 우리는 만족감에 젖으면서 흔들리고 소용돌이친다. 위안이 조용히 우리를 감싸고 황금이 혈관을 달린다. 하나 둘, 하나 둘 심장이 고요하고 자신 있게 뛴다. 행복한 황홀 상태에서, 부드러운 환희 가운데서. 자, 봐—지구의 끝을—수평선 저 끝의 엷은 그림자를, 예를 들자면 인도가 시계視界에 떠오르는 거야. 위축되어 있던 세계가 원의 모습으로 펴지고 있어. 멀리 떨어져 있는 지방들이 어둠으로부터 토해내지고 있어. 진흙 길이, 비틀린 정글이, 사람들의 무리가, 통통 부은 시체를 파먹고 있던 솔개가 우리 힘의 영역 안에 있는 듯이, 우리의 자랑스럽고 찬란한 곳의 일부이기나 한 것처럼 눈에 들어온다. 그것은 퍼서벌이 벼룩한테 물린 망아지를 타고 쓸쓸한 길을 내려가고 황량한 나무들 사이에 야영 천막을 치고 거대한 산들을 바라보면서 혼자 앉아 있기 때문이다."

"미풍이 갈라놓으면 곧 다시 모이는 구름 낀 하늘 아래 그 옛날 몸을 간질이는 풀 가운데 앉아 있었던 것처럼, 퍼서벌이 말없이 우리 사이에 앉아 있을 때 그의 존재는," 루이스가 말했다. "우리가 우리 자신에 관하여 정의를 내려보려는 모든 시도는 헛된 것이라고 일러준다, 마치 하나의 신체와 영혼의 흩어진 부분인듯이 한데 모여서 정의를 시도해보는 것은 헛되다고. 두려움 때문에 무언가가 제거되었어. 허영 때문에 무언가가 변했어. 우리는 서로 다르다는 사실을 강조하려 애를 썼어. 서로 분리되기를 위해서 자신의 결점이라든가 자신의 특성을 강조했어. 그러나 밑바닥에는 강철의 푸른색 원 안에서 빙글빙글 도는 사슬이 있어."

"그건 증오야, 그건 사랑이야," 수잔이 말했다. "시선을 내리깔고 들여다보면 우리를 어지럽게 만드는 격노한 시커먼 시내야. 우리는 여기 선반 바위 위에 서 있지만 아래를 내려다보면 눈이 뱅글뱅글 돌아."

"그건 사랑이야," 지니가 말했다. "수잔이 나에게 품고 있는 감정은 증오야. 내가 정원에서 딱 한 번 루이스에게 키스를 해서 그래. 화려한 의상을 걸친 내가 방에 들어오면 '내 손은 빨개'라고 생각하고 그녀는 손을 감추지. 그러나 우리의 증오는 사랑과 거의 구별이 안 돼."

"그렇지만 요란한 소리를 내며 흐르는 이 물은," 네빌이 말했다. "그 위에 우리는 마구 흔들리는 발판을 만들어놓고는 있지만 야성적이고 약하고 모순에 가득 찬 절규들보다 조금도 더 안정적이지 못하다. 우리가 말을 해보려고 일어날 때, 이론적으로 따질 때, '나는 이거야, 나는 저거야!'라고 거짓된 말을 뱉어낼 때, 입에서 나오는 말이지. 언어는 거짓이야.

그러나 나는 먹는다. 먹으면서는 세세한 것들에 관한 일체의 지식을 서서히 잃는다. 나는 음식물의 무게에 압도당한다. 야채를 적당히 넣은 맛있는 구운 오리를 몇 입 먹으면, 따끈한 맛, 무게, 단맛과 신맛이 정교하게 섞여서 입천장을 지나 식도로 내려가 위에 들어가 몸을 안정시키는 것이다. 나는 안정과 엄숙함과 억제를 느낀다. 이제는 모든 것이 충실하다. 이제 나의 입천장은 본능적으로 달콤하고 가벼운 것을 요구하고 기대한다. 또한 입천장에서 떨고 있는 듯한, 좀 더 섬세한 신경에 장갑같이 딱 들어맞는 차가운 포도주도 먹고 싶다. 입안에 좍 퍼지면(마시면) 담쟁이 덩굴로 푸르고, 사향 냄새를 풍기는 자색 포도가 매달려 있는 둥근 지붕의 동굴 속으로 퍼지는 것 같은 그런 포도주를 마시고 싶다. 발밑에서 거품을 일으키고 있는 물방아를 돌리는 물줄기 속을 이제는 시선을 떼지 않고 바라볼 수 있어. 뭐라고 부르면 좋을까? 맞은편 거울에 얼굴이 뿌옇게 비친 로우다에게 말을 시켜보자. 갈색 수반에 넣은 꽃잎들을 흔들고 있는 로우다에게, 버나드가 훔친 주머니칼을 내놓으라고 하면서 나는 훼방을 놓았다. 사랑은 그녀에게는 소용돌이가 아니야. 아래를 내려다보아도 그녀는 어지럽지 않아. 우리의 머리 위로 멀리 인도 저쪽을 바라보지."

"그래, 너희들의 어깨 사이로, 머리 위로 어떤 풍경이 보여," 로우다가 말했다. "기복이 큰 가파른 산들이 날개를 접은 새들처럼 흘러내리는 분지가 보여. 짤따랗고 단단한 풀밭 위에는 검은 잎을 단 숲이 우거져 있고, 그들의 어둠을 배경으로 하나의 형상이 보인다, 하얗지만 돌로 만든 것은 아니고, 움직이고 있으며, 다분히 살아 있는 것 같은 것. 그러나 그것은 너도 아니고, 또 너도 아니며, 너도 아니야. 퍼서벌도 아니고, 수잔도 아니며, 지니도 아니고, 네빌도, 루이스도 아니야. 하얀 팔이 무릎 위에 얹히면 그것은 삼각형이 되지. 위로 쭉 뻗으니까 원기둥이 되네. 내려뜨리니까 분수가 되고. 그것은 아무런 표시도 하지 않아, 손짓도 하지 않고, 우리를 보지도 않아. 그 뒤에서 바다가 함성을 지르고 있어. 우리가 미치지 못하는 곳이야. 하지만 용기를 내서 가볼 거야. 가서 나의 공허를 재충전하고 나의 밤을 잡아 늘여서 꿈으로 가득 가득 채울 테야. 그러면 일순간은 지금 여기서도 나는 목적을 달성하고 이렇게 말할 거야, '더 이상 방황하지 마. 다른 것은 모두 실험이고 위선이야. 여기가 목적지야.'라고. 그러나 이런 순례 여행, 출발의 순간은 언제나 네가 있는 곳에서, 이 테이블에서, 이 불빛 속에서, 퍼서벌과 수잔에게서, 지금 이 자리에서 시작된다. 항상 숲이 보여, 너희들 머리 위로, 어깨 사이로, 혹은 파티가 열린 방을 가로질러 가서 거리를 내려다보며 서 있을 때 창가에서."

"하지만 저건 그의 슬리퍼 소리인가?" 네빌이 말했다. "아래층 현관에서 들려오는 것은 그의 목소리인가? 그리고 그가 멍하니 넋을 놓고 있을 때의 모습인가? 기다려도 그는 오지 않는다. 시간은 자꾸자꾸 늦어진다. 그는 이 약속을 아예 잊어버린 거야. 지금 다른 사람과 있는 거야. 신의가 없으니 그의 사랑은 의미가 없어. 오오, 그다음에는 고뇌가─그 이후에는 절망이! 그러는데 문이 열린다. 그가 온 것이다."

"금색 잔물결을 일으키며 나는 그에게 '오세요'라고 말한다," 지니는 말했다. "그랬더니 드디어 온 거야, 방을 가로질러 가서 드레스를 베일처럼 나부끼며 금색 의자에 앉아 있는 나에게로. 우리의 손은 서로를 만지고 우리의 몸은 작열한다. 의자도, 컵도, 테이블도─어느 것도 작열하지 않는 것은 없다. 모든 것이 떨고, 빛나고, 밝게 연소된다."

("이것 좀 봐, 로우다," 루이스가 말했다. "두 사람은 밤에 피는 꽃같이 되어 황홀경에 빠져 있어. 눈은 나방의 날개처럼 하도 빨리 움직여서 전혀 움직이지 않는 것처럼 보여."

"뿔피리와 트럼펫 소리가 울려퍼져." 로우다가 말했다. "나무 이파리들이 열리고, 덤불 속에서 수사슴이 운다. 춤이 시작되고 북소리가 울려퍼진다, 투창을 든 벌거벗은 야만인들의 춤과 북소리를 닮은."

"캠프파이어 주위에서 야만인들이 추는 춤과 같이." 루이스가 말했다. "그들은 난폭하고, 잔인해. 둥글게 둘러서서 궁둥이를 흔들며 춤을 추지. 염료를 칠한 얼굴 위에 표범 가죽과 살아 있는 몸뚱이에서 찢어낸, 피가 뚝뚝 떨어지는 사지 위에 불꽃이 요동을 친다."

"축제의 불꽃이 높이 타오른다," 로우다가 말했다. "대 행렬이 초록의 큰 가지와 꽃이 핀 작은 가지들을 던지면서 지나간다. 그들의 뿔피리는 파란 연기를 토해내고, 그들의 피부는 횃불 속에서 빨갛고 노랗게 얼룩이 졌다, 제비꽃을 던지고, 사랑하는 사람을 화환과 월계수 잎으로 치장하고 가파른 산들이 있는 원형의 풀밭 위에서. 행렬은 지나간다. 그리고 루이스, 그것이 지나가는 동안 우리는 추락하는 것을 느껴, 쇠퇴의 전조를 예감해. 그림자는 비스듬하게 드리우고, 공범자인 우리는 함께 물러나서 차가운 단지에 기대어 보랏빛 불길이 어떻게 흘러내리는가를 주목하지."

"죽음이 이 제비꽃 속에 짜여 들어가 있어, 죽음이, 또 죽음이." 루이스가 말했다.)

"얼마나 당당하게 우리는 여기 앉아 있는가," 지니가 말했다. "스물다섯 살도 채 되지 않은 우리가! 밖에서는 나무들이 꽃을 피우고 있어. 여자들은 어슬렁거리고, 택시가 방향을 바꿔 질주해나가고 있어. 청춘의 실험, 불명료함, 그리고 어지러움에서 빠져나와 우리는 곧바로 앞을 보고, 미래에 대한 준비를 하고(문이 열린다, 몇 번이고 열린다). 모든 것이 실존하는 거야, 그림자나 환영을 동반하지 않고, 확고하게. 아름다움이 우리의 이마에 깃들어 있어. 나의 아름다움도 있고, 수잔의 아름다움도 있지. 우리의 육체는 단단하고 서늘해. 우리의 차이점은 햇볕이 쨍쨍 내리쬐이는 바위의 그림자처럼 선명해. 옆에는 노란 광택이 나는 바삭바삭한 롤빵이 있어. 테이블보는 새하얗고, 우리의 양손은 반쯤은 구부러져 있어서 언제라도 졸아들 수 있다. 수많은 날들이 찾아오겠지, 겨울날, 여름날. 저장되어 있는 것에 채 손도 대지 않은 셈이지. 즉, 인생은 아직 제대로 시작도 되지 않은 상태라고 할 수 있지. 자, 봐, 과일이 잎사귀 밑에서 부풀어올라 있어. 이 방은 금색이고, 나는 그에게 '오세요.'라고 말해."

"그의 귀는 빨개." 루이스가 말했다. "그리고 시 직원이 간이식당에서 간식을 먹고 있을 때 고기 냄새가 축축한 그물처럼 매달려 늘어져 있어."

"무한의 시간을 앞에 놓고 무엇을 할까, 하고 우리는 묻는다." 네빌이 말했다. "본드 거리[3]를 어슬렁어슬렁 걸어 내려가며 여기저기를 둘러보고, 만년필이 초록색이라서 사고, 아니면 파란 보석이 박힌 반지가 얼마냐고 물어볼까? 그것도 아니면 방 안에 앉아서 석탄이 빨갛게 타는 모습이나 지켜볼까? 손을 뻗어 책을 잡고 여기저기 조금씩 읽어볼까? 아무 이유도 없이 큰 소리로 웃어나볼까? 꽃이 피는 목장에 들어가 데이지 화환이나 만들어볼까? 헤브리디스 제도[4]에 가는 다음 열차는 언제 떠나는가 알아보고 객실을 하나 예약할까? 모든 것이 지금부터다."

"너에게는 그렇지." 버나드가 말했다. "하지만 나는 어제 걸어가다가 빨간 기둥 모양의 우편함에 딱 하고 부딪혔어. 나는 어제

3 런던에서 제일 가는 고급 상점가.
4 스코틀랜드 서부의 제도.

약혼했어.”

 “얼마나 이상한지,” 수잔이 말했다. “접시 옆에 설탕이 조금 쌓여 있는 것이, 또한 얼룩덜룩한 배 껍질과, 플러시 천으로 된 거울 가장자리 장식이. 전에는 이들을 보지 못했어. 이제는 모든 것이 고정되고, 확정되었어. 버나드는 약혼을 하고. 무언가 되돌릴 수 없는 일이 일어난 거지. 수면 위에 원이 던져진 거야. 사슬이 부과된 거지. 우리는 다시는 자유롭게 흐르지 못해.”

 “꼭 한순간만,” 루이스가 말했다. “사슬이 깨어지기 전에, 혼돈이 돌아오기 전에, 우리가 고정되고, 전시되고, 꼼짝 못하게 조여 있는 모습을 봐줘.”

 “그러나 이제 원이 부서지기 시작해. 이제 흐름이 움직이기 시작해. 우리는 이전보다 더 빨리 돌진해. 물밑에서 자라는 거무스름한 잡초 속에서 기다리고 있던 정열이 지금 머리를 들고 파도가 되어 우리를 세차게 때린다. 고통과 질투, 선망과 욕망, 그리고 그것보다도 심원한 어떤 것이, 사랑보다도 더 강하고 더 밑에 있는 무엇이. 행동의 소리가 말을 한다. 로우다, 들어보렴(우리는 차디찬 단지에 양손을 얹어놓고 있는 공모자들이니까), 행동의 재빠르면서도 방심 상태에 있는 소리를, 그들은 지금 문장을 마치려고도 하지 않고 말을 하고 있는 거야. 연인들이 쓰는 짤막한 언어로 말을 하고 있어. 오만한 야수가 그들을 잡고 있어. 그들의 넓적다리의 신경이 경련을 일으키고 심장이 옆구리에서 강하게 고동치고 동요하고 있어. 수잔은 손수건을 배배 틀고 있고 지니의 눈은 정열로 춤을 추고 있어.”

 “그들은 면제되었어,” 로우다가 말했다. “꼬집는 손가락과 강한 시선으로부터. 얼마나 쉽사리 몸을 돌려 흘깃 바라다보는지. 얼마나 정력과 자만에 가득 차 있는가를 보여주는지, 지니의 눈에서 얼마나 생기가 반짝이고 있는지, 수잔의 눈은 또 얼마나 격렬하고, 얼마나 모든 것을 관통하고 있는지, 풀의 뿌리에 있는 해충들을 찾느라고! 두 사람의 머리칼은 윤기를 뿜어내며 반짝인다. 두 사람의 눈은 먹이 냄새를 맡고 잎사귀들을 헤치며 달려가는 동물의 눈처럼 작열하고 있다. 원은 깨어졌다. 우리는 뿔뿔이 흩어졌다."

"그러나 곧, 너무도 빨리, 이 이기적인 환희는 스러지고 만다." 버나드가 말했다. "탐욕스러운 자아의 순간은 너무나도 빨리 끝나고, 행복, 행복, 또 더 많은 행복을 갈망하는 욕구는 만족된다. 돌은 가라앉고 순간은 지나간다. 내 주위에 무관심의 널따란 여백이 펼쳐진다. 내 양쪽 눈에 호기심의 눈이 수천 개 열린다. 약혼하고 있는 나를, 버나드를, 누군가가 마음대로 살해할 수 있다, 이 미지의 영토라고 하는 여백에, 이 미지의 세계라고 하는 숲에 손을 대지 않고 그대로 남겨두는 한. 왜, 나는 묻는다(신중하게 소곤거리면서), 저기서는 여자들만 식사를 하고 있는 걸까? 저 사람들은 누구인가? 또한 오늘 밤 무엇이 이 장소에 그들을 오게 했을까? 구석에 있는 청년은, 때때로 신경질적으로 손을 머리 뒤로 가져가는 모습으로 미루어보건대 시골출신인 것 같다. 그는 애원하고 있어. 그리고 아버지 친구인 남자 주인의 친절에 적절한 반응을 보이기 위하여 신경을 많이 쓰고 있어. 내일 아침 열한 시경이면 대단히 즐길 것을 지금은 거의 즐길 수 없다. 저 부인이 코에 세 번이나 분을 바르는 것도 나는 보았어, 무척 재미있는 이야기를 하는 가운데서도 ─ 아마도 사랑이나 그들의 가장 친한 친구의 불행에 관해서 이야기하고 있었는지 몰라. '아아, 내 코의 상태라니!'라고 그녀는 생각하고, 그리하여 분첩이 등장한 것이다. 그것이 지나가는 동안에는 인간의 가장 열렬한 감정을 모두 지워버린다. 하지만 외알 안경을 끼고 있는 외로운 남자의 해결되지 않는 문제는 남아 있다, 혼자서 샴페인을 마시고 있는 중년 부인의 문제도. 이 미지의 사람들은 누구이며 무얼 하는 사람들일까? 나는 생각해본다. 그가 말한 것, 그녀가 말한 것으로부터 열 개가 넘는 이야기를 만들어낼 수 있다―열 개가 넘는 광경이 눈에 떠오른다. 그러나 도대체 이야기란 무엇인가? 내가 비틀어 만드는 장난감, 내가 부는 거품, 한 원이 다른 원을 지나가는 거품. 그리고 나는 때때로 이야기라는 것이 존재하기는 하는 것인가 하고 의문을 제기하기도 한다. 나의 이야기는 어떤 것인가? 로우다의 이야기는? 네빌의 이야기는? 사실은 확실히 존재한다. 예를 들어 다음과 같은 사실은 말이다. '회색빛 양복을 입은 수려한 청년의 과묵은 다른 사람들의 다변과 너무도 큰 대조를 이루었는데, 그는 지금 조끼에서 빵 부스러기를 털어내고 당당한 가운데도 온화함이 깃든 특유의 몸짓으로 종업원에게 손짓을 하니까 종업원은 즉시 달려왔다가 잠시 후 접시 위에 신중하게 접은 계산서를 가지고 돌아왔다.' 이것은 사실이다. 사실이야. 그러나 이것을 뛰어넘어서는 모든 것이 어둠이고 추측이다."

"자, 한 번 더," 루이스가 말했다. "계산을 끝내고 작별하려고 할 즈음에 우리의 피 속에 있는 원이, 우리가 너무 다르기 때문에, 그렇게나 자주, 그렇게나 예리하게 깨어진 원이 제 모습을 되찾는다. 무엇인가가 만들어졌다. 그래. 우리가 일어나서 약간 신경질적으로 머뭇거리고 있을 때 이와 같은 공통의 감정을 손에 쥐고 기도한다. '움직이지 마, 우리가 만든 것을, 빛과 껍질과 지저분한 빵 부스러기와 지나가는 사람들 가운데서 여기 원 모양이 되는 것을 회전문이 산산조각내게 하지 말라, 움직이지 말라. 가지 말라. 영원히 그것을 붙잡아라.'"

"한순간만 잡고 있자," 지니가 말했다. "사랑, 증오, 그것을 뭐라고 부르든지 간에 퍼서벌과 청춘과 아름다움으로 에워싸인 이 구球 모양의 것을. 한 남자에게서 다시는 이러한 순간을 만들어내지 못할 정도로 우리의 체내 깊숙이 침투한 그 어떤 것을."

"세계 저쪽의 숲과 먼 나라들이 그것 안에 있어." 로우다는 말했다. "바다와 정글이, 자칼의 포효와 독수리가, 솟아오르는 높은 산정에 떨어지는 달빛이."

"행복이 그 안에 있어," 네빌이 말했다. "그리고 평범한 것들의 조용함이. 테이블이나, 의자나, 페이지 사이에 종이 자르는 칼이 꽂힌 책이. 그리고 장미에서 떨어지는 꽃잎들이, 우리가 잠자코 앉아 있을 때, 어쩌면 사소한 일을 생각나게 해서 갑자기 말을 할 때, 명멸하는 빛이."

"주일週日이 그 안에 있어," 수잔이 말했다. "월요일, 화요일, 수요일. 들판을 달려 올라가는 말들이, 다시 돌아오는 말들이, 사월이나 십일월이 되면 솟아올랐다 내려갔다 하면서 망 속에서 느릅나무를 부여잡는 까마귀들이."

"아직 더 올 것이 이 안에 있어," 버나드가 말했다. "그것은 퍼서벌에게서 우리가 창출한, 부풀어오르며 찬란한 순간 속으로 천상의 수은같이 떨어지게 만든 최후의, 가장 찬란한 방울이다. 무슨 일이 일어날까? 조끼에 묻은 빵 부스러기를 털어내면서 나는 묻노라, 바깥에는 무엇이 있는가? 앉아서 식사를 하면서, 앉아서 이야기를 하면서 순간의 보고寶庫에 기여할 수 있다는 사실을 우리는 증명했다. 우리는 구부정한 어깨에 기록되지 않은 자질구레한 자극을 끊임없이 받을 수밖에 없는 노예가 아니다. 주인의 뒤를 따라가는 양도 아니다. 우리는 창조자이다. 과거의 수많은 집단들에 합류할 수 있을 정도로 우리도 무언가를 창조했다. 우리도 모자를 쓰고 문을 밀어 열 때 혼돈 속으로가 아니라 세계 속으로 성큼 들어가는 것이다. 우리 자신의 힘이 정복하고, 빛을 발하고, 영원한 길의 일부를 만드는 세계 속으로.

자, 봐라, 퍼서벌, 그들이 택시를 불러오는 동안 네가 곧 보이지 않게 될 광경을. 거리는 단단하고, 무수한 차바퀴가 휘저어놓아 번쩍인다. 우리의 대단한 정력의 노란 천개天蓋는 불타고 있는 헝겊처럼 머리 위에 걸려 있다. 극장이, 음악당이, 사가私家의 램프들이 그 빛을 만든다."

"봉우리를 이룬 구름이," 로우다가 말했다. "닦아서 윤을 낸 고래의 뼈같이 어두운 하늘을 가로질러 지나간다."

"자, 바야흐로 고뇌가 시작된다. 고뇌의 이빨이 나를 옴짝달싹 못하게 움켜잡고 있어." 네빌이 말했다. "택시가 온다. 퍼서벌은 이제 떠난다. 그를 가지 못하게 하려면 어떻게 해야 하나? 어떻게 그와 우리 사이에 다리를 놓을 수 있을까? 불이 영원히 타도록 하려면 부채질을 어떻게 하면 될까? 램프 불빛을 받으며 거리에 서 있는 우리가 퍼서벌을 사랑했다는 사실을 미래의 시간에게 어떻게 알릴 수 있을까? 퍼서벌은 가버렸다."

태양은 중천에 떠올라 있었다. 이제는 더 이상 반쯤만 보이고 암시나 빛에 의해 추측되는 단계에 있지 않았다, 마치 벽해碧海 매트리스 위에 물방울 보석으로 머리를 장식하고 웅크리고 있는 소녀처럼. 장식에서 나오는 유백색 화살이 도약하는 돌고래의 옆구리같이, 아니면 내리치는 칼날의 번쩍임인 양 변하기 쉬운 하늘에서 빛을 보냈다. 이제 태양은 일보도 양보하지 않고, 부정할 길도 없는 상태에서 활활 타고 있었다. 단단한 사구砂丘에 내리쪼였고 바위는 작열하는 용광로가 되었다. 태양은 웅덩이마다 찾아다니며 틈새에 숨어 있는 잉어를 잡아내고, 녹슨 차바퀴, 하얀 뼈다귀, 혹은 사구에 처박힌 레이스 없는 검은 구두를 비추었다. 태양은 모든 것에게 정확한 색감을 주었다, 사구에는 무수한 광채를, 잡초에게는 엷은 초록을. 또 태양은 불모의 사막에도 내리쪼였다. 모진 바람 속에서 이랑이 패기도 하고, 바람에 휩쓸려 황량한 돌무덤이 생기기도 하고, 성장이 멈춰버린 암녹색 정글이 드문드문 생기기도 했다. 태양은 매끈한 금색 회교 사원을, 동양 마을의 분홍과 하얀색이 감도는 허약한 집들을, 또한 젖이 축 늘어지고 백발이 된 여인들을, 강바닥에 무릎 꿇고 앉아서 구겨진 천들을 돌에 대고 방망이로 때리고 있는 늙은 여인들을 비추었다. 바다 위를 천천히 쿵쿵거리며 지나가는 기선들이 태양의 한결같은 시선을 받았고, 또한 태양은 노란 차양을 지나 승객들 위를 비추었다. 승객들은 졸거나 갑판 위를 거닐면서 육지를 찾느라 손으로 눈을 가리곤 했다. 그러는 동안 날이면 날마다 율동적으로 떨리는 기름기 어린 옆구리를 파도에 밀리면서, 배는 단조로운 항해를 계속했다.

태양은 남쪽 산들의 수많은 정상을 비추었고, 돌이 쌓인 깊은 강바닥을 번쩍번쩍 비추었는데, 높직이 걸린 다리 밑에서 강물은 세탁부들이 뜨겁게 달구어진 돌 위에 무릎 꿇고 앉아 빨고 있는 빨랫감을 거의 적시지 못할 정도로 줄어들어 있었다. 야윈 당나귀들이 가느다란 어깨 위에 바구니를 얹고 회색빛 작은 돌과 잡담을 하면서 앞으로 나아가고 있었다. 한

낮이 되자 태양의 열기는 마치 폭발로 인해 초토화되고 불에 그은 것처럼 산들을 회색빛으로 만들어놓았다. 반면에 더 먼 북쪽, 구름이 더 많이 끼고 비도 더 많이 내리는 곳에서는 부삽 잔등이로 평평한 판처럼 만들어놓은 듯 평평해진 산들이 빛을 발하고 있었다. 마치 깊은 산중에서 수위가 이 방에서 저 방으로 초록 램프를 들고 걸어가고 있는 것처럼. 태양은 회청색 대기의 미립자를 통과해 영국의 들판에 비추었고, 늪지대와 물웅덩이, 말뚝에 앉은 흰 갈매기, 나지막한 나무들이 무성한 숲, 어린 옥수수, 그리고 흔들리는 건초 밭 위로 흐르는 느린 그림자를 밝게 비추었다. 태양은 과수원의 벽을 비추었고, 벽돌의 요철이란 요철은 모두 은빛으로, 보랏빛으로, 불같이 붉은빛으로 물들였다. 만져보면 부드럽고, 건드리면 녹아서 필시 뜨겁게 구운 먼지 가루가 될 것 같았다. 까치밥나무 열매들이 곱고 붉은 잔물결과 파도를 이루며 벽에 걸려 있었고, 자두는 잎을 부풀리고, 풀잎은 서로 모여서 흐르는 초록 불꽃이 되었다. 나무 그림자는 뿌리 부분에서 가라앉아 어두운 웅덩이를 이루고 있었다. 쏟아져내리는 빛은 잎 하나하나를 용해시켜 하나의 초록빛 산을 만들어놓았다.

새들은 하나의 귀에만 대고 정열적인 노래를 부르다가 드디어 노래를 그쳤다. 새들은 와글거리고 킬킬거리며 지푸라기와 나뭇가지 조각을 더 높은 나뭇가지 속에 있는 어두운 구석으로 가지고 간다. 금빛과 보랏빛으로 물든 작은 새들은 정원에 걸터앉아 있다. 정원에서는 꽃이 핀 나무들이 금빛과 라일락을 쏟아낸다, 왜냐하면 한낮이 되면 정원에는 온통 꽃이 만발하고, 풍성함이 가득하고, 식물 밑의 터널도 초록, 자색, 그리고 노란색으로 변하기 때문이다. 태양이 빨간 꽃잎, 혹은 널따랗고 노란 꽃잎을 통과해서 비출 때, 혹은 털이 무성한 초록 줄기가 햇빛을 가로막을 때.

태양은 곧바로 집을 비추었다, 어두운 창들 사이의 하얀 벽을 번쩍번쩍 빛나게 만들면서. 나무의 초록 그늘이 유리창에 박혀서 빛이 뚫고 들어가지 못하는 원형의 어둠을 고정시켜놓고 있었다. 끝이 뾰족한 쐐기 모양의 빛은 창문틀에 내려앉아 실내를 비추었는데, 가장자리가 파랗게 장식된 접시, 곡선의 손잡이가 달린 컵, 커다란 사발의 몸통, 양탄자의 십자 모양 무늬, 캐비닛과 책장의 단단한 모퉁이와 선을 비추었다. 그것들이 서로 모여 있는 뒤편에는 그림자 지대가 걸려 있었는데 거기에는 얼마 안 있어 그림자를 잃어버리게 될 다른 모습이, 아니면 한층 더 진한 암흑의 심연이 있을지도 모른다.

  파도는 부서져서 해안에 빠르게 물을 퍼뜨렸다. 파도는 차례차례 모여서는 부서졌다. 파도가 부서져 내리는 힘에 의해 물보라가 튕겨져 돌아왔다. 파도는 짙은 푸른색에 잠겼다, 잔등이에 비치는 다이아몬드 형의 빛 무늬를 빼고는, 거대한 말의 잔등이가 움직일 때 잔물결 치는 근육 같이. 파도는 부서졌고 퇴각했다가 다시 부서졌다, 거대한 짐승이 발을 쿵쿵거리는 소리를 내듯이.

"그는 죽었어," 네빌이 말했다. "말에서 떨어졌어. 말이 돌에 걸려 넘어지면서 그를 떨어뜨렸어, 마치 배의 돛이 뒤집어져서 우주가 무너지고 그 와중에 나를 때려눕히듯이. 모든 게 끝났어. 세계의 빛이 꺼지고 말았어. 또다시 내가 지나갈 수 없는 나무가 길을 막고 서 있어.

아아, 이 전보를 움켜쥐고—세계의 빛을 다시 한껏 쏟아지게 하고 싶어—이런 일은 일어나지 않았다고 말하고 싶어! 그런데 왜 머리를 이리저리 흔드는 거야? 이건 진실이야. 사실이야. 말이 넘어지고 그는 나가떨어졌어. 번쩍하고 빛나는 나무들과 하얀 손잡이가 소나기처럼 튀어올랐다. 큰 파도가 일었다. 그의 귀에 큰북을 두드리는 듯한 소리가 들렸다. 그러자 충격이 있었고 세계는 부서졌다. 그는 숨을 몰아쉬었다. 그 자리에서 그는 죽었다.

곳간, 시골에서 보낸 여름날, 우리가 앉았던 방들—모두가 이제는 가뭇없이 사라져버린 비현실 세계의 일이다. 나의 과거는 내게서 떨어져 나갔다. 사람들이 달려와 그를 어떤 건물로 데리고 갔다, 승마화를 신은 남자들이, 해 가리개 헬멧을 쓴 남자들이.

모르는 사람들 가운데서 그는 죽었다. 고독과 침묵이 이따금 그를 에워쌌다. 그는 이따금 나를 떠난 적이 있었다. 그리고 얼마 안 있어 돌아오면 '어, 그가 오네!'라고 내가 말했지.

여자들이 발을 질질 끌면서 창 앞을 지나간다, 거리에는 움푹 팬 곳이 하나도 없다는 듯이, 딱딱한 잎들이 달린 나무가 없기 때문에 지나가지 못할 곳이 없다는 듯이. 그러니까 우리는 두더지가 파놓은 구멍에서 당연히 발을 헛디딘다. 말도 할 수 없이 비열한 우리는 눈을 감고 발을 질질 끌며 지나간다. 하지만 왜 내가 굴복해야 하나? 왜 발을 들어 계단을 오르려 해야 하나? 여기 내가 서 있다, 전보를 손에 쥐고, 여기에. 과거가, 여름날이, 우리가 앉았던 방들이 새빨간 눈을 하고 불타고 있는 종이같이 흘러간다. 왜 만나서 이야기를 계속해야 하는가? 왜 이야기하고 먹고 다른 사람들과 다른 인연을 맺어야 하는가? 이 순간부터 나는 혼자이다. 앞으로는 아무도 나에 관해 알지 못하게 될 것이다. 내게 편지 세 통이 왔다. '대령과 고리 던지기 게임을 하려고 한다, 그래서 이만,' 이렇게 그는 우리의 우정에 종지부를 찍고 손을 흔들며 군중 속을 뚫고 나아갔다. 이 소극笑劇에는 더 이상의 공식적인 축하는 할 가치가 없다. 그러나 만약 누군가가 '잠깐만'이라고 말했더라면, 혁대의 구멍을 세 개 더 조였더라면 오십 년간 그는 영국에서 정의를 행하고, 법정에 앉고, 군대의 선봉에 서서 혼자 말을 달렸을 것이며, 극악무도한 폭정을 규탄하고, 우리에게 돌아왔을 것이다.

자, 이를 드러내고 히죽 웃기도 하고 발뺌을 하기도 해. 뒤에서 무언가 조소하고 있는 것도 있어. 저 소년은 버스에 뛰어오를 때 거의 넘어질 뻔했지. 퍼서벌은 낙마했어. 죽었어. 매장됐지. 그리고 나는 사람들이 지나가는 것을 지켜보고 있어, 죽지 않으려고

기를 쓰고 버스의 손잡이를 꽉 움켜잡고 있어.

발을 들어 계단을 오르지 않을래. 아래층에서 요리사가 통풍 조절 밸브를 조절하고 있는 동안에 무자비한 나무 밑에서 목이 잘린 남자와 단둘이 잠깐 서 있을 거야. 층계를 오르지 않을래. 우리들은 모두 다 악운에 처해 있어. 여인들은 쇼핑백을 들고 발을 질질 끌며 지나가. 사람들은 계속해서 지나가고 있어. 하지만 나는 네가 나를 죽이게 내버려두지는 않을 거야. 이 순간, 이 한순간, 우리는 함께 있는 거다. 나는 너를 재촉한다, 빨리 오라고. 자, 고통이여, 어서 와서 나를 잡아먹어라. 너의 독니를 내 살 깊숙이 묻으렴. 나를 찢어발겨라. 나는 흐느낀다, 흑흑 느껴 운다.”

“이건 도저히 이해가 되지 않는 조합이야.” 버나드가 말했다. “일의 복잡성이란 이러해서 계단을 내려오면서도 어느 것이 슬픔이고 어느 것이 기쁨인지 나는 모른다. 내 아들은 태어나고 퍼서벌은 죽었다. 나는 기둥에 의지하고 양쪽 옆구리가 두 개의 감정에 떠받쳐져 있다. 하지만 어느 쪽이 슬픔이고 어느 쪽이 기쁨이지? 하고 물어보지만 도통 모르겠다. 단지 내게는 침묵이 필요하다는 것, 홀로 있어야 한다는 것, 도대체 나의 세계에 무슨 일이 일어났는가를 생각해볼 시간을 가져야 한다는 것, 죽음이 나의 세계에 어떤 짓을 했는가를 생각해볼 필요가 있다는 사실만을 알 따름이다.

그렇다면 이곳은 퍼서벌이 더 이상 보지 못하는 세계이다. 자세히 보자. 푸줏간 주인이 옆집에 고기를 배달하고 있다. 노인 두 사람이 보도 위를 어슬렁어슬렁 걸어가고 있다. 참새가 나무에 내려앉는다. 드디어 기계가 작동하기 시작한다. 나는 그 리듬과 고동을 주목하지만 내가 가담하지 않은 것으로서일 따름이다, 그가 그것을 더 이상 볼 수 없기에. (그는 어딘가에 있는 방에서 혈

색을 잃고 붕대를 감은 채 누워 있다.) 그렇다면 지금이야말로 무엇이 정말로 중요한 것인지를 찾아낼 기회이다. 신중해야 하고 거짓말을 해서는 안 된다. 그에 대해서 내가 품고 있는 감정은 그가 중심에 앉아 있다, 라는 것이다. 나는 더 이상 그 장소에 가지 않는다. 그곳은 비어 있다.

오오, 그래, 너희들에게 보증할 수 있어, 펠트 모자를 쓴 남자들과 바구니를 들고 있는 여자들이여─너희들은 너희들에게 대단히 귀중했을 어떤 것을 잃어버린 것이다. 너희가 그 뒤를 따랐을 지도자를 잃어버렸어. 너희 중 한 명은 행복과 자식을 잃었지. 그것을 너에게 주었을 그는 죽었다. 그는 뜨거운 인도의 어느 병원에서 붕대를 감고 야영 침대 위에 누워 있어. 거기서는 마룻바닥에 쭈그리고 앉은 하류 계급의 노동자들이 부채를 부치고 있다─그 부채 이름이 무엇인지 생각나지 않는다. 그러나 이건 중요하다. '너는 그것을 용케도 피했구나.'라고, 나는 그것이 사실이라도 되는 것처럼 말했다, 비둘기들이 지붕 위에 내려앉고 나의 아들이 태어났을 때. 소년 시절 그의 묘하게 초연했던 태도가 생각난다. 그래서 나는 계속해서 말한다(눈에는 눈물이 가득 고였다가 한참 후에 마른다), '하지만 이것은 감히 희망했던 것보다 낫다.'라고. 그러고는 가로수 길 끝자락 하늘 위에 있는 눈에 보이지도 않고, 또한 눈이 먼 추상적인 존재에게 '이것이 네가 할 수 있는 최대한이냐?'라고 묻는다. 그렇다면 우리는 승리한 것이다. 너는 최선을 다했다, 라고 나는 말한다, 저 멍청하고 잔인한 얼굴에 대고 (그는 이십오 세밖에 안 됐고 팔십 세까지는 살았어야 하기 때문에) 헛되이 불러대면서. 나는 좌절해서 근심 걱정이 가득한 인생을 울며 지내지는 않으려다. (수첩에 적어넣을 사항은 무의미한 죽음을 부과하는 사람들에 대한 경멸.) 더욱이 이것은 중요하다. 그가 커다란 말에 걸터앉은 자신을 어리석다고 생각하지 않도록 대수롭지 않고 우스꽝스러운 입장에 그가 있게 해야만 한다. 나는 이렇게 말할 수 있어야 한다, '퍼서벌, 우스꽝스러운 이름'이라고. 동시에 여러분에게 다음과 같이 말하게 해주시오. 지하철역으로 서둘러 가는 남녀 여러분에게, 여러분은 그를 존경하지 않을 수 없었을 것이라고. 정렬해서 그의 뒤를 따르지 않을 수 없었을 것입니다. 움푹 팬 눈, 타는 듯한 눈으로 인생을 바라보며 군중을 헤치고 노를 저어 나아가는 것은 그 얼마나 기묘한 일인가.

하지만 어느새 신호등은 켜졌다. 부르는 손짓이, 나를 현실로 돌아오게 유혹하려는 시도가 시작되었다. 호기심은 단지 잠시만 때려 내쫓을 수 있었다. 기계 밖에서는 아마 반 시간 이상은 살 수 없나봐. 육체는 벌써 일상의 모습을 띠기 시작했어. 하지만 그 배후에 있는 것은—원경은—달라. 저 신문 포스터 뒤에 병원이 있어, 밧줄을 잡아끄는 흑인 남자들이 있는 긴 방이. 곧 그들은 그를 매장한다. 그러나 신문 포스터에서 모 유명 여배우가 이혼했다고 알리고 있기 때문에 나는 즉시 묻는다, 어느 여배우 말이냐고. 그래도 나는 일 페니를 꺼내지 못한다. 신문을 살 수가 없어. 아직은 중단을 감내하지 못해.

나는 묻노라, 다시는 그대를 볼 수 없는 거냐고, 우리의 의사소통은 어떤 형태를 띠게 될 것인가? 라고. 너는 뜰을 가로질러 멀리멀리 가버렸다, 우리 사이의 실을 점점 더 가느다랗게 늘이면서. 그러나 너는 그 어딘가에 존재하고 있다. 너의 일부분이 남아 있어, 판정가判定家로. 다시 말해 만약 내가 나 자신 안에서 어떤 새로운 특질을 발견하게 된다면 나는 그것을 은밀하게 너에게 바치겠노라. 너의 판결은 어떤 것이냐고, 나는 물을 것이다. 너를 결재자로 남아 있게 할 거야. 하지만 얼마나 오랫동안 그렇게 할 수 있을까? 사태는 해명하기 힘들게 될 거야. 새로운 일들이 일어나겠지. 벌써 내 아들이 태어났잖아. 나는 지금 하나의 경험의 극에 달해 있다. 앞으로는 쇠퇴 일로를 걷겠지. 이미 나는 확신을 지니고 '얼마나 행운인가?'라고 부르짖지 못해. 정신의 고양高揚은, 비둘기의 비상飛上은 끝이 났어. 혼돈이, 세부 현실이 돌아오고 있어. 상점 진열장에 써놓은 이름들을 보고 이제는 더 이상 놀라지 않아. 왜 서두르지, 왜 기차를 타지, 하고 생각하지 않아. 연속성이 돌아와. 하나의 일이 다른 일에 연결돼 — 일상의 질서지.

그렇지, 하지만 나는 아직도 일상의 질서에 분개하고 있어. 아직은 나 자신에게 사물의 연속성을 받아들이게 하지 않을 거야. 나는 좀 걷겠어. 가던 걸음을 멈추거나, 무얼 바라보느라고 정신의 리듬을 바꾸지는 않을 거야. 이 계단을 올라가 화랑에 들어가고, 연속의 영역 밖에 있는 나와 동일한 정신의 영향력에 나 자신을 맡기겠어. 질문에 대답할 시간은 거의 남아 있지 않아. 나의 체력은 약해지고 있어. 나는 활기를 잃고 있어. 몇 개의 그림이 있네. 기둥 사이에 차가운 표정의 성모 마리아 상像이 몇 점 있네. 그 여인들이 정신의, 눈의 끊임없는 활동을, 붕대를 감은 머리를, 밧줄을 들고 있는 남자들을 잠시 저지시켜버리게 하자, 그 밑에 있는 무언가 보이지 않는 것을 내가 찾아내도록. 정원의 그림이다. 비너스가 꽃 가운데 있다. 성인들과 푸른 성녀의 그림도 있다. 이 그림들은 다행히도 어떤 지시도 하지 않고 팔꿈치로 밀지도 않고 손가락으로 가리키지도 않는다. 이리하여 이 그림들은 그에 관한 나의 의식을 넓히고, 그를 다른 모습으로 내게 데려온다. 그의 미모가 머리에 떠오른다. '저기를 봐, 그가 오고 있어.'라고 나는 말했다.

선과 색채가 나도 영웅이 될 수 있다고 나를 설득한다, 그토록 쉽게 문구를 만들고, 그렇게도 쉽사리 유혹당하고, 다음에 오는 것을 사랑하고, 주먹을 불끈 쥐지 못하고, 상황에 따라 문구를 만들어내며 맥없이 동요하는 나를. 지금 나는 나 자신의 연약함을 통해 그가 나에게 어떤 존재였는가를 안다. 나와는 대조되는 인물이었다. 본래 정직한 성품으로 태어나서 그는 과장의 묘미를 도무지 이해하지 못했고, 자연스러운 순응성에 떠받쳐진 진실로 이 세상에 대처하는 처세술의 대가였다. 이리하여 오래 살았고, 평온함을 주위에 펼친 것같이 보인다. 평온함이라기보다는 무관심이라고 하는 편이 나을 것이다. 확실히 자신의 영달에 대해서 그는 무관심했다, 그도 강한 연민의 정을 가지고 있었다는 사실은 별도이지만. 한 아이가 놀고 있다—어느 여름날 저녁—문이 열리고 닫힐 것이다. 끊임없이 열리고 닫힐 것이지만 그 문을 통해서 나를 울릴 광경을 본다, 그 광경은 도저히 타인에게는 전달할 수 없기 때문에. 여기서 우리의 고독이 생겨난다, 우리의 쓸쓸함이. 마음 가운데 있는 이 장소로 얼굴을 돌려보니 그곳은 비어 있다. 나 자신의 나약함이 나를 짓누른다. 이 약점들에 대적할 그는 이제 더 이상 존재하지 않는다.

그러면 봐라, 눈물로 얼룩진 파란 성모상을. 이것이 나의 장례식이야. 우리는 의식을 행하지 않아, 단지 은밀하게 만가를 바칠 뿐이야. 결말도 없고, 각자 격렬한 감정에 휩싸일 뿐이지. 지금까지 말한 것은 우리의 경우에는 맞질 않아. 우리는 내셔널 갤러리[1]의 이탈리아 방에 앉아서 파편들을 줍고 있어. 티티안[2]은 이 쥐가

---

[1] 런던 트라팔가 광장에 있는 국립 미술관. 1838년 개설.
[2] 이탈리아 화가. 초상화, 종교화 등에 명쾌한 색채와 사실로 인간 생활의 환희를 표현했고, 소위 베니스 학파는 그에 의해 그 절정에 달했다. 『바커스와 아리아도네』, 『비너스와 아도니스』 등이 내셔널 갤러리에 전시되어 있다.

갉아먹는 것을 느낀 적이 있을까 몰라. 화가들은 일필一筆 일필 가해가면서 규율 바른 몰두의 생활을 한다. 그들은 시인들과는 다르다―타인의 죄를 떠맡은 희생양인 시인들과는, 화가는 바위에 사슬로 묶인 존재들이 아닌 것을. 여기서 저 침묵이, 저 숭고함이 생겨난다. 그렇지만 저 심홍색은 티티안의 위장 속에서 활활 타고 있었음에 틀림없다. 그는 틀림없이 거대한 양팔로 풍요의 뿔[3]을 들고 일어섰다가 아래로 넘어졌다. 그러나 침묵이 나를 짓누른다―끊임없는 눈의 애원이. 압박은 단속적이며, 소리를 죽이고 다가온다. 나는 매우 조금밖에 식별하지 못하고 그나마도 너무 막연할 뿐이다. 나는 사람들이 누르는 초인종 같아, 눌러도 울리지 않거나 아니면 몹시 불쾌한 불협화음만 내는 초인종. 나는 이 모든 아름다운 것들로 인해 즐겁다, 초록 안감을 댄 심홍색 의상, 기둥의 행렬, 올리브나무의 검고 뾰족한 이파리 뒤의 오렌지빛 하늘. 감동의 화살이 나의 척추로부터 튀어나온다. 하지만 질서는 없다.

그렇지만 나의 해석에 무언가가 더해진다. 무언가가 깊이 매장되어 있다. 한순간 나는 그것을 잡는다고 생각한다. 그러나 묻어두자, 묻어두자. 내 마음의 깊은 곳에 감춰진 채 커가게 하자, 어느 날인가 열매를 맺도록. 긴 생애 가운데 어느 계시의 순간에 그것을 잡을지도 모르지만 지금은 그 생각이 내 손안에서 깨져버린다. 생각이라는 것은 딱 한 번 완전한 구球를 이루는 대신 수천 번 깨진다. 깨져서는 내 위에 떨어진다. '선과 색깔은, 그것들은 오래 살아남는다. 따라서……'

나는 하품을 하고 있다. 수많은 감정으로 포만 상태이다. 긴장과 길고 긴 시간―이십오 분, 삼십 분을―기계 밖에서 혼자 있

3   그리스 신화에서 제우스에게 젖을 먹인 염소의 뿔. 풍요의 상징.

었기 때문에 지쳤다. 감각을 잃고 몸이 뻣뻣해진다. 쉽게 감동하는 나의 마음을 무시하는 이 무감각을 어떻게 없앨 수 있을까? 타인들이 고통받고 있다 — 수많은 사람들이 고통에 시달리고 있다. 네빌이 괴로워하고 있다. 그는 퍼서벌을 사랑했다. 하지만 나는 더 이상 과격한 것들은 견뎌내지 못한다. 함께 웃고, 하품을 하고, 그가 머리를 어떻게 긁적였는가를 회상할 상대가 필요하다, 그가 더불어 잘 지내고 좋아했던 누군가가(그가 사랑한 여자는 수잔이 아니라 오히려 지니이다). 그녀의 방에서도 나는 참회를 할 수 있다. 그날 그가 햄프턴 궁전[4]에 가자고 왔을 때 내가 거절한 일을 그가 너에게 말했느냐고 나는 물을 수 있다. 이런 일을 생각하면 한밤중에도 나는 고뇌 가운데서 정신이 번쩍 들어 발딱 일어날 거야 — 이 세상의 시장이라는 시장에서는 모두 모자를 벗고 참회할 죄이다, 그날 햄프턴 궁전에 가지 않은 일은.

그러나 나는 지금 내 주위의 생활이, 책들이, 작은 장식물들이, 장사치들이 물건 파느라고 늘 내는 소음이 그리운 것이다. 이것들을 베개 삼아 이렇듯 지친 머리를 대고 이 계시를 받은 뒤에 눈을 감고 싶은 것이다. 그래서 곧바로 계단을 내려가 첫 번째로 눈에 띄는 택시를 불러 타고 지니에게로 간다."

"물웅덩이가 있네," 로우다가 말했다. "건너가지 못하겠어. 머리 바로 옆에서 커다란 맷돌이 돌아가는 소리가 들려. 그것이 불러일으키는 바람이 내 얼굴에 대고 함성을 질러대. 손으로 만져지는, 생명이 있는 모든 것은 내게서 사라졌어. 손을 뻗어 무언가 단단한 것을 만지지 않으면 끝없는 복도 아래로 날아가 버리고 말 거야. 그러면 무엇이 만져질까? 어떤 벽돌을, 어떤 돌을 부여잡고 거대한 심연을 가로질러 무사히 자신의 육체 속으로 자신

4　런던의 서쪽, 템스 강가에 있는 화려한 구왕궁. 런던 근처 명소의 하나.

을 끌어들일 수 있을까?

이제 그림자가 내려앉았고 보랏빛 광선이 사선을 이루며 아래쪽을 비추고 있다. 아름다운 옷을 입고 있던 모습은, 이제는 흔적도 없이 무너져내리고 있다. 가파른 잔등이 모양을 한 산들의 발치에 있는, 숲속에 서 있던 모습은 무너져내리고 있다. 계단 위에서 들리는 그의 목소리, 그의 낡은 구두, 같이 있던 순간들을 그들이 사랑했다고 말했을 때 내가 그들에게 말한 바와 같이.

벼락을 맞아 갈기갈기 찢어진 세계를 머릿속에 그려보면서 옥스퍼드 가[5]를 걸어 내려가련다. 발기발기 찢어진, 꽃이 매달린 가지가 떨어져나간 자국이 새빨갛게 나 있는 참나무들을 바라보겠노라, 옥스퍼드 가로 가서 파티용 스타킹을 사고 번갯불이 번쩍이는 가운데 일상적인 일을 할 것이다. 벌거벗은 지면 위에 제비꽃을 따서 다발로 묶어 퍼서벌에게 바치겠노라, 내가 그에게 봉헌하는 것으로. 자, 봐, 퍼서벌이 내게 준 것을. 퍼서벌이 죽고 없는 지금 이 거리를 봐. 집들은 기반이 약해서 바람이라도 한바탕 불면 날아가 버릴 것 같아. 차들은 무모하기 짝이 없게 질주하면서 굉음을 내고 경찰견처럼 우리를 죽도록 따라온다. 적지의 한가운데 나는 혼자이다. 인간의 얼굴은 끔찍하다. 이건 내가 좋아해, 세상에 알려지고 난폭해지고, 그리하여 바위 같은 돌에 부딪히는 것. 내가 좋아하는 것은 공장의 굴뚝과 기중기와 화물차, 그리고 추하고, 무관심한 얼굴, 얼굴, 얼굴의 행렬. 예쁜 것에는 싫증이 났어. 타인의 이목을 피하는 데도 진절머리가 났어. 거친 파도를 타고 구해줄 사람 하나도 없이 가라앉을 거야.

퍼서벌은 죽어서 내게 이런 선물을 한 거야. 이런 공포를 보여

5   마블 아치에서 토튼함 코트까지 뻗어 있는 런던의 큰 거리 가운데 하나. 중요한 상점과 백화점이 줄지어 서 있음.

주고, 이런 굴욕을 감수하게 했어 ─ 얼굴, 또 얼굴. 부엌에 있는 수프 접시처럼 온갖 궂은일을 다 한 얼굴, 조잡하고, 탐욕스럽고 염치를 모르는 얼굴, 꾸러미를 흔들면서 진열장을 들여다보고 있는 얼굴, 추파를 던지고, 스쳐 지나가고, 모든 것을 파괴하고, 더러운 손가락으로 우리의 사랑을 불순하게 만드는 얼굴을.

여기가 스타킹을 파는 상점이야. 다시 한 번 아름다움이 흘러나오는 것을 믿을 수 있어. 아름다움의 속삭임이 복도로 내려와 레이스를 거쳐, 색색 리본이 들어 있는 바구니에서 숨을 쉬고 있어. 그리고 함성의 한가운데에 움푹 팬 따뜻한 곳이 있어. 내가 바라는 진실로부터 달아나 아름다움의 날개 밑에 몸을 쉴 수 있는 작은 침묵의 방이 있어. 한 소녀가 말없이 서랍을 열면 고통은 잠시 멈추지. 그러고 나서 그녀가 말을 하면 그 목소리에 나는 정신이 번쩍 들지. 풀을 헤치고 들판 밑바닥을 훑고 내달리면 그녀가 말을 할 때 선망과 질투와 증오와 원한이, 모래밭을 달리는 게처럼 당황해서 도망가는 모습이 보인다. 이것들이 우리의 친구들이야. 요금을 내고 짐을 찾겠다.

여기는 옥스퍼드 가. 증오, 질투, 서두름, 무관심이 거품처럼 일어나 인생의 험한 모습을 만들어내고 있어. 이것들이 우리의 친구야. 함께 앉아서 식사하는 친구들을 생각해봐. 석간신문의 스포츠 면을 읽으면서 조롱당할 것을 두려워하고 있는 루이스가 떠올라. 신사인 체하는 속물이지. 지나가는 사람들을 바라보면서 그는 말하지, 우리가 자기를 따르면 인도하겠노라고. 우리가 복종하면 그는 우주의 질서를 바로잡을 거야, 이리하여 퍼서벌의 죽음을 자기가 만족할 수 있도록 요리할 거야, 양념 통 저쪽을, 집들을 지나 하늘을 바라보면서. 그러는 사이 버나드는 충혈된 눈으로 안락의자에 털썩 주저앉는다. 수첩을 꺼내 'D' 항에다 '친구의 죽음에 쓰일 구절들'을 적어넣을 것이다. 지니는 발끝으로 선회하여 방을 가로질러 걸어가며 그의 의자 팔걸이에 앉아 '그는 나를 사랑했는가?'라고 물을 것이다, '수잔보다 더?' 시골에서 그녀 집안의 농부와 약혼한 수잔은 전보를 앞에 놓고 접시를 손에 든 채 잠깐 서 있을 것이다. 그러고는 오븐 문을 발뒤꿈치로 차서 쾅 하고 닫을 것이다. 네빌은 눈물을 흘리면서 창문을 응시한 후, 눈물 사이로 바라다보며 물을 것이다, '창밖을 지나가고 있는 사람이 누구지?' 하고, '굉장히 아름다운 소년이네.'라며. 이것이 내가 퍼서벌에게 바치는 선물이야, 마른 제비꽃, 시커메진 제비꽃.

그럼 어디로 갈거나? 유리 상자 안의 반지, 캐비닛, 여왕들이 입었던 의복이 있는 그 어느 박물관에라도? 아니면 햄프턴 궁전에 가서 빨간 벽, 안뜰, 꽃들 사이의 풀밭 위에 대칭으로 까만 피라미드형을 형성하고 있는, 무리를 지어 늘어선 주목들의 근사한 자태나 바라볼까? 거기서 아름다움을 복원하고, 긁히고 난삽해진 내 영혼에 질서를 부과해볼까? 하지만 외로움 속에서 무엇을 만들어낼 수 있을까? 아무도 없는 풀밭에 홀로 서서 다음과 같이 말하노라, 까마귀들이 날아간다, 누군가가 손가방을 들고 지나간다, 정원사가 손수레를 밀고 있다, 라고. 나는 줄을 서서 땀 냄새를 맡고, 땀 냄새만큼 끔찍한 향수 냄새를 맡고, 다른 사람들과 함께 한 개의 고깃덩어리처럼 다른 고깃덩어리 가운데 대롱대롱 걸려 있어야 한다.

여기는 돈을 지불하고 들어가는 홀. 무더운 오후, 점심을 먹고 난 후 여기 와서 조는 사람들 가운데서 음악을 듣는 곳. 우리는 일주일 동안 음식을 입에 대지 않아도 될 정도로 소고기와 푸딩을 많이 먹었다. 그런고로 우리를 운반해줄 어떤 것의 잔등이에 구더기같이 무리를 짓고 있어. 우리는 품위 있고 당당하다 — 모자 밑에는 웨이브 진 백발이 보이고, 날씬한 구두, 작은 손가방, 말쑥하게 면도한 볼, 여기저기에 군인풍의 턱수염, 우리가 입고 있는 폭이 넓은 검은 나사羅絲에는 한 점의 먼지도 묻어 있지 않다. 몸을 흔들어대고 프로그램을 펼치면서 친구들에게 인사 몇 마디 하고, 우리는 자리에 앉는다, 바위에 앉은 바다코끼리처럼. 바다까지 어기적어기적 걸어가는 것조차 어려운 무거운 몸인 것처럼, 파도가 몸을 들어 올려줄 것을 바라면서, 하지만 우리는 너무 무겁고 우리와 바다 사이에 건조한 자갈들이 너무 많이 놓여 있다. 우리는 음식을 너무 많이 먹고, 더위 때문에 무기력한 상태이다. 그리고 나서는 퉁퉁 붓긴 했지만 매끈한 새틴 옷을 몸에 감은 바다 초록빛 부인이 우리를 구해주러 온다. 그녀는 입술을 악물고 긴장한 모습으로 몸을 부풀려 정말 적절한 순간에 몸을 던진다. 마치 사과를 발견하고 목소리가 화살이 되어 '아아!'라고 외치듯이.

도끼가 나무의 중심부까지 갈라놓았어. 중심부는 따뜻해. 나무껍질 속에서 소리가 떨리고 있어. '아아!' 하고 여인이 연인을 향해 부르짖어, 베니스에 있는 그녀의 집 창에서 몸을 내밀면서. '아아, 아아!' 하고 부르짖었다고 생각하면 또 '아아!'라고 외쳐. 그녀는 울부짖는 목소리를 우리에게 들려주었어, 하지만 단지 울부짖는 소리만을. 그런데 도대체 울부짖는 소리란 무엇인지 몰라. 그때 딱정벌레같이 생긴 남자들이 바이올린을 들고 와서, 기다리고, 수를 헤아리고, 고개를 주억거리고, 활들을 내려놓는다. 그러니까 잔물결과 웃음이 인다, 기복이 심한 험준한 산들이 흘러내리는 곳에서 수부가 가느다랗고 작은 나뭇가지를 입에 물고 해안에 튀어오를 때 올리브나무와 무수한 혀를 가진 회색 나뭇잎들이 춤을 추는 것처럼.

'처럼', '처럼', '처럼' ─ 하지만 사물의 외양 밑에 있는 것은 무엇일까? 번개가 나무에게 심한 상처를 입히고, 꽃을 피운 가지가 떨어지고, 퍼서벌은 죽어서 내게 이 선물을 주었나니, 그것을 내가 보게 해달라. 여기 정사각형이 있고 직사각형이 있다. 연주자들은 정사각형을 들어서 직사각형 위에다 올려놓는다. 대단히 정확하게 올려놓는다. 완전한 거처를 만든다. 바깥에 남아 있는 것은 거의 없다. 구조는 명확하고 미완성의 것은 분명히 밝혀놓고 있다. 우리는 대단히 다양하지도 못하고 또 그다지 비열하지도 않다. 직사각형을 만들어서 정사각형 위에 세워놓았다. 이것이 우리의 위로이다.

　이 감미로운 위로가 흘러넘쳐서 나의 마음의 벽에 흘러내려 이해력이 작동하도록 해준다. 이제는 더 이상 방황하지 마, 라고 나는 말한다. 여기가 목적지이다. 정사각형 위에 직사각형이 놓였다. 꼭대기에 나선형이 있어. 우리는 자갈 위로 던져져 바다 아래까지 온 거야. 연주자들이 또 오네. 그러나 얼굴을 닦고 있어. 이제는 더 이상 말쑥하지도 않고 그렇게 쾌활하지도 않아. 가자. 오늘 오후를 따로 떼어놓자. 순례 여행을 떠나자, 그리니치로. 단호하게 전차건 버스건 올라탈 거야. 다리를 질질 끌며 리젠트 가[6]를 걸어 내려가 이 남자와 부딪혀도 상처 입지 않고 난폭해지지도 않는다. 직사각형 위에 정사각형이 놓여 있다. 이 오염된 길에서는 노점에서 흥정이 끊이지 않고 모든 종류의 철봉이나 볼트 그리고 나사가 전시되어 있고, 보도에서는 사람들이 무리를 지어 뭉툭한 손가락으로 생고기를 집어 으깨고 있어. 구조가 보여. 우리는 세계를 살 만하게 만든 거야.

　그렇다면, 이 꽃들은 소들이 밟고 지나간 들판의 잡풀 가운데

───
6　옥스퍼드 가와 교차하는 런던 유수의 큰길.

피어 있는 거지, 바람에 물어뜯겨 형태가 거의 이지러지고, 과일도 꽃도 없이. 옥스퍼드 가의 보도에서 뿌리째 뽑은 싸구려 꽃다발을, 싸구려 제비꽃 꽃다발을 나는 가지고 온다. 전차의 창에서 굴뚝 사이에 있는 돛대가 보여. 강이, 그리고 인도로 가는 배가 보여. 강변을 걸을 거야. 비를 피하도록 유리로 만들어놓은 장소에서 노인이 신문을 읽고 있는 강둑을 거닐 거야. 이 고지대를 걷고 배가 조수를 타고 흘러 내려가는 것을 지켜볼 거야. 한 여인이 갑판 위를 걷는다. 그녀의 주위에서는 개가 짖고 있다. 그녀의 치마는 바람에 날리고 머리칼도 바람에 날린다. 바다로 나가는군. 우리를 떠나고 있어. 이 여름날 저녁에 사라지고 있어. 버리자, 느슨하게 풀자. 지금이야말로 억압된 욕망, 끌어당겼던 욕망을 드디어 풀어주자, 쓰이고 소모되도록. 제비가 어두운 물웅덩이에 날개를 담그는, 기둥들이 온전하게 우뚝 서 있는 사막의 모래 언덕을 우리 함께 질주하자. 해안에 부서지는 파도 속으로, 하얀 거품을 지구의 끄트머리까지 내던지는 파도 속으로, 나는 제비꽃을, 퍼서벌에게 바치는 나의 제물을 던지노라."

태양은 이미 중천에 떠 있지 않았다. 햇빛은 기울어져 사선으로 비추고 있었다. 햇빛은 구름의 가장자리에 부딪혀 그것을 태워 한 장의 빛으로 만들었고, 발을 댈 수 없이 활활 타는 섬으로 바꾸어놓았다. 얼마 안 있어서 구름이 하나 그리고 또 하나 차례로 빛에 싸였다. 그리하여 파도 위에는 흔들리는 푸른 바다를 가로질러 난삽하게 달리는 화살이 빠르게 지나가고 있었다.

　나무 꼭대기의 잎들은 태양 빛에 목욕을 하고 오그라들어 바삭거렸다. 아무렇게나 부는 미풍에 뻣뻣하게 서걱거렸다. 새들은 머리를 좌우로 예리하게 흔들면서 가만히 앉아 있었다. 그들은 지금 소리가 지겨워지기나 한 듯이, 한낮의 충실감이 포만감을 안겨주기나 한 듯이 노래를 그쳤다. 잠자리가 갈대 위에 가만히 앉아 있더니 드디어 파란 선을 그리며 공중으로 멀리 날아가 버렸다. 멀리서 들리는 저음은 지평선 위를 춤추듯 움직이는 얇은 날개의 부서진 떨림으로 이루어진 듯했다. 강물은 주위에 유리를 펴놓은 것처럼 갈대를 움직이지 못하게 했다. 그러다가 유리가 흔들리고, 갈대는 낮게 쓸렸다. 생각에 잠겨 머리를 떨어뜨리고 들판에 서 있는 소는 한 발 또 한 발 뒤퉁스럽게 내디뎠다. 집 근처에 있는 양동이에는 물이 가득 차기라도 한 것처럼 꼭지에서 물이 나오지 않고 있었다. 그러나 다시 한 방울, 두 방울, 세 방울 계속해서 물이 뚝뚝 떨어졌다.

창은, 점점이 타고 있는 불을, 흰 가지를, 상큼하게 갠 조용한 하늘을 내보였다. 창의 가장자리에는 해 가리개가 빨갛게 물이 든 채 걸려 있었고, 실내에는 단검의 형상을 한 빛이 의자와 테이블 위를 비추어, 래커와 광택을 가로질러 틈새를 만들어내었다. 초록 단지의 불거져 나온 거대한 옆구리에서 하얀 창문의 형태가 이지러져 보였다. 빛은 어둠을 몰아내고, 구석과 돌기에 부딪혀 깨지고 사방으로 퍼졌다. 하지만 어둠은 아직도 형태를 이루지 않은 채 높이 쌓여 있었다.

파도는 모여서 허리를 굽히고 부서졌다. 큰 돌 작은 돌이 튀어올랐다. 파도는 바위 주위를 휩쓸고 지나갔고, 높이 솟아오르는 물보라는 바싹 말랐던 동굴 벽에 물을 뿜어대고 동굴 안에 물웅덩이를 만들어놓았다. 파도가 잡아끌면 해안에 끌려 올라온 물고기가 꼬리를 흔들었다.

"나는 서명을 했어," 루이스가 말했다. "벌써 스무 번씩이나. 나, 나, 또 나. 명확하고 단단하고 분명하게 나의 이름은 존재한다. 나는 또한 명확하고 분명하다. 하지만 내게는 경험의 막대한 유산이 꽉 차 있다. 수천 년의 세월을 살아온 것이다, 대단히 오래된 참나무의 목질 부분을 먹고 살아온 버러지처럼. 하지만 이 청명한 아침에 나는 충만감에 넘친다.

활짝 갠 하늘에서 태양이 빛난다. 그러나 열두 시가 되니까 비도 안 오면서 해도 나지 않는다. 미스 존슨이 내게 온 편지들을 철사 세공 쟁반에 담아서 가지고 오는 시간이다. 이 하얀 종이 위에 나는 나의 이름을 써넣는다. 나뭇잎들이 소곤대는 소리, 수채구로 흘러 내려가는 물소리, 달리아 혹은 백일홍에 점점이 박혀 있는 초록색, 나는 공작이 되었다가, 소크라테스의 친구 플라톤도 되었다가 한다. 동서남북으로 이주해가는 흑인과 황색인종의 무거운 발자국 소리, 끝없는 행렬, 한때는 항아리를 들고 나일 강에 물 길러 갔듯이 작은 손가방을 들고 스트랜드 가[1]를 거니는 여인

---

1 런던 시와 웨스트민스터를 잇는 주요도로.

들, 여러 겹으로 접힌 나의 인생의 접히고 빡빡한 여러 장이 이제는 거의 다 내 이름에 요약되어 있다, 이 종이 위에 깨끗하게 수식어 없이 쓰여 있다. 이제는 다 큰 성인이다. 비가 오는 날이건 갠 날이건 직립해 있는 나는 도끼같이 둔탁하게 넘어져서 순전히 내 무게만으로 참나무를 꺾어놓을 것임에 틀림없다, 왜냐하면 여기를 봤다 저기를 봤다 하면서 한눈을 팔고 달리면 나는 하늘에서 내리는 눈같이 떨어져서 사라져버릴 것이기 때문이다.

타자기와 전화는 거의 나의 애인이라고 할 수 있다. 편지와 전보, 또 파리나 베를린이나 뉴욕에 전화로 전하는, 간단하지만 정중한 명령들과 나의 인생을 하나로 융합시켰다. 나는 근면과 결단력으로 세계의 여러 곳을 잇는 작업에 기여했다. 열 시 정각이면 방에 들어오기를 좋아하며, 검은 마호가니 가구의 보라색 광택을 좋아한다. 테이블과 그것의 예리한 가장자리를, 매끄럽게 열리고 닫히는 서랍을 좋아한다. 나는 나의 소곤거림에 입술을 갖다 대는 전화를, 벽에 붙여놓은 일정표를 좋아한다, 그리고 약속을 적어놓은 수첩도, 네 시에 프렌티스 씨, 네 시 반 정각에 에어스 씨.

버차드 씨의 사실私室에 초대되어 중국과의 매매 계약 건에 관해 보고하기를 좋아한다. 안락의자와 터키 카펫을 물려받기를 바란다. 나는 발벗고 나서서 눈앞의 어둠을 둘둘 말아, 세계의 먼 나라들의 혼돈이 있는 곳에 교역을 팽창시킨다. 혼돈에서 질서를 만들어내며 밀어붙이면 나는 차담[2]이 서 있는 곳에 있게 될 테고, 또한 피트[3], 버크[4], 로버트 필 경[5]이 서 있는 곳에 마침내 서게 될 것

---

2 1708~1778, 영국의 정치가. 대大 피트라 불림.
3 1759~1806, 앞에서 언급한 대大 피트의 아들. 영국의 정치가. 소小 피트라 불림.
4 1729~1787, 영국의 정치가. 웅변가. 작가.
5 1788~1850, 영국의 정치가. 경찰 제도를 완성시켰다.

이다. 그리하여 나는 몇 개의 오점을 말소하고, 옛날의 오점들을 모두 말살시킨다. 크리스마스트리의 꼭대기에서 나에게 기旗를 떼어주었던 여인을, 나의 억양을, 매질과 기타 체벌을, 자만심 가득한 소년들을, 브리스베인의 은행가인 나의 아버지를 말소한다.

나는 식당에서 좋아하는 시인의 시를 읽고 커피를 저으면서, 작은 테이블에서 도박을 하고 있는 사무원들의 이야기에 귀를 기울이고, 카운터에서 머뭇거리고 있는 여인들의 얼굴을 관찰했다. 아무렇게나 마루에 떨어지는 갈색 종잇조각처럼, 무관계한 것은 아무것도 없다고 나는 말했다. 그들의 여행에는 반드시 목적이 있어야 하고, 그들은 엄격한 주인의 명령에 따라 주당 이 파운드 십 실링을 벌어야 한다고 나는 말했다. 저녁이 되면 어떤 손이, 어떤 편안한 옷이 우리를 감싸주어야 한다. 내가 이런 상처들을 치유하고, 이런 극악무도한 짓거리들을 감싸 안고 그들이 우리의 기운을 소진시킬 변명도 핑계도 필요 없게 되면 거리에, 식당에 돌려주게 될 테다, 그들이 어려운 때에 넘어져서 돌이 많은 해안에 부서졌을 때 잃었던 것을. 서너 개의 단어를 모아 잘 때려서 평평하게 만든 강철로 된 원을 우리 주위에 만들어낼 것이다.

하지만 지금 내게는 한순간의 여유도 없어. 여기에는 휴식도 없고, 흔들리는 잎을 떨어뜨리는 그림자도 없어, 햇빛을 피해 물러나 앉아 있을 서늘한 저녁 시간에 연인과 함께 앉을 작은 방 하나도 없어. 이 세계의 무게가 우리 어깨를 짓눌러. 그 광경이 우리 눈에 들어와. 눈을 깜박거리거나 옆을 바라다보거나 아니면 돌아서서 플라톤이 한 말을 가지고 놀거나 나폴레옹과 그의 무수한 정복을 상기하면서, 우리는 세상에 무언가 부정한 모욕을 가하고 만다. 이것이 인생이다, 네 시에는 프렌티스 씨, 네 시 반에는 에어스 씨. 나는 엘리베이터의 조용한 운행을, 그것이 내 층에서 멈출 때 내는 쾅 소리를, 무겁게 복도를 걷는 남자들의 확실한 발소리 듣기를 좋아한다. 이리하여 우리는 힘을 모아 지구의 끝까지 배를 보낸다, 화장실과 체조장이 완비된 배를. 세계의 무게가 우리의 어깨를 짓누른다. 이것이 인생인 것을. 돌진하노라면 의자와 양탄자를 물려받게 될 거야, 서리[6]에 있는 온실이 딸린 집 한 채를, 그리고 다른 상인들이 부러워할 진귀한 침엽수나, 멜론, 아니면 꽃 피는 나무를 소유하게 될 거야.

하지만 나는 아직도 다락방에 있다. 거기서 늘 읽는 작은 책을 펼치고, 타일 위에 비가 내려 번들거리는 광경을 지켜보고 있노라면 나중에는 타일들이 순경의 방수복처럼 빛을 낸다. 거기서 나는 가난한 집의 부서진 창을, 야윈 고양이를, 금이 간 거울을 들여다보며 눈을 가늘게 뜨는 여인, 거리 모퉁이에 서 있기 위해 화장을 고치고 있는 품행이 방정하지 못한 여인을 본다. 거기에 가끔 로우다가 온다. 우리는 연인이니까.

퍼서벌은 죽었어(그는 이집트에서 죽었어. 그리스에서 죽었어. 모든 죽음은 하나의 죽음이다). 수잔에게는 자식들이 있어. 네빌은 빠르게 승진했어. 인생은 흘러간다. 우리들 집의 상공에서 구름은 끊임없이 변화하지. 나는 이런저런 일을 하고, 또 이런 일을 하고, 또 저런 일을 하지. 만나고 헤어지고, 우리는 다른 형태로 모여서 다른 모양을 만들어내지. 하지만 내가 이런 인상들을 벽에 못을 박아 고정시키지 않으면, 나의 내면에 있는 많은 인간으로부터 한 인간을 만들어내지 않으면, 만약 내가 지금 여기에 확실하게 존재하지 못하면(멀찌감치 있는 산에 흩뿌려진 눈의 자태로가 아니라) 그리고 사무실을 지나가면서 미스 존슨에게 영화는 어땠느냐고 물어보고, 찻잔을 받아들고, 좋아하는 비

6   런던 남쪽에 접해 있는 주.

스킷도 받지 않는다면, 그러면 나는 눈처럼 떨어져 내려서 사라지겠지.

하지만 여섯 시가 되면 나는 모자에 손을 대고 수위에게 인사를 하는데, 그의 마음에 들기를 너무 바라는 나머지 항상 지나칠 정도로 예의를 차린다. 그래서 바람에 몸을 가누려고 애를 쓰면서 외투의 단추를 잘 잠그고, 턱은 새파랗고, 눈물을 줄줄 흘리면서 앞으로 나아갈 때 작은 체구의 타이피스트가 내 무릎 위에 바싹 달라붙기를 바란다. 내가 좋아하는 요리는 간과 베이컨이라고 생각한다. 그러고는 강이 있는 곳으로, 수많은 술집이 즐비하게 늘어서 있는 좁은 골목으로, 거리의 끝자락에 배의 그림자가 있는 곳으로, 여자들이 싸우고 있는 좁은 골목 쪽으로 흔들거리며 발길을 옮긴다. 그러나 정신을 차리고 자신에게 말한다, 네 시에 프렌티스 씨, 네 시 반에는 에어스 씨. 도끼는 블록 위에 내려쳐져야만 하는 것을, 참나무는 반으로 쩍 갈라져야만 하고. 세계의 무게가 양어깨에 걸려 있다. 여기 펜과 종이가 있다. 철사 세공 바구니에 들어 있는 편지들 위에 서명 날인하는 것이다, 나, 나, 그리고 또 나."

"여름이 오고, 또 겨울이 오고," 수잔이 말했다. "사계가 지나간다. 배가 익어 나무에서 떨어지고 가지 끝에는 고엽이 매달려 있다. 그러나 증기 때문에 창이 흐려졌다. 나는 불가에 앉아 주전자에서 물이 끓는 것을 지켜보고 있어. 창문 유리에 줄을 이룬 증기 사이로 배나무가 보인다.

잘 자라, 잘 자거라, 라고 나는 낮은 목소리로 다정하게 속삭인다, 여름이고 겨울이고, 오월이고 십일월이고 간에. 잘 자라, 라고 노래 부르듯이 말한다, 박자도 맞출 줄 모르는 내가, 개 짖는 소리, 초인종 소리, 자갈 위를 구르는 차바퀴 소리 외에는 음악을 들어본 적이 없는 내가. 불가에서 나는 노래를 부르노라, 바닷가에서 속삭이는 늙은 조개껍데기처럼. 잘 자라, 잘 자거라, 라고 말한다, 우유 통을 딸그락거리는 사람들, 까마귀를 향해 발포하거나, 토끼를 총으로 쏘는 사람들, 어쨌거나 분홍빛 이불 밑에 몸을 웅크리고 있는 아기의 보드라운 사지가 들어 있는 버드나무 세공 요람 근처에 파괴의 충격을 가져오는 소리는 일체 차단시키면서.

무관심과 멍한 눈을 잃어버리고 말았어, 뿌리까지 꿰뚫어 보는 배 모양으로 생긴 눈을. 이제 나는 더 이상 일월도 아니고 오월도 아니며, 어떤 다른 계절도 아니고, 전신에서 가느다란 실을 자아내어 요람 주위를 휘감고, 나 자신의 피로 된 고치 안에 아기의 보드라운 사지를 싸고 있다. 잘 자라, 라고 말하면서 좀 더 야생적이고 검은 폭력이 몸 안에서 용솟음쳐 올라오는 것을 느낀다, 이 방에 들어와 잠들어 있는 아기를 깨울 침입자, 강탈자를 일격에 때려눕힐 수 있도록.

나는 앞치마를 두르고 슬리퍼를 신고 하루 종일 집 안을 걸어 다니지, 암으로 돌아가신 어머니처럼. 여름인지 겨울인지 황무지의 풀이나 히스[7] 꽃을 보고 계절의 변화를 아는 것이 아니라 창유리에 서린 증기나 서리를 보고 알 따름이지. 꾀꼬리가 높은 공중에서 음의 원을 울려퍼뜨리고, 사과의 껍질같이 춤을 추며 공중을 내려올 때 나는 몸을 굽혀 아기에게 젖을 먹인다. 너도밤나무 숲을 지나 어치의 깃털이 떨어지면서 파랗게 변하는 것을 주시하며, 목동과 부랑배와 스치면서, 도랑 속에 있는 한쪽으로 기울어진 짐마차 옆에 쪼그리고 앉아 있던 여인을 응시하며 걷곤 하던 나는 총채를 들고 이 방 저 방을 돌아다닌다. 자거라, 라고 나는 말한다, 부드러운 양털처럼 잠이 내려와 아기의 이 나약한 수

7　겨울에서 봄에 걸쳐 흰색 또는 연한 붉은색 꽃이 피는 철쭉과의 관목.

족을 감싸주기를 바라면서, 인생이 발톱을 감추고, 번개를 허리에 감은 채 지나가 주기를 요구하고, 내 몸을 움푹하게 만들어 아이가 잠들 수 있도록 따뜻한 보금자리를 만들어주면서. 자거라, 라고 나는 말한다, 자거라. 아니면 창가로 가서 까마귀의 높다란 둥지를 바라보지, 그리고 배나무를. '내가 눈을 감으면 이번에는 그가 볼 거야.'라고 생각하지. '나는 육체를 초월해서 그의 눈과 합해져 인도를 보게 되는 거야. 그는 돌아와서, 가지고 온 전리품들을 내 발밑에 놓을 거야. 내 소유물을 늘려주는 것이지.'

하지만 내가 새벽에 일어나 양배추 이파리에 떨어진 보라색 물방울, 장미에 떨어진 빨간 이슬을 보는 일은 절대로 없을 것이다. 세터가 냄새를 맡으며 빙빙 도는 모습도, 방에 누워 나뭇잎이 별을 가리고, 별들이 움직이고, 나뭇잎이 조용하게 매달려 있는 모습을 보는 일도 없지. 푸줏간 주인이 부르고, 우유가 쉬지 않도록 그늘에 놓지 않으면 안 돼.

자거라, 라고 나는 말한다, 자거라, 주전자의 물이 끓고, 주둥이에서 증기가 점점 더 진하게 뿜어져 한꺼번에 터져나올 때. 인생은 이런 식으로 나의 혈관을 채워주고 있어. 인생은 이런 식으로 나의 사지를 흐르고 있어. 이런 식으로 나는 인생이라는 것에 의해 몰아붙여진다. 하지만 내가 새벽에 창문을 열고 저녁에 그것을 닫을 때 '이제 그만, 소박한 행복이 이제는 지겨워.'라고 외칠 수 있는 순간들이 있어. 그러나 더 많은 일들이 닥치겠지, 더 많은 아이가 생길 거고, 더 많은 요람, 그리고 부엌에는 바구니가 늘 테고 더 많은 햄이 익어갈 것이다. 반짝이는 양파도 늘 테고 양상추와 감자의 묘상苗床도 늘겠지. 나는 질풍에 날린 이파리같이 때로는 젖은 풀도 스쳐 지나가고 또 때로는 회오리바람에 휘말리기도 하겠지. 나는 소박한 행복에 식상해서 이따금 우리가 앉아서 책을 읽을 때, 바늘귀를 꿸 때, 이 충만감이 사라지고 무거운 잠에 빠진 집이 벌떡 일어났으면 좋겠다고 생각하지. 어두운 창유리에 램프 불이 비쳐서 담쟁이가 무성한 곳에 불이 타오른다. 상록수가 늘어선 거리가 환해진 모습이 보인다. 골목길을 쓸고 지나가는 바람 속에 우마차가 왕래하는 소리, 여기저기서 뚝뚝 끊긴 사람의 목소리, 웃음소리, 문이 열리면서 '어서 오세요, 어서 오세요!'라고 외치는 지니의 목소리를 듣는다.

그러나 우리 집의 정적을 깨뜨릴 소리는 하나도 들리지 않고, 문 옆에서는 들판이 신음소리를 토해내고 있다. 바람은 느티나무들을 스치고 지나가고, 나방이 램프를 때리고, 암소가 음매 하고 울고, 서까래가 딱 하고 울고, 나는 바늘에 실을 꿰고 '자거라'라고 속삭인다."

"바로 지금이야," 지니가 말했다. "우리는 만나서 함께 왔어. 이야기하자, 이야기하자. 저 남자는 누구지? 저 여자는 누구? 나는 호기심이 왕성한데 어떤 일이 일어날지는 몰라. 처음 만난 당신이 '장거리 버스는 네 시에 피커딜리에서 떠납니다.'라고 말하면 필요한 물건 몇 개 상자에 던져넣을 시간의 여유도 갖지 않고 즉시 달려올 것이다.

잘라놓은 이 꽃 아래, 그림 옆의 소파에 앉자. 우리의 크리스마스트리를 무수한 사실, 수많은 사실로 장식하자. 사람들은 아차 하는 순간에 가버린다, 그들을 잡자. 캐비닛 옆에 있는 저 남자, 저 사람은 도기 항아리에 둘러싸여 살고 있다고 할 수 있어. 하나라도 깨지면 천 파운드가 날아가 버리는 거지. 그건 그렇고 그는 로마에서 한 처녀를 사랑했는데 그 처녀가 그를 떠나버렸어. 그래서 항아리라든가, 하숙집에서 발견된, 혹은 사막에서 파낸 낡은 고물단지들이 수집된 거군. 그리하여 아름다움은 아름답게 남아 있기 위해 매일매일 부서지지 않으면 안 되는 것이거늘, 그는 전혀 움직이지 않아서 그의 인생은 도기의 바다에 침체되어 있다. 하지만 모를 일이지, 그가 청년이었을 때 축축한 대지 위에 앉아서 병사들과 럼주를 마신 적도 있다고 하니.

신속해야 해. 나무 위에 장난감을 올려놓듯이 손가락을 뒤틀면서 사실들을 절묘하게 올려놓지 않으면 안 돼. 저 사람은 몸을 굽히네, 진달래꽃 위에서도 몸을 굽히네. 늙은 여인 앞에서도 몸을 굽히네, 그녀는 다이아몬드 귀걸이를 하고 있고, 망아지가 끄는 마차를 타고 자기 땅을 서둘러 둘러보고, 누구를 도와줄 것인가, 어떤 나무를 벨 것인가, 내일 누구를 해고할 것인가를 지시하는 사람이기 때문에. (말하지 않으면 안 되겠지만, 나는 이 모든 세월을 살아냈고, 지금은 서른이 넘었지만 이 낭떠러지에서 저 낭떠러지로 팔짝팔짝 뛰는 산양같이 위험하게 살아왔다. 어디에도 오랫동안 궁둥이를 붙이고 있지 못한다. 특정한 사람에게 애착을 느끼지도 않는다. 그래도 내가 팔을 들어올리기만 하면 즉석에서 누군가가 하던 말을 중단하고 이곳으로 달려올 것이라는 것을 알아.) 그런데 그 남자는 판사야, 저 남자는 백만장자이고, 안경을 끼고 있는 저 남자는 열 살 적에 자기의 여자 가정교사의 심장을 화살로 관통시켰어. 그 후에는 지급至急 문서들을 가지고 사막을 횡단하고, 몇 개의 혁명에 참가하고, 지금은 노퍽[8]에서 오랫동안 살고 있는 어머니 쪽 가문의 역사를 쓰기 위한 자료를 수집하고 있다. 턱이 파란 저 왜소한 사람은 오른손이 조막손이다. 왜 저렇게 되었을까? 모르겠어. 탑 모양의 진주 목걸이를 하고 있는 저 여인은 한 사람의 정치가의 생애를 환하게 밝힌 순수한 열정이었다고 너는 사려 깊게 속삭인다, 그가 죽고 난 후에 그녀는 귀

---

8 영국 동부에 있는 주.

신을 보고 점을 치고 커피색 피부를 가진 젊은이를 양자로 삼아 그를 구세주라고 부르고 있어. 축 처진 수염을 단 저 남자는, 기병대의 장교 같은 저 남자는 철저하게 방탕한 생활을 하다가(이것은 어떤 회상록에 모두 들어 있다) 어느 날 기차 안에서 낯선 사람을 만났는데, 그 남자가 에든버러에서 카라일[9]에 갈 때까지 성경을 읽어주어 그를 기독교로 귀의시켰다.

이리하여 우리는 불과 몇 초 안에 교묘하고 능숙하게 타인의 얼굴에 쓰여 있는 상형 문자를 읽어낸다. 여기 이 방에는 해안에 던져져 부서진 조개껍데기들이 있다. 문은 계속해서 열리고 방은 지식과 고뇌와 여러 종류의 야심과 얼마간의 절망으로 가득 찬다. 우리끼리 이야기지만, 하고 너는 말한다, 우리는 대사원을 짓고, 정책을 지시하고, 사람들에게 사형을 선고하고, 몇 개의 관공서의 업무를 집행할 수도 있다고. 경험의 공동 자본은 얼마든지 있다. 우리는 상호 간에 수십 명의 자녀를 두고 있어, 그들을 교육시키고, 홍역에 걸리면 학교로 문병을 가고, 우리의 집을 상속받도록 키운다. 어찌어찌해서 우리는 오늘이라는 날을, 이 금요일을 만들어낸다, 혹자는 법정에, 혹자는 도시로, 또 혹자는 유아실에 가고, 혹자는 사 열 종대를 이루고 행진한다. 수백만의 손이 바느질을 하고 벽돌이 들어 있는 벽돌 통을 들어올린다. 활동은 끝이 없다. 그리하여 내일도 다시 그것은 시작된다, 내일은 토요일을 만든다. 혹자는 프랑스행 기차를 타고 다른 이들은 인도로 가는 배를 탄다. 두 번 다시 이 방에 들어오지 못할 사람들도 있다. 오늘 밤 죽을 친구도 있을지 몰라. 그런가 하면 아이를 낳을 사람도 있겠지. 우리로부터 온갖 종류의 건물이, 정책이, 모험이, 그림이, 시가, 아이가, 공장이 생겨날 거야. 인생은 오고 가고, 우리는

9 영국 북서부 지방, 컴브리아 주의 주도.

인생을 만들고 있는 거야. 이렇게 너는 말하고 있는 거야.

하지만 육체 속에 살고 있는 우리는 육체의 상상력으로 사물의 윤곽을 보는 거야. 반짝이는 햇빛 속에서 목욕을 하고 있는 바위들이 보여. 이러한 사실을 어떤 동굴에 가지고 들어가서 눈을 가리고 그들의 노랑, 파랑, 호박색을 흐리게 만들어 하나의 물질로 변화시키는 일은 할 수 없어. 나는 오랫동안 앉아 있을 수 없어. 발딱 일어나 가야만 해. 장거리 버스는 피커딜리에서 떠나지. 이러한 사실 일체를 나는 떨어뜨려 버리지―다이아몬드, 조막손, 도자기 항아리 등을―원숭이가 맨손에 쥐고 있던 나무 열매를 떨어뜨리듯이. 인생은 이거다, 저거다, 라고 말할 수 없어. 나는 이질적인 군중 속으로 밀려들어 악전고투하게 될 거야. 해안에 떠 있는 배같이 사람들 가운데서 붕 떠올랐다가 가라앉았다가 할 거야.

왜냐하면 지금 재빨리 흐르는 감동의 화살이 되어 거칠고 검은 '아니오', 금색의 '오세요'라는 신호를 끊임없이 보내고 있는 나의 육체, 나의 반려가 손짓하고 있기 때문이지. 누군가가 움직이고 있어. 내가 팔을 들어올렸나? 쳐다보았나? 딸기 무늬가 있는 나의 황색 스카프가 하늘거리며 신호를 보냈나? 그는 벽에서 떨어져나와 따라오고 있어. 숲을 헤치며 나를 쫓아오고 있는 거야. 모든 것이 황홀한 상태이고 밤에 젖어, 앵무새들은 째지는 듯한 울음소리를 내며 나뭇가지 사이를 지나가고 있어. 나의 감각이란 감각은 모조리 벌떡 일어난다. 내가 밀어젖히는 커튼의 섬유가 거칠다고 느끼니까 손바닥 밑에서는 차디찬 쇠 난간의 감촉과 수포상태에 이른 페인트가 느껴지는 거야. 어둠의 차가운 조수의 비말飛沫이 머리 위로 날아온다. 우리는 문밖에 나왔어. 밤이 열리고 있어, 방황하는 나방이 갈라놓는 밤이, 모험을 해보려고 배회하는 연인들을 숨겨주는 밤이. 장미 냄새가 나, 제비꽃 냄새도 나고, 빨갛고 파란 것이 방금 자취를 감추었어. 지금 자갈 길을 걷고 있다고 생각하면 어느새 풀밭이야. 불이 밝혀져 뒤가 켕기는 집들의 높은 뒷모습들이 빙글빙글 돌아가고 있어. 런던이 온통 번뜩이는 불빛으로 불안해. 자, 우리, 사랑의 노래를 부르자─오세요, 오세요, 오세요. 내가 보내는 금색 신호는 바짝 긴장하고 날아다니는 잠자리 같아. 나는 쩍쩍 하고 너무나도 가느다란 목구멍에 멜로디를 가득 채우는 나이팅게일같이 노래해. 가지를 잡아 찢는 소리, 박살나는 소리가 들려, 숲속의 짐승들이 모두 먹이 사냥에 나서서 일제히 뒷다리로 우뚝 서서 가시덤불 속으로 돌진하는 것같이. 다리 하나가 나를 뚫고 들어왔어. 내 몸속 깊이 파고 들어왔어.

그리하여 물에 잠겼던 비로드 같은 꽃과 이파리들이 나를 구석구석까지 씻어주고 향기를 발라주면서 감싸줘."

"벽난로 위에서 째깍거리고 있는 시계를 왜 쳐다보지?" 네빌이 말했다. "시간은 흐른다. 그리고 우리는 늙어가고. 그러나 너와 함께 단둘이, 여기 런던에, 난롯불이 타고 있는 방에 너는 저기 나는 여기 앉아 있는 것은 굉장한 일이다. 끝 간 데를 모르게 약탈당한 이 세상, 고지란 고지에서는 꽃들을 전부 빼앗겨 이제는 더 이상 아무것도 가지고 있지 않다. 난로에서 타는 불길이 커튼의 금색 실을 따라 오르락내리락 하는 것을 봐라. 화염에 휩싸인 과일은 무겁게 축 처져 있다. 불길은 너의 장화 발톱 부분에 떨어지고 너의 얼굴에 빨갛게 윤곽을 그린다─그건 불길이지 너의 얼굴은 아닐 거야. 저 벽에 기대어 있는 것들은 책이고 저것은 커튼이고 또 저건 아마도 안락의자일 거야. 그러나 네가 오면 모든 것이 바뀌지. 오늘 아침 네가 왔을 때 찻잔과 받침 접시는 바뀌었어. 의

심할 여지없이 나는 신문을 한쪽으로 밀어내면서 생각했어, 우리의 비열한 생활은 꼴사납기는 하지만 사랑의 눈 아래에서만 찬란하고 의미를 지닐 수 있는 것이라고.

나는 일어섰어. 아침식사를 끝냈어. 우리 앞에는 하루가 고스란히 남아 있었고, 날씨는 개었고, 햇빛은 부드러웠고, 춥지도 덥지도 않은 날이어서 우리는 공원[10]을 벗어나 템스 강의 북쪽 강둑까지 걸어갔다. 스트랜드 가를 따라가다가 세인트 폴 사원[11]을 향해 가면서, 거기서 상점에 들어가 우산을 하나 사고, 계속해서 지껄이면서 이따금 걸음을 멈추고 주위를 둘러보았다. 그러나 이것은 지속될 수 있을까? 트라팔가 광장[12]의 사자 옆에서, 한 번 본 적이 있는 사자 옆에서 나는 자문한다 ─ 거기서 지나간 생활의 장면을 하나하나 다시금 생각한다. 느티나무가 한 그루 서 있고 퍼서벌이 거기 누워 있어. 영원히, 영원히, 라고 나는 맹세했다. 그때 늘 품었던 의구심이 퍼뜩 다시 머리를 들었다. 나는 너의 손을 꽉 잡았지. 너는 나를 떠났어. 지하철로 내려가는 것이 마치 죽음 같았어. 우리는 뿔뿔이 흩어졌지, 그 모든 인간의 얼굴에 의해, 사막의 둥근 돌 위에 함성을 지르며 내려가는 공허한 바람에 의해 갈라졌다. 나는 내 방에 앉아 응시하고 있었다. 다섯 시쯤에는 네가 배신했다는 사실을 알았어. 전화기를 잡았지만 너의 빈방에서 웅웅거리는 바보 같은 소리가 나의 심장을 때려부쉈어, 그런데 그때 문이 열리고 네가 거기 서 있었어. 그건 우리의 만남 가운데 가장 완벽한 것이었지. 허나 이 만남, 이 이별은 결국은 우리를

---

10 세인트 제임스 공원.

11 크리스터퍼 렌 경의 걸작이라고 일컬어지는 르네상스 건축의 대사원. 넬슨과 웰링턴 등 다수의 유명한 사람들이 매장되어 있음.

12 트라팔가의 승리를 기념해서 만든 광장. 중앙에 서 있는 넬슨 기념탑의 발밑에 두 마리의 사자상이 있음.

망쳐놓아.

지금 내게는 이 방이 중심인 것처럼 여겨져, 영원한 밤에서 퍼낸 그 무엇인 것처럼 생각돼. 밖에서는 몇 개의 선이 뒤틀리고 서로 가로지르고 있지만 우리 주위에서는 우리를 감싸주고 있어. 여기서 우리는 중심이 되고 있어. 잠자코 있어도, 목청을 높이지 않고 말해도 괜찮아. 너는 그것을 알아차렸고 그리고 저것도? 라고 우리는 말한다. 그는 그것을 말했어, 이렇게 말할 요량으로…… 그녀는 머뭇거렸어, 의심했던 거지. 어쨌거나 어젯밤 늦게 계단 위에서 누군가가 흐느껴 우는 소리를 들었어. 그 두 사람의 관계는 그것으로 끝이지. 이리하여 우리는 무한히 가느다란 실을 우리 주위에 자아내어 하나의 체계를 만들어내는 것이지. 이 체계에는 플라톤과 셰익스피어도 포함되고, 완전히 무명인 사람들, 전혀 중요하지 않은 사람들도 포함된다. 나는 조끼 왼쪽에 십자가를 차고 다니는 사람을 싫어해. 의식儀式, 애도, 부들부들 떨고 있는 가엾은 사람 옆에서 꼭 같이 떨고 있는 예수의 딱한 모습이 싫어. 또한 정식 야회복을 떨쳐입고, 성장盛章, 훈장을 더덕더덕 붙이고 샹들리에 아래서 의견을 피력하고 있는 사람들의 허세와 냉담과 항상 틀린 쪽의 역설이 싫다. 하지만 산울타리 속에 있는 작은 나뭇가지, 아니면 평평한 겨울 들판에 내려앉은 석양, 아니면 어떤 노파가 팔짱을 끼고 바구니를 들고 버스에 앉아 있는 모습 등 ― 이러한 것들을 손가락으로 가리켜서 사람들에게 보여주려는 것이다. 다른 사람이 보도록 가리킬 수 있는 것은 커다란 위안이다. 그리고 말을 하지 않는 것도. 마음속의 어두운 길들을 따라가서 과거로 들어가 책을 읽고 책의 가지들을 헤치고 과일을 따는 것도. 그러면 너는 그것을 손에 넣고 경탄한다. 내가 너의 육체가 아무렇게나 하는 동작들을 보고 경탄을 금치 못하듯이, 그 힘에 ─ 창문을 밀어 열 때 손을 쓰는 절묘함에 ─ 경탄하듯이. 왜냐하면 슬프게도 나의 마음은 조금만 방해를 받아도 곧 지치기 때문이다, 나는 목적지에 다다르면 아마도 꼴사납게 축 늘어져버릴 것이다.

아아! 해 가리개 헬멧을 쓰고 말을 타고 인도를 돌아다니다 방갈로에 돌아올 수는 없었어. 너처럼 배의 갑판 위에서 호스의 물을 뿜어내고 있는 반라半裸의 소년들처럼 뒹굴 수는 없어. 이 난로가, 이 의자가 탐이 나. 하루의 고된 일과 고뇌가 모두 끝나고 나면 하루 종일 귀 기울이고, 기다리고, 의심한 다음엔 누군가의 옆에 앉고 싶어져. 다투고 화해하고 그러고 난 다음에는 나 자신만의 시간이 필요해 ─ 너하고 단둘이 이 소란을 진정시켜야 해. 내게는 고양이같이 정돈하는 습성이 있기 때문에. 우리는 세계의 황폐와 추악성에, 우리를 밟아 뭉개는 군중의 끊임없는 소란에 맞서 대항하지 않으면 안 돼. 종이 자르는 칼을 소설책 사이에 고르고 정확하게 미끄러뜨려 넣고 편지 묶음을 초록 비단으로 단정하게 묶고, 타다 남은 재를 난로용 빗자루로 말끔히 청소하지 않으면 안 돼. 끔찍한 추악함을 비난하려면 수단 방법을 가리지 말아야 해. 로마적인 엄격성과 덕망을 갖춘 작가를 읽자. 모래를 헤치고 완벽을 추구하자. 그렇다, 하지만 나는 너의 눈의 회색 광채, 춤추는 잔디, 여름의 미풍, 놀고 있는 소년들의 ─ 배의 갑판 위에서 호스의 물을 서로에게 뿜어대고 있는 벌거벗은 선실 담당 급사 소년들의 ─ 웃음소리와 함성 밑에 고귀한 로마인들의 덕과 엄격성을 밀어넣기를 좋아해. 이리하여 나는 루이스처럼 모래를 가르고 완벽을 추구하는 냉담한 탐구자는 아닌 것이다. 여러 가지 색이 책의 페이지를 늘 더럽히고 구름은 페이지 위를 지나가지. 그리고 시는, 나는 생각한다, 너의 음성에 다름 아니라고.

알키비아데스[13]나, 아이아스[14]나 헥터[15]나 퍼서벌은 너이기도 해. 그들은 승마를 좋아하고, 이유도 없이 생명을 걸고, 대단한 독서가는 아니었어. 그러나 너는 아이아스도 아니고 퍼서벌도 아니야. 그들은 너와 같은 정확한 제스처로 코에 주름살을 만들고 이마를 긁적거리지는 않았어. 너는 너야. 이것이 많은 것이 결여된 나의—나는 못생겼고 약하지—위안이야. 또한 세계의 타락을, 청춘의 덧없음을, 퍼서벌의 죽음을, 원한과 미움과, 무수한 선망을 위로해준다.

그렇지만 어느 날인가 네가 아침을 먹고 난 후에 오지 않고, 어느 날인가 네가 거울 속에서 어쩌면 다른 사람을 눈으로 좇고 있는 것을 보면, 너의 빈방에서 전화가 울리면, 그러면 나는 말로 표현할 수 없는 고민을 한 다음에—인간 마음의 어리석음은 한이 없으니까—다른 사람을 찾게 될 거야. 다른 너를 찾게 될 거야. 그러는 동안에 째깍째깍 시간을 알리는 시계 소리를 일격에 없애버리자. 좀 더 가까이 와."

---

13 B.C. 450?~B.C. 404, 그리스의 정치가. 무장武將.
14 그리스 신화에 나오는 트로이 전쟁 때의 영웅. 자살함.
15 트로이 전쟁 때의 용장. 아킬레스에게 살해됨.

태양은 지금 한층 더 낮게 가라앉았다. 태양을 가로질러 바위들은 갑자기 검어지고 흔들리는 씨-힐리는 파란빛을 잃고 은색으로 바뀌고, 그림자는 회색 천같이 바다 위에 나부끼고 있었다. 이제 파도는 멀리 있는 물웅덩이까지는 더 이상 가지 못하고 불규칙적으로 해안을 덮고 있는 검은 선에도 다다르지 못했다. 사구砂丘는 진줏빛으로 하얗고, 매끈하며, 반짝이고 있었다.

새들은 급강하하나보다 했는데 어느새 하늘 높이 선회했다. 몇 마리는 바람의 이랑 속에서 질주했고, 방향을 바꾸어 마치 하나의 몸이 무수한 조각으로 잘리기라도 한 듯 바람을 가르고 날아갔다. 새들은 나무 꼭대기에 그물이 내려오듯 내려앉았다. 무리를 떠나 날고 있던 한 마리 새가 늪지를 향해 날아가 하얀 말뚝 위에 홀로 앉아 날개를 폈다 접었다.

꽃잎 몇 개가 정원에 떨어져 조개 모양을 만들면서 땅 위에 누워 있다. 고엽은 이제 더 이상 서 있지 못해 바람에 날리고, 달리고 있다고 생각하면 줄기를 부여잡고 멈추었다. 모든 꽃 사이를 동일한 빛의 파도가 마치 물고기가 초록 호면을 가르고 지나가듯이 갑자기 뚫고 지나갔다. 이따금 강한 바람이 수없이 많은 나뭇잎을 단번에 날려버리고, 그러고 나서 바람이 잠잠해진 다음 잎사귀 하나하나가 원래의 모습을 되찾았다. 꽃들의 화반花盤은 햇빛에 반짝이다 바람이 불면 태양 빛에서 멀어졌다. 그리고 몸을 일으키기에는 머리 부분이 너무 무거운 꽃은 계속해서 태양을 향해 목을 늘어뜨렸다.

오후의 태양은 들판을 데우고, 그림자에 푸른색을 쏟아 붓고, 옥수수를 빨갛게 물들였다. 깊이가 있는 광택이 래커 칠처럼 들판 위를 덮었다. 짐마차, 말, 까마귀 한 떼 ― 광택 가운데 움직이고 있는 것은 모조리 온몸이 금색으로 덮였다. 암소가 다리 하나를 움직이면 그것은 붉은빛이 도는 금색 잔물결을 일으키고, 뿔에는 빛의 줄이 생긴 것같이 보인다. 초원에서 올라온 나지막하며 고풍스럽고, 누추한 짐마차들에서 아마亞麻 색 옥수수털 술들이 날아와 울타리 위에 놓여 있다. 머리가 둥근 구름은 여유 있게 지나가면서도 결코 크기가 줄어들지 않고 둥근 모습을 그대로 유지했다. 지금 구름은 흘러가면서 그물을 던져 마을 전체를 움켜잡고, 지나가면서 다시 마을을 놓아준다. 저 멀리 지평선 위에 청회색 먼지의 무수한 입자 가운데서 한 장의 창유리가 붉게 타오르고, 첨탑 아니면 한 그루 나무의 선을 선명하게 부각시켰다.

빨간 커튼과 하얀 해 가리개가 창의 가장자리를 때리면서 안으로 밖으로 빨려들고 빨려나왔다. 고르지 않게 펄럭이며 웅대하게 들어온 빛은 엷은 갈색빛이 돌고, 질풍에 나부끼는 커튼을 통해 불 때 분방함을 드러냈다. 빛은 캐비닛을 갈색으로 물들이고, 의자를 빨갛게 물들이고, 초록의 항아리 옆에서 창문이 흔들리게 만들었다.

모든 것이 한순간 흔들리고 애매모호하고 확실하지 않은 상태에서 구부러졌다, 마치 거대한 나방이 방을 날아돌면서 대단히 단단한 의자나 테이블들을 정복하기라도 하듯이.

"그리고 시간이 그 방울을 떨어뜨린다." 버나드가 말했다. "영혼의 지붕 위에서 형성된 방울이 떨어진다. 내 마음의 지붕 위에 시간이 머물면서 방울을 떨어뜨린다. 지난주 면도를 하고 서 있을 때 방울이 떨어졌다. 나는 면도칼을 들고 서서 갑자기 내 동작의 순전한 습관성을 느꼈다(방울은 이렇게 고인다). 그러고는 아이러니컬하게도 면도칼을 부여잡고 있다는 사실에 대해 양손에게 축하를 보냈다. 면도해, 면도해, 면도를 해, 나는 말했다. 면도를 계속해. 방울은 떨어졌다. 그날 일을 하는 동안 내내 이따금 나의 마음은 아무도 없는 장소로 가서 '잃은 것은 무엇이지? 무엇이 끝났지?' 하고 물었다. '끝났어, 완전히 끝이 났어'라는 말로 자신을 위로하면서 중얼거렸다. 사람들은 내 표정의 공허함, 내가 하는 말의 무목적성에 주목했다. 내 문장 말미의 단어들은 슬그머니 꼬리를 내렸다. 그러고는 외투의 단추를 채우고 집으로 갈 차비를 하면서 더 극적으로 '나는 청춘을 상실했다'라고 말했다.

신기한 일이지만 위기가 닥칠 때마다 잘 들어맞지 않는 문구가 줄기차게 도와주러 온다—공책을 들고 낡은 문명 가운데 살고 있는 업보지. 떨어지는 이 방울은 나의 청춘의 상실과 아무런 관계도 없어. 떨어지는 이 방울은 끝에 가서 한 점의 가느다란 점이 되는 시간인 것을. 춤을 추는 빛으로 뒤덮인 양지바른 초원인 시간, 한낮에는 들판처럼 널따랗게 퍼져 있는 시간은 공중에 걸려 있다. 시간은 가느다란 점이 된다. 침전물이 무겁게 쌓인 유리잔에서 물방울이 떨어지듯이 시간이 떨어진다. 이것들이야말로 진정한 회귀, 이것들이야말로 참된 사건들이다. 그러고 나서 공기의 모든 광휘가 사라지기나 한 것처럼 나는 벌거벗은 바닥까지 본다. 습관이 덮어서 감추고 있는 것까지 본다. 몇 날 며칠을 게으르게 침대에 누워 있는다. 외식을 하고 대구처럼 하품을 한다. 문장을 끝내려고 애쓰지도 않고, 늘 그렇게나 불확실한 나의 행동은 기계적인 정확성을 얻는다. 이런 경우에는 매표소를 지나면서 안에 들어가 기계적인 인간의 침착성을 십분 발휘해서 로마행 표를 샀다.

　나는 지금 이 정원에 있는 돌에 걸터앉아 영원의 도시를 둘러보고 있다. 그랬더니 닷새 전 런던에서 면도를 한 작은 남자는 벌써 낡은 옷 더미로밖에는 보이지 않는다. 런던도 붕괴되고 말았다. 런던은 도산한 공장과 몇 개의 가스탱크로 이루어져 있다. 하지만 나는 이 장관壯觀에 들어가 있지 않다. 보라색 띠를 맨 성직자, 그리고 그림같이 예쁜, 아기 보는 하녀들을 본다. 외면만을 볼 뿐이다. 회복 중인 환자처럼, 한 음절밖에 모르는 지극히 단순한 인간같이 여기에 앉아 있다. '햇빛이 뜨겁네.'라고 나는 말한다. '바람이 차네.'라고. 벌레처럼 지상을 이리저리 끌려다니고 있다는 느낌이 들어. 여기에 앉아서 대지의 견고함이, 그것의 선회 운동이 느껴진다고 맹세할 수 있을 정도이다. 대지의 반대쪽으로 갈 생각은 없다. 이 감각을 육 인치 더 연장할 수 있으면 어딘가

198

기묘한 땅에 닿을 수 있으리라는 예감이 들어. 그러나 나의 코에는 한계가 있어. 이 초연한 상태를 연장시키고 싶지 않아, 이런 상태가 싫어, 경멸스럽기까지 해. 오십 년씩이나 같은 장소에 앉아 자신의 배꼽을 계속해서 바라보고 있는 남자는 되고 싶지 않아. 나는 짐마차, 그것도 자갈 위를 달리는 야채 짐마차를 타고 싶어.

사실 나는 한 인간에게서, 혹은 무한에서 만족을 찾는 종류의 인간이 아니다. 사사로운 방은 나를 지루하게 한다. 그건 하늘도 마찬가지이다. 나라는 존재는 나의 모든 측면이 많은 사람에게 노출될 때에만 반짝반짝 빛난다. 그렇게 하지 않으면 나는 구멍 투성이가 되어 타버린 종이처럼 오므라들고 만다. 오오, 모파트 부인, 모파트 부인, 하고 나는 되뇐다, 어서 와서 모두 치워달라고. 여러 가지 물건이 내게서 떨어져나갔다. 어떤 소망들은 이미 죽고 없다, 친구들도 잃었다, 죽음―퍼서벌의―에 의해, 다른 친구는 단지 길을 건너갈 수 없게 되어서 잃었다. 내게는 한때 가능성이 있어 보였던 재능도 이제는 없다. 특정한 일들은 내 능력이 미치지 못하는 곳에 있다. 더 어려운 철학적인 문제는 결코 이해할 수 없을 것이다. 로마가 내가 여행할 수 있는 한계이다. 밤에 잠이 들면 타히티섬의 토인이 화톳불을 태우는 금속제 바구니로 불을 밝히고 창으로 물고기를 찔러 잡는 것, 사자가 정글에서 도약하는 모습, 벌거벗은 남자가 생고기를 먹는 것을 다시는 볼 수 없으리라는 생각을 하고 이따금 가슴 아파한다. 러시아어를 배운다든가 베다[1]를 읽는 일은 못하겠지. 걸으면서 우편 상자에 쾅 하고 부딪히는 일도 두 번 다시는 없겠지. (그러나 그 충격의 격렬함으로부터 아직도 몇 개의 별이 나의 밤에 아름답게 떨어진다.) 하지만 생각하는 동안에 진실은 좀 더 가까이 다가왔다. 오랜 세월 동

1　고대 인도의 성전.

안 나는 흡족해서 낮은 소리로 웅얼거렸다, '나의 아이들…… 나의 아내…… 나의 집…… 나의 개.' 열쇠로 문을 열고 집 안으로 들어가서 익숙한 의식을 치르고, 따뜻한 이불을 덮고 잔다. 이 아름다운 베일은 이제 떨어져나가 버렸다. 나는 이제 소유물을 원하지 않는다. (주: 이탈리아인 여자 세탁부가 영국 공작의 딸과 꼭 같이 신체적으로 세련되었다.)

하지만 생각하게 해달라. 방울이 떨어진다, 다른 단계에 도달한 것이다. 단계 위에 또 단계. 왜 단계에 끝이 있어야 하는가? 그리고 단계들은 어디로 이끌어가는 것인가? 어떤 결말에? 왜냐하면 그들은 엄숙한 의상을 입고 오기 때문이다. 이런 딜레마에 빠져 경건한 사람들은 나의 옆을 지나가는, 보라색 띠를 매고 관능적으로 보이는 사람들에게 상담을 한다. 그렇지만 우리들로 말할 것 같으면 훈계하는 사람들에 대해 분개한다. 한 남자를 일으켜 세워서 '봐라, 이것이야말로 진실이다.' 하고 말하게 하라, 그러면 즉시 나는 위에서 엷은 갈색 고양이 한 마리가 물고기 한 마리를 훔쳐가는 것을 본다. 저런, 너는 고양이 생각을 못했구나, 하고 나는 말한다. 그래서 네빌은 학교의 어두운 예배당에서 교장의 십자가를 보고 격분하는 거다. 고양이 때문인지 아니면 햄프턴 부인이 그렇게나 열심히 코에다 갖다 대고 있는 꽃다발 주위를 윙윙거리며 날아다니는 벌 때문인지, 항상 산만한 상태에 있는 나는 즉시 이야기를 하나 만들어내어 십자가의 모서리를 지워버린다. 나는 수도 없이 많은 이야기를 만들어냈다, 무수히 많은 공책을 문구로 가득 채웠다, 내가 진정한 이야기를, 이 문구들이 모두 언급되는 하나의 이야기를 발견했을 때 쓸 구문들을. 그러나 유감스럽게도 그런 이야기를 결코 발견하지 못했다. 그래서 의심하기 시작했노라, 도대체 이야기라는 것이 있기는 있는 거냐고?

자, 이 테라스에서 아래쪽으로 몰려들고 있는 사람들을 좀 봐. 근처 일대의 활동과 소요를 좀 봐. 저 남자는 노새를 제대로 다룰 줄 몰라 애를 먹고 있군. 마음씨 좋은 농땡이 몇 사람이 도와주고 있어. 다른 사람들은 쳐다보지도 않고 지나가 버려. 그들은 타래에 감긴 실만큼이나 흥미가 많아. 흰 구름에 부딪혀 넘어진 넓은 하늘을 좀 봐. 상상 좀 해봐, 몇 리그씩이나 펼쳐져 있는 평평한 대지를, 수도관을, 파괴된 로마의 보도를, 넓은 평원의 묘비들을, 그리고 그 너머에 있는 바다를, 그리고 다시 더 많은 육지를, 또 바다를. 이 조망 가운데 어느 세목이라도 — 예를 들어 노새의 짐마차 — 나는 떼어내어 그럴 수 없이 쉽게 묘사할 수 있어. 하지만 왜 노새 때문에 고생하고 있는 사람을 묘사해? 또 층계를 올라오고 있는 저 소녀에 관한 이야기들을 만들어낼 수도 있어. '그녀는 어두운 아치 길 아래서 그를 만났다…… 그는 "끝이야."라고 말하고 도자기 앵무새가 걸려 있는 새장에서 눈을 돌렸다.' 아니면 간단히, '그것이 전부였다.' 하지만 왜 인위적인 디자인을 부과하지? 왜 거리에서 쟁반 위에 놓고 파는 완구 같은 작은 인간들을 강조해서 형상화하고 비트는 것일까? 도대체 왜 하고 많은 것들 가운데서 이것을 — 하나의 세목을 — 선택하는 걸까?

이리하여 나는 나의 생활의 표피 한 장을 떨어뜨려 버리고 있는 거지만 그들은 모두 '버나드는 로마에서 열흘간 체류하고 있다.'고 말할 거야. 여기서 나는 아무런 계획도 없이 혼자 테라스를 오르락내리락하고 있어. 그러나 내가 걷고 있는 동안에 점과 대시가 달려들어 연속선을 이루고 있는 양상을 지켜봐, 내가 계단을 오르는 동안에는 사물이 지니고 있던 공공연한 각각의 본성을 잃고 있는 것을. 커다랗고 빨간 항아리는 이제는 황록색의 파도 속에 흐르고 있는 빨간 줄일 뿐이야. 세상은 기차가 출발할 때의 산울타리 제방처럼, 기선이 움직일 때의 파도같이 나를 스쳐 지나가기 시작한다. 나도 움직이고 있다, 사물이 하나씩 전반적인 연속 가운데로 휘말려 들어가듯이, 따라서 나무가 나타나고, 그다음에는 전신주, 이어서 산울타리의 틈이 모습을 드러내는 것은 필연이다. 그래서 내가 에워싸이고 포함되고 참가하면서 움직여가노라면 예의 문구가 부글부글 끓어오르기 시작해, 나는 이 거품들을 머릿속에 있는 낙하문에서 해방시키고 싶어 저 남자 쪽으로 발을 옮긴다, 그의 머리 뒷부분이 내게는 약간 낯이 익다. 우리는 학교를 같이 다녔지. 우리는 꼭 만나게 될 거야. 틀림없이 점심을 같이 하게 될 거야. 이야기하게 될 거야. 그러나 기다려줘, 한순간만 기다려줘.

이와 같은 도피의 순간을 경멸해서는 안 되지. 너무도 드물게 찾아오는 것이기에. 이런 순간에는 타히티도 가능해지지. 이 난간에 기대어 널따란 바다의 저편을 바라봐. 물고기의 지느러미가 방향을 바꿔. 이 별것 아닌 시각적 인상은 이성의 어떤 궤도와도 연관이 없고, 수평선 위에 바다돼지의 지느러미를 보고 있는 동안에 튀어오른다. 시각적 인상은 자주 이렇듯 간단히 우리가 때가 되면 발견해서 언어로 표현하여 전하는 것이다. 그래서 나는 'F' 항목에 '대해원에 지느러미'라고 써넣는다. 무언가 결정적인 진술을 하려고 끊임없이 마음의 여백에 주석을 달고 있는 나는 어느 겨울의 석양을 기다리면서 이것을 써넣고 있다.

자, 어디 가서 점심을 먹어야지, 잔을 들어올리고 포도주를 투시할 거야, 예의 그 초연한 태도로 관찰하자. 아름다운 여인이 식당에 들어와 테이블 사이를 걸어 내려올 때 나는 혼자 말한다, '봐라, 널따란 바다를 배경으로 그녀가 오고 있는 곳을.' 의미가 없는 관찰이다, 그래도 내게는 망해가는 세계와 멸망을 향해 홀러 떨어지고 있는 물의 불길한 소리를 동반한 엄숙한, 쥐색 관찰인 것을.

그래서, 버나드(너를 회상한다. 내가 일을 벌일 때마다 늘 협조자가 되어주었던 너), 이 새로운 장을 시작하자, 그리고 이 미지의, 새롭고, 불가사의한, 완전히 전체가 밝혀지지 않은, 간담이 서늘한 경험의 형성을 관찰하자, 새로운 방울을—지금 막 형성되려고 하고 있는. 라펜트가 그 남자의 이름이다."

"이 더운 오후," 수잔이 말했다. "이 정원에서, 아들과 같이 거니는 이 들판에서 나는 내가 원하는 삶의 절정에 도달했다. 문의 돌쩌귀는 녹이 슬었고, 아들은 문을 들어올려 연다. 어린 시절의 강렬한 감정, 지니가 루이스에게 키스했을 때 정원에서 흘린 눈물, 소나무 냄새가 나는 교실에서의 분노, 이국땅에서의 고독은, 노새들이 뾰족한 발굽으로 딸깍거리며 들어올 때, 이탈리아 여자들이 머리에 카네이션을 꽂고 어깨에는 숄을 두르고 샘물가에서 재잘댈 때, 안전과 소유와 친밀에 의해서 나는 보상을 받는다. 나는 평화롭고 생산적인 세월을 살았다. 내 눈에 보이는 것은 거의 다 소유했다. 씨앗을 심어 나무를 키웠고, 잎이 넓은 수련 그늘 아래 금붕어가 몸을 감추는 연못도 만들었다. 딸기 묘상苗床과 상추 묘상 위에 그물을 덮어 재배했고 배와 자두를 하얀 종이 봉지에 넣고 봉해서 말벌들로부터 지켜냈다. 과일처럼 한때는 그물을 덮어 키웠던 아들과 딸이 망을 부수고 키가 나보다 더 커서 잔디 위에 그림자를 드리우며 나와 함께 산책하는 것을 보게 되었어.

여기에 나는 내가 직접 기른 한 그루의 나무같이 울타리 안에 심겨져 있어. '나의 아들'이라고 나는 말하고, '나의 딸'이라고 말해. 이렇기 때문에 못, 염료, 철책 재료가 흩어져 있는 철물점의 주인도 얼굴을 들고 문간에 있는 누추한 내 차를 존경하는 거지,

나비 잡는 그물, 멍석, 벌통 등을 싣고 문간에 정차해 있는 우리 자동차를. 크리스마스에는 괘종시계 위에 미슬토우를 매달고, 검은나무딸기와 버섯을 저울에 달고, 잼 그릇의 수를 세고, 애들을 거실 창 덧문에 세우고 해마다 키를 재지. 또한 하얀 꽃으로 꽃다발을 만들어, 그 가운데 죽은 사람들을 위해서 은색의 잎이 달린 식물을 엮어넣고, 죽은 양치기를 위한 애도 카드, 죽은 짐마차 마부의 부인에게 위로의 카드를 같이 보낸다. 또한 죽음에 대한 공포의 말을 중얼거리면서 나의 손을 움켜잡고 임종하는 여인들 침대 옆에 앉는다. 나와 같이 여기서 태어나 어린 시절부터 농가의 뜰과 비료 더미, 그리고 들락날락하는 암탉들에 익숙한 사람이 아니고는 견뎌낼 수 없는 방들을 빈번히 방문하고, 방이라고는 둘밖에 없는데 자라나는 아이들과 같이 살고 있는 어머니를 방문한다. 더워서 창이 녹아내리는 것 같은 곳도 보았고, 하수구의 역한 냄새도 많이 맡아보았어.

나는 지금 꽃 가운데서 가위를 손에 들고 그림자가 어디로부터 들어올까? 하고 생각해본다. 일편단심 노력해서 성취한 나의 인생이라는 작품을 그 어떤 충격이 느슨하게 풀어줄 수 있단 말인가? 하지만 이따금 평범한 행복에, 익어가는 과일에, 집 안에 온통 노櫓, 철포, 두개골, 상품으로 받아온 책, 그 밖의 트로피를 늘어놓는 아이들에 나는 진저리가 나. 나는 육체에 진력이 났고, 나 자신의 손재간, 근면, 교활성에 권태를 느끼고, 아이들을 긴 테이블에 모아놓고 질투심 어린 눈으로 바라보며 항상 자신의 소유물로 생각해서 보호하는 어머니의 살아가는 방법에 진저리를 친다.

차디차고 소나기 같은 봄이 갑작스럽게 노란 꽃들을 데리고 오면 그때에는 푸른 그늘 아래 있는 고기를 바라보면서, 홍차, 건포도의 무거운 은색 봉지를 누르면서 나는 생각해낸다, 태양은 어떻게 솟아오르고, 제비가 어떻게 잔디를 가볍게 스치고 지나가고, 어린 시절 버나드가 어떻게 문구들을 만들어냈는가를, 나뭇잎이 겹겹이, 그러나 얼마나 가볍게 머리 위에서 흔들리고 있었는지를. 너도밤나무의 뼈만 남은 뿌리 위에 배회하는 빛을 흐트러뜨리면서 파란 하늘을 부수고 내가 울면서 앉아 있을 때, 비둘기가 솟아올랐다. 나는 발딱 일어나서 풍선에 매달려 있는 실오라기같이 가지에서 가지로 도망 다니면서 높이 더 높이 꼬리를 끌어가고 있는 단어들을 좇고 있다. 그러면 나의 고정된 아침은 박살난 대접처럼 깨어지고, 밀가루 봉투를 내려놓으면서 나는 생각했다. 인생은 갇힌 갈대 주위의 유리처럼 나를 에워싸고 있다고.

엘브든에 가서 썩은 참나무 열매를 밟고 무언가를 쓰고 있는 여인과 커다란 빗자루를 들고 있는 정원사들을 본 나는 지금 가위를 들고 접시꽃을 자르고 있어. 총을 맞고 족제비처럼 벽에 못박힐까봐 헐떡이면서 다시 달려왔어. 나는 지금 무게를 달고 저장한다. 밤이면 안락의자에 앉아서 팔을 뻗어 바느질감을 손에 든다. 그러고는 남편의 코고는 소리를 듣고, 지나가는 차의 빛이 창을 현란하게 비출 때면 인생의 파도가 일상에 깊게 뿌리를 내리고 있는 내 주위에서 던져지고 부서지는 것을 느낀다. 또한 바느질을 하면서 절규를 듣고, 타인의 생활이 교각들 주위로 지푸라기처럼 소용돌이치는 것을 본다.

때때로 나는 나를 사랑했던 퍼서벌을 생각한다. 그는 인도에서 말을 타고 달리다가 말에서 떨어졌다. 종종 로우다 생각도 한다. 불안한 울부짖음이 한밤중에 나를 깨운다. 그러나 대체로는 아들들과 함께 만족해하며 산책한다. 접시꽃에서 죽은 꽃잎을 따낸다. 아직 그럴 때는 안 됐지만 허리도 약간 굽고 머리칼도 반백이다 되어가지만, 배[梨]처럼 생긴 맑은 눈을 하고 내 들판을 걸어다니고 있어."

"지금 내가 서 있는 곳은," 지니가 말했다. "원하는 모든 것이 만나는—피커딜리 남쪽과 피커딜리 북쪽과 리젠트 가와 헤이마켓[2]이 교차하는—지하철역이야. 런던 중심부의 보도 아래 나는 잠시 서 있어. 바로 내 머리 위로 무수히 많은 차바퀴가 달리고 사람들의 발이 내 머리를 누르며 지나가. 거대한 가로수가 즐비하게 늘어서 있는 큰길들이 여기서 합쳐져서 이쪽저쪽으로 뻗어나가고 있어. 나는 삶의 한가운데 있어. 그러나 봐—저기 거울에 내 몸이 비치고 있어. 얼마나 외롭고, 얼마나 쪼그라들고, 얼마나 늙었는지! 이제는 더 이상 젊지 않아. 이제는 더 이상 행렬에 낀 한 사람이 아니야. 수백만 명이 저 계단을 내려오고 있어. 참으로 끔찍해. 거대한 차바퀴가 인정사정없이 격렬하게 몰아붙여 사람들을 서둘러 아래로 내려보내지. 수백만 명이 죽었어. 퍼서벌도 죽었지. 그런데 나는 아직 움직이고 있어. 아직 살아 있어. 하지만 내가 신호를 보내면 올 사람이 누구일까?

나는 작은 동물, 두려워서 옆구리를 움츠렸다 폈다 하면서 가슴을 두근거리며 부들부들 떨며 여기 서 있어. 그러나 겁내지는 않으련다. 채찍으로 옆구리를 내려치련다. 나는 홀쩍거리면서 그늘진 곳으로 달아나는 작은 동물은 아니다. 겁을 먹은 것은 단지 한순간뿐, 내 모습을 볼 때 늘 각오를 새로이 하는데 그렇게 할 여유가 없이 내 모습을 보게 되어서 그랬던 거야. 정말이야. 나는 젊지 않아—머지않아 팔을 들어도 아무 소용이 없을 거야, 스카프는 신호도 보내지 못한 채 내 옆구리에 힘없이 떨어지겠지. 밤중에 갑자기 들려오는 한숨소리를 듣지 못할 거고, 어둠 속에서 누

2   런던 서구의 번화가.

군가가 찾아오는 것을 느끼지도 못하게 되겠지. 어두운 터널 안의 유리창에 비치는 물체들도 없을 거야. 사람들의 얼굴을 뚫어지게 들여다보아도 나는 그들이 다른 얼굴을 찾고 있다는 것을 알게 되겠지. 곧바로 선 육체가 포박 당한 죽은 사람들의 무시무시한 하강같이 움직이는 계단을 소리도 없이 내려오는 모습, 용서 없이 우리를, 우리들 전부를 앞으로 달려가게 하는 거대한 엔진의 격렬한 움직임에 한순간 도피처를 물색했던 사실은 인정해.

그러나 지금, 여유 만만하게 거울 앞에서 예의 자질구레한 준비들을 하면서 맹세하노니, 두려워하지 않겠노라고. 정확하게 시간을 맞춰 순서대로 멈췄다 출발하는 빨강, 노랑의 훌륭한 버스를 생각해봐, 발걸음의 속도에 맞추어 서행하고 있다고 생각하는 순간 화살처럼 돌진하는 강력하고 아름다운 차를 생각해봐, 무장하고, 준비하고, 차를 달리는 남자 여자를 생각해봐, 이것은 의기양양한 행렬이야, 깃발을 들고 놋쇠로 만든 독수리와 전리품인 월계수 잎을 머리에 얹은 승리의 군대지. 허리에 천을 두른 토인들보다 낫고, 긴 젖가슴이 축 늘어지고, 애들이 그 긴 젖을 잡아당기고 있는 머리칼이 눅눅한 여자들보다 나아. 이 넓은 신작로—피커딜리 남쪽, 피커딜리 북쪽, 리젠트 가, 헤이마켓—는 정글을 뚫고 지나온 승리의 모래밭이다. 나도 작은 에나멜 가죽구두를 신고, 가제의 엷은 막에 불과한 손수건을 손에 들고 립스틱을 빨갛게 바르고, 눈썹을 예쁘게 그리고, 대열에 끼어 행진한다.

좀 봐, 이 지하에서도 사람들이 의복을 뽐내고, 끊임없이 번쩍이고 있는 것을. 그들은 대지에도 벌레가 많이 서식해서 젖은 상태에 있게 하질 않는다. 유리 상자 안에는 가제와 비단이 반짝이고, 속옷류에는 무수히 많은 섬세한 자수가 아름답게 바느질되어 있다. 심홍색, 초록색, 보라색 등 모든 색깔로 물을 들여놓았다. 생각 좀 해봐, 그들이 수집하고, 굴리고, 반반히 펴서 물감을 들이고, 바위를 부수면서 터널을 몰고 지나가는 것을. 엘리베이터는 올라왔다 내려갔다 하고, 기차는 파도처럼 정기적으로 멈췄다 출발한다. 이러한 것에 나는 집착하는 거야. 나는 이 세계의 원주민이어서 이 깃발의 뒤를 따라가지. 저 사람들이 저렇게나 훌륭하게 진취적이고, 용감하고, 호기심에 불타고, 힘써 일하다 말고 잠시 손을 놓고 벽에 농담을 낙서할 만큼 강인한데, 내가 어떻게 숨을 곳을 찾아 달려갈 수 있겠는가? 그런고로 얼굴에는 하얀 분을 바르고 입술에는 빨간 립스틱을 바른다. 양쪽 눈썹의 각도를 보통 때보다 더 예리하게 그릴 것이다. 지상으로 나와 피커딜리 광장에서 다른 사람들과 함께 몸을 꼿꼿이 세우고 서 있을 거야. 날카로운 동작으로 신호를 보내면 운전사는 형언할 수 없을 정도로 민첩하게 신호를 이해했다는 표시를 해올 것이다. 왜냐하면 나는 아직도 정열을 불러일으키니까. 거리에서는 지금도 남자들이 나에게 허리를 굽히는 것을 느껴, 가벼운 바람이 불어 반짝거리는 옥수수가 말없이 허리를 굽히듯이.

집까지 차를 타고 가자. 커다란 다발로 흔들릴 꽃을 아주 넉넉히, 화려하게 화병에 하나 가득 꽂자. 의자를 여기저기에 놓자. 버나드가, 네빌이, 아니면 루이스가 올지도 모르니까 담배와 술잔과, 무언가 화려한 장정의, 아직 읽지 않은 신간을 준비해놓을 거야. 그러나 어쩌면 버나드도, 네빌도, 루이스도 아니고 누군가 새로운 사람, 누군가 미지의 사람이 올지도 몰라, 층계에서 스쳐간 사람, 스쳐 지나갈 때 '오세요'라고 내가 은근하게 속삭인 사람이. 그는 오늘 오후에 올 것이다. 내가 모르는 누군가가, 새로운 누군가가. 죽은 자들의 말없는 무리는 내려가게 하라. 나는 전진하노라."

"나는 이제 더 이상 방은 필요 없어," 네빌은 말했다. "벽도, 난로의 불빛도. 나는 이제는 젊지도 않아. 지니의 집 앞을 지날 때도 부러워하지 않고, 느긋하게 미소 지으며 현관에서 신경질적으로 넥타이를 고쳐 매는 청년을 바라보지. 그 단정한 청년이 초인종을 누를 테면 누르라지. 그가 그녀를 만나도 좋아. 나는 만나고 싶으면 만날 거고, 그렇지 않으면 그냥 지나가고. 옛 상처가 이제는 아프지 않아—선망도 음모도 통한도 모두 씻겨가 버렸어. 우리는 영광도 잃고 말았어. 젊었을 때는 어디고 상관없이 앉았지. 문이 끊임없이 쾅쾅거리는 가운데 바람이 새어 들어오는 홀의 헐벗은 벤치에도 앉곤 했지. 갑판 위에서 소년처럼 반나체로 뒹굴면서 호스로 서로에게 물을 뿜어대곤 했지. 나는 이제 하루 일을 끝내고 지하철에서 쏟아져나오는, 나름대로 일체를 이루며, 도무지 구별이 안 되는 무수한 사람들을 좋아한다고 맹세할 수 있어. 나는 나 자신의 과일을 이미 따버렸어. 이제는 냉정하게 바라보고 있지.

결국 우리의 책임은 없는 거야. 우리는 재판관은 아니지. 친구들에게 엄지손가락을 비트는 틀[3]이나 족쇄로 고통을 가하라는 요구는 받지 않아. 햇빛이 엷은 일요일 오후 설교단에 올라 설교하라는 요구는 받지 않았어. 장미를 바라보거나 샤프츠버리 가[4]에서 내가 지금 읽고 있는 것같이 셰익스피어를 읽든가 하는 편이 더 낫다. 어릿광대가 등장하고 악한이 나오는가 하면 배 위에서 휘황찬란하게 번쩍이는 클레오파트라가 차를 타고 오고 있어. 지옥에 떨어진 녀석들도 있지. 코가 없는 남자들이 경범죄 재판소의 벽 옆에서 발을 불 속에 담근 채 울부짖으며 서 있어. 이것이야말로, 설사 우리가 쓰지는 않는다 해도, 시가 아니고 무엇이겠

3 엄지손가락을 조이는 옛날의 고문 기구.
4 피커딜리 광장에서 차링 크로스 가를 지나는 거리.

는가. 그들은 맡은 역할을 확실하게 연기하고 있다. 그리하여 그들이 입을 열기도 전에 그들이 하려는 이야기를 나는 안다. 그러고는 틀림없이 거기에 쓰여 있는 말을 그들이 입에 담는 신성한 순간을 기다리는 거다. 그저 연극만을 위한 것이라면 나는 샤프츠버리 가를 언제까지라도 걸을 수 있다.

그러고 나서 거리에서 돌아와 어떤 방에 들어가면 사람들이 이야기를 나누고 있거나 이야기를 하려는 시도도 하지 않고 있다. 그가 말하고, 그녀가 말하고, 누군가 다른 사람이 말하고, 그 일에 관하여 그렇게나 자주 이야기되었기 때문에 이제는 하나의 단어가 전부의 무게를 들어올리기에 충분하다. 논쟁, 웃음, 해묵은 불평 ─ 이런 것들은 공중에서 떨어지면서 공기를 탁하게 만든다. 나는 책을 한 권 들고 아무 데나 반 페이지를 읽는다. 그들은 찻주전자의 주둥이를 아직 고치지 않았다. 어머니의 옷을 입은 아이가 춤을 춘다.

그러나 단식을 하며 고뇌하는 영혼인 로우다, 아니면 루이스가 내 눈앞에서 지나가고 또 지나간다. 그들은 음모가 필요한 건가? 어떤 대의명분을 찾고 있나? 평범한 장면으로는 성이 차질 않는 거야. 마치 쓰여 있기나 한 것처럼 어떤 일이 말해지는 것을 기다리는 것으로는 충분치가 않은 것이다, 문장이 적절한 장소에 점토를 한 점 찍어서 인물을 만들어내는 것을 보기 전에는, 하늘을 배경으로 한 어떤 그룹의 윤곽을 갑자기 보기 전에는, 그러나 그들이 난폭성을 원한다면 나는 죽음과 살인과 자살을 한 방에서 본 적이 있다. 사람이 들어왔다 나갔다 한다. 층계 위에서는 흐느끼는 소리가 들려온다. 실이 끊어지고, 여인의 무릎 위에서 하얀 삼베가 조용히 바느질되는 소리를 듣는다. 왜 루이스처럼 대의명분을 구하고, 아니면 로우다같이 어딘가 먼 숲으로 도망가서 월계수 잎을 가르고 조상彫像을 찾는 것일까? 사람은 폭풍우와 맞닥뜨려도 이 혼란 너머에는 태양이 밝게 빛나고 버드나무로 덮인 물웅덩이 속으로 태양이 수직으로 비춘다는 사실을 믿고 날갯짓을 해야 한다고 한다. (지금은 십일월. 가난한 사람들은 차가운 바람에 시린 손가락으로 성냥갑을 꺼내고 있다.) 거기서는 진리가 완전한 모습으로 발견되고, 여기서 발을 질질 끌며 막다른 골목길을 지나가는 덕德도 거기서는 완전한 상태로 우리가 손에 넣을 수 있다. 로우다는 목을 길게 빼고 무목적성의 광신적인 눈을 하고 우리 옆을 지나간다. 루이스는 지금은 대단히 유복하지만 칠이 벗겨져 물거품처럼 된 지붕 사이에 있는 다락방의 창가에서 그녀가 자취를 감춘 곳을 응시하고 있다. 하지만 사무실에서 타자기와 전화 가운데 앉아서 우리의 교육을 위해, 우리의 재생을 위해, 아직 태어나지 않은 세계의 개혁을 위해, 일체를 수행해내지 않으면 안 된다.

하지만 지금 내가 노크도 하지 않고 내 집처럼 들어오는 이 방에서는 사람들이 하는 말이 필기할 수 있는 시의 한 부분을 이룬다. 나는 책장이 있는 쪽으로 간다. 고르면 무엇이든지 반 페이지 정도 읽는다. 나는 말을 할 필요가 없다. 그러나 귀는 기울인다. 굉장히 신경을 곤두세우고 있다. 확실히 이 시는 쉽게 읽히지는 않는다. 책장은 자주 더럽혀져 있고, 진흙이 묻어 있기도 하고, 찢어지기도 하고, 낙엽과 함께, 혹은 버베나⁵ 아니면 제라늄 조각들과 엉겨 붙어 있다. 이 시를 읽으려면 무수한 눈이 필요하다, 대서양에서 한밤중에 질주하는 물의 판때기 위에서 돌고 있는 램프 같은 눈이. 그때에는 어쩌면 해초의 작은 가지만이 수면을 찌르거나 아니면 갑자기 파도가 크게 갈라져서 괴물을 어깨로 들어

---

5   마편초과의 한해살이풀 또는 여러해살이풀로 잎과 가지가 마주 나고 붉은 자주색 꽃이 핀다.

올릴는지도 모른다. 반감이나 질투심은 치워버리고, 방해하지 말아야 한다. 인내하면서 무한히 신경을 써서 나무 이파리 위에 앉아 있는 거미의 약한 발소리 아니면 어딘가의 아무 상관없는 하수관을 흐르는 물이 킬킬거리는 것 같은 소리, 가벼운 소리도 확실히 들리게 하라. 그 어느 것도 공포가 두려워서 거부하면 안 된다. 이 페이지를 쓴 시인은(사람들이 이야기하고 있는 가운데 내가 읽고 있는 것이지만) 완전히 철수해버렸다. 콤마도 세미콜론도 없다. 각 행은 읽기 쉬운 길이로 되어 있지도 않다. 많은 부분이 순전한 난센스이다. 우리는 회의적이 될 수밖에 없지만 경계따위는 바람에 날려보내고, 문이 열리면 무조건 받아들여야 한다. 또한 이따금 울어라, 또한 용서 없이 숯 검댕 한 조각과, 나무껍질, 모든 종류의 단단한 부착물을 잘라버려라. 그리하여(그들이 이야기하고 있는 동안에) 망을 깊이, 더 깊이 내려 그와 그녀가 한 말을 끌어당겨 수면으로 가져와 시를 만들자.

그들의 말에 쭉 귀를 기울여왔어. 그러나 그들은 이제는 떠나버렸어. 나는 혼자야. 난로의 불이 원형 지붕의 돔같이, 용광로같이 언제까지나 타오르는 것을 지켜보면서 만족한 기분으로 있을 수 있을 거야. 봐, 커다란 못 모양의 나무가 교수대, 지옥혈, 행복의 골짜기와 같은 형태가 된다. 이번에는 심홍색으로 돌돌 말린, 하얀 비늘의 뱀이다. 커튼에 수놓아진 과일이 앵무새 주둥이 밑에서 한껏 부풀어오른다. 삐—삐, 삐—삐, 숲 한가운데서 불이 벌레 우는 듯한 소리를 낸다. 삐—삐, 삐—삐, 밖에서 나뭇가지가 대기를 때리는 동안 불은 소리를 높인다. 그래서 이제 일제 사격같이 나무가 넘어진다. 런던의 밤에는 이런 소리가 난다. 이윽고 기다리고 있는 소리 하나가 들려온다. 점점 더 올라와서 다가오더니 머뭇거리다가 문간에서 걸음을 멈춘다. 나는 외친다, '들어와. 옆에 앉아. 의자 끝에 앉아'라고. 예전의 환각에 이끌려 나는 절규한다, '좀 더 가까이 와'라고."

"나는 사무실에서 돌아오는 거야," 루이스는 말했다. "여기에 코트를 걸고, 저기에 지팡이를 놓지 — 리슐리외는 이런 지팡이를 짚고 산책했을 거라고 상상하고 싶어. 이렇게 나는 나의 권위를 벗어버리지. 나는 중역의 오른쪽, 니스 칠을 한 책상에 앉아 있었어. 성공을 거둔 우리 회사의 사업 분포도가 벽에 붙어 있지. 우리는 우리 회사의 배로 세계를 누비고 다녔다. 지구의地球儀에는 우리 회사의 항로가 표시되어 있어. 나는 지위가 대단히 높아서 방 안에 들어가면 사무실에 있는 젊은 여자 직원 전원이 인사를 해. 지금은 원하는 곳이면 어디서나 식사를 할 수 있고 곧 서리에 집 한 채, 두 대의 차를, 온실을, 희귀한 멜론을 자랑은 아니지만 살 수 있다. 하지만 나는 아직도 돌아간다, 나의 다락방으로. 아직도 돌아와서 모자를 걸고 선생의 옹이가 박힌 참나무 문을 주먹으로 두드린 이래 계속 해오고 있는 이 기묘한 시도를 혼자서 아직도 하는 거다. 작은 책을 펴서 시 한 수를 읽는다. 시 한 수면 충분하다.

오오, 서풍이여……

오오, 서풍이여, 너는 나의 마호가니 테이블과 스패츠[6]와 맞지 않는다. 또한 슬프게도 도저히 영어를 정확하게 구사 할 수 없는 나의 정부情婦인 작은 여배우의 천박함과도.

오오, 서풍이여, 언제 불어올 것인가……

6 19세기 말에서 20세기 초에 걸쳐 유행한 남녀 공용의 짧은 각반.

로우다는 강도 높은 방심 상태로 달팽이살 색깔의 눈, 아무것도 보이지 않는 눈을 하고, 별들이 반짝이는 한밤중에 오거나 가장 현실적인 한낮에 오거나 서풍이여, 너를 파괴하지는 않는다. 그녀는 창가에 서서 굴뚝의 연기 배출구와 가난한 집의 망가진 창문을 바라본다─

　　오오 서풍이여, 너는 언제 불어오려는가……

　나의 일은, 나의 짐은, 항상 다른 사람들의 그것보다 컸다. 피라미드가 양어깨 위에 얹혀 있었다. 거대한 일을 시도해왔다. 격렬하고, 다루기 힘들고 고약한 사람들을 부려왔다. 호주 억양이 있는 나는 식당에 앉아서 종업원들의 기분을 맞추려 들었지만 동시에 나 자신의 엄숙하고도 엄격한 확신을, 해결해야 할 모순과 차이점들을 잊은 적은 없었다. 소년 시절 나는 나일 강에 관한 꿈을 꾸고 그 꿈에서 깨어나고 싶지 않았지만 옹이가 박힌 문을 주먹으로 내려쳤다. 수잔처럼, 가장 존경하는 퍼서벌처럼, 숙명을 지니고 태어나지 않았더라면 더 좋을 뻔했는데.

　　오오 서풍이여, 가느다란 비를 뿌리는
　　네가 불어올 때는 그 언제이련가?

　인생은 내게 있어서는 끔찍한 일이었어. 나는 거대한 흡입관 같아. 어떻게 해도 성이 차지 않는 점액질 입 같아. 살아 있는 육체의 중심에서 핵을 끄집어내 보려고 해봤어. 나는 평범한 행복은 거의 알지 못해. 그녀의 런던 악센트가 나를 좀 편하게 해줄까 해서 정부도 두어보았지만, 그녀는 더러운 속옷을 마루에 아무렇게나 던져놓고, 막일하는 여인과 가게에서 일하는 아이들은 나의 거만하게 걷는 모습을 수없이 비웃었다.

> 오오 서풍이여 가느다란 비를 뿌리는 너
> 언제 불어오려나?

　나의 숙명은, 오랫동안 늑골을 압박해온 끝이 뾰족한 피라미드는 무엇이었나? 나일 강과 물통을 머리에 이고 있는 여자들을 생각나게 하는 것, 옥수수 이삭을 흐르게 하고 시냇물을 얼어붙게 만든 긴 세월 가운데 자신이 짜여 들어간 느낌을 받는 것. 나는 단일한, 일시적 존재는 아니다. 나의 인생은 다이아몬드 표면 위에서 반짝이는 일순의 빛은 아니다. 간수가 램프를 들고 독방에서 독방으로 순회하듯이 나는 대지 밑을 구불구불 돌아다닌다. 우리의 긴 역사의, 소란스럽고 다채로운 날의, 엷었다가 두껍고, 뚝 뚝 끊겼다가 이어지는 여러 갈래의 실을 생각나게 해서 함께 짜서 하나의 커다란 망으로 엮어야 하는 것이 나의 숙명이었던 것이다. 이해해야 할 것들은 항상 많은 법, 경청해야 할 불협화음이, 꾸짖어야 할 거짓이. 굴뚝 갓이 튀어나오고, 슬레이트가 헐거워지고, 고양이는 살금살금 돌아다니고, 다락방의 창이 있는 지붕들은 망가지고 숯 검댕이 묻어 있다. 나는 깨어진 유리를 밟고 터진 타일 사이를 누비고 걸어가 비열한, 굶주린 얼굴들만을 본다.
　나는 이 모든 것에서 의미를 추출해내어 딱 한 페이지에 시 한 수를 쓰고는 죽는다, 라고 생각해볼까. 이렇게 하는 것이 즐겨 하는 짓이라는 것은 확실하다. 퍼서벌은 죽었다. 로우다는 나를 떠났다. 그러나 나는 살아남아, 야위고 대단히 존경받고, 손잡이 부분이 도금된 지팡이를 짚고 도시의 보도를 거닐 것이다. 어쩌면 나는 결코 죽지 않을지도 몰라, 그 연속성과 영원에 결코 도달하지 못할지도 모르지 —

　　오오 서풍이여, 가느다란 비 뿌리는 너
　　언제 불어오려나.

　퍼서벌은 초록 잎을 달고 꽃을 피우고 여름 바람 가운데서 아직도 한숨지으며 그의 가지를 전부 땅속에 묻고 있었다. 다른 사람들이 이야기하는 동안에 나와 침묵을 나누고 있던 로우다는 소와 말이 떼를 지어 질서 정연하고 기름기 흐르는 잔등이를 하고 풍성한 목초지 위를 달릴 때 사막의 열기같이 떠나가 버렸다. 태양이 도시의 지붕에 격렬하게 내리쪼일 때 그녀의 일이 생각난다, 마른 잎들이 소리를 내며 땅에 떨어질 때, 노인들이 끝이 뾰족한 지팡이를 짚고 와서 우리가 그녀에게 하듯이 작은 종잇조각에 구멍을 낼 때 —

　　오오 서풍이여, 가느다란 비를 뿌리는 너
　　언제 불어오려나?
　　아아, 내 사랑 품에 안고
　　다시 잠자리에 들고 싶은지고![7]

　자 책으로 돌아가자. 자 다시 시작해보자."
　"오오, 인생이여, 내가 너를 얼마나 무서워했던가," 로우다가 말했다. "오오, 인간이여, 내가 너희를 얼마나 증오했는가! 너희는 얼마나 끔찍하게 팔꿈치로 밀치고, 방해하고, 옥스퍼드 가를 들

7　16세기경의 작자 미상의 시.

여다보았던가. 지하철 안에서 서로 마주 앉아 노려보며 얼마나 지저분하게 굴었는가! 지금 아프리카가 보이는 산 정상에 오르며 갈색 종이 꾸러미들과 너희의 얼굴이 내 마음에 인쇄되어 있는 것을 느낀다. 너희는 나를 더럽히고 타락시켰다. 표를 사려고 문밖에서 줄을 서 있을 때 너희에게서 대단히 불쾌한 냄새가 났다. 모두 회색과 갈색 중간색의 옷을 입고 파란 깃털 하나를 머리에 꽂고 있었다. 다른 것이기보다는 차라리 이것이 될 용기를 단 한 사람도 갖지 못했다. 하루를 지내기 위하여 너희는 얼마만큼의 붕괴를 요구했는가, 얼마만큼의 거짓과 머리 숙임과, 고난과, 능변과 예속을 요구했는가! 너희는 나를 한 장소에 한 시간에 한 의자에 묶어놓고, 나의 맞은편에 앉아 있었지! 시간과 시간 사이에 놓여 있는 하얀 공간을 내게서 빼앗아 굴려서 더럽고 작은 원으로 만들어 기름기 묻은 손으로 쓰레기통에 던졌다. 그러나 그것이 나의 인생이었어.

하지만 나는 굴복하고 말았어, 조소와 하품을 손으로 가리고. 거리로 뛰쳐나가 분개하고 시궁창에다 병을 처박고 깨뜨리지는 않았어. 격정으로 몸을 떨면서 놀라지 않은 척했어. 나는 너희가 하는 대로 했어. 수잔과 지니가 이렇게 스타킹을 잡아당겨 신으면 나도 그렇게 했어. 인생이 너무도 무서워 인생과 나 사이에 수많은 스크린을 받쳐놓았어. 이것이나 저것을 통해 인생을 바라봐. 장미 잎과 포도 덩굴이 있게 하라—나는 거리 전체를, 옥스퍼드 가를, 피커딜리 광장을 나의 마음의 불길과 잔물결로, 장미 잎과 포도 덩굴로 덮었어. 학교가 휴가에 들어가면 복도에 트렁크들이 줄지어 있었어. 살그머니 빠져나와서 라벨을 읽고 이름과 얼굴을 상상해보았어. 해러게이트[8]였는지도 몰라, 에든버러였는

---

8 영국 중부 요크셔 주州에 있는 온천 도시.

지도 모르지. 이름은 잊어버린 어떤 소녀가 서 있던 곳에는 금색 후광의 물결이 일고 있었다. 그러나 그것은 이름에 불과했다. 나는 루이스 곁을 떠났어. 포옹이 두려웠어. 양모로, 의복으로 암청색의 잎사귀를 덮으려고 애를 써왔어. 낮이 밤이 되기를 간구했어. 찬장이 조그매지기를 바라고, 푹신거리는 침대의 감촉을 느끼고 싶어하고, 우주에 붕 떠서 표류하고 있는, 길어진 나무와 길어진 얼굴과 황야의 초록 제방과 비탄에 잠겨 있는 두 사람의 그림자가 작별 인사를 나누는 장면을 보고 싶어했다. 한 포기의 식물도 자라지 않는, 쟁기로 갈아엎은 들판 위에 씨를 뿌리듯이 단어들을 부채모양으로 뿌린다. 나는 항상 밤을 연장해서 그것에 꿈을 채우고 또 채우기를 원했다.

그러고는 어딘가의 회당에서 음악의 가지들을 가르고 우리가 만든 집을 보았어. 직사각형 위에 정사각형이 놓여 있었어. '모든 것을 수용하고 있는 집이네.' 하고 나는 말했다, 퍼서벌이 죽은 후 버스에서 사람들의 어깨에 부딪혀 비틀거리면서. 하지만 나는 그리니치에 갔어. 제방 위를 걸으면서 한 포기의 초목도 없고 대리석 기둥만이 여기저기 서 있는 세계의 끝에서 언제까지나 큰소리를 칠 수 있기를 기도했다. 넓게 퍼지는 파도 속으로 꽃다발을 던졌어. '나를 소진시켜줘, 제일 먼 끝까지 데려다줘,'라고 말했다. 파도는 부서졌고 꽃다발은 시들어버렸다. 지금에 와서는 퍼서벌 생각을 거의 안 해.

나는 지금 이 스페인 언덕을 오르고 있어. 이 노새의 잔등이가 나의 침대이고 나는 죽어가고 있다고 생각하자. 지금의 나와 무한의 심연 사이에는 단지 얇은 종이 한 장이 있을 뿐이야. 매트리스 안의 덩어리들이 내 밑에서 부드러워지고 있어. 우리는 더듬어 기어오른다―계속해서 더듬더듬 걸어간다. 물웅덩이 옆의 최정상에 홀로 서 있는 나무를 목표로 계속 걸어 올라갔어. 날개를 접는 새처럼 산들이 덮이는 저녁이 되면 아름다운 물을 가르며 앞으로 나아갔어. 때로는 빨간 카네이션과 건초 더미를 집기도 했지. 혼자서 잔디 위에 몸을 파묻고 그 안에 있는 오래된 뼈를 만지작거리며 생각했어. 바람이 몸을 굽혀 이 언덕을 스치고 지나가면 한 줌의 먼지 외에는 아무것도 없기를 기원한다.

노새는 비틀거리다가 다시 올라간다. 언덕의 가장자리가 안개같이 그 모습을 드러내지만 정상에서 나는 아프리카를 보게 될 거야. 저런! 침대가 몸 아래에서 무너지네. 노란 구멍이 점점이 박힌 시트는 나를 떨어뜨리네. 백마 같은 얼굴을 한 선량한 여인이 침대 끝에서 작별의 몸짓을 하고는 몸을 돌려 떠난다. 그럼 누가 나와 함께 오지? 꽃들뿐, 카우바인드[9]와 월광 색의 산사나무. 이것들을 느슨하게 묶어 꽃다발을 만들어 그들에게 줄 거야─아아 도대체 누구에게? 우리는 절벽에 몸을 던지고 있어. 저 아래 보이는 것은 청어잡이 배의 불빛이야. 절벽들은 사라진다. 잘게 회색으로 물결치며 수없이 많은 파도가 아래에 펼쳐진다. 나는 아무것도 안 건드려. 아무것도 보이지 않아. 우리는 가라앉아 파도 위에 머무를 수 있어. 바다가 내 귀에 대고 북을 칠 거야. 하얀 꽃잎은 바닷물에 젖어서 검어지고, 일순간 떠 있다가 가라앉을 거야. 파도는 나를 뒹굴리면서 어깨를 밀어 가라앉힐 거야. 모든 것이 격렬한 소나기처럼 내리부어 나를 녹여버릴 거야.

그러나 저 나무에는 가지들이 빽빽하게 들어차 있어. 오두막 지붕의 분명한 선이 그어져 있어. 빨강 노랑으로 칠해진 공기 주머니들은 얼굴이야. 나는 대지에 발을 얹고 조심해서 걷고 스페인 여인숙의 단단한 문에 손을 갖다 댄다."

9 독성이 있는 덩굴 식물.

태양은 가라앉고 있었다. 낮의 단단한 핵이 갈라지고, 그 파열의 틈으로 빛이 쏟아져 들어오고 있었다. 적색과 황색이 어둠의 깃털을 달고 비상하는 화살이 되어 파도를 관통했다. 광선은 가라앉은 섬들에서 보내오는 신호인 양, 아니면 막무가내로 웃어대는 소년들이 월계수 숲을 관통시키는 투창같이 여기저기서 번쩍이고 헤맸다. 하지만 파도는 해변에 가까워지자 빛을 잃고, 무너져내리는 벽같이, 어떤 빛도 뚫고 지나갈 수 없는 회색 석벽같이, 길게 꼬리를 끄는 진동음을 내면서 부서졌다.

미풍이 일었다. 오한이 나뭇잎 사이를 달렸다. 이렇게 흔들린 나뭇잎은 진한 갈색 맛을 잃고 회색이나 하얀색으로 변했다. 나무가 몸을 떨어서 이파리를 덩어리째 떨어뜨려 정상적인 둥근 지붕의 형태를 잃고 말았을 때에. 제일 높은 가지 위에서 쉬고 있던 매는 눈을 깜박거리더니 일어나서 먼 곳으로 치솟아 올랐다. 늪지대에 살고 있는 야생 물떼새는 몸을 피하고, 선회하고, 먼 데서 외로워 부르짖으며 울어대었다. 기차와 굴뚝에서 나오는 연기는 널리 퍼지고 찢기고 바다와 들판 위에 걸려 있는 양모 천개의 일부가 되었다.

옥수수는 이미 추수가 끝났다. 파도치며 흔들리던 옥수수는 이미 온데간데없고 뻣뻣한 그루터기만 남았다. 거대한 올빼미가 서서히 느티나무에서 몸을 일으켜 좌우로 흔들더니 일련의 곡선을 그리며 히말라야삼나무 꼭대기로 날아갔다. 언덕 그림자가 천천히 넓어졌다 좁아졌다 하면서 흘러가고 있었다. 황야의 꼭대기에 있는 물웅덩이에는 아무것도 비치지 않았다. 그곳을 바라보는 털이 난 얼굴도 없었고, 물을 튀기는 발굽도 없고, 물속에서 끓어오르는 뜨거운 주둥이도 없었다. 작은 회색 가지에 앉은 새 한 마리가 찬물을 한 모금 마시고 있었다. 수확하는 소리도 차바퀴 소리도 들리지 않고 돛을 부풀리고 초원 위를 스치고 지나가는 갑작스러운 함성만이 들려올 뿐이었다. 뼈다귀 하나가 비를 맞아 구멍이 뚫리고 햇빛에 하얗게 바래서 바닷물에 씻긴 작은 가지처럼 반짝이고 있었다. 봄이면 진홍색으로 타오르고 한여름이면 부드러운 이파리를 남풍에 구부린 나무는 지금은 쇠같이 검어지고 한 장의 이파리도 붙어 있지 않았다.

육지는 너무도 멀어서 빛나는 지붕이나 반짝이는 창은 이제는 더 이상 보이지 않았다. 그늘진 대지의 거대한 무게가 그런 연약한 족쇄, 달팽이 껍데기 같은 방해물들을 삼켜버렸다. 지금은 그저 구름이 흐르는 그림자, 계속 때리는 비, 하나의 창문처럼 내리비치는 햇빛, 아니면 갑작스러운 폭풍의 상처가 있을 뿐이었다. 외롭게 서 있는 나무들은 멀리 있는 언덕들을 오벨리스크 모양으로 만들어놓았다.

열기가 식어버리고 강렬하게 타오르던 흑점을 흐트러뜨린 석양은 의자와 테이블을 더 부드럽게 만들고 갈색과 황색의 마름모꼴로 새겨놓았다. 그것들은 그림자로 줄이 가서 한층 더 무거워 보였다, 색채가 기울어지고 한쪽으로 흘러가 버린 듯이. 나이프, 포크, 컵은 길어지고 부풀어

올라 불길한 징조를 띠었다. 금색의 원으로 테를 두른 거울은 영원히 눈에 각인된 듯이 부동의 자세로 이 장면을 잡고 있다.

그러는 동안 해안에 그림자는 길어지고, 어둠은 깊어졌다. 쇠같은 검은 장화는 짙은 청색 웅덩이가 되었고 바위는 견고함을 잃었다. 낡은 보트 주위에 고여 있는 물은 조개가 그 안에 잠겨 있었던 것처럼 검었다. 물거품은 납빛으로 변하고 여기저기 안개 같은 모래 위에 진주의 하얀 광휘를 남기고 있었다.

"햄프턴 궁전이다," 버나드가 말했다. "햄프턴 궁전이다. 우리가 만나는 장소야. 햄프턴 궁전의 빨간 굴뚝, 총안銃眼이 있는 네모난 흙벽을 봐라. '햄프턴 궁전'이라고 말할 때의 내 목소리 톤은 내가 중년이라는 사실을 알려준다. 십 년 아니 십오 년 전이었다면 '햄프턴 궁전?' 하고 의문문으로 말했을 거야─도대체 어떤 곳일까, 호수나 미로가 있는 곳일까, 라고 했을 것이다. 아니면 기대에 부풀어 여기서 어떤 일이 일어날까, 누구를 만나게 될까? 하고 호기심에 가득 차 있었을 것이다. 그러나 지금은 햄프턴 궁전─햄프턴 궁전─이 단어들은 대여섯 번 전화를 걸고 엽서를 보내서 힘들여 개간한 공간에서 징소리를 낸다. 이 소리는 회를 거듭하면서 더 크게 울려퍼지고 낭랑해진다. 그러니까 여러 가지 광경이 떠오른다─여름날 오후, 보트, 치마를 추어올린 노부인들, 겨울의 항아리, 삼월의 수선화─이 모든 것이 하나의 광경을 깊은 물의 표면에 떠올리는 것이다.
　저기, 우리가 만나는 장소인 여인숙 입구에 그들은 벌써 와서 서 있다─수잔, 루이스, 로우다, 지니, 그리고 네빌이. 벌써 와서 모여 있어. 내가 끼면 곧 다른 배합, 다른 패턴이 되겠지. 광경을 풍성하게 만들면서 지금 소모되고 있는 것이 정지될 테고 규정되겠지. 그렇게 강요되는 게 싫어. 이미 오십 야드 떨어진 곳에서도 나의 존재의 질서가 변하는 것을 느껴. 그들 집단의 자석 같은 견인력이 내게 영향을 미쳐. 나는 좀 더 다가가지. 그들은 나를 보지 못해. 로우다가 지금 나를 보고, 만남의 충격이 너무 두려워서 내가 모르는 사람인 것처럼 행동하고 있어. 네빌이 몸을 돌렸어. 갑자기 손을 들어 네빌에게 인사하면서 나는 소리치지, '나도 셰익스피어의 『소네트집』 책장 사이에 꽃을 끼워 눌러놓았다'라고. 그러니까 마음이 산란해졌어. 나의 작은 배는 미친 듯이 날뛰는 파도 위에서 요동치고 있었어. 만남의 충격에 대응할 만능 약은(분명히 적어놓을래) 없어.

각인각색의 개성을 만나는 것도 편하지는 않아. 우리가 발을 질질 끌고 쿵쿵거리며 여인숙에 들어갈 때 외투와 모자를 벗으면서 겨우 서서히, 그때야 비로소 만남이 기분 좋게 되지. 이제 우리는 지는 석양이 아직도 환상적으로 빛을 발하고 있어서 나무 사이로 금색 줄이 쳐진 공원의 초록 공간을 내려다보는 길고 장식이 별로 없는 식당에 모여 자리를 잡고 앉는다."

"이제 나란히 앉아서," 네빌은 말했다. "이 좁은 테이블에 앉아서, 최초의 감동의 시간이 지나 고요해지기 전에 지금 우리는 무엇을 느끼고 있는 걸까? 지금 어렵사리 만난 오랜 친구들에게 어울리게 솔직 담백하게 말해, 우리는 만나서 무엇을 느끼고 있는가? 그건 서글픔인 것을. 문은 열리지 않고, 그는 오지 않을 것이다. 그리하여 우리는 슬픔의 짐을 지고 있는 것이다. 우리 모두는 중년이 되어 많은 짐을 지고 있다. 우리의 짐을 내려놓자. 네 인생은 어떠했느냐고, 우리는 묻노라, 그리고 나의 인생은? 버나드, 너의 인생은? 수잔, 너의 인생은? 지니, 네 인생은? 또 로우다와 루이스는? 각각의 문에는 리스트가 붙어 있어. 우리 모두가 롤빵을 뜯고 생선과 샐러드를 먹기 전에 나는 나의 은밀한 호주머니를 뒤져서 증명서를 만진다―나의 우월성을 증명하기 위하여 내가 가지고 다니는 것들이다. 나는 인정을 받았다. 이것을 증명할 서류가 안주머니에 들어 있다. 하지만 수잔, 무와 옥수수 밭으로 가득 찬 너의 눈동자는 나의 마음을 산란하게 만든다. 안주머니에 들어 있는 이 서류―내가 인정을 받았다는 사실을 증명하는 이 소란―는 텅 빈 들판에서 까마귀를 쫓으려고 손뼉을 치는 남자처럼 힘없는 소리이다. 그것은 지금 수잔의 응시하에서 (내가 친 손뼉과 울림은) 완전히 사라졌고, 들려오는 것이라고는 경작된 땅 위에 불고 있는 바람과 어떤 새가 우는 소리뿐―황홀경에 빠진 종달새일지도 모르겠다. 웨이터는 내가 내는 소리를 들었을까, 아니면 남모르게 끊임없이 다가와서 서성대다 걸음을 멈추고 그들의 누운 몸들을 가려줄 정도로 충분히 어둡지 않은 나무들을 바라보는 두 사람이 들었을까? 아니다, 손뼉을 치는 것은 완전히 실패했다.

그렇다면 서류를 꺼내 증명서를 소리 높여 읽어서 내가 인정받았다는 사실을 너희들에게 믿게 할 수 없을 때 남는 것은 그 무엇일까? 남아 있는 것은 수잔의 신랄한 초록색 눈, 수정 같은 진주 모양의 눈이 밝은 곳으로 이끌려 나온 것이다. 우리가 모여서 만남의 예봉銳鋒이 아직도 날카로울 때 가라앉기를 거부하는 누군가가 항상 있다. 그리하여 그 인간의 정체성을 자신 밑에 웅크리게 하려는 사람이 반드시 있게 마련이다. 지금 내게 그런 존재는 수잔이다. 수잔을 감복시키기 위하여 나는 말을 한다. 들어봐, 수잔.

누군가가 아침식사를 하러 들어오면 커튼에 수놓아진 과일이 앵무새가 쫄 수 있을 정도로 부풀어오른다, 엄지손가락과 다른 손가락 사이에 끼고 없앨 수 있을 정도로. 이른 아침 기름을 걷어낸 우유가 유백색으로, 청색으로, 장미색으로 변한다. 그 시간에 너의 남편은—각반을 탁 치고, 새끼를 낳지 못하는 암소를 채찍으로 가리키며 투덜거린다. 너는 아무 말도 하지 않고 아무것도 보지 않는다. 습관이 너의 눈을 가린 것이다. 그 시각에 너의 인간관계는 무언無言이고, 무표정이며, 암갈색이다. 그 시각 나의 인간관계는 따뜻하고 다양하다. 내게는 반복이 없다. 매일매일이 위험으로 가득 차 있다. 표면은 매끈하지만 돌돌 말린 뱀처럼 아래는 뼈뿐이다. 『타임스』지를 읽고 있다고 하자. 논쟁을 하고 있다고 가정해보자. 그것 자체가 하나의 경험이다. 겨울이라고 가정해보자. 내리는 눈은 지붕에 쌓여 빨간 동굴 안에 우리를 가둔다. 파이프가 파열했다. 우리는 방 한가운데에 황색의 주석 욕조를 세워놓고 세면기를 가지러 허둥지둥 달려간다. 봐라—책장 위에서 다시 파열했다. 파괴된 광경을 보고 우리는 큰 소리로 웃는다. 딱딱한 것들은 부서뜨리자. 재산 따위는 갖지 말자. 아니면 여름인가? 호수까지 어슬렁어슬렁 걸어가서 중국산 오리가 평발로 물가를 향해 뒤뚱뒤뚱 걸어가는 모습을 보거나 아니면 초록색 어린 잎이 그 앞에서 떨고 있는 뼈 같은 도시의 교회를 보거나. (나는 되는대로 고르는 거다, 분명한 것을 고르고 있는 거야.) 하나하나의 광경은 친밀함의 위험과 경의를 설명하기 위하여 갑자기 긁적거려놓은 덩굴무늬이다. 하늘에서 내리는 눈과 파열한 파이프, 주석 욕조, 중국산 오리—이것들은 내가 되돌아보고 각각의 사랑의 성격을 읽어내는, 공중에 높다랗게 매달려서 흔들리는 표시들이다, 각 사랑이 얼마나 다른 것인가 하는 것을 알아내는.

너는 그사이에―너의 적의를, 나의 눈에 고정시킨 너의 초록의 눈을, 너의 초라한 의복을, 거친 손을, 그리고 너의 찬란한 모성의 다른 일체의 상징을 나는 소멸시키고 싶다―똑같은 바위에 조개처럼 악착같이 달라붙어 있었던 거야. 그러나 사실은 너의 마음을 상하게 하고 싶지 않아. 네가 들어올 때 무너져버린 자신감을 회복하고 싶을 따름이야. 변화는 이제 더 이상 가능하지 않아. 우리는 매사에 책임을 져야 하는 존재가 되었어. 이전에 런던의 레스토랑에서 우리가 퍼서벌과 만났을 때는 모든 것이 끓어올랐고 진동하고 있었다. 그때였다면 우리는 무엇이라도 될 수 있었다. 우리는 이미 선택을 해버렸다. 아니면 이따금은 우리를 위해서 선택된 것같이 보이기도 한다―한 쌍의 부젓가락이 우리 어깨 사이에 꽂혀 있다. 나는 선택했다. 나는 인생을 외면에서가 아니라 내면에서, 손을 대지 않은, 순백색의, 무방비 상태의 섬유 위에 복사했다. 다양한 마음을, 얼굴을, 너무도 정교해서 냄새, 색깔, 짜임새, 질감은 가지고 있지만 이름은 없는 것을 베껴서 나는 흐려지고 상처를 입고 있다. 좁은 한계와, 그것이 넘을 수 없는 경계를 볼 수 있는 너에게는 나의 인생은 단지 '네빌'일 따름이다. 그렇지만 나 자신에게는 측량할 수 없는 존재이다, 내게는 그 섬유가 세상의 밑바닥을 눈에 띄지 않게 지나가는 그물인 것을. 나의 그물은 그것이 에워싸고 있는 것과 거의 구별이 되지 않는다. 그것은 고래를 들어올리기도 하고―거대한 고래와 하얀 젤리 모양의 것을, 형태가 없고 유동하는 것들을 들어올린다. 나는 찾아내고, 감지한다. 눈 아래 펼쳐진다―한 권의 책이. 나는 맨 밑바닥까지 본다. 진수에 이르기까지―맨 밑바닥까지. 떨리는 사랑이 어떻게 화염이 되는가도 알고, 질투가 어떻게 초록 화살을 여기저기 방사하는가도 안다, 또한 사랑과 사랑이 어떻게 복잡하게 교차하는가도. 사랑은 매듭을 만들고 잔혹하게 그들을 찢어놓는다. 나는 동여매졌다. 나는 찢어졌다.

하지만 예전엔 다른 영광이 있었다. 문이 열리는 것을 지켜보고 있을 때 퍼서벌이 왔다, 커다란 방의 딱딱한 벤치 가장자리에 구속을 받지 않는 몸을 던졌을 때."

"너도밤나무 숲이 있었어, 엘브든이." 수잔이 말했다. "금색 시곗바늘이 나무 사이에서 반짝이고 있었어. 비둘기가 나뭇잎을 헤쳐놓았어. 변화하면서 계속 떠도는 빛이 머리 위를 배회하고 있었어. 빛은 우리를 피해갔어. 하지만 네빌, 나는 나 자신이 되기 위하여 너를 신용하지 않는데, 테이블 위에 놓인 내 손을 좀 봐다오. 관절, 손바닥에 드러난 건강 색을 좀 봐. 나의 몸은 매일 숙련된 공인ㅗㅅ이 쓰는 도구같이 전신이 적절히 쓰이고 있는 거야. 칼날은 청결하고, 예리하며, 한가운데는 닳아 있어. (우리는 들판에서 싸우는 짐승같이, 뿔을 부딪히며 싸우는 수사슴들처럼 한데 얼크러져 싸운다.) 너의 창백하고 나약한 육체를 투시해보면 사과와 과일 뭉텅이를 유리 밑에 놓은 것처럼 틀림없이 뿌옇게 보일 것이다. 한 사람과 함께, 단지 한 사람과 함께만, 하지만 변화하는 한 사람과 함께 의자에 깊숙이 몸을 묻고 일 인치의 육체만 볼 뿐이다. 그 부분의 신경, 섬유, 그 위를 달리는 혈액의 느린, 혹은 빠른 흐름만을 본다. 그러나 절대로 전체적인 것은 아무것도 보지 못한다. 정원 가운데 있는 집도, 들판의 말도 보지 못한다, 펼쳐져 있는 도시도. 눈을 긴장시키면서 바느질감을 응시하는 노부인처럼 몸을 굽히고 보니까 그래. 하지만 나는 인생을 실체가 있는 거대한 덩어리로 봐왔다, 그 총 구멍이 있는 흉벽과 탑과 공장과 가스탱크를. 먼 옛날부터 대대로 이어져 내려오는 모양으로 만들어진 주거지를, 이러한 것들이 나의 마음 가운데서 네모나고 출중한 상태로, 용해되지 않은 채로 남아 있다. 나는 비뚤어지지도 않았고 부드럽지도 않다. 너희들 가운데 앉아서 너희들의 부드러움을 나의 딱딱함으로 문질러대면서 맑은 눈의 초록 분출로 은회색의 떨리는 나비 날개 같은 언어의 떨림을 없애버리면서.

우리는 가지진 뿔을 맞부딪쳤다. 이것은 피하기 어려운 전주前奏이지. 옛 친구들의 인사이지."

"나무 사이에서 금색이 바랬어," 로우다가 말했다. "한 조각의 초록이 나무 뒤에서 떠돌고 있어. 꿈속에서 본 칼날같이, 아니면 아무도 밟아본 적이 없는, 점점 가늘어지는 섬같이 길게 뻗어 있어. 가로수가 있는 거리를 달려 내려오는 차들이 명멸하기 시작한다. 이제 연인들은 어둠 속으로 들어갈 수 있게 되었어. 나무의 줄기들은 연인들로 해서 부풀어오르고 외설스러워진다."

"옛날엔 달랐어," 버나드는 말했다. "이전에는 우리 마음대로 흐름을 끊을 수 있었어. 우리가 햄프턴 궁전에 모이기 위해 뚫고 지나가야 할 이 통로를 잘라내기 위해 얼마나 여러 번 전화를 걸고, 얼마나 많은 엽서를 보내야 했던가? 일월에서 십이월까지 인생은 또 얼마나 빨리 흘러가는가? 우리는 그림자도 만들지 않을 정도로 익숙해진 수많은 사물의 흐름에 모두 휩쓸려 흘러가고 있다. 비교도 하지 않고, 자기나 타인에 관해 생각도 하지 않는다. 그래서 이러한 무의식 상태 가운데서 마찰로부터 최대한 자유로워져 매몰된 수로의 입구에 무성하게 자라고 있는 잡초를 가르고 앞으로 나아간다. 우리는 워털루[1]발 기차를 타기 위하여 물고기처럼, 공중으로 높이 튀어오르지 않으면 안 돼. 그러나 제아무리 높이 튀어올라도 결국은 다시 시내로 돌아오지. 나는 남양 군도행 배를 타는 일은 없을 것이다. 로마 정도가 내가 여행할 수 있

1   영국 남부 방면 기차의 출발역.

는 한계지. 내게는 자식들이 있어. 나는 그림 맞추기 퍼즐에서와 같이 내 공간에 콕 박혀 있으니까.

그렇지만 요지부동으로 고정된 것은 나의 육체—버나드라고 불리는 중년의 남자—일 뿐이라고 나는 믿고 싶은 거야. 나는 젊었을 때보다 지금 더 공평무사하다고 생각해. 파이를 들쑤시는 어린애같이 자신을 발견하기 위하여 필사적으로 찾아다니지 않으면 안 되었던 젊은 시절보다, '어, 이건 뭐지? 그리고 이건? 이게 좋은 선물이 될까? 이게 전부인가?'라는 식으로. 지금은 꾸러미 안에 무엇이 들어 있는가를 알고 신경을 많이 쓰지 않는다. 보랏빛 노을 속에 갈아놓아서 반짝이는 경작지에 거대한 부채 모양으로 씨앗을 던지는 사람같이 나는 자신의 마음을 공중에 내던진다.

하나의 구절. 불완전한 구절. 도대체 구절이라는 것은 무엇인가? 수잔의 손과 나란히 테이블 위에 놓아야 할 것을 구절은 거의 남기지 않았다, 호주머니에서 꺼내 네빌의 증명서와 함께 놓을 것. 나는 법률이나 의학이나 재정학의 권위자는 아니다. 젖은 짚처럼 전신이 구절로 둘러싸여 작열하며 빛나고 있다. 그래서 너희들 하나하나는 내가 말을 하면 '내 몸이 불에 타고 있어. 작열하고 있어'라고 느끼는 거야. 하급생들은 운동장의 느티나무 아래서 몇 개의 구절이 내 입술에서 부글부글 끓어나오면 '멋있는 구절이다, 멋있는 구절이야'라고 느끼곤 했다. 그들도 끓어올랐다. 나의 구절과 함께 그들은 떠났다. 하지만 나는 혼자서 쓸쓸히 애도한다. 고독은 나의 파멸인 것을.

구슬과 발라드[2]로 아내와 딸들을 기만한 중세의 탁본승같이,

---

2 소박한 용어와 짧은 스탠자stanza(일정한 운율적 구성을 갖는 시의 기초 단위)로 전설·민화를 노래한 시.

나는 이 집에서 저 집으로 건너간다. 나는 여행객, 행상인인 것을. 숙박비 대신 한편의 발라드를 지어준다. 사람을 가리지 않고 쉽사리 만족하는 객인 것을. 때로는 최상의 방에서 기둥이 네 개씩이나 있는 큰 침대에서 자기도 하고, 또 다른 때는 곡간의 건초더미 위에서 자기도 한다. 벼룩은 개의치 않고 비단도 탓하지 않는다. 나는 대단히 관대하다. 도덕군자는 아니지만 인생의 덧없음을 누구보다도 잘 알고 있고 이것저것 말살하려는 유혹들을 잘 알고 있다. 그러나 너희가 나를 판단하는 것같이 ─지금 너희가 나의 유창함으로 미루어 판단하고 있듯이─ 너희가 생각하는 정도로 무분별한 사람은 아니야. 경멸과 통렬함의 단검을 숨기고 있기는 해. 하지만 나는 기가 약해. 많은 이야기를 만들고 무엇에서든지 장난감을 비틀어내지. 한 소녀가 오두막집 문간에 앉아 있어. 기다리고 있는 거지. 누구를? 유혹당한 걸까, 아닐까? 교장 선생님이 카펫에 구멍이 뚫린 것을 봤어. 그는 한숨을 쉬지. 그의 아내는 아직도 풍성한, 물결치는 머리카락을 손가락으로 빗어내리며 생각에 잠긴다─등등. 손짓, 거리 모퉁이에서의 망설임, 누군가가 하수구에 담배꽁초를 던진다─이 모든 것이 이야깃거리이다. 그러나 어느 것이 진짜 이야기일까? 나는 모른다. 그래서 나는 누군가가 입어주기를 기다리는 붙박이장 안의 양복처럼 나의 구문들을 계속 매달아놓고 있다. 이렇듯 기다리고 사색에 잠기고, 이런저런 것을 적어두면서 나는 인생에 집착하지 않는다. 언젠가는 해바라기에게 쫓겨나는 벌같이 나는 떨쳐버려질 것이다. 계속 축적되고, 일순간에 차오르는 나의 철학은 수은처럼 동시에 다방면으로 퍼진다. 그러나 루이스는 그의 다락방에서, 사무실에서, 야생적인 눈 표정을 짓지만 엄숙하게 알려질 수 있는 것의 본질에 관해서 불변의 결론을 내리고 있다.”

"내가 자아내고자 하는 실은 끊어지고 말아." 루이스가 말했다. "너희의 웃음이 끊어놓는 거야. 너희의 무관심이, 또한 너희의 아름다움이. 여러 해 전에 지니가 정원에서 내게 키스했을 때 그 실을 끊어놓았지. 학교 다닐 때 오만한 아이들이 나의 호주 억양을 비웃고 그 실을 끊어놓았지. '이것이 그 의미야'라고 나는 말한다. 그러고는 아파서 깜짝 놀란다―허영심이다. '들어봐'라고 나는 말한다, '나이팅게일이 우는 소리를, 정복자들과 이주자들이 짓밟는 발소리 가운데서 울고 있는 소리를. 믿어다오―'그리고 나는 갑자기 낚아채져서 조각조각이 되어버리고 만다. 나는 부서진 타일과 유리 파편들 위를 걸어간다. 여러 가지 불빛이 내리쪼여 평범한 표범을 얼룩지고 이상하게 보이게 만든다. 우리가 모여서 하나가 된 이 화해의 저녁 순간이 내게는 지하 감옥의 그림자와, 인간이 인간에게 가하는 고문과 비행으로 새까맣게 보인다, 포도주와 흔들리는 잎사귀들과 하얀 플라넬 복장을 하고 있는 청년이 있는 이 순간이. 나의 감각은 도대체가 불완전해서 우리가 여기 앉아 있는 동안에도 나의 이성이 우리에게 계속해서 가하는 심각한 비난을 한 점의 보라색으로 지워버릴 수는 없나니. 해결책은 무엇일까, 하고 나는 자문한다, 그리고 가교는? 이 현란한 춤을 추는 수다한 환영들을 과연 하나로 묶을 수 있는 것일까? 그렇게 나는 생각에 잠긴다. 그러는 사이에 너희는 나의 다문 입술을, 핏기 없는 볼을, 항상 찌푸리는 양미간을 악의적으로 관찰한다.

하지만 나의 지팡이와 조끼도 좀 봐주렴. 지도가 걸려 있는 방의 단단한 마호가니 책상을 나는 물려받았어. 우리 회사의 기선은 화려한 선실로 남이 부러워하는 명성을 얻고 있어. 수영장과 체육관도 갖추고 있어. 나는 지금 하얀 조끼를 입고 있고, 약속을 하기 전에는 수첩을 보고 확인을 해야 하는 정도야.

나는, 이렇게 교묘하고 아이러니컬한 방법으로 떨리며 부드럽고 무한히 어리고 무방비 상태인 나의 영혼에서 너희의 기를 분산시키는 거다. 나는 항상 제일 어리니까, 가장 소박하게 놀라는 인간이니까, 타인의 불편이나 조롱을 미리 걱정하고 동정하는 인간이니까 — 코끝에 검댕이 묻어 있거나 단추가 하나 끼어 있지 않으면. 모든 굴욕에 나는 괴로워한다. 그러나 또 한편으로는 무정하기 이를 데 없고 대리석처럼 찬 인간이기도 하다. 살아서 행복했다고 너희가 어떻게 말할 수 있는 건지 나는 모른다. 주전자에서 물이 끓어오를 때, 지니의 점박이 스카프가 미풍에 들어올려져서 거미줄처럼 떠다닐 때 너희들의 작은 흥분과 유치한 황홀감은, 내게는 돌진해오는 수소의 눈앞에 던져지는 비단 장식 리본 같은 것이다. 나는 너희를 비난한다. 그러면서도 마음으로는 사모한다. 너희들과 함께라면 죽음의 불 밭이라도 뚫고 갈 것이다. 그렇지만 제일 행복할 때는 역시 혼자 있을 때이다. 황금과 보랏빛 의복을 즐기지만 굴뚝의 통풍관 너머로 보이는 전망을 더 좋아한다. 상처 난 굴뚝 위에서 옴이 오른 복부를 긁적이고 있는 고양이들, 깨진 창을 보는 것을 더 좋아한다. 어딘가의 벽돌로 지은 교회의 첨탑에서 울려퍼지는 쉰 듯한 종소리 듣는 것을 더 좋아한다."

"나는 바로 눈앞에 있는 것을 보고 있어," 지니가 말했다. "이 스카프, 이 포도주 색깔의 물방울무늬를, 이 잔을, 이 겨자 담는 그릇을, 이 꽃을, 손으로 만지는 것, 입으로 맛보는 것을 좋아해. 비가 눈으로 변해서 손으로 만질 수 있게 된 것을 좋아해. 그리고 경솔하며 너희들보다 용감해서 몸을 태우지 않고 자신의 아름다움을 빈약함으로 방해하지 않는다. 나는 아름다움을 통째로 꿀

234

껵 삼킨다. 그것의 소재는 육체야. 물질로 만들어졌지. 나의 상상력은 육체의 상상력. 그것의 환상은 루이스의 것처럼 섬세하고 순결한 백색은 아니야. 네가 좋아하는 야윈 고양이, 상처 입은 통풍관 등을 좋아하지 않아. 너의 지붕의 해골 같은 아름다움은 딱 질색이야. 제복, 가발과 법관복, 중절모와 목 부분이 근사하게 트인 테니스 셔츠 차림의 남녀, 무한히 다양한 여인네들의 의상(나는 모든 의복에 항상 주목한다)은 나를 즐겁게 해준다. 나는 그들과 함께 소용돌이치면서 들어갔다 나왔다 한다, 방에, 홀에, 여기저기 그들이 가는 곳이면 안 가는 곳 없이. 이 남자는 말의 발굽을 치켜들고 있어. 이 사람은 자신의 수집품 서랍을 열었다 닫았다 하고 있어. 나는 결코 혼자가 아니야. 일 연대의 동료가 따르고 있어. 나의 어머니는 북소리를, 아버지는 바다를 각각 따라갔음에 틀림없어. 나는 연대 소속의 군악대 뒤를 따라 길을 뛰어 내려가는 작은 개와 같지. 가다가 멈추어서 나무줄기의 냄새를 맡기도 하고 어떤 갈색 얼룩의 냄새를 맡기도 하다가 갑자기 거리를 질주해 어떤 잡종견을 따라가 푸줏간에서 미각을 유혹하는 고기 냄새를 맡은 그 개가 코를 실룩거리고 있는 동안에 한쪽 발을 치켜들고 있어. 여기저기 다니다 보니 미지의 장소에 나를 인도했어. 남자들이, 얼마나 많은 남자들이, 벽에서 떨어져나와 내게로 왔는지. 손만 들면 돼. 그들은 화살처럼 곧바로 약속 장소에 왔다―발코니의 의자로, 아니면 거리 모퉁이의 상점으로. 너희 인생의 고뇌, 분열도 나에게 있어서는 밤마다 해결되었어. 때로는 식사를 하며 테이블보 밑에서, 손가락 접촉만으로도 해결됐지―나의 육체는 그렇게도 유동적이어서 손가락 하나만 건드려도 하나의 거대한 방울이 되어 차고도 넘쳐서 바들바들 떨고 번쩍이고 황홀경에 빠져든다.

너희들이 책상에 앉아서 글을 쓰거나 계산을 하고 있는 동안에 나는 거울 앞에 앉아 있었어. 그리하여 침실이라는 신전의 거울 앞에서 나의 코와 턱을 너무 크게 벌려 잇몸이 지나치게 많이 보이는 입술을 품평하고 있었어. 나는 관찰했어. 어떤 황색 아니면 백색이, 어떤 광택이 혹은 무광이, 어떤 곡선이, 아니면 직선이 나에게 어울릴까 생각하고 선택했어. 나는 정열적일 때도 있고, 냉담할 때도 있어. 은색의 고드름처럼 각이 지기도 하고 황금색 초의 불꽃처럼 도발적이기도 해. 내 힘의 한계가, 갈 때까지 간 채찍같이 있는 힘을 다해 맹렬하게 달려왔어. 저 구석에 있는 사람의 와이셔츠 가슴팍은 하얀색이었다. 그다음에는 보랏빛이었다. 연기와 화염이 우리를 에워쌌다. 격렬하게 타오른 후에 ─ 하지만 우리는 벽난로 카펫에 허리를 걸치고 앉아서 마음속의 모든 비밀을, 조개 속에다 대고 말하듯이 속삭일 때 거의 목소리를 높이지 않아 잠든 집에서 아무도 그 소리를 들을 수 없었다. 그러나 요리사가 한 번 몸을 뒤채기는 소리를 나는 들었고 벽시계 소리가 발자국 소리가 아닌가 하고 우리가 생각한 적이 있다 ─ 우리는 재로 변해서 유품도, 타다 남은 뼈도, 가까운 사람이 남긴 목걸이 속에 넣고 다닐 머리칼 한 줌도 남지 않았다. 이제 나의 머리칼은 희끗희끗해지고 몸은 야위어가고 있다. 그러나 대낮에 거울 앞에 앉아서 얼굴을 바라본다, 코, 정확하게 나의 코, 볼, 지나치게 넓게 벌려서 잇몸이 너무 많이 보이는 입술을 자세히 주의해서 본다. 그러나 겁이 나지는 않는다."

"가로등이 나란히 서 있었어," 로우다가 말했다. "또한 역에서 오는 도중에 보니까 아직 잎을 떨어뜨리고 있지 않은 나무들도 즐비하게 서 있었어. 아직도 나는 나뭇잎에 가려 숨을 수 있었어. 하지만 나는 나뭇잎 뒤에 숨지 않아. 예전처럼 감동의 충격을 피하기 위하여 우회하지도 않고 너희가 있는 쪽으로 곧장 걸어왔어. 그러나 이것은 자신의 육체에게 특정한 기술을 가르쳐놓은 것에 불과해. 정신적으로는 아직도 납득이 되지 않았어. 너희를 두려워하고, 증오하고, 사랑하고, 부러워하고, 경멸해. 그러나 너희들과 함께 있을 때 나는 결코 즐겁지 않아. 나무나 우편 상자의 그림자를 받아들이기를 거부하며 정거장에서 왔을 때 나는 멀리서도 너희의 외투와 우산을 보고 알아차렸어. 너희가 얼마나 일상의 노예가 되었는가를, 아이들, 권위, 명성, 사랑, 사교에 젖어 있는가를. 반면에 나는 아무것도 가지고 있지 않아. 내게는 얼굴이 없어.

이 식당에서 너희는 나뭇가지 모양의 뿔과 컵을, 소금 그릇, 테이블보의 황색 오점들을 본다. '종업원!' 버나드가 부른다. '빵을 주세요!'라고 수잔은 말한다. 그러면 즉시 종업원이 달려와서 빵을 갖다준다. 하지만 내게는 산과 같은 컵의 측면과 나뭇가지 모양의 뿔의 부분이 보일 뿐이다. 그리하여 저 물병 측면의, 어둠 속의 틈새 같은 광휘를 신비하고도 두려운 눈으로 바라본다. 너희들의 목소리는 숲속에서 나무들이 끼익끼익거리는 소리같이 울려퍼진다. 너희의 얼굴과 그 요철도 똑같아. 한밤중에 광장의 난간에 기대어 먼 곳에 미동도 하지 않고 서 있는 모습은 얼마나 아름다운지! 너희 뒤에는 하얀 초승달 모양의 바다가 보여, 세계의 끝자락에서 어부들이 그물을 끌어당겼다 다시 던졌다 하고 있어. 바람이 원시림 꼭대기의 잎들을 흔들어놓고 있다. (하지만 우리는 여기 햄프턴 궁전에 앉아 있어) 앵무새들이 비명을 질러 정글의 심오한 정적을 깨뜨려. (여기서 전차가 출발해) 한밤중 물웅덩이에서 제비가 날개를 적셔. (여기서 우리는 이야기를 하고 있어) 함께 앉아서 내가 잡으려는 것은 이런 세상이야. 이리하여 나는 일곱 시 반 정각에 햄프턴 궁전에서 고행을 겪어내야 해.

하지만 이 롤빵과 포도주 병은 내게 필요하고 요철이 있는 너희의 얼굴은 아름답고, 테이블보와 노란 얼룩은 몇 개의 이해의 원을 그리고(나는 밤에 침대가 둥둥 떠 있을 때 지구의 끝자락에서 굴러 떨어지는 꿈을 꾼다) 전 세계를 끌어안을 정도로 넓어지는 것 등을 도저히 이해 못해서 나는 기괴한 행동을 계속하지 않으면 안 돼. 너희의 아이들, 시, 동상凍傷, 너희가 행하고 고통받는 것이 그 무엇이든 간에 그것으로 나를 자극할 때 나는 기겁을 하지 않을 수 없다. 하지만 속지는 않는다. 여기저기 불려다니고, 잡아 뜯기고 수색당한 후에 나는 이 얇은 시트를 뚫고 지나 화염의 심연으로 떨어지는 것이다. 그래도 너희는 나를 도와주지 않는다. 옛날의 고문 집행자들보다 더 잔인한 너희는 나를 떨어뜨려, 추락한 다음에는 발기발기 찢어버린다. 그러나 마음의 벽이 엷어지는 순간이 있어, 아무것도 흡수되지 않는 순간이 있지, 우리가 그 속에서 태양도 지고 뜰 정도의 거대한 비누방울을 불어서 한낮의 푸른색과 한밤중의 칠흑을 몸에 감은 채 던져져서 이 장소에서, 현재에서 도망칠 수 있다고 생각하는 순간이.'

"한 방울 또 한 방울," 버나드가 말했다. "침묵이 떨어진다. 마음의 지붕에서 형성되어 그 밑의 웅덩이로 떨어진다. 영원히 혼자서, 혼자서, 혼자서 ― 침묵이 떨어져 그 울림 소리가 가장 멀리 떨어져 있는 곳까지 휩쓰는 소리를 듣는다. 중년의 만족을 담뿍 느끼며 신물 나게 먹고 배가 부른 나는 고독에 파괴되어 한 방울, 또 한 방울 침묵을 떨어뜨린다.

하지만 지금 떨어지는 침묵은 나의 얼굴을 곰보로 만들고 뜰에 서서 비를 맞는 눈사람처럼 나의 코를 망가뜨린다. 침묵이 떨어지면 나는 완전히 용해되어 이목구비를 잃고 타인과 거의 구별이 되지 않는다. 이런 일쯤은 중요하지 않다. 그럼 무엇이 중요한가? 우리는 식사를 잘했다. 생선, 송아지 커틀릿, 포도주가 날카로운 이기심의 치아를 무디게 만들어놓았다. 불안은 열중쉬어 자세이다. 아마도 우리들 가운데서 가장 허영심이 많은 루이스도 다른 사람들이 어떻게 생각할까에 대하여 신경 쓰지 않는다. 네빌의 고문도 쉬고 있다. 다른 이들이 좋은 생각을 하게 하라—그는 이렇게 생각하고 있는 것이다. 수잔은 애들이 모두 안전하게 자고 있는 숨소리를 듣는다. 잘 자거라, 라고 그녀는 속삭인다. 로우다는 배를 흔들어 해안에 대었다. 배가 침몰했는지, 정박했는지, 그녀는 더 이상 신경 쓰지 않는다. 세계가 제공할 수 있는 완전히 공평무사한 암시를 염두에 둘 작정이다. 지금 와서 생각해보니 지구는 태양의 표면에서 우연히 떨어져나온 작은 돌에 불과하고 우주의 심연에는 그 어느 곳에도 생명 따위는 존재하지 않는다고.”

“이 침묵 속에서는,” 수잔은 말했다. “나뭇잎 하나도 새 한 마리도 떨어질 것 같지 않다.”

“마치 기적이라도 일어나서,” 지니는 말했다. “지금 여기서 인생이 일시 정지되기라도 한 것처럼.”

“그래서,” 로우다가 말했다. “우리는 더 이상 살 필요가 없어.”

“하지만 들어봐,” 루이스가 말했다. “무한한 우주의 심연을 세계가 관통하는 저 소리를. 포효하고 있지 않니, 불 밝혀진 역사의 한 토막은 지나가 버렸어, 또한 그 많은 왕들과 여왕들도, 우리는 사라졌어, 문명도 나일 강도, 또한 모든 생명도. 우리들 하나하나의 방울은 꺼지고, 시간의 심연 가운데서, 어둠 가운데서 상실되었지.”

“침묵이 떨어져내려, 침묵이 떨어져내려,” 버나드가 말했다. “하지만 자 들어봐. 재깍재깍, 붕붕. 세계가 우리를 다시 불러들였어. 우리가 생을 넘어설 때 나는 한순간 울부짖는 바람 소리를 들었다, 그러고 나서는 재깍재깍(시계 소리), 그다음에는 붕붕 하는 소리(차 소리)를. 우리는 상륙했다. 해안에 있다. 우리 여섯은 식탁에 앉아 있다. 나를 불러 돌아오게 하는 것은 코의 기억이다. 나는 일어난다. 자신의 코 모양을 기억하고 '싸워라'라고 울부짖는다, '싸워라!' 그러고는 호전적으로 테이블을 스푼으로 내리친다."

"이 끝이 없는 혼돈에 맞서 싸우자," 네빌이 말했다. "이 형태도 없는 우둔에 맞서서. 나무 뒤에서 애기 보는 하녀를 포옹하고 있는 병사는 모든 별들보다 더 존경스러운 것을. 하지만 때로는 하나의 떨리는 별이 맑은 하늘에 나타나 세계는 아름다운데, 우리 구더기들이 정욕으로 나무들마저 추하게 만들어놓는다고 생각하게 만든다."

("하지만, 루이스," 로우다는 말했다. "침묵은 얼마나 수명이 짧은가. 벌써 사람들은 냅킨을 평평하게 펴서 접시 밑에 놓고 있어. '누가 오지?'라고 지니는 묻는다. 그러니까 네빌은 퍼서벌이 이제는 더 이상 오지 않을 것을 생각해내고 한숨을 쉰다. 지니는 거울을 꺼내들었다. 예술가처럼 얼굴을 훑어보고서 콧잔등이에 대고 분첩을 두드리고 일순간 생각하고는 입술에 적절한 양의 붉은색을 칠했다. 수잔은 이런 모습을 보고 경멸과 공포를 느끼고 코트의 제일 윗단추를 채웠다 풀었다 했다. 그녀는 무엇에 대하여 준비를 하고 있는 걸까? 무언가의 준비겠지만 좀 다른 어떤 것의 준비이다."

"그들은 혼잣말을 하고 있어," 루이스가 말했다. "'때가 됐다. 나는 아직 건강해'라고 말하고 있어. '무한한 어둠의 공간을 배경으로 나의 얼굴을 각인시킬 거야.' 그들은 말을 끝맺지 않는다. '때가 왔어.' 그들은 계속 말한다, '정원의 문이 곧 닫힐 거야.' 그들의 물결에 휩쓸려 함께 걸으면서 로우다, 우리는 조금 뒤처질지도 몰라."

"소곤대야 할 이야기가 있는 공모자들처럼." 로우다가 말했다.)

"사실이다," 버나드가 말했다. "가로수가 늘어선 이 길을 걸어 내려갈 때 아는 것이지만 어떤 왕[3]이 여기서 두더지가 파놓은 구멍에 걸려 낙마했다. 그렇지만 머리에 금관을 쓰고 있는 작은 인간의 모습을 회오리치는 심연의 공간 앞에 놓고 보면 얼마나 기묘한지. 인간에 대한 신뢰는 곧 돌아오지만 인간이 머리에 얹어 놓은 것에 대해서는 즉시는 안 된다. 우리 영국의 과거는 ─ 일 인치의 빛이다. 그래서 사람들은 머리에 찻주전자 같은 왕관을 올려놓고 '나는 왕이다!'라고 말하는 것이다. 아니다, 여럿이 함께 걸으면서 시간 개념을 회복해보려고 애쓰지만 양쪽 눈에 있는 암흑의 흐름 때문에 나는 잡는 힘을 놓치고 말았다. 이 궁전은 한 점의 구름이 한순간 하늘에 떠 있는 것같이 가볍게 보인다. 이것은 마음의 장난이다 ─ 계속해서 왕들에게 왕관을 씌워 왕좌에 오르게 하는 것은. 우리 자신에 관해 말할 것 같으면 여섯이 나란히 걸으면서 소위 두뇌와 감정이라는 이름으로 부르는 이 무작위의 번뜩이는 불빛으로 우리는 무엇을 반대하고, 어떻게 이 범람에 대항할 수 있는가. 도대체 무엇이 영속성을 지녔단 말인가? 우리의 생명도 불 꺼진 거리 아래로 흘러가 버리나니, 시간의 작은 띠를 넘어, 정체불명인 채로. 예전에 네빌은 한 편의 시를 내 머리에 던진 적이 있다. 돌연 불멸을 확신하고 나는 말했다, '나도 셰익스피어에 못지않게 많이 알고 있다'라고. 하지만 그것도 옛날 이야기인 것을."

3 윌리엄 3세.

"비이성적으로, 우스꽝스럽게," 네빌이 말했다. "우리가 걷고 있을 때 시간이 돌아온다. 개가 뒷발로 튀어오르면서 그렇게 한다. 기계는 움직인다. 세월이 저 문을 회색빛으로 만든다. 삼백 년의 세월도 이제는 저 개를 배경으로 사라진 일순간보다 중요하다고 생각된다. 윌리엄 왕[4]은 가발을 쓰고, 말을 타고, 궁정의 귀부인들은 수를 놓은 널따란 치마로 잔디 위를 휩쓸고 다녔다. 나는 함께 걸으면서 확신하기 시작했다, 유럽의 운명은 무엇보다 중요하다고. 그러고는 아직도 우습게 생각할지 모르지만 모든 것이 블레넘[5]의 전투에 달려 있다는 것을 확신했다. 그렇다. 이 문간을 지나면서 나는 선언하노라, 이것이 현재의 순간이다. 나는 조지 왕[6]의 신하이다."

"우리가 이 큰길을 걸어 내려가는 동안에," 루이스가 말했다. "나는 지니에게 가볍게 기대고 버나드는 네빌과 팔짱을 끼고, 수잔은 나와 손을 잡고 우리를 어린애라고 부르면서 우리가 자는 동안에도 하나님이 우리를 지켜주시기를 빌면서 울지 않을 수 없었다. 커리 선생님이 오르간을 치는 동안 손을 잡고 어둠을 무서워하며 함께 노래하는 것은 즐거웠다."

"철문이 다시 돌아갔어," 지니가 말했다. "세월의 이빨이 게걸스럽게 잡아먹기를 그쳤어. 우리는 립스틱, 분, 얇은 손수건을 가지고 무한의 공간을 이겨냈어."

"나는 움켜잡고, 꽉 붙잡아," 수잔이 말했다. "이 손을, 누구의 손이라도 사랑을 가지고 증오를 느끼며 꽉 잡는다. 사랑인지 미움인지는 상관하지 않는다."

---

4 윌리엄 3세(재위 1689~1702). 스페인 계승 전쟁에 임해서 전 유럽을 통합하고, 의회제도를 확립했음. 낙마해서 일찍 죽는다.
5 독일 남서부 바바리아 주 다뉴브 강반의 마을. 1704년 몰발 공이 프랑스군에 대승을 거둔 땅.
6 조지 5세. 1910~1936년 재위.

242

"조용한 기분이, 육체를 이탈한 것 같은 기분이 엄습해," 로우다가 말했다. "우리는 마음의 벽이 투명해진, 이 순간적인 위안을 즐긴다(걱정거리가 전혀 없는 것은 자주 있는 일은 아니다). 렌[7]이 지은 궁전은 특별석에 앉은 감정 없는 사람들을 위해 연주된 사중주곡같이 직사각형을 만든다. 이 직사각형 위에 정사각형이 얹혀져서 우리는 '이것이 우리 집이다. 구조가 이제는 보인다. 바깥쪽은 거의 남아 있지 않다'라고 말한다."

"저 꽃," 버나드가 말했다. "우리가 퍼서벌과 함께 식사 할 때 레스토랑 테이블 위 화병에 꽂혀 있던 빨간 카네이션은 꽃잎이 여섯 개이다. 여섯 개의 인생에서 만들어진 것이다."

"신비한 광휘가," 루이스가 말했다. "저 주목을 배경으로 보인다."

"많은 고통을 겪으면서 몇 번이고 손을 대서 만들었어." 지니가 말했다.

"결혼, 죽음, 여행, 우정," 버나드가 말했다. "도시와 시골, 애들 등. 이 어둠에서 각인되어 나온 다면체. 많은 면을 지닌 꽃. 잠시 멈추고 우리가 만들어놓은 것을 보자. 주목을 배경으로 그것이 작열하게 하자. 하나의 삶. 거기에. 끝났다. 사라졌다."

"이제 그들은 사라져," 루이스가 말했다. "수잔은 버나드와. 네빌은 지니와. 로우다 너와 나는 이 돌 항아리 옆에 잠깐 멈춰. 둘씩 짝을 지은 그들이 숲을 찾아 떠난 지금 우리는 어떤 노래를 들을 것인가. 지니는 장갑을 낀 손으로 수련을 발견한 척하면서 손가락으로 가리키고 있고, 버나드를 줄곧 사랑했던 수잔은 '나의 파멸된 인생, 나의 낭비된 인생'이라고 그에게 말을 하고 있다. 네빌은 체리빛 손톱을 한 지니의 작은 손을 잡고, 달이 비친 호숫가에서 '사랑, 사랑' 하고 절규하고, 그녀는 앵무새처럼 '사랑, 사랑'

7   1631~1723. 영국의 건축가. 세인트 폴 사원을 비롯해서 유명한 건축물을 많이 남겼다.

하며 화답하는가? 우리는 어떤 노래를 듣는 것인가?"

"저 사람들은 사라지고 있어, 호수 쪽으로," 로우다가 말했다. "풀밭 위로 남몰래 살금살금 걸어가 버리고 말아, 그렇지만 확신은 지니고, 오래된 특권—방해받지 않는다는—을 지키게 해달라고 우리의 동정심에 호소하듯이. 영혼의 흐름이 경사져서 저쪽으로 흘러간다. 저 사람들은 우리를 떠나지 않을 수 없어. 어둠이 저 사람들의 몸을 덮어버렸어. 들려오는 새소리는 올빼미인가, 나이팅게일인가, 아니면 굴뚝새인가? 기선이 기적소리를 내고, 전차 레일 위에서 불꽃이 튄다. 나무들이 장중하게 머리를 굽히고 몸은 구부린다. 불꽃이 런던 위에 걸려 있다. 한 늙은 여인이 조용히 귀가하고 있고, 한 남자가 낚시하다 그만 늦어져서 낚싯대를 들고 테라스를 내려온다. 소리 하나도, 움직임 하나도, 우리를 피해 나가면 안 된다."

"새 한 마리가 집을 향해 날아간다," 루이스가 말했다. "저녁이 눈을 뜨고, 다시 잠들기 전에 숲속을 한번 흘낏 바라본다. 그들이 우리에게 돌려보내는 산란하고 복잡한 메시지를 어떻게 한 마디로 뭉뚱그릴 수 있을까? 그들만이 아니라 많은 죽은 자들, 소년 소녀들, 성인 남녀, 이런저런 왕 밑에서 여기를 배회했던 그들이?"

"하나의 무게가 밤 속으로 떨어졌어," 로우다가 말했다. "밤을 끌어내리면서. 나무마다 뒤에 있는 나무의 것이 아닌 그림자로 인해 본래의 크기보다 더 커 보였다. 단식을 하고 있는 터키의 도시에서 사람들이 허기지고 불안한 상태에 있을 때 지붕 위를 두드리는 소리를 듣는다. 그들은 예리하게 거세된 수퇘지처럼 '열어, 열어' 하고 울부짖는 소리를 듣는다. 귀 기울여봐, 전차가 끼익 하는 소리에, 전기 레일 위에서 불꽃이 튀는 소리에. 너도밤나무와 자작나무가 가지를 들어올리는 소리를 들어봐. 마치 신부가 비단

잠옷을 떨어뜨리면서 문간에 와서 '열어, 열어'라고 말하듯이."

"모든 것이 생기발랄한 것 같아," 루이스가 말했다. "오늘 밤엔 아무 데서도 죽음의 소리를 들을 수가 없어. 저 남자 얼굴의 우둔함이, 저 여자 얼굴의 연륜이, 주문呪文을 이겨내서 죽음을 불러들일 만큼 충분히 강할 것이라고 사람들은 생각하고 싶어할 거야. 하지만 오늘 밤 죽음은 어디에 있지? 조잡한 것 일체가, 잡동사니가, 이것이, 저것이, 유리조각처럼 부서져서 파란 바닷속으로, 가장자리가 빨간 조수 속으로 부서져 들어가 버렸다. 그 흐름은 해안으로 빨려 들어가 무수한 물고기를 싣고 우리의 발치에서 부서져 흩어진다."

"우리가 함께 올라갈 수 있다면, 충분히 높은 곳에서 내려다볼 수 있다면," 로우다가 말했다. "어떤 도움도 받지 않고, 동요되지 않은 채로 있을 수 있다면 ― 하지만 상찬賞讚의 가냘픈 박수와 웃음소리에 마음이 산란해진 너, 그리고 사람들의 입에 발린 타협과 시비의 판단에 분개하는 나는 고독과 죽음의 폭력만을 신봉하며 이런 식으로 분열되어 있다."

"언제까지나," 루이스가 말했다. "분열되어 있어. 우리는 양치식물이 무성한 가운데서의 포옹을, 호숫가에서의 사랑, 사랑, 사랑을 희생해왔다. 어떤 비밀을 공유하고 친구에게서 멀어진 공모자들처럼 항아리 옆에 서 있다. 하지만 봐라, 우리가 이렇게 서 있을 때 지평선 위에 부서지는 잔물결을. 그물은 점점 더 높이 들어 올려진다. 드디어는 수면 위까지 올라온다. 물은 은색의 떨리는 작은 물고기에 의하여 부서진다. 튀어올랐다가, 부딪혔다가, 물고기는 해안에 놓인다. 인생은 이 포획물을 풀밭 위에 던진다. 몇 사람의 그림자가 우리를 향해 오고 있다. 남자가 여자가? 그들은 자신들이 잠겼던 조수의 애매모호한 옷을 아직도 입고 있다."

"자," 로우다가 말했다. "저 나무를 지나가면서 그들은 본래의 크기로 돌아온다. 그저 남자들, 여자들일 뿐이야. 그들이 조수의 의복을 벗어버릴 때 경이와 경외가 변화하는 거야. 살아남은 병사들처럼 그들이 달빛 속에 자태를 들어낼 때 동정심이 돌아오는 거야. 밤마다(여기에선가 그리스에선가) 출정을 하고 밤마다 부상당하고 돌아오는, 망가진 얼굴로 돌아오는 우리의 대변자들이야. 달빛이 그들 위에 다시 내리비추고 있어. 그들에게는 얼굴이 있어. 그들은 수잔과 버나드, 지니와 네빌이 되고 우리가 아는 사람들이 되는 거야. 저런, 막 오그라드네! 얼마나 심하게 오그라들고 있으며, 또 얼마나 굴욕적인가! 이 인사들, 알아봄들, 손가락을 뽑고 눈으로 탐색하면서 그들이 던지는 그물로 나 자신이 하나의 장소에 꼼짝달싹 못하게 잡히는 것을 느낄 때 해묵은 전율이, 증오와 공포가 내 몸속을 달린다. 그러나 귀에 익은 목소리로 그들이 내뱉는 최초의 말은 언제나 기대 밖의 것이고, 무수한 과거의 날들을 어둠 가운데서 다시 일어나게 하는 그들의 손이 나의 목적을 흔들어놓는다."

"무언가가 명멸하며 춤을 추고 있어," 루이스가 말했다. "그들이 큰 거리를 내려가니까 환영이 돌아온다. 잔물결이 일고 질문이 시작된다. 나는 너를 어떻게 생각하는가 — 너는 나를 어떻게 생각하는가? 너는 누구냐? 나는 누구지? — 쓰라린 멜로디가 다시 울려서, 맥박은 빨라지고, 눈은 빛나고, 그것 없이는 삶도 실패하고야 말 개인적 존재의 모든 광기가 또다시 고개를 든다. 그들이 우리를 덮친다, 남국의 태양이 이 항아리 위에서 요동을 치고. 우리는 격렬하고 잔인한 바다의 조수 속으로 배를 띄운다. 신이시여 우리 역할을 제대로 할 수 있게 도와주소서 — 수잔과 버나드, 네빌과 지니를 맞아들일 때."

"우리가 여기서 무언가를 파괴해버렸어," 버나드가 말했다. "그것은 하나의 세계일지도 몰라."

"하지만 우리는 거의 숨을 쉬지 않아," 네빌이 말했다. "지쳐 있지만. 우리는 떨어져나온 어머니의 육체에 복귀하기만을 바랄 때의 그 무저항의 피로곤비疲勞困憊한 정신 상태에 있어. 다른 모든 것은 불쾌하고 강제적이고 심신을 지치게 만들어. 지니의 노란 스카프는 이 조명 밑에서는 좀과 같은 색을 띠고 수잔의 눈의 열기는 식어 있다. 우리는 강물과 거의 구별되지 않는다. 담배꽁초하나가 유일한 강조점이다. 우리의 알맹이는 슬픈 색조를 띠고 있다, 너희는 떠나야 했고 직물을 잡아 쨌으니까. 단지 혼자서, 달기도 하지만 더 쓰고 더 검은 즙을 눌러서 나오게 할 욕구에 굴했으니까. 하지만 지금 우리는 완전히 지쳐버렸다."

"우리의 정열이 식고 나니까," 지니가 말했다. "로켓[8]에 넣을 것이 아무것도 남아 있질 않아."

"아직도 나는 입을 크게 벌리고 하품을 해," 수잔이 말했다. "잡으려다 놓치고 만 것 때문에 불만에 가득 찬 어린 새처럼."

"잠시 머무르자," 버나드가 말했다. "떠나기 전에, 우리끼리만 강가의 테라스를 걷자. 벌써 취침시간이 다 되었네. 사람들은 집으로 돌아갔어. 강 건너편의 작은 상점주인들의 침실에서 흘러나오는 불빛을 보고 있노라면 마음이 그 얼마나 편안해지는지. 저기 불빛이 하나 있고―저기도 하나 있네. 오늘 그들의 매상은 얼마나 될까! 집세와, 전기료, 식비, 아이들의 옷값 정도나 될까. 하지만 충분할 거야. 작은 상점 주인의 침실 불빛은 우리에게 얼마나 만족감을 주는지! 토요일이 되면 영화표를 살 수 있을지도 몰라. 어쩌면 불을 끄기 전에 작은 정원에 나가 나무로 만든 우리에

8   사진이나 기념품, 머리카락 따위를 넣어 목걸이에 다는 작은 갑.

웅크리고 있는 거대한 토끼를 살펴볼지도 몰라. 일요일 저녁식사에 쓸 토끼지. 그러고 나서 그들은 불을 끄고 잔다. 수많은 사람에게 잠이란 따뜻함과 정적 그리고 어떤 공상적인 꿈과의 한순간의 장난일 따름이다. '나는 일요 신문에 편지를 부쳤어.' 야채상은 생각한다, '축구 시합에서 오백 파운드를 탄다면? 그러면 토끼를 잡겠지. 인생은 유쾌한 거야. 좋은 거야. 편지를 부쳤어. 토끼를 잡을 수 있을 거야.' 그리고 그는 잠이 든다.

이런 일은 쭉 계속된다. 대피선에서 화물차가 부딪히는 것 같은 소리가 들린다. 우리 인생에서 계속해서 일어나는 다행스러운 연계이다. 똑, 똑, 똑. 하지 않으면, 안 하면, 해야 해. 가지 않으면, 자지 않으면, 눈을 뜨지 않으면, 일어나지 않으면 안 돼 — 온전하고 자비로운 말을, 우리는 꾸짖는 척하면서, 마음에 꽉 껴안는다. 이 말이 없으면 파멸이다. 대피선에서 화물차가 서로 부딪히는 소리를 우리는 얼마나 숭배하는가!

이제 강 저 아래에서 합창 소리가 들려온다. 기선의 갑판 위에서 하루의 외출을 마치고 대형 유람 버스를 타고 돌아오는, 뻐기기 좋아하는 소년들의 노랫소리이다. 아직도 노래를 부르고 있어, 겨울 밤 뜰을 가로질러, 혹은 여름 창을 열어젖히고 술에 취해 가구를 부수고 작은 줄무늬 모자를 쓰고, 사륜마차가 모퉁이를 돌 때 머리를 일제히 같은 방향으로 향하고 노래를 부르고 있는 것처럼, 나는 그들 가운데 끼지 못했다.

합창, 소용돌이치는 물, 겨우 들릴 정도의 미풍의 속삭임이 우리를 부드럽게 유혹한다. 우리는 조금씩 무너지고 있다. 자! 무언가 대단히 중요한 것이 떨어졌어. 나는 나 자신을 지킬 수가 없어. 잠이 들어버릴 거야. 하지만 가지 않으면 안 돼. 기차를 놓치면 안 돼. 역까지 걸어서 돌아가야 해 — 해야 해, 해야만 돼, 안 하면 안 돼. 우리는 나란히 걷고 있는 육체일 뿐이야. 나는 발바닥과 넓적다리의 지친 근육에만 존재할 따름이야. 우리는 여러 시간 걸은 느낌이야. 그렇지만 어디로? 생각이 안 나. 나는 폭포 위를 매끄럽게 미끄러져내리는 통나무 같아. 재판관은 아니야. 의견을 개진하라는 요청은 받지 않았어. 이 회색빛 속에서는 집도 나무도 똑같아 보여. 저건 우편 상자인가? 저기 걷고 있는 것은 여인인가? 여기 역이 있고, 설사 기차가 나를 두 동강 낸다고 하더라도 맞은편에서 하나가 될 거야. 나는 하나이며, 분할될 수 없으니까. 그러나 이상하게도 나는 지금 자면서도 오른손 손가락 사이로 워털루행 왕복 차표의 돌아오는 표를 꽉 움켜쥐고 있어."

태양은 가라앉아 버렸다. 하늘과 바다는 구분되지 않았다. 파도는 부서지면서 해안 저편으로 하얀 부채를 펼치고 쩡쩡 울리는 동굴의 구석구석까지 하얀 그림자를 드리우고, 그러고는 한숨을 쉬며 작은 돌 위를 돌아갔다.

나무는 가지를 흔들고, 흩날리는 나뭇잎은 대지 위에 떨어졌다. 거기서 그들은 사멸을 기다릴 바로 그 장소에 그럴 수 없이 차분하게 내려앉았다. 붉은빛을 띠고 있던 난파선은 검은색과 회색만을 정원에 쏟아붓고 있었다. 나무줄기 사이의 공간을 어두운 그림자가 거무스름하게 만들어놓았다. 개똥지빠귀는 울지 않고, 벌레는 좁은 구멍으로 다시 빨려 들어갔다. 이따금 새의 둥지에서 하얗고 속이 빈 지푸라기가 날아들어 썩은 사과 사이의 검은 잔디 속으로 떨어졌다. 연장 창고의 벽에서는 빛이 사라지고 독사의 껍질이 못에 걸려 있다. 방 안에 있는 다른 모든 것은 뒤섞여버렸다. 붓질은 졸렬하고 어설퍼졌다. 찬장과 의자의 갈색 덩어리는 녹아서 하나의 거대한 어둠이 되어 있었다. 바닥에서 천장까지 흔들리는 어둠의 거대한 커튼이 걸려 있다. 거울은 걸려 있는 담쟁이덩굴로 인해 어두워진 동굴의 입구같이 창백했다.

언덕의 실체성은 이미 빠져나가 버렸다. 흐르는 빛은 눈에는 보이지 않고, 가라앉은 도로 사이로 깃털이 달린 쐐기를 박아보았지만 언덕의 접힌 날개 사이에 빛은 전혀 들어가지 못하고, 더욱 외딴 나무를 찾는 새의 울부짖음을 제외하고는 들려오는 소리가 전혀 없었다. 절벽 끝에는 숲 사이로 부는 바람과, 태양 한가운데의 무수한 유리 같은 웅덩이에서 차가워진 물이 똑같이 속삭이고 있었다.

마치 어둠의 파도가 공중에 있기라도 한 것처럼, 어둠은 전진해서 집과 언덕과 나무를 덮었다. 마치 파도가 침몰한 배의 옆구리를 씻어내듯이. 어둠은 거리를 흘러 내려가 홀로 있는 사람들의 주위에서 소용돌이치고 그들을 삼켜버렸다. 어둠은 여름 나뭇잎이 무성한 느티나무의 쏟아지는 어둠 아래서 포옹하고 있는 연인들도 지워버린다. 어둠은 풀이 무성한 승마도로를 따라 물결치고 한 그루밖에 없는 가시나무와 그 발치의 속이 빈 달팽이 껍데기를 감싸고 있다. 더 높이 올라가면서 어둠은 벌거벗은 고지대의 경사진 곳을 헐떡이며 따라가 부식되고 마모된 산정에 이르렀다. 거기에는 골짜기에 힘차게 흐르는 물과 황색 포도 덩굴이 가득하고, 베란다에 앉아 있는 소녀들이 얼굴을 부채로 가리고 눈을 들어 올려다볼 때도 딱딱한 바위 위에는 영원히 눈이 쌓여 있다. 어둠은 그들도 덮어버렸다.

"그러면 이제는 나름대로 결론을 내려보자," 버나드가 말했다. "내 인생의 의미를 당신에게 설명해보겠소. 우리는 서로 모르기 때문에(당신을 한 번 아프리카행 배에서 만난 적이 있다고 생각하지만) 그저 생각나는 대로 말할 수 있을 거요. 나는 이런 환상에 붙들려 있다오. 무언가가 한순간 달라붙어 있다가, 원숙함과 무게를 지니게 되고, 그다음 단계에서 완전해진다는 환상 말이오. 지금 당장은 이것이 나의 인생인 것 같소. 가능하다면 당신에게 이것을 그대로 건네고 싶소만. 포도송이에서 포도를 떼어내듯이 떼어내어 '받아요. 이것이 나의 인생이오'라고 말하고 싶소.

　하지만 불행하게도 내게 보이는 것(사람으로 가득 찬 이 지구)이 당신에게는 보이지 않는다. 당신이 보는 나는 식탁에 마주 앉아 있는, 관자놀이 근처가 반백이 된, 약간 몸이 무거워진 초로의 남자이다. 내가 냅킨을 집어들어 펴는 것을 당신은 본다. 나 자신의 잔에 포도주를 따르고 있는 모습도 본다. 그리고 내 등 뒤에서 문이 열리고 사람들이 지나가는 것을 본다. 그러나 당신을 이해시키기 위해서는, 나의 인생을 보여주기 위해서는 하나의 이야기를 하지 않으면 안 된다―이야기는 정말로 많다, 실로 무수히 많다―유년 시절의 이야기, 학교, 사랑, 결혼, 죽음 이야기 등, 하지만 그 어느 것도 사실은 아니다. 그렇지만 어린애들처럼 우리는 서로에게 이야기를 하고 그것을 장식하기 위해 이렇듯 우스꽝스럽고 화려하고 아름다운 구절들을 만들어내는 것이다. 나는 얼마나 이야기에 신물이 났는가, 아름다운 대지 위에 내려선 구절들에 얼마나 지겨움을 느끼고 있는가! 또한 노트 반 장에 묘사된 잘 정돈된 인생의 모양에 대해서도 얼마나 불신의 눈길을 보내고 있는지. 나는 연인들이 이심전심 가운데 쓰는 짧막한 언어를 갈망하기 시작한다, 보도 위에서 발을 질질 끌며 내는 발소리처럼 조각난 언어, 말이 안 되는 언어를. 이따금 틀림없이 찾아오는 굴욕과 승리의 순간에 더 잘 어울리는 디자인을 찾기 시작한다. 폭풍우가 치는 날 개골창에 누워 있을 때, 비가 계속 내리고 있을 때, 그러고 나서는 거대한 구름이 하늘 위로, 발기발기 찢어진 구름이, 구름의 작은 묶음이 행군해온다. 그때 나를 기쁘게 하는 것은 혼돈, 높이, 무관심, 격노. 끊임없이 모습을 바꾸는 거대한 구름, 동작, 지옥을 연상시키고 불길한 어떤 것이 난잡하게 굴렀다, 높이 비상하고 꼬리를 끌다 부서지고 급기야는 보이지 않게 된 어떤 것이, 나로 말할 것 같으면 잊혀지고 개골창에 빠진 작은 존재. 그때 나는 이야기도 디자인의 편린도 보지 못한다.

하지만 그러는 사이, 우리가 식사를 하고 있는 사이에 아이들이 그림책 페이지를 넘기듯이 장면들을 넘겨보자. 유모가 손가락으로 가리키면서 '저건 소예요, 저건 보트예요'라고 말한다. 페이지를 넘겨보자, 그러면 나는 당신을 즐겁게 해주기 위하여 여백에 설명을 써넣겠다.

최초에, 정원을 향해, 다시 저 너머의 바다를 향해 창문이 열려 있는 아이들의 방이 있었어. 무언가가 반짝이고 있는 것을 보았다─틀림없이 찬장의 놋쇠 손잡이였을 거야. 그다음에 컨스터블 부인이 스펀지를 머리 위로 들어올려 쥐어짜고는 척추 아래로 왼쪽 오른쪽으로 감각의 화살을 쏘아댔다. 이후로는 살아 있는 한, 의자, 테이블, 아니면 여인네와 부딪히면 감각의 화살이 전신을 관통한다─정원을 걸을 때나, 이 포도주를 마실 때나. 사실 때때로 창에서 불빛이 새어나오는, 아기가 태어난 집 앞을 지날 때 방금 태어난 아기의 몸 위에 스펀지를 쥐어짜지 말아달라고 애원하고 싶었다. 그다음에는 정원과 모든 것을 에워싸는 듯 보이는 건포도 덩굴의 천개가 있었다. 초록의 바다 위에 불꽃처럼 타오르는 꽃들, 장군풀잎 아래 구더기 범벅이 된 쥐, 아이들 방의 천장과 청정한 버터를 바른 빵 접시에서 접시로 붕붕 날아다니는 파리. 이 모든 것이 한순간에 일어나지만 영원히 계속된다. 몇 개의 얼굴이 희미하게 떠오른다. 힘차게 모퉁이를 돌면서 '야,' 하고 외친다, '지니가 있어. 저건 네빌이야. 회색 플란넬 옷을 입고 뱀 모양 장식이 달린 벨트를 하고 있는 건 루이스야. 저건 로우다이다.' 로우다는 수반 안에 하얀 꽃잎을 띄워놓았어. 내가 연장 창고에 네빌과 함께 있던 그날 울었던 건 수잔이지, 그러니까 나의 냉정한 기분이 봄 눈 녹듯 스러지는 것을 느꼈어. 네빌은 마음이 누그러지지 않았어. '그런고로' 나는 말했다, '나는 나고, 네빌이 아니야' 기찬 발견인지고. 나는 우는 수잔을 따라갔다. 그녀의 젖은 손수건, 그리고 원하는 것을 갖지 못해 안타까워서 흐느껴 울며 펌프의 손잡이처럼 올라갔다 내려갔다 하는 그녀의 작은 잔등이의 모습이 우리의 신경을 자극했다. '저건 견딜 수 없어' 나는 말했다, 해골같이 단단한 나무뿌리에 그녀와 나란히 앉아서. 그때 처음으로 변화하는 존재, 그렇지만 항상 거기 있는 적의 존재를 의식하게 되었다 ─ 우리가 싸워야 할 적군의 존재. 자신이 수동적으로 운반되게 내버려둔다는 것은 상상조차 할 수 없는 일이야. '확실히 저건 우주의 법칙이다'라고 사람들은 말한다. '그러나 나는 나만의 법칙을 가지고 있다.' 그러니 '탐험하자'라고 나는 외치고 튀어 일어나 수잔과 함께 뛰어 내려가 마구간의 소년이 커다란 장화를 신고 딸깍딸깍 소리를 내며 뜰을 걷고 있는 것을 보았다. 저 아래에는 잎이 무성한 틈으로 정원사들이 커다란 빗자루로 잔디밭을 쓸고 있고, 여인네들은 앉아서 글을 쓰고 있다. 나는 갑자기 가던 걸음을 멈추고 그 장소에 붙어 선 채 생각했다, '나는 저 비질을 조금도 방해해서는 안 된다고. 그들은 쓸고 또 쓴다. 글을 쓰고 있는 저 여인을 방해해서도 안 된다'라고. 정원사의 비질을 중지시키는 일도 여인을 쫓는 일도 못하는 것은 기묘한 일인지고. 내 생애를 통해 저들은 쭉 저기 있어왔느니. 이 적들은 마치 거대한 돌들에 에워싸인 스톤헨지[1]에서 눈을 떴을 때 비로소 정신이 들어서 느끼게 된 존재들 같았다. 그때 산비둘기 한 마리가 나무 사이에서 날아 나왔다. 거기에서 첫사랑을 경험한 나는 하나의 구句를 만들었다 ─ 산비둘기 시를 ─ 단지 하나의 구를, 구멍 하나가 마음에 부딪혀왔기 때문에, 일체가 다 보이는 갑작스러운 투명물 하나가. 그러고는 더 많은 버터 바른 빵과 아이들 방의 천장을 붕붕 날고 있는 더 많은 파리를 보았다. 애들 방의 천장에는 빛의 섬이 떨고 있고, 접혀 있고, 유백색의 빛을 내고, 빛의 샹들리에의 끝이 뾰족한 손가락들은 청백의 웅덩이를 벽난로 구석에 떨어뜨리나니. 날이면 날마다 차 테이블에 앉아서 이러한 광경을 보았지.

하지만 우리 모두는 달라. 양초가 ─ 척추를 바르고 있는 하얀

1 영국 윌트 주 솔즈버리 평원에 있는 거대한 돌기둥의 이중 환열. 석기 시대 후기의 것.

초가 녹아서 우리 하나하나에 맞는 각양각색의 작은 모양을 만들어냈다. 구스베리 덤불 가운데서 부엌일 하는 하녀를 포옹하는 구두닦이 소년이 으르렁거리는 소리, 빨랫줄에서 세차게 휘날리는 의복, 도랑 속의 죽은 남자, 달빛에 목욕하는 경직된 사과나무, 구더기가 득실대는 쥐, 파란 방울을 떨어뜨리는 빛 ― 우리의 하얀 양초는 이러한 것 하나하나에 의해 각기 다른 줄이 생기고 색이 입혀졌다. 루이스는 육체의 본질에, 로우다는 우리의 잔혹성에 혐오를 느끼고, 수잔은 탐욕스러워졌고, 네빌은 질서를, 지니는 사랑을 탐했다. 우리가 별개의 육체가 되었을 때 지독히 괴로웠다.

그래도 나는 이러한 과잉에서 몸을 지키고, 많은 친구들보다 더 오래 살았고, 지금은 조금 살이 찌고 머리는 반백이 되었다. 이것은 말하자면 담이 커졌다는 이야기가 된다고 하겠다, 나를 즐겁게 하는 것은 지붕이 아니라 3층 창문에서 바라다본 인생의 파노라마이고 한 여인이 한 남자에게 하는 이야기는 아니니까, 설사 그 남자가 나 자신이라 하더라도. 그러니 어떻게 내가 학교에서 왕따 따위를 당했겠는가? 어떻게 상황이 내 인생을 어렵게 만들 수 있었겠는가? 교장 선생님은 질풍이 부는 가운데 전함 위를 걷고 있는 듯 비틀거리며 예배당에 걸어 들어가서 메가폰으로 명령을 외쳐댄다. 권위 있는 사람들은 늘 멜로드라마적인 데가 있는 법이니까 ― 나는 네빌처럼 그를 미워하지는 않았고, 그렇다고 루이스처럼 존경하지도 않았다. 나는 예배당에 함께 앉아서 노트에 글을 쓰고 있었다. 기둥이 있고, 그림자가 있고, 놋쇠로 만든 기념물이 있고, 기도서 뒤에서 싸우고 우표를 교환하는 소년들이 있었다. 녹슨 펌프 소리도 들리고, 불멸에 관해서, 남자답게 자신을 버리는 일에 관해서 쩡쩡 울리는 목소리로 교장 선생님은 말씀하신다. 퍼서벌은 넓적다리를 긁적이고 있다. 나는 여러 가지 이야기를 꾸며내기 위하여, 짤막한 노트를 해두기 위하여 수첩의 여백에 초상화를 그렸다. 이리하여 더욱더 다른 사람들과 분리되었다. 내가 본 사람들의 하나 혹은 둘의 모습은 이렇게 해서 태어난 것이다.

그날 예배당에서 퍼서벌은 곧바로 앞을 노려보며 앉아 있었지. 그는 또한 손을 가볍게 목 뒤로 가져가는 버릇이 있었어. 그의 동작은 항상 볼 만했어. 우리 모두가 손을 머리 뒤로 가볍게 튕겨봐도—잘 되지 않았어. 그는 어떤 애무로부터라도 몸을 지키는 그런 아름다움을 지니고 있었어. 조금도 조숙한 구석이 없어서 우리를 교화시키려고 쓴 글이라면 모두 읽고 어떤 비판도 하지 않았다. 그리고 수많은 비열함과 굴욕에서 그를 구해줄 그 당당한 침착성을 지니고(라틴계 언어가 자연히 튀어나오지만) 루시의 땋아 늘인 아마 색 머리칼과 분홍빛 볼은 여성미의 극치라고 생각했다. 이렇게 보존된 그의 취미는 후에 극도의 우아함과 손을 잡았다. 하지만 음악이 있어야겠다, 무언가 야성적인 환희의 노래가. 창문을 통해 신속하고 자유로운 생활을 드러내는 사냥의 노래가 들려와야만 한다—언덕 사이에서 외치다가 드디어는 사라지는 소리가. 놀라운 것이, 예측할 수 없는 것이, 설명이 되지 않는 것이, 조화를 무의미로 둔갑시키는 것이—이와 같은 것이 그의 생각을 할 때면 갑자기 떠오른다는 것이다. 작은 관찰 기구는 제어력을 잃고 만다. 기둥은 내려앉고, 교장 선생님은 떠내려가 버리고, 그 어떤 환희가 갑자기 나를 사로잡는다. 그는 경기에 나갔다가 말에서 떨어졌다. 오늘 밤 내가 샤프츠버리 가를 걷고 있을 때, 지하철 출입구에서 거품처럼 부글부글 끓어오르는 보잘 것없고 거의 형태도 갖추지 못한 수많은 얼굴들, 희미하게 보이는 다수의 인디언들, 기근과 질병으로 죽어가고 있는 사람들, 속임수에 걸려든 여인네들, 매질당한 개들과 우는 어린이들 — 이 모두가 내게는 착취당한 자들로 보였다. 그가 있었더라면 정의를 행사했을 텐데. 보호해주었을 텐데. 사십 세쯤 되었다면 권위를 부리는 자들을 혼내주었을 텐데. 그를 잠들게 할 수 있는 어떤 자장가도 내게 떠오른 적이 없었다.

하지만 이제 한 번 더 스푼을 꽂아서 '우리 친구들의 성격'이라고 가볍게 부르는 이 작은 대상들 가운데 하나를, 루이스를 들어 올려 보자. 그는 목사를 노려보며 앉아 있었다. 그의 생명은 이마에 공 모양으로 뭉쳐 있는 듯했고, 입술은 꼭 다물고 있었으며, 시선은 고정되어 있었지만 갑자기 웃느라 번쩍하고 빛이 났다. 그 또한 동상으로 고생하고 있었다. 혈액 순환이 잘 되지 않아서. 불행하고 친구도 없고 유배당한 신세로, 이따금 자신감이 생기는 순간에는 고향의 해안을 덮치는 파도에 관한 이야기를 들려주곤 했다. 청춘의 잔혹한 눈길은 그의 부어오른 관절에 고정되어 있었다. 그랬다. 그러나 우리도 그가 얼마나 통렬하고, 유능하고 엄격한가를 재빨리 알아차리고 느티나무 아래 누워서 크리켓 게임을 구경하고 있는 척하면서 좀처럼 주어지지 않는 그의 시인是認을 기다리는 것이 그 얼마나 당연한 일인가도 알아차렸다. 루이스의 우수성은 환영을 받지 못했고 퍼서벌의 탁월성은 숭배의 대상이었지. 단정하고 의심이 많고, 학처럼 발을 들어올리는 루이스지만 맨손으로 문을 때려부쉈다는 전설도 있다. 그러나 그의 봉우리는 너무도 벌거숭이이고 돌같이 단단해서 그런 종류의 애매한 이야기가 붙어 있을 수 없다. 사람과 사람의 관계가 맺어지는 소박한 애정이 그에게는 없었다. 그는 초연하고 이상한 존재로 무언가 단단한 영감을 받은 정확성을 구비한 학자였다. 나의 문장(달을 묘사한 것)은 그의 마음에 들지 않았다. 반면에 그는 내가 하인들을 편안하게 대하는 것을 절망적일 정도로 부러워했다. 자존심이 상해서는 아니었다. 그것은 그의 규율 존중의 정신과 일치하는 것이었다. 그래서 결국 그는 성공한 것이다. 그러나 그는 행복하지는 않았다. 그러나 봐라―그가 내 손바닥 안에 있을 때 그의 눈은 하얗게 질린다. 돌연히 인간이란 무엇인가 하는 인식이 사라진다. 물웅덩이에 다시 집어넣으면 거기서 그는 다시 광휘를 회복할 것이다.

　다음은 네빌―누워서 여름 하늘을 올려다보고 있다. 엉겅퀴의 관모冠毛처럼 우리 사이를 떠돌고, 해가 잘 비치는 운동장 구석을 자주 느릿느릿 찾아다니며, 귀 기울여 듣지는 않지만 그렇다고 멀리 떨어져 있지도 않는다. 내가 라틴어 고전을 엄밀한 의미에서 접한 적은 없지만 주위를 맴돌면서 우리로 하여금 철저하게 편견을 갖도록 하는 몇 개의 집요한 사고방식을 끄집어낸 것은 그를 통해서였다―예를 들자면 십자가에 관한 것인데, 십자가는 악마의 표시라고 하는 식으로. 이러한 점에 관한 우리의 절반의 사랑과 미움과 애매모호함은 그에게 있어서는 변호의 여지가 없는 배신인 것이다. 몸을 흔들며 낭랑한 목소리로 말을 하는 교장 선생님은―나는 그를 바지 멜빵을 흔들고 있는 채로 가스스토브 앞에 앉혔지만―네빌에게 있어서는 심문의 수단 이외에 그 아무것도 아니었다. 그리하여 그는 태만을 보상할 정열을 갖고 카툴루스, 호라티우스, 루크레티우스를 향했다. 게으름을 피우면서 조는 상태로 누워서, 그래 이건 사실이야, 하지만 환희에 젖어 주의 깊게 크리켓 경기자들을 바라보면서 개미를 먹는 자의 혀같이, 재빠르고 교묘하고 점액질인 정신으로 로마 작가의 문장의 묘미를 하나하나 찾아냈고 한 사람을, 영원한 반려가 될

한 사람을 늘 탐색해냈다.

선생님 부인들의 긴 치마가 요란한 소리를 내면서 위협적으로 거대하게 다가오곤 했다. 그러면 우리의 손은 모자로 날아가곤 했다. 드디어 거대한 지루함이 끝도 한도 없이 단조롭게 엄습해 오곤 했다. 그 납덩이 같은, 들판 같은 바다를 지느러미로 깨뜨리는 것은 아무것도, 실로 아무것도 없었다. 그 견디기 힘든 권태의 무게를 치워버리기 위해 어떤 일도 일어나지 않을 것이었다. 학기는 계속되었다. 우리는 성장했고 변화했다, 당연히, 왜냐하면 우리는 동물이니까. 우리는 항상 의식하고 있지는 않다, 기계적으로 호흡을 하고 먹고 잔다. 우리는 개별적으로 존재할 뿐만 아니라 미분화의 덩어리 상태로도 존재하고 있다. 큰 파도에 밀리듯이 대형 마차에 하나 가득 탄 소년들이 크리켓, 축구를 하러 간다. 군대는 유럽을 횡단해 진군한다. 우리는 공원과 홀에 모여 개개의 존재를 세우고 있는 배신자(네빌, 루이스, 로우다)에게 철저하게 대항한다. 그런데 나는 루이스나 네빌이 부르는 노래 한두 곡의 분명한 멜로디를 들으면서도 밤이면 뜰을 가로질러 들려오는, 거의 가사도 의미도 없는 노래를 합창하는 소리에 어쩔 수 없이 마음을 빼앗긴다. 합창 소리는 차와 버스가 사람들을 극장에 실어나르는 지금도 우리 주위에서 붕붕거리고 있다. (들어봐. 차들이 이 레스토랑 앞을 질주해 지나가고 있어. 이따금 강 아래로 출범하는 기선의 사이렌이 울린다.) 만약에 열차 안에서 행상이 코담배를 내놓으면 나는 그것을 산다. 내가 좋아하는 것은 풍부하고, 형체가 없으며, 따뜻하고, 맵시는 없지만 매우 편안하고 어느 편인가 하면 꽤 조잡한 것들이다. 클럽이나 술집에서 남자들이 하는 이야기, 팬츠만 입은 반나체 광부들의 이야기 ─ 전혀 가식이 없고 식사 이외에는 다른 목적이 없는, 사랑, 돈 이외에는 다른 목적이 없는 사람들의 이야기, 즉 그럭저럭 잘 지내는 것 이외에는 다른 목적이 없는 사람들의 이야기, 큰 희망, 이상, 그런 종류와 관계없고 꽤 잘해보겠다는 것 이외에는 거창한 야망이 없는 사람들의 이야기. 내가 좋아하는 것은 이런 것들이다. 그래서 네빌이 실쭉하거나 루이스가 부정할 길 없는 위엄을 지니고 등을 돌렸을 때에도 그들에 가담했다.

이리하여 결코 고르게는 아니고, 질서가 있는 것도 아니지만 나의 벌꿀로 된 조끼는 녹아서 커다란 줄을 그으며 여기 한 방울 저기 한 방울 떨어졌다. 이 투명성을 뚫고 사람의 발길이 닿지 않은 놀라운 목장이, 처음에는 달빛처럼 하얗게 빛을 발하며 눈에 들어왔다, 장미나 크로커스가 피어 있는 목장, 바위도 있고 뱀도 둥지를 틀고 있는 목장이, 얼룩덜룩하고 거무튀튀한, 당황스럽고 매혹적이고 발을 헛딛게 하는 목장이. 침대에서 튀어나와 창문을 활짝 연다. 그러면 요란한 소리를 내며 새들이 날아오른다! 저 갑작스러운 날개의 질주, 절규, 찬양, 혼돈, 소란스럽게 지껄여대는 목소리, 모든 방울은 반짝이고 떨린다, 마치 정원이 반짝이다가 사라지는, 아직 하나의 온전한 존재가 되지 못한 조각난 모자이크인 것처럼. 한 마리 새가 창가에서 운다. 나는 이러한 노랫소리를 듣고 이러한 유령을 추구했다. 조운, 도로시, 미리엄, 이름은 잊어버리지만 이러한 여인들이 큰길을 걸어와 다리 꼭대기에서 걸음을 멈추고 강을 내려다보는 것을 보았다. 그리고 그들 사이에서 한두 개의 확실한 모습을, 창가에서 청춘의 황홀감에 젖어 노래 부르는 새들의 모습을 보았다. 달팽이를 돌에 내리쳐서 부수고, 부리를 끈적끈적한 점액질의 물체 안에 담그고 있는 가혹하고 탐욕스럽고 무정한 새들도 보았다. 지니, 수잔, 로우다도 보았다. 그녀들은 동해안 아니면 남해안에서 교육을 받았다. 머리를 길게 땋아 늘이고 청춘의 상징이라고도 하는 놀란 망아지의 표정을 하고 있었다.

제일 먼저 지니가 설탕을 먹으려고 문까지 가만가만 다가왔다. 대단히 능숙하게 손에서 설탕을 떼어 먹었다. 그러나 마치 물어뜯기라도 할 듯이 귀가 뒤로 젖혀져 있었다. 로우다는 거칠었다─그녀는 잡으려 해도 절대로 잡히지 않았다. 그녀는 놀란 상태에 있었고 매사에 서툴렀다. 처음으로 온전한 여자, 순수하게 여성적으로 된 여자는 수잔이었다. 내 얼굴에 뜨거운 눈물을 떨어뜨린 것은 그녀였다, 무시무시하면서도 아름답고, 두렵고도 아름다운 눈물, 두렵지도 아름답지도 않은 눈물을 떨어뜨린 것은. 그녀는 시인들의 숭배를 받을 운명으로 태어난 여인이었다, 시인은 안전을 필요로 하기 때문에, 앉아서 바느질을 하면서 '나는 증오해, 사랑해'라고 말하는 누군가가 필요하니까, 신분이 높으면서도 편안하지도 않고 융성하지도 않지만 시인이 특별히 숭배하는 순수한 스타일의, 고상하지만 눈에 띄지 않는 아름다움과 조화를 이루는 특질을 구비한 누군가를 필요로 하니까. 그녀의 부친은 닳아빠진 슬리퍼를 신고 발을 질질 끌며 이 방에서 저 방으로 건너다니며 자갈을 깐 복도를 내려갔다. 고요한 밤이면 일 마일 떨어진 곳의 파도 장벽이 함성을 지르며 부서졌다. 늙은 개는 몸을 일으켜 의자에 잘 오르지 못했다. 머리 나쁜 하녀가 집의 꼭대기에서 재봉틀 바퀴를 돌리며 웃는 소리도 들렸다.

손수건을 배배 꼬면서 수잔이 '나는 사랑해. 증오해'라고 절규할 때 나의 고뇌의 한가운데서도 나는 사소한 일을 알아차리고, '바보 같은 하인이 이층 다락방에서 웃고 있어'라고 말했다. 이 작은 그림은 우리가 얼마나 불완전하게 자신의 경험에 몰입하는가를 보여준다. 모든 고뇌의 가장자리에는 관찰력이 예민한 사람이 손가락질을 하며 앉아 있다. 어느 여름날 아침 옥수수가 창문 높이까지 자라 올라온 집에서 '강가 잔디 위에서 버드나무가 자라고 있어요. 정원사들이 커다란 빗자루로 마당을 쓸고 여인은 앉아서 글을 쓰고 있어요'라고 내게 속삭이듯 말을 하는 사람이 앉아 있는 것이다. 이런 식으로 이 남자는 우리 자신의 역경을 초월하는 것, 그 역경 밖에 있는 것으로 나의 눈을 향하게 했다. 상징적인 것, 어쩌면 영원한 것으로 눈을 돌리게 했다. 우리의 취침, 식사, 호흡, 그토록 동물적이고 그렇게나 정신적인, 우리의 소란스러운 생활 가운데 혹여라도 영원한 것이 존재하기나 한다면 말이다.

버드나무는 강가에서 자랐다. 나는 매끈한 잔디 위에 네빌과 라펜트, 베이커, 롬지, 휴즈, 퍼서벌, 그리고 지니와 함께 앉아 있었다. 봄에는 초록의, 가을에는 오렌지색의 작은 귀가 여기저기 돋아 나온 버드나무의 작은 가지들 사이로 보트가, 건물이 보였다, 발걸음을 재촉하는 늙은 여인들도 보였다. 이해의 과정의 이런저런 단계를(이것은 철학일 수도, 과학일 수도 있고, 나 자신일 수도 있다) 명확하게 하기 위하여 나는 계속해서 성냥을 풀 속에 묻었다. 그러는 사이에도 자유자재로 표류하고 있는 나의 지성의 가장자리는 멀리 있는 감각을 포착했고, 급기야는 정신이 그것을 흡수해서 그것에 작용한다, 종소리, 희미한 소곤거림, 사라지는 사람들, 자전거를 타고 가면서 커튼의 모서리를 들어올려 내 친구들과 버드나무의 윤곽 뒤에서 물결치고 있는 인생의 잡다하고 무차별적 혼돈을 감추고 있는 커튼을 들어 올리고 있는 것 같은 한 소녀.

그 나무만이 우리의 영원한 유전流轉에 항의했다. 나는 변하고 또 변했으니까. 햄릿이기도 하고, 셸리이기도 하며, 지금은 이름을 잊어버린 도스토옙스키 소설의 주인공이기도 했다. 믿기지 않지만 일 학기 내내 나폴레옹이었던 적도 있다. 하지만 주로 바이런이었다. 한 번에 몇 주씩 성큼성큼 방 안으로 걸어 들어가 얼굴을 약간 찌푸리고 의자 뒤에다 장갑과 코트를 집어 던지는 것이 내가 맡은 역할이었다. 끊임없이 서가로 가서 그 신비한 특효약^{2}을 한 모금씩 마시는 것이었다. 그런고로 나는 문장으로 어마어마한 포격을 가했다. 전혀 적절하지 않은 사람에게―지금은 결혼해서, 망각의 피안에 묻힌 소녀에게. 책이란 책에는 모조리, 창가의 자리란 자리에는 전부 나를 바이런으로 만든 그녀에게 쓴 끝맺지 않은 편지가 어지러이 흐트러져 있었다. 왜냐하면 처음부터 끝까지 다른 사람의 문체로 편지를 쓴다는 것은 어렵기 때문이다. 나는 땀범벅이 되어 그녀의 집에 도착했다. 약혼반지를 교환했지만 결혼은 하지 않았다, 확실히 그 정도로 열렬하지는 않았기 때문에.

여기 다시 음악이 있어야 한다. 저 황량한 사냥의 노래, 퍼서벌의 음악이 아니라 고통스럽고 인후를 흔들고 내장으로부터 나오는, 종달새처럼 솟아오르는, 울림이 있는 노래가, 첫사랑의 비상하는 순간을 묘사하려는 이 힘없이 처지고 어리석은 기록―얼마나 신중하게, 얼마나 지나치게 합리적인가!―을 대신할 음악이. 감미롭지만 몽롱한 추억이 완전히 얇아진 그즈음의 일을 망각했다. 그녀가 오기 전과 후의 방을 봐라. 순진무구한 사람들이 밖에서 걷고 있는 모습을 봐라. 그들은 보지도 듣지도 않고 계속 걷는다. 빛은 발하지만 끈적이는 분위기 가운데 움직이면서 하나하나의 동작을 그들은 얼마나 똑똑하게 의식하고 있는지―무엇인가가 달라붙는다. 신문지를 집어드는 순간에도 무언가가 손에

2   바이런의 시집.

달라붙는다. 드디어 내장을 끄집어낸 생물이 존재하게 되는 것이다―내장을 꺼내고 거미집처럼 줄을 자아내어 가시 주위에, 고뇌 속에 비틀린 생물이. 그러고는 완전한 무관심에 천둥이 울고 불이 꺼진다. 그다음에는 무한의, 책임이 없는 기쁨이 돌아온다. 몇 개의 들판은 초록으로 영원히 작열하는 듯이 보이고, 꼭두새벽 빛 속에 있듯이 깨끗한 풍경이 나타난다―예를 들면 햄스테드[3]의 녹지 한 뙈기, 그러면 모든 사람의 얼굴이 환하게 빛나고, 모두들 부드러운 기쁨의 정적에 휩싸여 힘을 합치는 것이다, 그러고 나서는 드디어 신비한 완성감이, 다음에는 초조하고 돌발상어 껍질같이 거친 감정이―그녀가 오지 않기도 하고, 그녀의 편지가 늦는 때의, 한기를 느끼게 하는 감각의 검은 화살들이 찾아온다. 뿔이 달린 의혹의 센 털이, 공포, 공포, 공포가 밀려온다―그러나 이러한 일련의 문장을 고생해서 만들어보았자 무슨 소용이 있는가? 필요한 것은 연속되는 것이 아니라 하나의 짖는 소리, 하나의 신음소리인 것을. 그러나 몇 년이 지난 후에는 중년의 여인이 레스토랑에서 외투를 벗는 모습을 보게 된다.

　그렇지만 본론으로 다시 돌아가 보자. 인생은 구球형의 단단한 물체라고, 우리가 손가락으로 빙글빙글 돌리는 물체라고 한 번 더 가정해보자. 하나의 일이―예를 들어 연애가―재빨리 처리되면 순서대로 다음 일에 다다른다는 식으로, 명백하고 논리적인 이야기를 만들어낼 수 있다고 가정해보자. 버드나무가 자라고 있었다고 말하고 있었지. 소나기처럼 떨어지는 버드나무 가지들은, 이 주름 잡히고 구부러진 나무껍질은 도저히 저지할 수는 없지만 우리의 환상 밖에 머무는 듯한 효과를 냈는데, 잠시 환상에 의해 변모되지만 우리네 인생에는 결여되어 있는 엄숙함을 지니고

3　런던 북서부의 고지대.

안정되고 조용한 모습을 드러낸다. 이래서 논평을 하고 기준을 제공하고, 인생 유전을 경험할 때 척도가 되는 것 같은 이유를 제공하는 것이다. 예를 들어 네빌은 나와 함께 잔디 위에 앉아 있지만 나는 그의 시선을 따라 버드나무 가지 사이로 강 위에 떠 있는 작은 배, 그리고 종이 봉지에서 바나나를 꺼내 먹고 있는 젊은이에게로 눈길을 보내면서 말한 것이다. 이 모든 것보다 더 명확한 것이 있겠는가. 이 광경은 강도 높게 부조浮彫되어 그의 상상력의 특질에 스며들어 나도 한순간 볼 수 있었다, 버드나무 가지 사이로 보이는 작은 배를, 바나나를, 젊은이를. 그리고 나서는 그것들이 사라졌다.

로우다가 몽롱한 상태에서 어슬렁어슬렁 걸어왔다. 그녀는 몸을 숨기기 위하여 무엇이든지 애용한다. 가운을 바람에 휘날리는 학생처럼, 발에 덧신을 신고 풀을 굴리는 당나귀처럼. 그녀의 놀란 듯한, 꿈을 꾸는 듯한 회색빛 눈의 밑바닥에는 어떤 공포가 흔들리고 있으며, 숨어서 불꽃이 되어 타고 있는 걸까? 우리는 잔인하고 앙심을 품고 있기는 하지만 그 정도로 사악하지는 않고 본래는 선량하다. 그렇지 않다면 나처럼 잘 알지도 못하는 사람에게 기탄없이 이야기를 할 수 있겠는가. 우리는 서로 이야기하지 못할 것이다. 그녀가 바라보는 버드나무는 새도 울지 않는 회색 사막의 가장자리에서 자라고 있다. 그녀가 그들을 바라다보니까 잎들이 시들고, 그녀가 그 옆을 지나가니까 괴로워서 몸부림쳤다. 전차나 버스는 거리에서 고함을 질렀고 바위 위를 지나 거품을 뿜어내며 달려서 사라졌다. 어쩌면 그녀의 사막에는 기둥 하나가 햇빛을 받으며 서 있었는지도 몰라, 야수가 몰래 물을 마시러 내려오는 물웅덩이 옆에.

그다음에는 지니가 왔지. 그녀는 나무 위에 불을 붙였다. 그녀는 열병에 걸려 말라버린 화분花粉을 마시고 싶어하는 오그라든 양귀비 같았다. 야위고, 전혀 충동적이지 않고 단단히 각오를 한 모습으로 돌진해왔다. 그러면 건조한 대지의 틈새 위로 작은 불꽃들이 지그재그로 지나간다. 그녀는 버드나무를 춤추게 하지만 어떤 환상을 지니고 그렇게 하는 것은 아니다, 존재하지 않는 것을 보는 사람은 아니니까. 그건 나무고, 저기에 강이 흐르고, 때는 오후였고, 우리는 여기 있고, 나는 사지 옷, 그녀는 초록색 옷을 입고 있다. 과거도 미래도 없고 단지 둥글게 빛에 둘러싸인 이 순간과 우리의 육체만 있을 뿐이다, 그리고 불가피한 클라이맥스, 무아의 경지.

루이스는 방수 외투를 신중하게 사각으로 펴고(나는 조금도 과장하지 않아) 잔디 위에 누울 때 우리로 하여금 그의 존재를 인정하게 했다. 그것은 대단했다. 그의 고결함에, 누더기로 동여맨 동상 때문에 뼈만 남은 앙상한 손가락으로 불멸의 진실을 담은 다이아몬드를 찾는 그의 탐구 정신에 나의 지성知性은 경의를 보낸다. 그의 발치에 있는 잔디 구멍 속에 타버린 성냥을 몇 상자나 묻는다. 그의 냉혹하고 신랄한 혀는 나의 태만을 꾸짖었다. 추잡한 그의 상상력은 나를 매료시켰다. 그의 이야기 속 주인공들은 중산모를 쓰고 피아노를 몇 십 파운드에 팔 것인가를 상의했다. 그가 묘사하는 풍경에서 전차는 찍찍거렸고 공장은 독한 연기를 쏟아냈다. 그는 크리스마스 날 여자들이 술에 취해 옷을 벗은 채 누워 있는 음란한 거리를 자주 찾았다. 탄환 제조 탑에서 쏟아져내리는 것 같은 그의 말은 수면을 쳤고, 그리하여 물이 뿜어져 나왔다. 그는 한 단어를, 달에 대한 한 단어만을 발견했다. 그러고 나서는 일어나 떠났다. 우리도 모두 일어나 떠났다. 그러나 나는 걸음을 멈추고 나무를 바라보았다. 가을의 빨갛고 노란 가지들을 바라보고 있노라니까 약간의 침전물이 형성되었다, 내 안에 침전물이 생겼다, 한 방울이 떨어졌다, 나는 느꼈다―내 인생의 여러 경험 가운데 하나를 완성시키고 있다고.

나는 일어나서 걸어가 버렸다―나, 나, 나는. 바이런도, 셸리도, 도스토옙스키도 아니고, 나는 버나드. 한두 번 나 자신의 이름을 되풀이해 불러보기까지 했다. 지팡이를 흔들면서 상점에 들어가 은銀 액자에 들어 있는 베토벤의 초상을 샀다―음악가가 좋아서는 아니었다. 음악이 좋아서는 아니고, 인생의 모든 것이, 그 승리자들, 모험가들이 장사진을 이루며 그때 내 뒤에 나타났기 때문이다. 나는 후계자였고, 계승자, 그것을 계속 수행해나가도록 기적적으로 지명을 받은 자였다. 그리하여 나는 지팡이를 흔들면서 자만이 아니라 오히려 겸손의 염念으로 두 눈을 흐리게 하며 거리를 걸어 내려갔다. 사냥의 노랫소리, 날개 때리는 소리, 탄성이 사라졌다, 이제는 안으로 들어간다, 집 안으로, 메마르고 완고하고 사람이 살지 않는 집으로, 모든 전통을, 사물을, 쓰레기 더미를, 테이블 위에 전시한 장소에 들어간다. 단골 양복점에 가면, 양복점 주인은 나의 아저씨를 기억하고 있었다. 많은 사람들이 나타났다, 최초의 얼굴들(네빌, 루이스, 지니, 로우다)처럼 분명하게 나타나는 것은 아니고, 혼란스럽고, 이목구비도 없고, 아니, 없다기보다는 이목구비가 너무도 빨리 변해서 숫제 이목구비가 없는 것처럼 보이는 사람들이. 경멸과 부끄러움의 한가운데서, 회의와 환희의 한가운데서 나는 인생의 일격을 맞이한다, 언제 어디서나 내게 닥치는 이 복잡하고 괴로운 감정을, 전혀 준비되지 않은 이 복잡다단한 감정을. 얼마나 당황스러운가! 다음에 무슨 말을 해야 할지를 전혀 모르고, 작은 돌멩이란 돌멩이는 모조리 그 모습을 드러낸 바싹 마른 사막같이 번들번들 빛나는 이 괴로운 침묵은 얼마나 굴욕적이란 말인가, 그러고 나서는 해서는 안 될 말을 해버리고, 그러고 나서 청렴한 성실성이라고 하는 쇠꼬챙이를 의식하는 것은. 지니가 금색 의자 위에 반짝이면서 편안히 앉아 있는 파티장에서 매끈한 화폐의 소나기와도 이 쇠꼬챙이를 기꺼이 바꾸지는 않을 것이다.

뒤이어 어떤 부인이 인상적인 제스처로 '나를 따라오세요'라고 말한다. 은밀한 구석으로 데리고 가서 영광스럽게도 친밀한 일을 허용하는 것이다. 서로 통성명을 하지만 곧 이름을 부르게 되고, 다음 단계에서는 애칭으로 서로를 부르게 된다. 인도에 관해서는 무슨 일을 해야 하는가? 아일랜드에 관해서는? 모로코에 관해서는? 정장을 차려 입은 노신사가 샹들리에 밑에 서서 질문에 대답을 한다. 지식이 놀랄 정도로 풍부해지는 것을 느끼게 된다. 밖에서는 이합집산의 군대가 포효하고 있다. 우리는 은밀하고 솔직 담백하고 실제로 무슨 요일인가를 만들어낸다는 사실을 이 작은 방에서 느끼고 있다, 금요일이건 토요일이건. 부드러운 영혼 위에 진주층같이 반짝이는 조개껍데기가 생겨 감각의 부리가 그것을 헛되이 쪼아댄다. 내게는 그것이 대부분의 사람에게 있어서보다 좀 더 일찍 형성되었다. 곧 나는 다른 사람들이 디저트를 끝냈어도 배를 자를 수 있게 되었다. 완전히 조용하게 해놓고 문장을 끝마칠 수 있게 되었다. 완벽성이 유혹의 손을 내미는 것도 바로 이 시기이다. 오른쪽 발가락에 끈을 잡아매 아침 일찍 깨어 스페인어를 공부할 수 있다고 생각한다. 약속을 적어넣는 수첩의 작은 칸에 여덟 시에 만찬, 한 시 반에 점심이라고 빽빽이 적어넣는다. 셔츠, 양말, 넥타이를 침대 위에 정돈해놓는다.

하지만 잘못이야, 이와 같은 극단적인 정확성, 질서 정연한 군대식 행진은, 하나의 방편, 거짓말이야. 우리가 하얀 조끼를 입고 정중하게 예의범절을 갖추고 약속시간에 딱딱 맞추어 도착한다 하더라도 저 밑바닥에서는 끊임없이 부서진 꿈, 동요, 거리에서 들려오는 절규들, 중간에서 끊긴 문장이나 광경은 거세게 밀려든다―느티나무, 버드나무, 청소를 하고 있는 정원사들, 글을 쓰고 있는 부인네들―우리가 손을 내밀어 한 귀부인을 만찬석에 앉힐 때조차도 떠올랐다 가라앉았다 하면서. 테이블보 위의 포크를 정확하게 바로 놓는 순간에도 수많은 얼굴이 상을 찌푸린다. 스푼으로 건져올릴 수 있는 것은 아무것도 없고, 사건이라고 부를 만한 것도 아무것도 없다. 하지만 이 흐름은 살아 있으며 깊이도 상당하다. 그 안에 잠겨서 한 모금 그리고 또 한 모금 마시는 사이에 마시는 동작을 멈추고 어쩌면 빨간 꽃 한 송이가 꽂혀 있을지도 모르는 화병을 열심히 바라다본다. 그러는 사이에 하나의 도리가 마음에 떠올랐다, 하나의 계시가. 아니면 스트랜드 가를 따라 걸으면서 '저것이야말로 내가 원하는 구절이다'라고 말하곤 했다, 아름답고 환상적인 새가, 아니면 물고기가, 혹은 가장자리가 빨간 구름이 갑자기 떠올라 나를 쫓아다니는 어떤 관념을 단호하게 삼켜버리는 때에. 그 후 나는 새로워진 기쁨으로 진열장에 있는 넥타이 같은 작은 물건들을 자세히 보면서 경쾌한 걸음으로 계속 걸었다.

소위 인생이라고 하는 수정 구球는 감촉이 단단하고 차갑지 않고 더할 수 없이 얇은 공기 벽에 둘러싸여 있다. 그 벽을 누르면 모두가 폭발할 것이다. 내가 이 커다란 솥에서 그대로 끄집어내는 문장은 어떤 것이든 잡히도록 가만히 있었던 여섯 마리의 작은 물고기 일 연대에 불과하다. 다른 무수한 물고기는 튀어오르고 지글거리고 끓는 은처럼 커다란 솥을 부글거리게 하고 손가락 사이로 빠져나간다. 몇 개의 얼굴이 생각난다, 얼굴 또 얼굴이 — 나의 거품 벽에 그 아름다움을 밀어붙인다 — 네빌, 수잔, 루이스, 지니, 로우다. 그리고 다른 수천의 얼굴이. 이것들을 질서 정연하게 정돈하기란 불가능하다. 하나하나를 떼어내서 전체의 효과를 — 다시 음악같이 — 내는 것은 가능하지 않다. 협화음과 불협화음, 높은 음의 가락에 복잡한 저음을 밑에 깔고, 그 어떤 심포니가 생겨나게 되는 걸까? 각자는 자신만의 고유한 가락을 연주했다, 바이올린, 플루트, 트럼펫, 드럼 등등의 악기로. 네빌은 '햄릿을 논하자'라고 하고, 루이스는 과학을 논하자고 했다, 지니는 사랑을. 그때 갑자기 그녀는 격렬하게 화를 내면서 컴벌랜드[4]로 나가 비가 창문 유리에 붙어 흘러내리며 저녁에는 양고기, 양고기, 또 양고기만을 내놓는 여인숙에서 조용한 남자와 일주일간이나 묵고 있다. 하지만 그 일주일은 기록되지 않은 감각의 혼란 가운데 단단한 돌이 되어 남아 있다. 우리가 도미노 게임을 한 것은 바로 그때였다. 그런 다음에는 질긴 양고기에 관하여 논쟁을 했다. 그다음에는 고원지대를 산책했다. 그러는 사이 작은 소녀가 문 주위를 훔쳐보더니 파란 종이에 쓴 편지를 내게 건네주었다. 그 편지로 나를 바이런으로 만들었던 처녀가 시골 지주와 결혼할 거라는 사실을 알게 되었다. 각반을 두른 남자, 채찍을 든 남자, 만찬 자리에서 살찐 암소에 관해 연설하는 남자 — 나는 조소의 목소리를 높이고 마구 달리는 구름을 바라보고, 나의 실패를 절감했다. 자유로워져 도피하고 싶으면서도 또 다른 한편으로는 속박되고 싶은 욕망의, 결단을 내리고자 하면서도 계속하려는 욕망의, 루이스가 되고, 나 자신도 되고 싶은 욕망의 실패를, 그리하여 방수복을 입고 혼자 걸어나와서, 영원히 장엄한 풍경 앞에서 나는 침울했고, 승화된 기분은 전혀 들지 않았다, 그러고는 집으

4　영국 북서부에 있는 주.

로 돌아와 양고기를 탓하고 짐을 싸서 다시 혼란으로, 고문의 세계로 돌아왔다.

그럼에도 불구하고 인생은 유쾌하며 견딜 만하다. 월요일 다음에는 화요일이 오고, 그다음에는 수요일이. 마음에는 수많은 연륜이 쌓이고 정체성은 탄탄해진다. 고통은 성장에 흡수된다. 열었다 닫았다, 닫았다 열었다, 소음과 불굴성을 증식시키면서 청춘의 조급성과 정열은 유효하게 되고, 드디어는 전체가 시계의 주 스프링같이 안으로 밖으로 팽창하는 듯하다. 일월부터 십이월까지 세월은 얼마나 빨리 흘러가는지! 우리는 그림자를 드리우지 않을 정도로 친숙한 사물의 분류 속에 휩쓸려 계속 떠내려간다. 우리는 표류하고 또 표류한다……

그렇지만, 사람은 도약하지 않으면 안 되기 때문에(당신에게 이 이야기를 하기 위하여) 나는 여기 이 시점에서 도약하여 무언가 완전히 평범한 물체 위에 내려앉는다―다시 말하자면 부지깽이와 부젓가락 위에. 나를 바이런으로 만들어준 부인이 결혼한 후에 세 번째 미스 존스라고 하는 여성이 이것을 보게 해주었다. 이 여성은 만찬에 손님을 맞을 때와 같은 드레스를 입고 특정한 장미를 꺾어 우리가 면도를 할 때에 '침착해, 침착하라고, 이건 대단히 중요한 일이야'라고 느끼게 하는 처녀이다. 그때에 우리는 묻는다, '애들을 대하는 그녀의 태도는 어떤가?'라고. 눈여겨보면 그녀의 우산을 다루는 품이 약간 서투르다, 그러나 두더지가 덫에 걸리면 신경을 써, 그래서 결국에는 아침 빵을(면도를 하면서 결혼생활의 끝도 한도 없는 아침식사를 나는 생각하고 있었다) 완전히 산문적인 행사로 만들려하지 않았다―이 처녀 맞은편에 앉아서 아침식사 때 빵 위에 내려앉은 잠자리를 보고 놀라지 않을 거야. 그녀는 내게 입신출세할 욕망을 불러일으켰어.

또한 지금까지는 혐오감을 느끼며 바라보던 새로 태어난 아기의 얼굴을 호기심을 가지고 바라보게 했어. 마음의 고동의 ─ 똑딱똑딱하는 ─ 작지만 격렬한 소리는 한층 더 당당한 리듬을 띠었다. 나는 옥스퍼드 거리를 어슬렁어슬렁 걸어 내려갔다. 우리들은 계승자이다, 상속인이다 ─ 아들, 딸을 생각하면서 말했다. 만약에 이 감정이 너무 거창해서 어리석고, 그래서 버스에 올라타 석간을 사서 이것을 감추려한다 해도 그래도 이것은 구두끈을 매고 다른 길로 나아간 옛 친구들에게 말을 걸 때의 정열에 존재하는 기묘한 요소이다. 다락방에 살고 있는 루이스, 항상 젖어 있는 샘의 요정 로우다, 두 사람은 그때 내게는 그렇게나 명백한 것 (결혼, 가정에 길드는 일)의 이면을 보게 해주었다, 그래서 나는 그들을 사랑하고, 가엽게 여기고, 그러면서도 나와 다른 그들의 운명을 마음속으로 부러워했다.

한때 내게 전기 작가가 붙어 있었다, 벌써 오래전에 죽어버렸지만, 하지만 그가 그 옛날 아첨하던 정열로 나의 발자국을 아직도 추적하고 있었다면 지금쯤 와서는 '이즈음 버나드는 결혼하고, 집을 샀다…… 친구들은 그가 점점 더 가정적이 되어가고 있다는 사실을 알아차렸다…… 애들이 태어나자 수입을 늘리는 일이 절대적으로 필요하게 되었다'라고 말할 것이다. 이것은 전기의 스타일로 서로 관련이 없는 자료를, 가공되지 않은 가장자리를 지닌 재료를 이어주는 역할을 한다. '친애하는 선생께'라고 편지를 시작하고, 결국은 '경구敬具'로 끝을 맺는 자서전의 문체를 탓할 수는 없는 노릇이다. 인생의 소용돌이를 가로질러 로마의 도로같이 놓여 있는 이러한 문구들을 도저히 경멸할 수는 없다. 그것들이 우리를 문명인답게 여유 있고 정돈된, 경찰관식 발걸음으로 걸어가게 하니까. 동시에 숨을 죽이고 어떤 우스꽝스러운 일도 작은 소리로 흥얼댈 수는 있지만 ― '들어봐, 들어봐, 개들이 짖어'[5], '떠나라, 떠나라, 죽음이여'[6], '진실한 마음과 마음의 결합에 나를 들여보내지 마라'[7] 등. '그는 그의 직업에서 상당한 성공을 거두었다…… 아저씨로부터 약간의 유산을 받았다' ― 이런식으로 전기 작가는 계속하지만, 사람이 바지를 입고 멜빵으로 바지를 추어올린다면 다음과 같이 말하지 않으면 안 된다, 즉, 때때로 농땡이를 치고 싶기도 하고 문구들을 가지고 숨바꼭질을 하고 싶기도 하지만. 그러나 우리는 그렇게 말하지 않으면 안 된다.

즉, 나는 들판을 가로질러 걸어가며 인생가도에 자국을 내면서 어떤 종류의 인간이 되었다는 이야기이다. 내 구두는 왼쪽이 약간 닳았다. 내가 들어오면, 재정비가 일어났다. '버나드가 왔다!' 얼마나 많은 다른 사람들이 다르게 이 말을 했는지! 많은 방이 ― 많은 버나드가 존재한다. 매력적이지만 연약한, 강하지만 거만한, 재주는 있지만 가혹한, 대단히 좋지만 끔찍이 재미없는 친구, 동정심은 있지만 냉담한 친구, 구지레하지만 ― 다음 방으로 들어간다 ― 유행을 따르는 속된 친구, 지나치게 잘 차려입은 친구. 나 자신에게 나라는 인간은 달랐다. 위에 언급한 어느 것과도 달랐다. 나는 아내와 마주앉은 아침 식탁의 빵 앞에서 확실히 자신을 고정시키고 싶다. 그녀는 지금 완전히 나의 아내가 되어, 이제는 더 이상 나를 만날 때 장미를 꽂고 만나기를 원했던 처녀가 아니다. 초록 잎의 제대로 된 그늘에 웅크리고 있었음에 틀림없는 산청 개구리 같은 존재감을 무의식의 한가운데서 느끼게 해주었던 소녀는 이미 아니었다. '건네줘' ……라고 나는 말하곤 했다.

5   셰익스피어의 『템페스트』에 나오는 구절.
6   셰익스피어의 『십이야』 2막 4장 광대의 노래 일절.
7   셰익스피어의 『소네트집』 116.

'우유 …… 말이지요'라고 그녀는 대답하거나 아니면 '메리가 오고 있어요'라고 말한다. …… 모든 시대의 전리품을 계승한 사람들의 간단한 언어는, 하지만 매일 인생의 만조 시에, 아침식사 때, 완성감과 온전함을 느낄 때에는, 간단한 말이라고는 할 수 없다. 우리 인간이라는 기계의 모든 연동 장치가 탁월하게 기능을 수행했다. 열렸다 닫히고, 닫혔다 열리고, 먹고 마시고, 때로는 이야기하고 ― 전체의 메커니즘이 시계의 주 스프링같이 늘어났다 줄어들었다 했다. 토스트와 버터, 커피와 베이컨, 『타임스』지와 편지류 ― 갑자기 전화가 화급하게 울려 나는 천천히 일어나 전화가 있는 곳으로 갔다. 검은 수화기를 들고, 메시지를 이해하려고 애쓰는 나 자신의 침착성에 주목했다 ― 대영제국의 지배를 맡으라는 용건(사람은 이런 공상도 한다)일지도 몰라. 나는 자신의 침착함을 알아차렸다. 자신의 주의력의 미분자가 얼마나 훌륭한 활기를 띠고 흩어졌다가 중단의 주위에 모여들었다가 메시지를 이해하고, 새로운 사태에 적응하고 내가 수화기를 내려놓을 즈음에는 한층 더 풍성하고, 더 강하고, 더 복잡한 세계를 창조했는가를 주목했다. 나는 그 세계에서 일익을 담당하도록 요청을 받고 그것이 무엇이든 할 수 있다고 확신하고 있었다. 머리에 모자를 탁 얹고, 마찬가지로 머리에 모자를 얹은 많은 남자들이 사는 세계에 성큼성큼 걸어 들어갔다. 그리하여 우리는 기차나 지하철 안에서 만나 서로 몸을 밀치고 수많은 함정과 계략에 묶여 있으면서도 동일한 하나의 목적 ― 생활비를 번다는 것 ― 을 달성하려고 경쟁자로서의, 동지로서의 의미 있는 눈짓을 교환했다.

인생은 즐거워. 인생은 좋은 것이야. 생의 과정 그 자체가 만족스러워. 건강한 보통 사람을 생각해봐. 그는 먹고 자는 것을 좋아해. 신선한 공기를 마시고 스트랜드 가를 활보하기를 좋아해. 아니면 시골일 것 같으면 문간에서 까마귀가 울고 있지. 망아지가 달리고. 항상 무엇인가 그다음에 할 일이 있어. 월요일에는 화요일이 따라오고, 화요일에는 수요일이 따라붙고. 하루하루마다 행복의 잔물결을 펼치고, 동일한 리듬의 곡선을 반복한다. 새로운 모래를 냉기로 덮고, 아니면 육체는 약간 느슨해진다. 이런 식으로 존재는 원을 늘리고, 정체성은 강건해진다. 사방으로 불어 흩트리는 인생의 돌풍으로 인하여 공중에 던져지고, 여기저기에 흩날린 낟알처럼 격렬하고 은밀한 것이 지금은 질서 정연하고 하나의 목적을 가지고 던져진다―아니 그렇게 생각된다.

아 얼마나 유쾌한가! 그 얼마나 좋은가! 소매상인의 생활은 얼마나 만족스러운가, 라고 나는 말하곤 했다, 기차가 교외를 빠져나와 침실 창에 비친 불빛을 볼 때. 개미 떼같이 활동적이고 정력적이라고 나는 말했다, 창가에 서서 노동자들이 손에 봉지를 들고 도시로 흘러 들어가는 것을 보면서, 얼마나 단단하고, 얼마나 사지에 정력과 활력이 넘치는가, 라고 생각했다. 하얀 바지를 입고 있는 남자들이 일월달 눈 덮인 지면에서 축구공을 찾아 헤매는 것을 보면서. 이제는 작은 일―고기 같은 것―에 관해 불평을 하는 것과 같은 우리 결혼생활의 커다란 안정성에 작은 물결을 일으키는 것은 사치라고 생각되었다, 왜냐하면 우리 아이가 태어나려고 하고 있었던 것이다, 안정의 떨림은 결혼생활의 기쁨을 증가시켜주는 것이기는 했지만. 나는 저녁식사 때 날카롭게 말을 했다. 자신이 백만장자인데 5실링 정도는 던져버릴 수도 있다는 듯이 말도 안 되는 말을 했다, 아니면 숙련된 첨탑 수리인인데 일부러 발판에서 넘어지기라도 한 것처럼. 침실로 가는 계단 위에서 우리는 화해했다. 그리하여 창가에 서서 푸른 돌의 내부같이 맑은 하늘을 올려다보면서 '천만다행이다'라고 말했다, '이 산문을 시로 바꾸지 않아도 된다. 거창하지 않은 언어로도 충분하다.' 왜냐하면 이 광경의 폭과 맑음은 전혀 방해하지 않고, 우리의 인생이 곤두선 지붕과 굴뚝을 넘어 멀리멀리 완벽한 가장자리까지 펼쳐지게 해주는 것같기 때문이다.

이 추락사—퍼서벌의 추락사—에까지도. '어느 것이 행복이고' 나는 말했다(우리의 아기가 태어난 것이다) '어느 쪽이 아픔인가?' 계단을 내려오며 양 옆구리를 가리키면서, 순전히 육체적인 언어로 나는 말했다. 집의 상태에 관해서도 주목했다, 바람에 나부끼는 커튼, 노래하는 요리사. 반쯤 열린 문을 통해 보이는 옷장. 아래층으로 내려오면서 '그에게(실은 나 자신이지만) 지금 한순간의 집행 유예 기간을 주어라'라고 나는 말했다. '지금 이 거실에서 그는 고통을 당하려 하고 있다. 도저히 도망갈 수는 없다,' 하지만 언어로는 고통을 나타낼 수 없다. 외침, 탁탁 튀는 소리, 균열, 사라사 목면 덮개들을 지나가는 백색, 시간과 공간 감각에의 개입, 스러지는 물체 안의 궁극적인 불변성의 인식, 그리고 대단히 멀게 들리고 그다음에는 대단히 가깝게 들리는 사물의 소리, 깊은 상처를 입은 육체, 분출하는 피, 갑자기 뒤틀린 관절—이 모든 것 밑에 무언가 대단히 중요한, 그러나 대단히 신비한, 고독 속에서만 잡을 수 있는 그 무엇이 나타난다. 그래서 나는 외출했다. 그가 결코 볼 수 없는 최초의 아침을 보았다—참새들은 어린애가 매달아놓은 장난감 같았다. 바깥에서 애정 없이 사물을 바라다보고, 그 자체의 아름다움을 깨닫는 것은—얼마나 신비한가! 그러고 나서 짐이 치워졌다는 느낌, 위선과 핑계와 비현실성이 사라지고, 일종의 투명성을 지니고 빛이 찾아와 사람의 모습은 안 보이게 하고, 걸을 때 사물은 꿰뚫어보게 하는 것은—얼마나 불가사의한 일인가. '그리고 이제 또 어떤 발견이 있을 것인가?'라고 나는 말하고, 이 유리한 정신 상태에 계속 머무르려고 신문을 사지 않고 박물관에 가서 그림을 구경했다. 몇 개의 마돈나와 기둥, 문과 오렌지 나무가 창조의 첫날처럼 조용하게, 그러나 슬픔을 느끼며 거기에 걸려 있었고 나는 그것을 보았다. '여기에'라고 말했다, '우리는 쭉 함께 있어.' 이 자유, 이 불가침의 상태는 그때에는 정복과 같았고 나의 마음에 비상한 기쁨을 불러일으켰다. 그래서 나는 지금도 가끔 그곳에 가서 환희와 퍼서벌을 다시 데려온다. 하지만 그것은 계속되지 않았다. 사람을 괴롭히는 것은 마음의 눈의 끔찍한 활동이다—그가 낙마했을 때의 모습, 사람들이 그를 데리고 간 장소, 허리에 천을 감고 밧줄을 잡아당기는 남자들, 붕대와 진흙 등이 눈에 어리는 것이다. 그러고 나서는 예고도 없이 방지할 틈도 주지 않고 떠오르는 무서운 기억—그와 함께 햄프턴 궁전에 가지 않았다는 기억이 갑자기 달려든다. 그 발톱이 생채기를 냈고, 그 이빨이 물어뜯었다, 나는 가지 않았던 것이다. 그것은 전혀 문제가 되지 않는다고 그는 화를 내면서 항의했지만, 왜 우리의 순수한 만남의 순간을 망치는 거냐고?—그러나 나는 시무룩하게 반복했다. 가지 않았던 거라고, 이리하여 이 끼어들기 좋아하는 악마들 때문에 성소에서 쫓겨나 지니가 있는 곳으로 갔다, 그녀는 방을 하나 가지고 있었다, 작은 테이블이 몇 개 있고, 그 위에는 자질구레한 장식품이 흐트러져 있는 방을. 거기서 나는 고백했다. 눈물을 흘리면서—햄프턴 궁전에 가지 않았다고. 그랬더니 그녀는 내게는 하찮은 것들이지만 그녀에게는 고문拷問거리인 다른 일들을 기억해내면서 함께 공유할 수 없는 것들이 있을 때 인생은 어떻게 시들어버리는가를 보여주었다. 또한 곧 하녀가 짤막한 편지를 들고 들어왔고 그녀가 답장을 쓰려고 몸을 돌릴 때, 누구에게 무어라고 쓰는 걸까 하는 호기심을 갖고 있을 때, 처음 쓴 한 장이 그의 묘지 위에 떨어지는 것을 보았다. 우리가 이 순간을 뛰어넘어 앞으로 나아가, 이 순간을 영원히 우리 뒤에 남겨놓는 것을 보았다. 그러고는 소파에 나란히 앉아 다른 사람들이 한 말을 불가피하게 떠올렸다. '하루 동안만 피는 오월의 백합은 훨씬 더 아름답다.'[8] 우리는 퍼서벌을 백합에 비유했다―머리가 벗겨질 것을, 권세가들을 압도하기를, 같이 늙어가기를 바랐던 퍼서벌, 그는 이미 백합으로 덮어씌워졌다.

이렇게 진실의 순간은 가버렸다. 그리하여 이 순간은 상징성을 띠게 되었다. 나는 그것을 감당할 수 없었다. 이 백합 같은 지독한 아름다움을 발산시키기보다는 차라리 웃음과 비판의 모독을 범하자, 수많은 구절로 그를 감싸기보다는, 나는 울부짖었다. 그래서 나는 갑자기 뚝 그쳤다. 그랬더니 지니는 미래라든가 사색 같은 것 없이, 그러나 완전무결하게 마음으로부터 이 순간을 존중하면서 채찍으로 몸을 한 대 치고는 얼굴에 분을 발랐다(이래서 나는 그녀를 사랑하는 것이지만). 그러고는 문간에 서서 내게 손을 흔들었다. 바람에 날리지 않도록 머리카락을 손으로 꼭 눌렀다. 이것은 내가 그녀를 숭배하게 만드는 동작이다. 마치 이렇게 하는 것이 우리의 결의―죽음의 상념을 쫓아버리고자 하는―를 다지기라도 하는 듯이.

환멸의 끝에서 얻은 명쾌함으로 나는 거리의 무가치한 것들을 관찰했다, 돌출 현관을, 창의 커튼을, 쇼핑을 하고 있는 여인네들의 담갈색 의복, 욕심, 그리고 자기만족을, 긴 털목도리를 두르고 산책하는 노인들을, 길을 건너는 사람들의 세심한 배려를, 삶을 이어나가려는 만인의 결의를. 그런데 실제로는 어리석기 그지없

8 벤 존슨의 서정시의 일절.

고 잘 속아 넘어가는 작자들인지고, 라고 나는 말했다. 지붕에서 석판이 언제 날아올지도 모르는 일이며, 차가 언제 급회전할지도 모른다, 왜냐하면 취객이 곤봉을 손에 들고 비틀거리고 있을 때는 속수무책이니까. 나는 무대 위에 올라가 보도록 허락을 받은 사람과 같다, 무대효과가 어떻게 만들어지는가를 본 사람과 같다는 이야기이다. 그러나 나는 아늑한 가정으로 돌아와 양말을 벗고 이층으로 기어 올라가라는 하녀의 주의를 받았다. 아이는 자고 있었다. 나는 내 방으로 들어갔다.

이 벽을, 이 보호망을, 애들을 점지하고 커튼 뒤에서 사는 이 생활을, 책과 그림에 둘러싸여 매일같이 더욱더 깊이 빠져 들어가고 얽매이는 것을 때려눕힐 것은 아무것도 없을까, 칼은 없는 것일까? 루이스처럼 완벽성을 추구하며 생명을 불사르는 편이 나은 것인가? 아니면 로우다처럼 우리를 휭하니 지나 비호같이 사막으로 날아가는 것이? 그것도 아니면 네빌처럼 수백만 명 가운데 한 사람을, 단 한 사람을 선택하는 것이? 수잔처럼 태양의 열, 서리 맞은 풀을 사랑했다 미워했다 할까, 아니면 지니처럼 정직한 한 마리의 동물이 되는 편이 나을까. 모든 인간은 환희를, 죽음에 관한 공통의 감정을, 무언가 쓸모가 있는 그 무엇을 가지고 있다. 그래서 나는 친구들을 하나하나 차례로 방문해서 그들의 꽉 닫아놓은 작은 상자를, 서툰 손가락으로 억지로 열어보려고 하는 거다. 나는 이 친구에게서 저 친구에게로 갔다, 나의 슬픔을 보듬어 안고―아니, 나의 슬픔이 아니라 우리 인생에서 이해가 안 되는 본질을 품에 안고―그들의 검토를 받으려고. 어떤 이들은 성직자에게 가고, 또 다른 이들은 시詩의 세계로 향한다, 나는 친구들에게 간다, 나 자신의 마음으로 간다, 구절이나 파편들 가운데서 부서지지 않은 무언가를 찾아보려고―달에서도 나무에서도 충분한 아름다움을 느끼지 못하는 나는, 사람과 사람의 접촉이 전부이지만, 그러나 그것조차도 잡을 수 없는, 너무도 불완전한, 너무도 연약하고, 너무도 외로운 나는. 거기에 나는 앉아 있다.

이것이 이야기의 끝이 되어야 한단 말인가? 일종의 한숨이? 파도의 마지막 잔물결이? 부글거리다 사라지는 어떤 도랑 속의 얼마 안 되는 물이? 나로 하여금 테이블을 만져보게 하라 — 그렇다 — 이렇게 이 순간의 안식을 회복하는 거다. 조미료 병이 가득한 찬장, 롤빵을 가득 담은 바구니, 바나나 접시 — 이것들은 마음을 훈훈하게 해주는 광경이다. 하지만 이야기가 없다면, 어떤 결말이, 어떤 시작이 있을 수 있단 말인가? 인생은 어쩌면 우리가 그것에 대해 이야기하려고 할 때에 우리가 그것을 다루는 방법에 좌우되는 것이 아닌지도 모르겠다. 밤늦도록 잠을 안 자고 앉아 있다 보면 사물의 진로를 바꿀 수 없다는 생각에 괴롭다. 그때에는 작은 꼬리표들은 전혀 소용이 없다. 창조적인 힘이 점점 약해져서 어구가 말라버리는 것은 참으로 알다가도 모를 일이다. 홀로 앉아 있으면 우리는 몸에서 기운이 쭉 빠져나가는 느낌을 갖게 된다. 우리의 물은 겨우 씨-할리라는 다년초의 줄기를 에워쌀 정도밖에 안 된다, 좀 더 멀리 있는 조약돌 있는 데까지 가서 그것을 적실 수는 없다. 끝났다, 우리는 끝났다. 그러나 기다려봐 — 나는 밤새도록 기다리고 앉아 있었어 — 하나의 충동이 체내를 또다시 관통한다. 우리는 분연히 일어나 갈기를 닮은 하얀 포말을 뒤로 젖힌다, 해안에 강하게 부딪힌다, 우리는 속박을 받아서는 안 된다. 즉, 나는 면도를 하고 얼굴을 씻었다. 아내를 깨우지 않고 아침을 먹고 모자를 쓰고 생활비를 벌러 나왔다. 월요일 다음에는 화요일이 온다.

하지만 약간의 의구심은 남아 있었다, 어떤 의문의 음조가 남아 있었다. 나는 문을 열고 사람들이 이런 식으로 바빠하는 것을 보고는 놀랐다. 나는 홍차 잔을 들고 사람들이 밀크라고 했는지 설탕이라고 했는지 몰라 머뭇거렸다. 그러니까 별빛이 몇백만 광년의 여행을 마친 후 나의 손 위에 지금 떨어지고 있는 것이다― 이렇게 생각하니까 한순간 정신이 번쩍 드는 충격을 받았다― 상상력이 너무 약하기 때문에 이 정도에 머물렀다. 그래도 약간의 의구심은 남아 있었다. 하나의 그림자가 저녁에 방 안에서 의자와 테이블 사이를 스치고 지나가는 나방의 날개처럼 나의 마음을 가볍게 스치고 지나갔다. 예를 들어 그 해 여름 수잔을 만나러 링컨 주[9]에 가서 그녀가 임신한 여인의 흔들리는 동작으로, 반쯤 부풀린 돛같이 느린 동작으로 정원을 가로질러 왔을 때 나는 생각했던 것이다, '계속되는구나. 그러나 왜?'라고. 우리는 정원에 앉았다, 농장용 짐마차가 건초를 뚝뚝 흘리며 올라왔다, 까마귀와 비둘기가 시골에서는 언제나 그렇듯이 재잘거렸다, 정원사는 땅을 파고 있었다, 과일은 망 속에 넣어 몽땅 덮어씌워 놓았다. 보라색 꽃의 터널을 벌들이 붕붕거리며 날아 내려가고 있었다. 해바라기의 금색 방패 모양 부분에 벌들은 몸을 묻었다. 작은 가지들이 바람에 나부껴 잔디 위를 날고 있었다. 대단히 율동적이고 거의 무의식의 경지이고 무언가 안개에 쌓인 것 같았다. 그러나 내게는 밉살스러운 것이었다, 수족을 접어서 망 속에 가두는 그물처럼. 퍼서벌을 거절한 그녀는 이것에, 이 몽땅 감싸버림에 몸을 맡겼던 것이다.

강둑에 앉아 기차를 기다리면서 우리가 어떻게 항복하는가, 자연의 우둔함에 어떻게 굴하는가에 관하여 생각했다. 무성한 초록 잎에 뒤덮인 숲이 바로 눈앞에 있었다. 코를 스치고 지나가는

9 영국 동부의 주.

향기, 아니면 신경에 거슬리는 어떤 소리에 의해 오래된 이미지가 ― 빗자루로 쓸고 있는 정원사들, 그리고 글을 쓰고 있는 부인의 이미지가 ― 되살아났다. 엘브든의 너도밤나무 밑에 있는 사람들의 모습이 보였다. 정원사들은 비로 쓸고, 부인은 테이블 앞에 앉아 글을 쓰고 있었다. 하지만 나는 지금 어린 시절의 몇 가지 직관을 성숙시키는 작업을 해냈다 ― 포만과 운명, 불가피한 우리의 운명, 죽음, 한계에 대한 각성을, 인생은 상상 이상으로 냉혹하다는 사실의 인식을 성숙시켰다. 그리하여 어릴 때의 원수가 모습을 드러냈고, 그것과 싸워야 한다는 욕구가 나를 아프게 했다. 나는 벌떡 일어나 부르짖었다, '탐험하자'라고. 사태에 대한 공포는 끝이 났다.

한데, 끝내야만 하는 사태란 무엇이란 말인가? 단조로움과 운명과, 그리고 탐험해야만 하는 것은 또 무엇이지? 나뭇잎과 숲은 아무것도 감추고 있지 않았다. 예컨대 새 한 마리가 날아오른다 해도 나는 더 이상 시를 만들지 못할 거야 ― 이전에 말한 것을 되풀이해야 할 거야. 이리하여 만약 내가 스틱을 잡고 존재의 곡선에 팬 눈금들을 손가락으로 가리킨다면 이것이 최하위의 눈금이 되겠지. 이것은 조수가 밀려오는 이 진흙 위에서 무용지물로 소용돌이치고 있다, 산울타리에 등을 대고 모자를 푹 눌러쓰고 내가 앉아 있는 여기에. 반면에 양들은 그들의 숲길을 용서 없이 단단하고 끝이 뾰족한 발로 한 발짝 한 발짝씩 앞으로 걸어나갔다. 그러나 둔한 칼을 오래도록 숫돌에 대고 있으면 무언가가 뿜어져 나온다 ― 톱니 모양의 불이. 마찬가지로 이성의 결여에, 무목적성에, 일상적인 것 모두가 모여들어서 증오와 경멸이라는 하나의 불꽃이 되어 뿜어져 나온다. 나는 나의 마음을, 나의 존재를, 이 늙고 쇠락해서 거의 활기를 잃은 물체가 다 된 나를 집어들고,

이들 잡동사니들, 스틱과 지푸라기, 끔찍한 파편 쪼가리들을, 기름기 있는 수면 위에 부유하고 있는 잡동사니 가운데서 매질했다. 나는 튀어올랐다. '싸워! 싸워!'라고 되풀이해 말했다. 노력과 분투다, 끊임없는 싸움이다, 분쇄와 이어 맞춤이다―이것이야말로 이기거나 지거나 매일매일의 전투, 재미있는 일거리인 것을. 흩어져 있는 나무들은 질서를 갖는다, 무성한 초록 잎들은 성글어져서 빛을 통과시킨다. 나는 갑작스럽게 구절 안에 이 잎들을 건져냈다. 이 잎들을 형체가 없는 상태에서 언어로 구해내었다.

기차가 역에 들어왔다. 플랫폼에 몸을 길게 뻗으면서 정지했다. 나는 탔다. 이리하여 저녁이면 런던에 돌아온다. 상식과 담배의 분위기는 얼마나 만족스러운 것인가, 바구니를 들고 삼등칸에 기어오르는 노친네들, 파이프를 빠는 사람들, 길가 역에서 이별하는 친구들의 잘 자, 내일 보자, 등의 작별 인사, 그러고는 런던의 불빛들이 보인다―청춘의 활활 타오르는 환희는 아니지만 그래도 분명 런던의 불빛들이다, 사무실의 높다란 창에 비치는 견고한 전깃불, 건조한 보도를 따라 비치는 가로등, 거리 시장의 상공에서 굉음을 내며 번뜩이는 섬광, 적을 한순간 쫓아 보냈을 때 나는 이 모든 것을 즐긴다.

또한 나는 존재의 화려한 행렬이, 이를테면, 극장 안에서 와글와글 떠들어대는 것을 좋아한다. 진흙색의 흙으로 빚은 야생 동물이 여기서 일어나 무한히 교묘하게, 그리고 애를 써서 초록의 숲과 들을 질서 정연한 보조로, 입으로는 먹이를 씹어가면서 앞으로 나아가고 있는 양 떼들을 상대로 싸운다. 물론 긴 회색 거리의 창들은 밝혀지고 몇 줄기의 빛이 보도를 비추었다. 말끔하게 청소가 되고 장식이 된 방들이, 벽난로의 불이, 포도주가, 이야기가 있었다. 손이 시들어빠진 남자들, 탑 모양의 진주 귀걸이를 한 여인들이 들어왔다 나갔다 하고 있었다. 나는 덧없는 세상일에 치어 주름살과 냉소가 각인된 노인들의 얼굴을 보았다. 또한 늙어서도 새로 튀어나온 듯한, 소중하게 보관된 아름다움을 보았다. 쾌락은 반드시 존재해야만 한다고 생각될 정도로 쾌락에 적절한 청춘도 보았다. 초원은 그걸 위해 뻗어가야 하고, 바다는 그걸 위해 작은 파도로 잘려야 한다고 생각되었다. 또한 숲에서는 청춘을 위해, 기대에 부푼 청춘을 위해 밝은 색깔의 새들과 함께 버석거려야 한다. 거기서 지니와 할, 톰과 베티를 만났다. 거기서 우리는 농담을 주고받았고 서로 비밀 이야기를 나누었다. 문간에서 작별을 할 때에는 반드시 기회나 계절이 시사하는 대로 어딘가 다른 방에서 다시 만날 것을 약속했다. 인생은 즐겁고 좋은 것이다. 월요일 다음에는 화요일이 오고 그다음에는 수요일이 온다.

그런 식이지만 시간이 조금 지나고 나면 차이가 생긴다. 뭔가 방의 모습이, 뭔가 의자의 배열 방식이 어느 날 밤 그것을 넌지시 알려올 것이다. 한쪽 구석의 소파에 몸을 가라앉히는 것이, 보고 듣고 하는 것이 편안한 것같이 느껴진다. 그러고 나서 창에 등을 대고 있는 두 사람의 모습이 무성한 나뭇가지를 배경으로 떠오른다. '이목구비가 없는 사람들이 아름다움의 옷을 입고 있어'라고 감정적인 충격을 느끼며 우리는 생각한다. 잔물결이 퍼져나가는 사이, 뒤이어 잠시 동안 지체되는 사이, 우리가 말을 건네야 하는 소녀가 혼잣말을 한다. '늙었군'이라고. 그러나 그녀는 잘못 알았다. 나이 때문이 아닌 것이다. 물이 한 방울 한 방울씩 떨어졌기 때문인 것이다. 시간이 사물의 배열을 한 번 더 흔들어놓았던 것이다. 우리는 까치밥나무 잎의 아치에서 좀 더 넓은 세계로 기어나온다. 사물의 진정한 질서가—이것은 우리의 영원한 환상인데—이제 와서는 분명해진다. 이리하여 일순간에 거실에서 우리의 삶은 하늘을 가로지르는 태양의 당당한 행진에 순응하는 것이다.

내가 에나멜 가죽구두를 신고, 꽤 괜찮은 넥타이를 찾는 대신에 네빌을 찾은 것은 이러한 이유 때문이다. 나는 제일 오랫동안 사귄 친구를 찾았던 것이다, 바이런이었을 때의, 메러디스가 묘사한 청년이었을 때의, 이름은 벌써 잊어버렸지만 도스토옙스키 작품에 나오는 주인공이었을 때의 나를 알고 있는 친구를. 홀로 책을 읽고 있는 그를 찾아내었다. 완벽하게 정돈된 테이블, 곧바로 정연하게 당겨놓은 커튼, 프랑스어 책에 꽂힌 종이 자르는 칼―아무도 처음 만났을 때의 태도나 복장을 바꾸지 않았다고 나는 생각했다. 여기 그는 처음 만났을 때부터 쭉 이 의자에 이 복장으로 앉아 있다. 여기에는 자유가, 친밀함이 있었다, 벽난로의 불빛이 커튼에 수놓은 동그란 사과의 모습을 망가뜨려 놓았다. 거기서 우리는 이야기를 나누었다, 이야기하면서 앉아 있었고, 가로수가 있는 길을 서성였다, 나무 밑에 뻗어 있는 길, 무성한 나뭇잎이 속삭이는 나무 밑, 과일이 달린 나무들, 우리가 그리도 자주 같이 걸었던 길, 그리하여 이제는 몇몇 나무 주위의 잔디가 벗겨지고, 우리가 좋아하는 희곡과 시를 순회하며 토의하고 있는 동안에―끝없이 아무렇게나 밟아대는 통에 잔디는 벗겨져 있었다. 기다리지 않으면 안 될 경우 나는 책을 읽는다. 한밤중에 눈이 떠지면 선반을 더듬어 책을 찾는다. 머릿속에는 기록되지 않은 일이 엄청나게 많이 쌓여 끝없이 늘어나서 거대한 양이 축적되어 있었다. 이따금 나는 덩어리를 깨부순다. 셰익스피어일지도 모르고, 펙이라고 불리는 노파일 수도 있다, 그리하여 침대에서 담배를 피우며 혼잣말로 '저건 셰익스피어, 저건 펙'이라고 말한다―확실하게 인식이 되거나 전달되지는 않지만 끝없이 즐겁게 그리고 충동적으로 이해하면서. 이렇게 우리는 팩들을, 셰익스피어들을 공유했다. 서로의 해석을 비교하고, 서로의 통찰력에 의지하여 팩이나 셰익스피어를 더 잘 이해시키고 그러고 나서 예의 그 침묵에 빠져들었다, 고요한 바다에 물고기의 지느러미가 일어나듯이 몇 마디 말에 의해서도 시도 때도 없이 부서지는 바로 그 침묵에, 그러고 나서 그 지느러미는, 그 사고는, 다시 깊은 바닷속으로 침잠하고 말지, 만족과 자족의 잔물결을 주위에 펼치면서.

그렇다, 하지만 갑자기 시계가 재깍거리는 소리가 들려온다. 이 세계에 침잠해 있던 우리는 다른 세계를 의식하게 되었다. 괴로운 일이다. 우리의 시간을 바꾸어놓은 것은 네빌이었다. 눈 깜짝하는 사이에 셰익스피어에서 우리 자신에게 이르는 마음의 무한한 시간에 의해서 사고하고 있던 그는 불을 들쑤셔놓았고 특정인의 접근을 알리는 다른 시계에 의해서 살기 시작했다. 그의 넓고도 위엄이 있는 마음은 위축되었다. 그는 정신을 바짝 차렸다. 거리의 소음에 귀를 기울이고 있는 것을 알 수 있었다. 그가 쿠션을 만지는 모습에 주목했다. 무수한 인류와 모든 과거의 시간 한가운데서 그는 한 사람을, 특정한 일순간을 선택했다. 현관에서 무슨 소리가 났다. 그가 하고 있는 말의 내용은 불안한 불길처럼 공중에서 흔들리고 있었다. 나는 그가 하나의 발소리를 타인들의 발소리로부터 떼어내어 뭔가 특별한 확증을 기다리며, 뱀의 신속함으로 문고리를 재빨리 훑어보고 있는 것을 지켜보았다. (이런 데서 그의 놀라울 정도로 예민한 지각력은 생겨나는 것이다. 그는 항상 한 사람에 의해서 훈련되어왔다.) 그렇게 집중된 정열은 잠잠하고 반짝이는 액체에서 나오는 이질적인 물질처럼 다른 것을 뿜어내었다. 나는 침전물, 의혹, 수첩에 적어두어야 할 구절과 짤막한 글들로 가득 찬 애매모호하고 뜬구름 같은 나 자신의 성질을 깨닫게 되었다. 커튼의 주름이 움직이지 않게 되었다. 테이블 위의 문진文鎭이 단단해졌다. 커튼의 수실이 반짝였다. 모든 것이 명확하고, 외면적이고, 내가 관여하지 않는 장면이 되었다. 그래서 나는 일어나 그를 떠났다.

맙소사! 그 방을 나설 때 그들이 어떻게 나를 잡았던가, 그 옛날의 독니가? 거기 있지 않은 어떤 사람을 애타게 찾는 마음이. 도대체 누구를? 처음에는 알지 못했지만 나중에는 퍼서벌을 생각해냈다. 여러 달 동안 그의 생각을 하지 않고 지냈다. 지금 그와 함께 웃는 일, 네빌을 비웃는 일 — 그것이 내가 하고 싶은 일이었다. 웃으면서 팔짱을 끼고 걸어가는 일, 그러나 그는 거기 없었다. 그 장소는 텅 비어 있었다.

죽은 사람들이 거리 모퉁이에서, 꿈속에서 눈앞에 튀어나오는 것은 참 이상한 일이다.

간헐적으로 불어닥치는 그토록 예리하고 차가운 돌풍은 그날 밤 나를 런던을 가로질러 다른 친구들에게로, 로우다와 루이스에게로 보냈다. 친밀감, 확실성, 접촉을 갈망하며 나는 그들에게로 갔다. 층계를 올라가면서 나는 그들의 관계는 어떨까 생각해보았다. 둘이서만 있을 때 그들은 어떤 이야기를 했을까? 찻주전자를 서툴게 다루는 그녀의 모습을 머리에 그려보았다. 그녀는 슬레이트 지붕 위를 응시했다 — 항상 젖어 있고, 환상에 쫓기고, 꿈을 꾸고 있는 샘의 요정 같은 그녀. 그녀는 커튼을 젖히고 밤을 내다보았다. '저리 가!'라고 말했다. '달빛 아래 황야는 거무스름하게 보인다.' 벨을 누르고 나는 기다렸다. 아마도 루이스는 고양이에게 주려고 접시에 우유를 따르고 있었을지도 몰라. 광란의 거대한 파도에 느리게 고뇌의 노력으로 닫히는 선창의 양편과도 같이 뼈만 남은 양손으로 부여잡는 루이스, 이집트 사람, 인도 사람이, 광대뼈가 튀어나온 사람들이, 털 셔츠를 입고 있는 은둔자들이 한 말을 알고 있는 루이스. 나는 노크를 하고 기다렸다. 대답이 없었다. 나는 다시 돌층계를 무거운 걸음걸이로 걸어 내려왔다. 우리 친구들 ─ 얼마나 멀고, 말이 없고, 찾아오는 일도 드물고, 그들에 대하여 아는 바가 없는가. 나 또한 친구들에게 막연한 존재이고 잘 알려지지 않았다, 때로는 보이기도 하는, 그러나 왕왕 보이지 않는 유령인 것을. 확실히 인생은 꿈이다. 우리의 불꽃, 몇 사람의 눈에서 춤을 추는 도깨비불은 곧 꺼지고 모두가 사라질 거다. 나는 친구들을 생각해냈다. 수잔을 생각했다. 그녀는 밭을 사들였다. 오이며 토마토가 그녀의 온실에서 익어가고, 작년에 내린 서리에 죽은 포도 덩굴에서 한두 개의 잎이 돋아나고 있다. 그녀는 아들들을 대동하고 무거운 걸음걸이로 목장을 거닐었다. 각반을 두른 남자들의 시중을 받으며 토지를 둘러보고 파손된 지붕, 산울타리, 그리고 벽을 지팡이로 가리켰다. 그녀가 흙내나는 유능한 손에서 떨어뜨려 주는 낱알을 주워 먹으려고 비둘기들이 어기적거리며 그녀를 따라가고 있었다. '하지만 나는 이제는 더 이상 새벽에 일어나지 않아'라고 그녀는 말했다. 그리고 지니는 ─ 틀림없이 누군가 새로운 청년을 맞아들이고 있을 것이다. 두 사람은 통상적인 회화의 위기에 봉착해 있었다. 방은 어두워지고 의자는 정렬되겠지. 그녀는 아직도 순간을 찾아 헤매고 있었다. 환상을 품지 않고, 수정처럼 단단하고 투명한 그녀는 하루를 향해서 분연히 가슴을 젖히고 말을 달려나갔다. 그날의 스파이크가 그녀의 몸을 찌르게 내버려두었다. 이마의 머리 타래가 하얗게 되었을 때 그것을 겁 없이 다른 머리털에 섞어 땋았다. 그리하여 사람들이 그녀를 매장하러 올 때 하나도 흐트러짐이 없을 것이다. 몇 개의 리본도 말려져 있을 것이다. 그래도 문은 아직도 열린다. 누가 들어오나? 라고 그녀는 묻고, 차비를 하고, 그를 맞으러 일어난다, 초봄의 밤 훌륭한 시민들이 진지하게 잠자리에 드는 런던의 큰 집들 아래에 있는 나무가 그녀의 사랑을 감추어주지 못했던 때와 같이. 그리하여 전차의 끼익 하는 소리가 그녀가 기뻐서 지르는 고함 소리와 섞였고 나뭇잎의 잔물결은 그녀의 권태를 본능의 감미로움으로 식혀 침잠한 그녀의 맛있는 나태를, 나른함을 가려주어야만 했다. 우리 친구들은―방문하는 적도 거의 없고 잘 알지도 못하고―이런 식이다. 그러나 내가 미지의 사람을 만나서 이 식탁에서 '나의 인생'이라고 부른 것을 깨부수려고 할 때 내가 회상하는 것은 하나의 인생이 아니다, 나는 한 인간이 아니다, 많은 사람인 것이다, 나는 내가 누구인지를 전혀 모른다―지니, 수잔, 네빌, 로우다, 아니면 루이스, 어떻게 나의 인생을 그들의 인생과 구별할 수 있을지 모르겠다.

초가을 그날 밤 우리가 모여 한 번 더 햄프턴 궁전에서 식사를 했을 때 나는 그렇게 생각했다. 처음에 우리는 대단히 불편했다, 그때까지 우리는 각각 어떤 원칙을 세우고 생활해왔는데 이런저런 복장으로 지팡이를 짚은 사람도 있고 아닌 사람도 있고, 길을 따라 만나기로 되어 있는 장소로 오고 있는 타인이, 그 원칙을 뒤엎을 것 같았기 때문이다. 나는 지니가 수잔의 흙내 나는 손가락들을 바라보더니 자기 손가락을 감추는 것을 보았다. 그렇게나 단정하고 정확한 네빌을 바라보면서 이 모든 구절들로 흐릿해진 내 인생을 통감했다. 그러고 나서 네빌은 자랑을 늘어놓았다, 왜냐하면 방이 하나뿐인 것을, 한 사람만을 사랑한 것을, 그 자신의 성공을 부끄러워하고 있기 때문이다. 주의를 태만하게 하지 않는 식탁의 스파이로 공모자인 루이스와 로우다는 '결국 버나드가 종업원에게 시켜서 롤빵을 가져오게 할 수 있어—우리는 할 수 없는 거래를 그는 할 수 있어.'라고 느꼈다. 우리는 한순간 우리 자신은 그렇게 되지 못했지만 도저히 잊어버릴 수는 없는 인간이 우리들 사이에 놓여 있는 것을 보았다. 우리들이 되었을지도 모를 바의 모든 것을 보았다, 우리가 놓친 모든 것을, 그래서 한순간 다른 사람이 그것을 가지려고 하는 것을 아까워했던 것이다, 케이크가, 하나, 단지 하나뿐인 케이크가 잘릴 때 그들의 몫이 작아지는 것을 열심히 지켜보고 있는 어린애들처럼.

하지만 우리는 포도주를 마시고, 그 매력으로 적의를 상실하고, 비교하기를 그쳤다. 그리하여 만찬이 절반쯤 진행되었을 때 우리 밖에 있는 존재의, 우리는 아닌 어떤 존재의, 거대한 어둠이 주위에 퍼지는 것을 느꼈다. 바람, 차바퀴의 돌진은 시간의 함성이 되고, 우리는 돌진했다—어디로? 그런데 우리는 누구지? 한순간 우리는 다 타버린 종이의 불꽃처럼 스러지고 어둠은 함성을 질러댔다. 우리는 시간을 지나, 역사를 지나 나아갔다. 내 경우 이것은 일 초 정도밖에는 지속되지 않는다. 호전적이기 때문에 곧 끝나고 만다. 나는 스푼으로 테이블을 친다. 컴퍼스로 사물을 측량할 수 있으면 그렇게 하겠노라—그러나 나의 유일한 측량기구는 구절인고로 나는 문장을 만드는 거다—이 경우 어떤 문장을 만들었는지 잊어버렸지만. 우리는 햄프턴 궁전의 식당에서 여섯 사람의 인간이 되었다. 자리에서 일어나 다 함께 대로를 걸어 내려갔다. 빛깔이 옅고 비현실적인 황혼 가운데 어딘가의 좁은 길을 웃으며 걷고 있는 사람들의 목소리의 메아리같이 온화함이 간헐적으로 우리에게, 육체에게 돌아왔다. 문간을 배경으로, 히말라야 삼나무를 배경으로, 활활 타오르는 불길을, 네빌과 지니와 로우다와 루이스와 수잔과 나 자신을, 우리의 인생을, 정체성을 보았다. 아직도 윌리엄 왕은 실제의 군주라고는 여겨지지 않았고, 그의 왕관은 싸구려 금속 조각으로만 여겨졌다. 그러나 우리는―벽돌을 배경으로, 나뭇가지들을 배경으로, 우리 여섯은 수천억이라는 하고많은 인간들 가운데서 측량할 수 없을 정도로 풍요로운 과거와 미래 가운데 일순간 거기서 의기양양하게 타올랐다. 그 순간이 전부였다. 그 순간이면 더 바랄 것이 없었다. 그러고 나서 네빌과 지니와 수잔과 나는 파도가 부서지듯이 흩어져서 굴복하고 만 것이다―바로 옆의 나뭇가지에, 저기 있는 새에, 후프를 가지고 노는 어린애에게, 뒷발로 튀어오르는 개에게, 무더운 하루가 지난 뒤 숲속에 저장된 따뜻함에, 잔물결 치는 수면 위에 하얀 리본처럼 비틀린 빛 위에. 우리는 각기 헤어졌다. 로우다와 루이스를 테라스의 항아리 옆에 서 있게 남겨놓은 채 삼림의 어둠 속에서 기진맥진하여 쓰러졌다.

　그 몰입 상태―그 얼마나 감미롭고, 얼마나 심오한가!―에서 돌아와, 수면 위로 떠올라 공모자들이 아직도 거기에 서 있는 것을 보았을 때 약간의 양심의 가책을 느꼈다. 우리는 그들이 지켜온 것을 잃어버리고 말았다. 그것을 중단시켰던 것이다. 그러나 우리는 피곤했고, 좋았든 나빴든, 완성되었건 미완성이었건 우리의 노력 위에는 어두운 베일이 내려오고 있었다. 강을 내려다보는 테라스에서 한순간 쉬고 있는 동안 빛은 가라앉고 있었다. 기선은 여행자들을 둑 위에 내려놓고 있었다. 멀리서 환호하는 소리가, 노래하는 소리가 들려왔다, 사람들이 모자를 흔들고 최후의 합창에 참가하고 있는 것처럼. 합창 소리는 수면을 가로질러 들려왔고, 평생 동안 나를 감격시킨 그 오래된 충동이 용솟음쳐 올라오는 것을 느꼈다, 타인들의 함성 위에서 아래위로 흔들리며 똑같은 노래를 부르고 싶은 충동이, 거의 의미 없는 소동, 감상, 승리,

욕망의 함성 위에서 이리저리 던져지고 싶은 충동이. 그러나 지금은 아니야. 아니야! 나는 침착할 수가 없었어. 나 자신을 식별할 수가 없었어. 일 분 전에 나를 열정적이고 즐겁게 하고, 질투하고 정신을 바짝 차리게 한 것, 그리고 그 밖의 것들을 물속에 던져버릴 수밖에 없었다. 끝없이 던져버리는 것, 타락, 우리가 원하지 않는데도 용솟음쳐 나와 소리도 없이 다리의 아치 밑을 돌진해 나아가는 것, 어떤 나무들 혹은 섬을 돌아 해조海鳥가 말뚝에 앉아 있는 곳을 흘러나가 거센 물살을 넘어 바다의 파도가 되는, 그 끝없는 포기, 스러짐에서 다시 일어날 수가 없었다 ─ 이런 해산解散에서 몸을 유지할 수가 없었노라. 그래서 우리는 헤어졌다.

그렇다면 수잔, 지니, 네빌, 로우다, 루이스와 섞여 이렇게 흘러가는 것은 일종의 죽음인가? 여러 가지 요소의 새로운 결합인가? 앞으로 닥치게 될 일의 암시인가? 짤막한 글을 긁적였고, 책은 닫았다, 나는 공부를 오래 하는 학생이 아니기 때문에. 정해진 시간에 배운 내용을 암송하는 것은 절대로 못한다. 후에 플리트 가[10]를 출퇴근 시간에 걸어 내려가면서 나는 그 순간을 생각해내고 그 생각을 계속했다. '언제까지나'라고 나는 말했다. '스푼으로 테이블을 때리지 않으면 안 되는가? 나도 동의해야 하지 않을까?' 버스는 정체되고 있었다. 한 대 또 한 대 이어서 오고, 돌 사슬에 첨가된 고리처럼 짤각하는 소리를 내고 멈췄다. 사람들은 지나갔다.

무리를 지어, 소형 서류가방을 들고, 믿기 어려울 정도로 신속하게 여기저기로 몸을 숨기면서, 범람한 강처럼 사람들은 지나갔다. 터널을 달리는 기차처럼 함성을 지르며 지나갔다. 기회를 잡은 나는 길을 횡단했다. 어두운 통로를 뚫고 이발소 안으로 들어

10 스트랜드 가 동쪽에 뻗어 있는 큰 거리. 신문업의 중심지로 유명한 곳.

갔다. 머리를 뒤로 젖히고 커다란 헝겊에 싸였다. 바로 눈앞에 있는 거울에 양팔이 묶인 자신의 육체와 길을 지나가는 사람들 모습이 비쳤다. 가다가 서서 바라보고 다시 무관심하게 가던 길을 계속 가는 사람들이. 이발사는 가위를 이리저리 움직이기 시작했다. 나는 그 차디찬 강철의 진동을 멈추게 할 힘이 없다고 느꼈다. 이리하여 우리는 머리를 깎이고 비누 거품 속에 누워 있다고 나는 말했다. 이리하여 우리는 시든 가지와 꽃이 피는 가지와 나란히 젖은 목장에 누워 있다. 이제는 더 이상 벌거벗은 산울타리 위에, 바람과 눈에, 몸을 내맡기지 않아도 되는 것이다. 돌풍이 휩쓸고 지나갈 때, 우리 짐을 치켜들기 위해 몸을 곧추세우지 않아도 된다. 아니면 작은 새가 가지에 가까이 기어오를 때, 습기로 인하여 나뭇잎이 하얘질 때 아무 말도 중얼대지 않으며 그 창백한 대낮에 머물러 있어도 된다. 우리는 잘리고 넘어졌다. 우리는 저 무정한 우주의 일부가 된 것이다. 우리가 가장 민첩할 때에는 잠을 자고 우리가 잠을 잘 때에는 빨갛게 타오르는 저 우주. 우리는 자신의 사회적 지위를 버리고 시들어 빠져서 지금 납작하게 누워 있다. 그런데 또 얼마나 빨리 잊혀지는지! 그때 나는 이발사의 눈초리에서 거리의 그 어떤 것에 흥미를 느낀 듯한 표정을 보았다.

무엇이 이발사의 흥미를 유발시켰을까? 그는 거리에서 무엇을 본 걸까? 내가 나 자신으로 돌아온 것은 이렇게 해서였다. (나는 신비주의자는 아니니까. 무언가가 항상 나를 찔러대는 거다—호기심, 선망, 감탄, 이발사에게 느끼는 흥미와 이와 유사한 것들이 나를 표면 위로 끌어올린다.) 이발사가 나의 외투에서 머리털을 털어내는 동안에 그의 정체성을 확인해보려고 애를 썼다. 그리고 나서는 지팡이를 흔들며 스트랜드 가로 들어가 자신과 대조되는 로우다의 모습을 떠올려보려고 했다. 그녀는 언제나 비밀스럽고 눈에는 항상 공포가 서려 있고, 늘 사막에서 어떤 기둥을 찾았지. 그녀가 어떤 기둥 아래로 갔는지를 알게 되었다. 그녀는 자살하고 말았다. '잠깐,' 나는 말했다. 상상 속에서 (이런 식으로 우리는 친구들과 교제하는 것이다) 나의 팔을 그녀의 팔 안에 넣으면서. '기다려. 이 버스들이 다 지나갈 때까지. 이렇듯 위험한 때에 길을 건너면 안 돼. 이 사람들은 너의 동포야.' 나는 그녀를 설득하면서 동시에 나의 영혼을 설득하고 있었던 것이다. 인생은 하나가 아니니까, 내가 남자인지 여자인지 버나드인지 네빌인지 루이스인지 수잔인지 지니 혹은 로우다인지 늘 확실히 알지 못했기 때문에 ― 상호 간의 접촉은 이렇듯 불가사의한 것이야.

지팡이를 흔들며 방금 이발한 머리칼과 목덜미를 들먹이며 성 바울 사원 옆의 거리에서 남자들이 앞으로 내밀고 있는 독일에서 수입한 싸구려 장난감 앞을 지나갔다 ― 성 바울 사원, 날개를 펴고 알을 품고 있는 암탉, 이 사원의 피난처에서 출퇴근 시간이 되니까 버스와 남녀 무리가 흘러나온다. 나는 단정한 양복을 입은 루이스가 지팡이를 손에 들고 각이 지고 약간 초연한 걸음걸이로 어떻게 이 계단을 오를까 생각해보았다. 호주 억양으로 인해('나의 아버지는 브리스베인의 은행가야') 그는 이런 오랜 의식에 나보다 훨씬 더 큰 경의를 보내며 올 것이라고 생각했다. 나는 벌써 천 년 동안이나 같은 자장가를 들어왔으니까. 나는 항상 안에 들어오면 닳아빠진 원화창圓華窓에 감동한다, 반짝반짝 광을 낸 놋쇠들, 남자아이의 우는 듯한 목소리가 길을 잃고 헤매는 비둘기처럼 돔 주위에서 울릴 때, 펄럭임이나 영창chant에도 감동한다. 죽은 자들의 휴식과 평화가 나에게 감동을 준다 ― 낯익은 깃발 아래서 편안한 전사들의 휴식과 평화가. 그 이후 나는 달팽이 모양 장식을 한 무덤의 화려함과 어리석음을 비웃는다. 그러고는 나팔과 승리와 문장紋章과 자신감, 그렇게나 쩡쩡 울리는 소리로 반복되는 부활과 영원의, 그리고 생명의 확신도 비웃는다. 그러고 나서 나의 방황과 천착하는 눈은 내게 외경에 휩싸인 어린애를 보여준다. 발을 질질 끌며 걷는 연금 생활자를, 아니면 빈약한 가슴속에 얼마나 무거운 짐을 지고 있는지는 모르지만 출퇴근 때에는 자신들을 위로하러 왔던 지친 상점 여직원들의 예배를. 나는 길을 잃고 바라보고 놀라고 때로는 몰래 누군가의 기도의 화살을 타고 돔 안에 들어와서 밖으로 멀리 그들이 가는 곳이면 어느 곳이나 올라가려고 한다. 하지만 그때 나는 길을 잃고 슬피 우는 비둘기처럼 발을 헛딛고 날갯짓을 하며 내려와서 어떤 기괴한 홈통 주둥이에, 엉망진창이 된 돌출부에, 아니면 우스꽝스러운 묘석 위에, 유머를 갖고 감탄하며 내려앉았다가 다시 발을 질질 끌면서 『베데커』[11]를 들고 지나가는 관광객들을 지켜보고 있는 자신을 발견한다. 그러는 사이에도 소년의 목소리는 돔 안에서 솟아오르고 오르간은 이따금 거대한 승리의 순간에 빠진다. 그렇다면, 나는 물었다, 루이스는 어떻게 우리를 한 지붕 아래 넣어 하나로 만들 것인가? 빨간 잉크, 대단히 가느다란 펜촉으로 어떻게 우리를 가두어 하나로 만들 것인가? 울음소리는 돔 안에서 사라졌다.

그래서 다시 거리로 나와 지팡이를 흔들며 문방구 진열장에 있는 철사로 만든 쟁반, 식민지에서 재배한 과일을 담은 바구니를 보며 '삐리 고이 삐리 양의 언덕에 올라'[12]라든가 '들어봐, 들어보라니까, 개들이 짖고 있잖아'[13] '이 세상 태평성대가 다시 시

---

11 독일에서 출판된 여행 안내서.
12 셰익스피어의 『리어 왕』의 3막 4장. 에드거가 하는 말.
13 앞의 작품의 242쪽 참조.

작되고 있어'[14] '오너라, 오너라, 죽음이여'[15], 시와 난센스를 한데 섞으면서 흐름 속에 묻혀 부유하고 있다. 항상 무언가를 하지 않으면 안 된다. 화요일이 월요일에, 수요일이 화요일에 이어진다. 어느 것이나 꼭 같은 잔물결을 퍼뜨린다. 생존은 한 그루의 나무같이 연륜을 더한다. 나무같이 잎을 떨어뜨린다.

어느 날 들로 통하는 문에 기대고 있을 때 리듬이 멈췄다. 운율과 허밍이, 난센스와 시가 멈춰버렸다. 마음속에 공간이 생겼다. 울창한 습관의 잎들을 뚫고 내면을 들여다보았다. 문에 기대면서 나는 인생이 그렇듯 많은 쓰레기, 그렇게나 많은 미완성과 분리로 이루어진 것이 못내 안타까웠다. 런던을 가로질러 친구를 만나러 갈 수 없을 정도로 인생은 약속으로 가득 차 있으니까, 배를 타고 인도에 가고, 벌거벗은 남자가 푸른 바다에서 창으로 물고기를 낚아올리는 것을 볼 수도 없다. 인생은 불완전한 미완성의 문장이라고 나는 말했다. 시종 일관성을 유지하기란 불가능했다. 기차 안에서 주문 판매하는 남자면 그 누구에게서라도 코담배를 사는 나같이 별 볼 일 없는 인간이 여러 세대의 의식, 빨간 물동이를 나일 강에 운반하는 여자들의 의식, 정복과 이주의 한가운데서 노래하는 나이팅게일의 의식을 계속 갖는 것은 불가능했다. 그것은 너무도 장대한 기도企圖라고 나는 말했다, 그리고 어떻게 계단을 오르기 위하여 끊임없이 다리를 치켜들 수 있단 말인가? 함께 북극에 가고 있는 친구에게 말하듯이 나 자신에게 그렇게 말했다.

수많은 굉장한 모험을 같이 한 자아를 향해 나는 말을 걸었다, 모두 다 잠자리에 든 다음 부젓가락으로 타다 남은 숯 덩어리들

14 셸리의 『헤라스』의 코러스 부분.
15 앞의 작품 242쪽 참조.

을 저으면서 난로 앞에 허리를 구부리고 앉아 있는 성실한 남자를 향해, 너도밤나무 숲 가운데에서, 둑 위에서, 버드나무 옆에 앉아서, 햄프턴 궁전의 난간에 기대어, 그렇게나 신비하게 그리고 갑작스럽게 몸을 부풀린 남자를 향해, 위기에 처해 침착하게 '동의하지 않겠어'라고 말하며 테이블을 스푼으로 내리친 남자를 향해.

색이 있는 파도처럼 흔들리는 들판을 내려다보며 문에 기대고 있는 지금 자아는 대답하지 않았다. 어떤 반대도 하지 않았다. 문장을 만들려는 시도도 하지 않았다. 주먹도 쥐지 않았다, 나는 기다렸다. 귀를 기울였다. 아무 소리도 들리지 않았다. 아무 소리도. 완전히 버려졌다는 사실을 갑자기 확신하고 나는 절규했다. 이제는 아무것도 없다. 이 끝없는 바다를 교란시킬 지느러미 하나도 없다. 인생은 나를 파괴시켜 버린 것이다. 내가 말을 해도 메아리 하나 돌아오지 않는다, 내가 한 말을 바꾸지도 않는다. 이것이야말로 친구들의 죽음보다도, 청춘의 죽음보다도 더 진실한 죽음이다. 나는 이발소에서 단지 그 정도의 공간을 점하고 있을 뿐인, 천으로 둘러싸인 인간에 지나지 않는다.

눈 아래 풍경은 시들어버렸다. 그것은 마치 해가 지고 난 후 여름의 잎을 무성하게 하는 대지를 시들게 하고, 약하게 하고, 거짓되게 하는 일식 같은 것이었다. 나는 또한 구불구불한 도로 위에서 옛날의 우리 그룹이 먼지 속에서 춤을 추는 것을 보았다, 어떻게 그들이 모여서, 어떤 식으로 함께 식사를 하고, 이 방, 저 방에서 만났는가를 본 것이다. 나는 나 자신의 못 말리는 분주다사함을 보았다 ― 한 가지 일에서 다른 일을 향해 달리면서, 가지고 왔다가 가지고 갔다가, 여행을 떠났다가 돌아왔다가, 이런저런 그룹에 가담하고, 여기서 키스하고 저기서 몸을 빼고, 항상 무언가 이상한 목적을 위해 크게 긴장하고 있었던 것이다, 냄새를 추적하는 개처럼 지면에 코를 대고, 이따금 머리를 아래위로 흔들어대고, 놀라움과 절망에 울부짖고, 그러고는 다시 코로 냄새를 좇았다. 이 무슨 난삽함이며 ― 혼란인가, 여기선 탄생, 저기선 죽음, 유쾌함과 즐거움, 노력과 고뇌, 항상 여기저기를 달리는 나 자신. 이제는 끝났다. 이제는 더 이상 만족시켜야 할 식욕도 없고, 사람들을 찌를 가시도 없다, 날카로운 이도, 움켜잡을 손도, 배, 포도, 과수원의 벽으로부터 내리비치는 햇빛을 느껴보고 싶은 욕망도 이제는 없다.

숲은 사라져버렸다, 대지는 그림자의 광야였다. 겨울 풍경의 조용함을 깨뜨리는 소리는 단 하나도 없었다. 우는 수탉도 없고, 연기 한 가닥 피어오르지 않았고, 달리는 기차도 없었다. 자아를 상실한 남자, 라고 나는 말했다. 문에 기대고 있는 무거운 육체. 죽은 남자. 냉정한 절망과 완전한 환멸의 기분으로 나는 먼지의 춤을 훑어보았다, 나의 인생, 친구들의 인생, 빗자루를 든 남자, 글을 쓰고 있는 여자들, 믿기지 않는 환상적인 존재들의 인생, 강가의 버드나무를 ― 먼지로 이루어진 구름과 환영들을, 생겨났다 사라졌다가 금색 아니면 빨갛게 변했다가 정상에서 미끄러져서는 여기저기에 변하기 쉽고 헛되이 크게 흔들리는 구름같이 변화하는 먼지에서 만들어진 것을. 공책을 들고 다니며 문장들을 만들면서, 나는 변화만을 기록한 것이다, 그림자를, 그림자를 부지런히 관찰하고 있었던 것이다. 이제는 어떻게 해나가야 할까? 나는 말했다. 자아를 상실해서 무게도 없고, 비전도 없고, 무게도 없고, 환상도 없는 세계에서?

내 실망의 무게가 기대고 있던 문을 밀어 열리게 했고, 초로의 남자를, 머리가 희끗희끗한 둔중한 남자인 나를 색이 바랜 들판에, 텅 빈 들판에 밀어넣었다. 이제는 메아리도 들리지 않고, 환영도 보이지 않고, 저항도 불러일으키지 않고, 항상 그림자도 없이 걷고, 죽은 대지에 자국을 남기지도 않는다. 설사 우적우적 뭔가를 씹어 먹으면서 한 발자국씩 내딛고 있는 양들이 있었다 하더라도, 아니면 한 마리의 새가, 대지에 삽을 찔러대고 있는 남자가 있었다 하더라도, 나에게 발을 걸어 넘어뜨릴 가시덤불이, 그곳으로 떨어질 것 같은, 젖은 잎들로 축축한 고랑이 있다손 치더라도—하지만 아니야, 우울한 오솔길은 평원을 따라 나 있었는데, 따라가 보니 더 황량한 추위와, 창백함에 이르게 되었고 도처에 무미건조하고 우중충한 경치가 펼쳐져 있었다.

그렇다면 어떻게 해서 일식 이후의 햇빛이 세계에 돌아오는 걸까? 기적적으로. 약하게. 얇은 줄이 되어. 그것은 유리 새장같이 매달려 있다. 그것은 작은 충격에도 부서질 정도로 얇은 고리이다. 저기에 불꽃이 피어오르고 있다. 다음 순간에는 담갈색의 용솟음이. 그러고는 마치 대지가 처음으로 한두 번 호흡을 하고 있기나 한 것처럼 증기가. 다음에는 구름 아래 누군가가 초록빛을 손에 들고 걷고 있다. 그러고는 하얗게 부활한 어렴풋한 빛이 떠오른다. 숲은 청색과 초록으로 숨을 쉬고 서서히 빨간색, 금색, 갈색을 들이마신다. 갑자기 강이 파란빛을 낚아챈다. 대지는 천천히 물을 마시는 스펀지처럼 색을 흡수한다. 그것은 무게가 나가고, 둥글게 되어 대롱대롱 걸려 있다. 우리 발밑에 자리 잡고 흔들린다.

이렇듯 풍경은 내게 돌아왔다, 그리하여 색이 있는 파도같은 들판이 눈 아래에서 흔들리는 것을 나는 보았다, 하지만 지금은 이런 차이가 있다, 즉, 나는 보지만 내 모습이 남에게는 보이지 않는다는 것이다, 나는 그림자도 드리우지 않고 걸었다, 예고도 없이 왔다. 옛날의 외투, 옛날의 반응은 모두 떨어뜨려 버렸다, 소리를 되돌려 보낼 힘도 없는 손을 떨어뜨려 버렸다. 망령같이 야위고, 걸어도 발자국을 남기지 않으며, 그저 느끼기만 하면서 나는 아무도 밟아보지 않은 세계를 혼자 걸었다, 새로 피어난 꽃들을 스치고 지나가며, 어린애처럼 한 음절밖에 말하지 못하면서, 문장을 만들어 숨을 장소도 없이 — 그렇게나 많은 문장을 만들어 온 내가, 항상 나와 같은 부류의 사람들과의 교제를 꾀했던 내가, 덩그러니 혼자서, 언제나 텅 빈 난로나, 금색 손잡이가 흔들리고 있는 찬장을 누군가와 함께 해온 내가.

그러나 자아 없이 본 세계를 어떻게 묘사할까? 단어도 없는데. 파랑, 빨강 — 심지어는 이것들도 정신을 산란하게 한다, 빛을 통과시키지 않고 두껍게 감추고 있다, 어떻게 또다시 분명하게 단어로 묘사하거나 말하나? — 단지 이것은 시들어버린다, 라고 할 수 있을 뿐이다, 서서히 변형하여 단 한 번의 짧은 산책 도중에도 타성이 되어버린다는 것 이외에는 — 이 장면도 마찬가지이다. 걷고 있는 사이 맹목 상태가 돌아오고, 책장의 구별이 거의 되지 않는다. 바라보고 있는 동안에도 환상 같은 문장들을 끌고 아름다움이 돌아온다. 사람은 실제로 호흡을 한다, 기차는 연기로 귀가 처진 들판을 건너 골짜기를 내려갔다.

하지만 한순간 바다의 흐름을, 숲의 소음을 굽어보는 어딘가의 잔디에 앉아 나는 집을, 뜰을, 부서지는 파도를 보고 있었다. 그림책의 페이지를 넘겨주던 늙은 유모가 동작을 멈추고 말했다. '봐라, 이것이 진실이다'라고.

오늘 밤 샤프츠버리 가를 거닐면서 그 일을 생각했다. 그림책의 그 페이지를 생각하고 있었다. 그래서 외투를 걸러 가서 당신을 만났을 때 혼자 생각했다, '내가 누구를 만나든지 상관없어. 이러한 '생존'의 사소한 일들은 모두 끝나버렸어. 이 사람이 누구인지 모르지만 상관없어. 함께 식사합시다'라고. 그래서 외투를 걸고 당신의 어깨를 툭 치고, '함께 앉읍시다'라고 말했던 것이다.

자, 식사는 끝났다. 과일 껍질과 빵 부스러기에 둘러싸여 있네. 나는 이 다발(나의 인생)을 부수어서 당신에게 건네주려고 했다. 그러나 그 안에 실체가, 진실이 있는지 없는지 나는 모른다. 우리가 어디에 있는지조차도 정확히 모른다. 저 넓은 하늘은 어떤 도시를 내려다보고 있는가? 우리가 앉아 있는 곳은 파리인가, 런던인가, 아니면 독수리들이 날아오르는 높은 산 아래 분홍색으로 칠해진 집들이 사이프러스 나무 그늘 아래 놓여 있는 어떤 남국의 도시인가? 이 순간 나는 확실히 모른다.

잊어버리기 시작하고 있어, 테이블의 고정성을, 바로 이 장소의 현실성을 의심하기 시작하고, 분명하고 단단해 보이는 물체의 가장자리를 주먹으로 세게 치면서 '너 단단해?'라고 묻기 시작하고 있어. 나는 그렇게나 많은 다른 물체들을 보아왔고, 그토록 많은 상이한 문장들을 만들어왔다. 먹고 마시고 양쪽 눈두덩을 문지르는 과정에서, 영혼을 덮고 있는 얇고 단단한 껍데기를 잃어버리고 말았다, 그것은 젊었을 때에는 사람을 가둔다, 이리하여 젊은이가 난폭해지고 그들의 냉혹한 부리가 쪼아대게 되는 것이다. 이제 묻노라, '나는 도대체 누구인가?'라고. 버나드, 네빌, 지니, 수잔, 로우다, 그리고 루이스에 관한 이야기를 해왔지만 나는 그들 모두인가? 별개의 존재인가? 모르겠다. 우리는 다 같이 여기에 앉아 있었지만 퍼서벌은 죽었고, 로우다도 죽었다, 우리는 흩어져서 지금 여기에 없다. 하지만 우리를 갈라놓는 어떤 장애물도 찾아볼 수 없어. 나와 그들 사이에는 아무런 경계도 없어. 이야기를 하면서 '나는 너다'라고 느꼈다. 우리가 그토록 대단하게 생각하는 차이도, 그렇게나 열정적으로 소중히 여기는 개성도 정복되었다. 그렇다, 친애하는 컨스터블 부인이 스펀지를 들고 머리부터 따뜻한 물을 몸에 들어부은 이래 나는 민감한 지각력을 지니게 되었다. 내 이마에는 퍼서벌이 낙마했을 때 받은 상처가 있다. 내 목덜미에는 지니가 루이스에게 키스한 자국이 있다. 나의 두 눈에는 수잔의 눈물이 가득 찬다. 저 멀리 로우다가 본 기둥이 금색 실처럼 떨고 있는 모습이 보이고, 그녀가 튀어올랐을 때 그 비상이 불러일으킨 돌풍이 느껴진다.

  그래서 이 식탁에 앉아 나의 인생 이야기를 양손 사이에서 만들어내어 하나의 완전한 물건으로 당신 앞에 내어놓으려고 할 때 아득하게 멀리 지나가 버리고, 깊이 묻혀버린 여러 가지 일들을, 이 인생 저 인생 속으로 파고 들어가 그 일부가 된 일들을 회상해내지 않으면 안 된다. 꿈, 나를 에워싸고 있는 것들, 동거인들, 밤낮으로 머리에 떠오르는 늙고, 생기없는 망령들도, 자면서 몸을 뒤척이고, 혼란스러운 절규를 내뱉고, 환영의 손가락을 내밀고 도망치려 하는 나를 부여잡는 망령들—자신이 그렇게 되었을지도 모르는 그림자들, 태어나지 않은 여러 개의 나 자신들도. 예의 짐승도 있고, 야만인도 있고, 밧줄 같은 내장에 손가락을 담그는 털이 난 남자, 게걸스럽게 먹어치우고는 트림을 하는 남자가, 후두에서, 내장에서 목소리를 짜내어 말을 하는 남자가—그렇다, 그가 여기 있다. 그가 내 안에 버티고 앉아 있는 것이다. 오늘 밤 그는 메추라기 고기와 샐러드와 송아지의 췌장을 배불리 먹었다. 지금 그는 고급 브랜디 잔을 손에 들고 있다. 내가 마실 때 그는 분개하고 목을 떨고 내 척추에 뜨거운 전율을 느끼게 만든다. 확실히 그는 식사하기 전에 손을 씻는다, 하지만 그래도 손에는 털이 많다. 바지와 조끼의 단추를 채우고 있지만 같은 오장

육부를 품고 있는 것이다. 내가 식사를 기다리게 하면 조롱한다. 탐욕스럽고, 간절하게 원하는 거의 백치와도 같은 몸짓으로 먹고 싶은 것을 손가락으로 가리키면서 끊임없이 얼굴을 찌푸린다. 사실 이놈을 다루기가 때로는 상당히 어려워. 이 털보, 원숭이 같은 남자는 내 인생에서 한 몫을 톡톡히 했어. 초록의 것에 초록의 광휘를 더해주었고, 붉은 불길로 활활 타고 있는 그의 횃불을 치켜들고 있었다, 잎사귀라는 잎사귀마다 뒤에서 진하고 눈에 매운 연기를 뿜어내면서. 그는 심지어는 서늘한 정원까지도 밝혀놓았다. 그는 음산한 뒷골목에서도 횃불을 흔들었고, 소녀들은 갑자기 빨갛고 환상적인 반투명체가 되어 빛이 나는 것처럼 보였다. 오오, 그는 횃불을 높이 쳐들었다! 나를 열광적으로 춤추게 만들었다!

하지만 이제 더 이상은 아니야. 오늘 밤 나의 육체는 한 단씩 올라간다, 마치 바닥에 양탄자들이 여기저기 흐트러져 있고, 중얼거리는 소리가 들려오기 시작하고, 제단에서 연기가 피어오르는 어느 서늘한 사원처럼. 그러나 여기 매우 높은 나의 맑은 머릿속에는 아름다운 멜로디의 질풍, 향기의 파도만이 밀려온다, 반면에 길 잃은 비둘기는 슬피 울어대고 무덤 위의 깃발은 떨리고, 열린 창문 밖에서는 한밤중의 어두운 바람이 나무들을 뒤흔든다. 이 높은 곳에서 내려다보니까 부서진 빵 부스러기도 그 얼마나 아름다운가! 배 껍질이 얼마나 아름다운 나선형을 만드는 것일까―얇고, 해조의 알같이 얼룩덜룩하고. 곧바로 나란히 놓인 포크조차도 빛나고, 논리적이고, 정확해 보인다, 우리가 남긴 뿔 모양의 빵은 번쩍이고 노랑으로 칠해지고 단단해졌다. 나는 나 자신의 손까지도 숭배하고 싶을 지경이다, 푸른색의 신비한 혈관으로 줄이 간 부채 모양의 뼈, 놀라울 정도의 능숙함, 부드러움, 부드럽게 구부렸다가 갑자기 짜부라트릴 수 있는 능력 ─ 그 무한의 감수성을 숭배하고 싶다.

　끝없이 수용하고, 어느 것이라도 품에 받아 안고, 충족감에 몸을 떨면서도 명확하고 억제하며 ─ 이런 것이 나의 존재라고 생각한다. 이제 욕망이 그것을 쫓아내서 더 이상 쫓을 것도 없고, 호기심이 무수한 색깔로 물들이는 일도 없는 지금 그것은 깊게, 조수도 없이, 일체를 면제받은 상태로 누워 있다. 그는 죽었으니까. 내가 '버나드'라고 부른 그 남자, 호주머니에 공책을 넣고 다니면서 ─ 달에 관한 문장들, 사람의 용모에 관한 것들, 사람들이 어떻게 바라보고, 몸을 돌리고 담배꽁초를 떨어뜨리고 하는 것을 기록한 남자, 'B'라는 항목에는 나비 가루를, 'D'라는 항목에는 죽음의 명칭을 적어넣던 남자는 죽었으니까. 그러나 문을 열어보자, 돌쩌귀 위에서 끊임없이 돌고 있는 유리문을. 여인을 들어오게 하라, 야회복을 입고 수염이 난 청년을 앉게 하자, 무언가 내게 이야기해줄 것이 있나? 아니야! 나도 그 모든 것을 이미 알고 있어. 그러니 그녀가 갑자기 일어나서 떠나면, '당신,' '이제는 더 이상 나를 상대해주지 않는군요.'라고 나는 말하는 거다. 나의 전 생애를 통해 쩡쩡 울렸던, 떨어지는 파도의 충격은, 나를 정신이 번쩍 나게 해서 찬장의 금색 손잡이를 보게 했던 저 부서지는 파도의 충격도 이제는 더 이상 내가 쥐고 있는 것을 떨게 하지 못한다.

　그래서 이제 사물의 신비를 떠맡고 나는 이 장소를 떠나지 않고도, 의자에서 꼼짝하지 않고도, 스파이처럼 떠나갈 수가 있는 것이다. 야만인이 야영 모닥불 옆에 앉아 있는 사막 땅의 머나먼 가장자리에도 가볼 수 있다. 해는 떠오른다, 소녀는 물기 머금은 듯한, 심지가 빨갛게 타오르는 보석을 이마에 들어올린다. 태양은 잠자고 있는 집을 곧바로 비춘다. 파도는 물결을 더욱 깊게 만

306

들어놓고서는 해변에 몸을 던진다. 물보라를 일으키고, 보트와 씨-할리 주위로 물을 눌러 흐르게 한다. 새들은 합창을 하고 꽃줄기 사이로는 깊은 터널이 달린다. 집은 하얗게 되고, 잠자는 사람은 기지개를 켠다, 서서히 모든 것이 움직이기 시작한다. 빛이 방에 쏟아져 들어오고, 어둠의 저쪽으로 그림자를 쫓아내고, 그림자는 불가사의한 주름을 형성하며 걸려 있다. 한가운데에 있는 그림자는 무엇을 품고 있을까? 무언가 품고 있기는 한 건가? 아무것도 품고 있지 않은 건가? 모르겠다.

아아, 그러나 너의 얼굴이 있다. 나는 너의 눈을 잡는다, 자신을 그토록 거대한 사원, 교회, 전 우주라고 생각하고, 끝이 없고, 사물의 가장자리에도 그 어디에도 있을 수 있는 존재라고 생각해온 나는 이제는 너의 눈에 비치는 것 ― 테이블 위에 한쪽 팔꿈치를 기대고(거울 속의 자신을 보고 있다) 왼손으로 오래된 브랜디 잔을 들고 약간 살이 찌고 귀 언저리가 반백이 된 초로의 남자이다. 그것이 네가 나에게 가한 일격이다. 나는 걸으면서 빨간 기둥 모양의 우편함에 꽝 하고 부딪혔다. 이리저리 뒤로 밀려나 양손을 머리에 갖다 댄다. 모자는 날아가 버렸고 ― 지팡이를 떨어뜨렸어. 이러니 당연히 바보 노릇을 한 나를 보고 지나가던 사람들이 웃어댔지.

아아, 인생이란 그 얼마나 역겨운 것이던가! 얼마나 비열한 수단을 우리에게 휘두르는가 말이다. 한순간 자유롭다고 생각하노라면 바로 그다음 순간은 이런 식이다. 여기 우리는 또다시 빵 부스러기와 지저분해진 냅킨 사이에 있게 된다. 나이프에는 벌써 기름이 응고되어 있고, 혼란, 불결, 부패가 우리를 에워싼다. 우리는 죽은 새들의 몸뚱이를 입안에 넣고 있었다. 우리는 이 기름이 묻은 빵 부스러기, 군침으로 젖은 냅킨, 그리고 작은 사체들을 가지고 무언가를 이루어내지 않으면 안 된다. 언제나 다시 시작한다, 적은 항상 있다, 우리의 눈을 맞이하는 눈이. 우리의 손가락을 비트는 손가락이, 대기하고 있는 수고가. 종업원을 불러라. 지불해라. 의자에서 일어나야만 한다. 코트를 찾아야만 하고. 가야만 하고. 해야 한다, 하지 않으면, 해야 해 ─ 지겨운 말들이로다. 모든 것에서 면제받았다고 생각했던 나, '일체의 것에서 벗어났다.'라고 말했던 나는, 파도가 나를 완전히 거꾸러뜨리고 재산을 풍비박산 나게 하고, 나로 하여금 모으고 집합시키고 쌓아올리고, 군대를 소집해서 일어나 적에게 대항할 자세를 다시 한번 가다듬게 한다.

이 정도의 고통을 감내할 수 있는 우리가 이런 정도의 고통을 가해야 하다니 이상도 하지. 아프리카행 배의 현문舷門 위에서 딱 한 번 만났다고 생각되는 정도의 거의 모르는 사람의 얼굴에 ─ 그저 눈과 뺨과 콧구멍의 윤곽정도만 아는 ─ 이런 모욕을 가할 힘이 있다는 것은 불가사의한 일이다. 너는 보고, 먹고, 미소 짓고, 지루해하고, 기뻐하고, 짜증을 내고 ─ 이 정도가 내가 알고 있는 것이다. 그렇지만 한 시간 아니면 두 시간 내 옆에 앉아 있던 그림자, 두 개의 눈으로 훔쳐보는 이 마스크에는 나를 쫓아보내서, 온통 타인의 얼굴뿐인 가운데 결박해 무더운 방에 가둘 힘이 있는 것이다, 나를 이 양초에서 저 양초로 나방처럼 휙 휙 지나가게 할 힘이 있는 것이다.

하지만 기다려줘. 그들이 스크린 뒤에서 계산을 하고 있는 동안 잠깐만. 과일 껍질, 빵 부스러기, 그리고 오래된 고기 조각들 사이에서 나를 비틀거리게 했던 그 타격 때문에 너를 꾸짖었으니까 너의 시선 아래에서 강요당해 어떻게 내가 이것저것 기타 등등을 감지하기 시작했는지도 짧막하게 기록하겠다. 시계가 재깍거린다, 여인은 재채기를 하고 종업원은 오고 있고―서서히 모여들어서 하나가 되어 가속과 합일이 생긴다. 잘 들어봐, 호루라기 소리가 들리고, 바퀴가 돌진하는 소리, 문이 돌쩌귀에서 찍찍거리는 소리가 들려. 나는 복잡성, 현실, 그리고 투쟁 의식을 되찾은 것에 대하여 너에게 감사한다. 그리고 약간의 동정심과 선망과 선의를 지니고 너의 손을 잡고 작별을 고하노라.

고마운 고독이여! 지금 나는 혼자다. 잘 모르는 그 사람은 떠났다, 기차를 타려고, 택시를 타려고, 어딘가에 가려고, 아니면 내가 모르는 사람을 만나려고. 나를 바라보고 있던 얼굴은 사라졌다. 압박이 없어졌다. 빈 커피 잔들이 있다. 의자가 돌려져 있지만 아무도 앉지 않았다. 비어 있는 테이블이 있지만 오늘 밤은 더 이상 아무도 식사하러 오지 않는다.

자, 찬미의 노래를 부르자, 고마운 고독이여. 혼자 있게 해다오. 이 존재의 베일을, 밤낮으로, 밤새도록, 온종일, 바람이 조금만 불어도 모습을 바꾸는 구름을 내던져버리자. 여기에 앉아 있는 동안에도 나는 변화하고 있었다. 하늘이 변하는 것을 주목했다. 구름이 별들을 감쌌다가 풀어주었다가 다시 숨기는 것을 보았다. 이제는 더 이상 이러한 변화를 보지 않는다. 이제는 아무도 나를 보지 않고 나도 더 이상 변화하지 않는다. 눈의 압박을, 육체의 유혹을, 거짓말과 문장들 일체의 필요를 제거시킨 고마운 고독이여.

문장을 가득 적어넣은 나의 공책은 마루에 떨어졌다. 테이블 밑에 놓여서, 종잇조각, 오래된 전차표, 여기저기 공 모양으로 구겨지고 다른 잡동사니와 함께 쓸어버려야 할 쓰레기와 함께 남겨진 쪽지를 치우러 새벽에 지친 몸을 끌고 온 허드렛일하는 여인이 쓸어버리게 되어 있다. 달을 표현하는 문장은 무엇인가? 사랑을 나타내는 문장은? 어떤 이름으로 죽음을 부르는가? 모르겠다, 내게는 연인들이 쓰는 이심전심의 짤막한 언어가 필요해, 애들이 방에 들어올 때 어머니가 바느질하고 있는 것을 보고는 밝은 색깔의 털실, 깃털, 사라사 무명 조각을 집어들면서 하는 단음절의 단어들이. 울부짖는 소리, 절규가 내게는 필요해. 늪지대에 폭풍우가 휘몰아쳐 도랑 속에 아무도 보살피지 않는 상태로 누워 있는 내 위를 휩쓸고 지나갈 때 나는 언어가 필요하지 않다. 단정한 것은 아무것도 필요 없다. 발을 마루 밑에 붙이고 서는 것도. 부서져 흩어지는 가슴의 신경에서 신경으로 메아리치는 열광적인 음악이나, 거짓된 문장을 만들어내는 반향이나, 아름다운 메아리도 소용이 없다. 문장과는 이제 인연을 끊어버렸다.

침묵이 얼마나 더 좋은가, 커피 잔, 식탁. 말뚝 위에서 날개를 펴는 외로운 바닷새처럼 혼자 앉아 있는 것이 얼마나 더 좋은가. 이 커피 잔, 이 나이프, 이 포크 등의 단순한 물건들, 사물의 본질, 물건 본연의 물건, 나 자신인 나와 함께 언제까지나 여기에 앉아 있게 해달라. 가게 문을 닫고 떠나야 할 시간이라는 암시를 하면서 나를 괴롭히지 말아달라. 나를 방해하지 말고 조용히 혼자 앉아 있게만 해준다면 내가 가진 돈 전부를 기꺼이 주겠노라.

하지만 웨이터장이 자신의 식사를 마치고 나타나서 얼굴을 찡그린다, 호주머니에서 머플러를 꺼내고는 여봐란 듯이 떠날 준비를 한다. 그들은 가지 않으면 안 된다, 셔터를 내리고 테이블보를 접고, 젖은 걸레로 테이블 아래를 한 번 닦아야만 한다.

그렇다면 똥이나 먹어라. 아무리 패배했다손 치더라도 몸을 일으켜서 내 코트를 찾지 않으면 안 된다, 소매에 팔을 끼고 밤공기에 대비해서 몸을 감싸고 나가지 않으면 안 된다. 나, 나, 나는 피곤하지만, 많이 지쳤지만, 사물의 표면에 코를 대고 비비느라고 지쳐버렸지만 동작이 굼떠지고 힘든 일을 싫어하는 초로의 남자인 나지만 가서 마지막 기차를 타야만 한다.

다시 한 번 늘 보던 거리가 내 앞에 펼쳐진다. 문명의 천개는 다 타버렸다. 하늘은 반짝반짝하게 닦은 고래 뼈같이 검다. 그러나 하늘에는 들불인지 아니면 여명인지 한 점의 불빛이 있다. 어떤 종류의 부산함이 느껴진다―어딘가 플라타너스 나무 위에서 지저귀고 있는 참새 떼 소리가 들려온다. 날이 밝는 느낌이 든다. 이 것을 여명이라고 부르지는 않으련다. 거리에 서서 약간 현기증을 느끼며 하늘을 올려다보고 있는 초로의 남자에게 도시의 여명은 도대체 무엇이란 말인가? 여명은 하늘이 희끄무레해지는 것, 아니 면 어떤 종류의 재생이다. 또 하루, 또 하나의 금요일, 또 하루의 삼월, 일월, 혹은 구월 이십 일. 또 다른 각성. 별들은 퇴장하고 꺼 진다. 파도 사이의 모래톱은 깊어진다. 안개의 막은 들판에 두꺼 워진다. 붉은빛이 장미꽃들 위에, 그리고 침실 창가에 걸려 있는 엷은 색 장미 위에도 드리운다. 한 마리의 새가 지저귄다. 오두막 에 사는 사람들은 아침 일찌감치 양초에 불을 켠다. 그렇다, 이것 이 영원의 재생, 부단한 삶과 죽음, 또한 죽음과 삶이다.

그러고는 내 안에서도 파도가 일어선다. 부풀어오르고 등을 구 부린다. 나는 다시 한 번 새로운 욕망을, 기수가 처음에 박차를 가 하고는 뒤로 잡아끄는 자존심이 강한 말같이 내 밑에서 용솟음 치는 어떤 것을 느낀다. 지금 내가 타고 있는 너, 우리가 이 보도 를 발길질하며 서 있을 때 어떤 적이 우리를 향해 달려오는 것을 느끼는가? 그것은 죽음이다. 죽음이 적이다. 내가 창을 공격태세 로 꼬나잡고 젊은 사람처럼, 인도에서 말을 타고 달렸을 때의 퍼 서벌처럼 나의 머리칼을 휘날리며 죽음에 맞서서 말을 타고 돌 진한다. 말에 박차를 가한다. 정복당하지 않고, 굴복하지 않고, 너 를 향해 내 몸을 던지노라, 오오 죽음이여!"

파도는 해변에 부서졌다.

영혼의 자서전

    작가는 일기에 "완전히 실패할지도 모르지만 나는 이런 작품을 쓰는 나 자신을 매우 존경한다"라고 적고 있다. '영혼의 자서전'이라고 불리는 이 작품은 소설이 아니라 한 권의 서사시라고 할 수 있다.

    소위 걸작이라는 것이 작가의 인생관을 가장 충실하게 전달하는 작품을 일컫는다면 이 소설은 틀림없이 걸작이다. 전통에서 벗어나 소설의 소재를 시적으로 엮어나간 이 작품은 결국 종래의 소설이 독자에게 전달하는 것들 가운데서 가장 핵심적인 것들만을 군더더기 없이 전했다고 할 수 있다. 전통적인 소설의 플롯, 인물, 시간, 배경, 사건 등을 전혀 쓰지 않고도 이와 같은 성과를 거둘 수 있다면 이 작품에 쓰인 기법도 충분히 높은 평가를 받을 만한 가치가 있다.

    소설 기법이라는 측면에서는 부단히 실험을 거듭하고 있지만 이 작가가 독자에게 전달하고자 하는 메시지는 시종 변함이 없다. 그것은 우리 인간이라는 존재는 우리의 의지와 상관없이 태어나, 잠시 잠깐 사는 척하다가 어느 날 가뭇없이 사라지고 마는 허망하기 이를 데 없는 존재라는 것이다. 하지만 우리가 노력하여 어렵사리 이타利他의 경지에 도달하면 이 하루살이성에서 벗어나 영원성의 세계에 참여할 수 있다고 작가는 믿고 있다. 따라서 우리의 최대의 과제는 이기적 자아의 질곡에서 벗어나 그 길이 아무리 멀고 고되더라도 이타적 사랑의 세계로 들어서는 것이다.

이 소설에 대하여 비평가들은 우선 이 작품이 울프의 가장 현대적인 실험소설이라는 점을 지적한다. 이 점에 대해서는 논란의 여지가 없다. 그러나 이 작품의 위대성은 그 기교에서 그치지 않는다. 케빈 앨리그젠더 분Kevin Alexander Boon은 이 작품을 다음과 같이 평하고 있다. "내게 가장 큰 영향을 준 소설이 무어냐는 질문에 나는 '버지니아 울프의 『파도』'라고 대답했다. 이 작품을 처음 읽었을 때 나는 지적으로뿐만 아니라 감성적으로 그리고 영적으로 감동되었다는 사실을 즉시 알 수 있었다." 또한 울프가 누구보다도 두려워했던 비평가이며 그녀의 남편이기도 한 레너드 울프Leonard Woolf도 "확실히 걸작이다. ……여태껏 그녀가 쓴 작품 가운데서 최상의 것이다"라고 평했다. 소설가 포스터 E. M. Forster도 "울프의 가장 위대한 작품이며 비범한 성취"라고 극찬했다. 이어서 그는 다음과 같이 말하고 있다. "『파도』를 읽고 우리가 흥분하는 것은 이 작품을 통해 우리 자신이 성장하고 기억력이 촉진되며 감지력이 깊어지기 때문이지, 종래의 소설처럼 또 하나의 인물이 우리의 기억에 남기 때문은 아니다."

이와 같은 극찬을 받는 작품을 써낸 작가의 고생이 이만저만이 아니었으리라는 것은 쉽사리 짐작할 수 있으며, 작품의 성격상 독자도 편안하게 즐길 수만은 없다. 극도로 농축된 철학시를 음미하듯이 조금씩, 그리고 찬찬히 읽어나가야 한다. 그렇다. 이 작품은 소설이 아니라 한 권의 시집이다. 아무 데나 펼쳐도 눈물겹도록 아름답고 가슴 시린 격조 높은 시를 마주하게 된다.

2003년 6월 27일부터 29일에 걸쳐서 국제 울프 심포지엄이 모스크바 인문대학에서 개최되었다. 이 모임은 러시아 문학과 울프의 특별한 관계 때문에 울프 학자들의 주목을 받았다. 학회 마지막 날 우리는 야스나야 폴랴나에 있는 톨스토이의 생가를 방문했다. 양쪽에 자작나무(베리오자) 숲이 끝없이 이어져 있는 길을 세 시간 남짓하게 달리고 있는 기차 안에서 필자는 참석자 중 한 미국인 학자에게 울프의 아홉 개의 소설 가운데서 어느 것을 가장 좋아하느냐고 물었다. 한참 생각해보더니 『파도』라고 대답했다. 이유를 물었더니 "끊임없이 피어오르는 이미지" 때문이라고 했다. 이것은 정말로 기가 막힌 지적이었다. 신비하고도 찬란한 이미지가 미처 주체할 수 없을 정도로 꼬리를 물고 피어난다.

해설을 쓰면서 절실히 느낀 점은 이 작품이 확실히 특이하고 난해하지만 어느 한 구석도 '소설의 개연성fictional probability'을 어긴 곳이 없다는 사실이다. 이 소설은 이른바 소설의 '막다른 골목dead-end'을 제시한 작품이 아니고 오히려 소설이라는 장르의 지평을 무한히 넓히고, 과감하게 환상을 떨쳐버리고 현대판 휴머니즘의 뿌리를 파고든 용감한 투사의 작품이라고 해야 옳을 것이다.

1931년에 출간된 이 작품은 울프의 아홉 개의 장편 소설 가운데 일곱 번째 작품이다. 이 무렵의 작가는 그 기교면에 있어 이미 완성 단계를 지나 바야흐로 그 묘기를 내보일 수 있는 경지에 다다라 있었다. 따라서 비록 이 작품이 편의상 소설로 분류되고 있기는 하지만 전통적인 소설과는 사뭇 다른 작품이리라는 것을 쉽사리 예견할 수 있다.

이리하여 우리는 이 작품에서 스타일상 기교의 극치를 만나게 된다. 이 묘기는 물론 절대로 묘기를 위한 묘기는 아니다. 이 특이한 스타일은 작가가 작품에서 다루고자 하는 내용에 효과적으로 부합하는 것이다. 다시 말하자면 내용 자체가 이러한 스타일을 요구한다고 하는 편이 더 타당하다고 하겠다. 이 작품에서 그녀는 처음으로 자신의 평론에서 피력한 소설론을 그대로 실천에 옮기고 있다. 그녀가 삶이란 이런 것이라고 생각했던 바의 것을 이 소설에서 비로소 그녀의 방식으로 묘사할 수 있었던 것이다.

처음부터 작가가 이 작품을 독특한 것으로 시도하고 있었다는 사실이 그녀의 일기에도 드러나 있다. 작가는 이 작품이 "산문이면서도 시이고, 소설인 동시에 희곡"이라고 묘사한다. 얼마 후 소설이라는 단어를 아예 빼버리고 "희곡-시"라고 표현하고 있다. 또 다른 곳에서 우리는 "심각하고 신비한 시적 작품"이라는 표현을 만나게 된다.

이 작품의 제목은 처음에는 『나방들 The Moths』이었는데 후에 『파도 The Waves』로 고쳤다. 제목을 바꾼 이유는 『나방들』이라고 하면 삶의 덧없는 측면만이 강조되어 또 다른 측면인 영원성이 들어설 여지가 없기 때문이다. 여기에 비해 파도는 덧없음과 영원성의 개념이 함께 수용될 수 있는 것이어서 삶의 양면성을 표출하기에 적절한 상징이다. 또한 파도는 대단히 시적인 제목으로 한 가지가 아니고 여러 가지 의미를 지니게 되어 신비롭기까지 하다.

우선 이 작품은 구성 면에서 특이한 양상을 띠고 있다. 아홉 개의 섹션으로 구성된 이 소설은 숫자로 장을 표시하는 대신 섹션 사이의 약간의 여백으로 장을 구분하고 있다. 편의상 '섹션'이라는 용어를 쓰고 있지만 비평가에 따라서는 '에피소드'라고 부르기도 하고, '활인화tableau'라고 부르기도 하고, 혹은 '장'이라고 하기도 한다. 각 섹션에는 이탤릭체로 된 '간주interlude'가 붙어 있다. 이 부분의 명칭은 '장간interchapter', '서곡prologue' 등 다양하지만, 작가 자신이 '간주'라고 부르고 있어서 여기서도 그렇게 지칭하겠다.

간주에는 인물이 전혀 등장하지 않고 주로 자연이 산문시로 묘사되어 있다. 그리고 이 부분들을 본문과 예술적으로 연결시키는 작업은 고도로 정교한 상징적인 수법에 의해 이루어진다. 언뜻 보면 간주에서는 태양이 솟아오르기 시작하는 때부터 지는 때까지를 묘사해서, 본문에 등장하는 인물들의 유아기부터 노년기까지의 삶을 그것에 상응시키고 있는 듯하다. 그러나 면밀히 들여다보면 앞에서 언급한 바와 같이 철학적이며 예술적인 여러 층의 의미가 상징적으로 포함되어 있어서 이들의 관계가 단순한 상응 관계 이상임을 곧 알 수 있다. 이 작품의 희곡적인 특성을 고려한다면 간주는 무대 지시 부분으로 볼 수도 있다. 간주와 본문의 관계는 작가가 항상 다루는 인간과 외계와의 관계를 상징적으로 보여준다고 할 수도 있다. 그러니까 작가는 고의적으로, 그리고 대단히 효과적으로 자연의 세계를 여기에 제시하고 있는 것이다. 이 자연계는 인간의 의식이 끼어들 수 없는 맹목적인 사물의 세계로서, 등장인물들이 그들의 세계를 이해해보려는 갖가지 시도에 영원한 적수로 군림하는 막강한 존재이다.

이처럼 이 작품은 작가가 본문에서 묘사하는 인간의 세계와, 간주에서 그리는 인간 밖의 세계로 구성된다. 이 두 세계 사이의 관계에서 울프는 삶의 양상을 제대로 포착해보고자 한 것이다. 또한 간주는 따로 묶어서 단번에 읽을 때 그 본질을 더 잘, 그리고 더 빨리 파악할 수 있다. 작가가 이 소설을 쓸 때에도 간주를 한꺼번에 써서 조각조각 각 섹션에 할당했다고 한다. 중요한 사실은 이 부분들이 본문과 훌륭하게 예술적인 총화를 이루고 있을 뿐만 아니라 본문의 힘을 배가시키고 있다는 점이다. 또한 어떤 의미에서는 이 간주가 오페라의 서곡과 같이 작품의 중요한 모티프를 모두 압축시켜 제시한다고 볼 수도 있다.

간주 다음에 나오는 본문의 형태도 종래의 소설에서 볼 수 있는 것은 아니다. 성姓은 없이 이름만 지닌 여섯 인물이 등장하는데, 그중 셋은 여자(수잔Susan, 지니Jinny, 로우다Rhoda)이고, 나머지 셋은 남자(버나드Bernard, 네빌Neville, 루이스Louis)이다. 그러니까 비슷한 연령의 남녀 여섯 명이 등장하는 셈인데, 이들도 종래의 인물 묘사의 관행에서 본다면 도저히 독립된 인물들이라고 할 수 없다. 또 한 가지 두드러진 특징은 버나드를 제외하고는 인물들이 이야기의 진전에도 불구하고 전혀 변하지 않는다는 사실이다. 굳이 이들의 특징을 밝혀본다면 작가가 버나드의 입을 빌려서 드러내고 있는 바와 같이 각 인물이 한 인간의 각기 다른 측면을 나타내고 있다고 할 수 있다.

피상적으로는 이러한 인물들이 주고받는 대화로 본문이 구성되어 있는 것같이 보인다. 그러나 책을 읽어나가는 동안에 우리는 대화로 보이는 것의 내용이 절대로 인물들이 실제로 주고받을 수 있는 것이 아니라는 것을 알게 된다. 비평가들은 이것을 '내면 독백' 혹은 '목소리'와 같은 명칭으로 부르고 있다. 또 그렇다고 해서 대화를 인물들이 생각하거나 느낀 것을 적어놓은 것이라고도 할 수 없다. 굳이 정의를 내린다면 인물들의 내면생활의 시적 상관물poetic correlative이라고나 할 수 있을까. 그러나 형태상으로는 어디까지나 여섯 인물의 대화로 그려져 있다. "버나드가 말했다" "수잔이 말했다" 하는 식으로. 그러나 인물들은 실제로 서로 말을 주고받는 것이 아니고 단순히 말을 하고 있는 것이다.

이 작품은 여섯 등장인물의 삶을 특이하게, 시적으로 그리고 있다. 등장인물이 여섯이라고 하지만 엄밀한 의미에서는 일곱이다. 열외의 인물이라고 할 수 있는 퍼서벌Percival이라는 특이한 인물이 잠깐 등장했다가 사라지기 때문이다. 그런데 여섯 인물의 물리적인 삶, 즉, 신체적인 성장, 노쇠, 죽음의 현상은 더할 수 없이 가볍게 다뤄진다. 오히려 강세는 이기적인 자아의 손아귀에서 이타적인 이상의 세계가 붕괴되는 현상과, 반대로 자기중심적인 자아를 벗어나 이타적 이상을 성취하는 과정의 묘사에 놓여 있다. 울프는 인간이 물리적인 죽음은 모면할 수 없는 존재이지만 자아를 탈피함으로써 삶의 하루살이성을 초극할 수 있다고 믿고 있다. 다시 말해 그녀는, 인간은 정신적으로는 영원성의 세계에 참여할 수 있는 가능성을 지닌 존재라는 생각을 내내 떨쳐버릴 수 없었던 작가였다.

우선 여섯 인물 가운데 하나이며 이 작품의 주인공이라고 할 수 있고 작가의 대변인이라고 할 수도 있는 버나드를 집중적으로 고찰함으로써 이 작품에 드러난 작가의 인생관과 작가관에 대해 알아보자. 앞에서 언급한 바와 같이 이 작품의 인물묘사가 특이해서 한 인물을 연대순으로 고찰한다는 것은 무의미한 일이다. 그러나 유독 버나드만은 정신적으로 많은 변화를 거쳐 성숙해가는 인물로 그려져 있어서 이 방법을 택하는 것이 효과적이다. 어떤 의미에서 이 작품을 버나드의 성장 소설로 볼 수도 있다. 그리고 엄밀한 의미에서는 버나드가 여섯 인물 중의 한 인물이 아니고 등장인물 모두를 포괄한다고도 볼 수 있기 때문에 이 인물을 집중적으로 고찰하는 것은 등장인물 모두를 고찰하는 것이된다.

이 작품에 등장하는 인물들의 이름 가운데 작가가 특별히 신경을 써서 지은 것은 퍼서벌과 버나드이다. 20세기 작품의 공통적인 특색의 하나는 작가가 작중 인물의 이름을 의도적으로 경시하는 경향이라고 할 수 있다. 예를 들어 프란츠 카프카Franz Kafka는 작품의 주인공에게 K라는 이니셜 하나만을 부여하고 있다. 작가들의 인간관과 무관하다고 할 수 없는 이 작중 인물의 이름을 소홀히 하는 현상은 울프의 작품에서도 두드러지게 드러난다. 그러나 이 작품에서는 퍼서벌과 버나드가 떠안고 있는 예술적인, 그리고 테마상의 무게가 대단히 막중하기 때문에 이들의 이름에는 작가가 의도적으로 신경을 쓰고 있다.

우선 퍼서벌이라는 이름은 듣는 이로 하여금 즉시 중세 아서 왕King Arthur의 전설을 떠올리게 한다. 아서 왕을 모시는 수많은 기사들 가운데 퍼서벌은 단연 으뜸가는 인물로서 순수함의 대명사 같은 인물이다. 퍼서벌의 이야기는 여러 세기에 걸쳐 여러 나라의 언어로 번역되어서 시와 산문, 기독교와 비기독교적 예술 작품의 원천이 되어왔다. 제일 나중에 등장한 작품이 바그너의 오페라 『파르시팔*Parcifal*』(1882)이다. 이와 같이 폭넓게 다루어진 전설 속 주인공의 이름을 작가가 이 작품에서 사용하고 있는 이유는 의심할 여지없이 쩡쩡 울리는 이 이름을 사용하여 이 인물을 통해서 드러낸 주제에 무게를 실어주고 싶었던 것이리라. 이리하여 퍼서벌은 나머지 여섯 인물과는 달리 이름 때문에 신화적이고 상징적인 인물로, 작품 안에서 전혀 말을 하지 않고, 작품 중간에 죽는 것으로 처리되어 있다.

퍼서벌이 이 소설에서 떠맡고 있는 역할은 두 가지 측면에서 살펴볼 수 있다. 첫째는 기술적인 측면인데, 종래의 소설 규범에 의거해서 논한다면 도저히 소설이라는 장르에 넣을 수 없는 이 작품에서 퍼서벌은 여섯 인물을 기술적으로 연결시키는 역할을 한다. 즉, 네 번째 섹션에서 인도로 떠나는 그를 환송하기 위해 등장인물들이 모두 모인다든가, 그의 갑작스러운 죽음을 전하는 비보를 접한 인물들로 하여금 다양한 반응을 보이게 한다든가, 그 후 약 이십 년이 지나서 다시 한번 사람들이 모이게 하는 등의 역할을 한다. 이러한 계기들을 제공함으로써 이 작품이 예술적인 통일성을 지닐 수 있게 한다. 둘째는 주제상의 측면인데, 이 인물은 작가가 끈질기게 추구해 마지않는 이타의 화신으로, 만인이 동경하는 인물로 묘사되어 있다.

퍼서벌 다음으로 중요한 인물은 버나드이다. 버나드는 그의 중요성에 걸맞게 이 작품을 시작하고 끝맺는 인물이다. 뿐만 아니라 다섯 번째와 여섯 번째 섹션을 제외하고는 모든 섹션이 버나드의 말로 시작된다. 다섯 번째 섹션은 퍼서벌과 가장 친했던 네빌의 말로 시작된다. 이는 그가 퍼서벌의 죽음을 누구보다도 견디기 힘들어하기 때문이다. 여섯 번째 섹션은 네빌 다음으로 퍼서벌의 죽음을 애도해 마지않는 루이스가 시작하고 있다. 그리고 퍼서벌이 죽은 후에는 한 섹션에 세 인물씩만 등장한다. 그 전에는 여섯 인물이 모두 등장했었다. 이는 아마도 퍼서벌이 죽은 후에 나머지 인물들의 위축된 심리 상태를 작품의 구성 측면에 이와 같이 드러낸 것이 아닌가 한다.

버나드는 소설가 지망생으로 소개되는데, 버나드라는 이름은 '투사strong warrior'와 '길 잃은 등산가의 수호성자'를 뜻하는 것이어서 종교적으로, 문학적으로 여러 겹의 함축된 의미를 지닌다. 버나드는 소설가로 등장하며, 삶의 진수를 꿰뚫어 볼 수 있는 형안의 소유자이고, 생의 근원적인 물음을 묻는 사람이며, 가장 이해심이 많고(심지어는 성차별의 부당성까지도 간파하는) 넉넉한 인물로 설정이 되어 있다. 그의 글쓰기는 타자에게 다가가고자 하는 그의 간절한 욕망의 표시이다. 그런데 타자에 대한 욕망이란 다름 아닌 사랑을 의미한다. 따라서 우리는 그의 글쓰기를 사랑의 행위라고 볼 수 있는 것이다.

앞에서 언급한 바와 같이 유독 버나드만이 작품의 진전에 따라 성장하고 발전하는 인물로 그려져 있기 때문에 그를 연대순으로 살펴보는 것이 작품 이해에 도움이 된다. 우선 첫 번째 섹션에서는 등장인물들의 유아원 시절을 그리고 있는데, 여기서 이미 버나드는 남달리 호기심이 강하고 항상 남을 위로하려는 아이로 그려져 있다. 그는 대단히 사색적이지만 생활태도나 외양에 있어서는 매우 허술한 아이로 묘사된다. 이미 이 섹션에서부터 그는 타인과의 교류의 필요성을 절감하고 있는 것으로, 그리고 타고난 이야기꾼으로 그려진다.

두 번째 섹션에서 그는 글을 쓰지 않고서는 견디지 못하는 작가의 모습으로 그려져 있다. 세 번째 섹션은 인물들의 나이가 아직 스무 살이 안 된 때를 다루고 있다. 네 번째 섹션에서도 인물들은 채 스물다섯도 안 된 상태에 있으며, 인도로 떠나는 퍼서벌을 환송하기 위해서 런던의 한 식당에 모인다. 이때 버나드는 약혼한 상태이고 세상살이에도 어느 정도 적응이 되어 매일 기계적으로 살아가고 있다. 그럼에도 불구하고 이때에도 그는 자아의 질곡을 벗어나는 순간을 갈망하고 있는 모습으로 나타난다. 그는 완전한 몰아의 경지에서 인생을 관조하고 싶은 욕구를 수시로 느낀다. 때로는 일상적인 삶의 테두리를 벗어나서 무아의 세계에 침잠하여 전 우주를 포용할 수 있는 큰 사랑을 마음속에 충전해야 한다고 느낀다.

버나드를 통해서 드러난 울프의 작가관은 그녀의 소설 형식과는 대조적으로 대단히 전통적이다. 그것은 작가를 선지자로 간주하려는 낭만적인 것이다. 20세기 작가들, 특히 울프가 중심이 되었던 블룸즈버리 그룹의 공통 견해이기도 한 예술 지상주의 정신이 그녀의 작품에도 드러나 있다. 이전에 종교가 맡았던 역할을 현대에는 예술가들이 떠맡아야 한다는 생각이 바로 그것이다.

다섯 번째 섹션은 인도로 떠난 퍼서벌이 어처구니없게도 낙마 사고로 죽었다는 비보를 접한 나머지 인물들이 각기 보이는 반응으로 구성되어 있다. 퍼서벌의 죽음에 대해서는 여러 가지 해석이 가능하겠지만, 한마디로 말해 삶의 부조리성을 상징적으로 드러내는 것이라고 할 수 있다. 이 소설에서 가장 중요한 사건, 우주의 피할 길 없는 무질서를 상징하는 사건이 바로 퍼서벌의 죽음이다. 겉으로 보기에는 작고 평범한 일 — 말에서 떨어지는 것 — 을 예견할 수도 피할 수도 없는 것이다.

여섯 번째 섹션에 이르면 인물들은 서른을 넘게 된다. 일곱 번째 섹션에서 버나드는 영원의 도시 로마로 가는 기차표를 산다. 이 섹션에서 소위 '이피퍼니epiphany', 즉, '생의 비전을 획득하는 고귀한 순간'이라고 불릴 수 있는 순간이 번뜩이는 물고기 지느러미의 모양을 빌려 묘사된다. 여덟 번째 섹션에서 버나드는 자기가 이제는 중년의 남자라고 말한다. 이 섹션에서 여섯 인물이 마지막으로 다시 한번 모인다.

마지막 아홉 번째 섹션은 전적으로 버나드에게 주어져서 그가 모든 등장인물의 삶을 요약 정리하게 된다. 이 섹션에서 버나드는 가상의 인물(아프리카로 가는 배에서 만난 적이 있는 사람)을 상대로 등장인물들의 삶을 요약하고 그 삶에 의미를 부여한다.

이 가상의 인물은 버나드의 분신으로 보아도 무방하다. 이때쯤에는 세속적인 욕망이나 호기심은 모두 사라졌는데도 하나의 새로운 욕망이 솟구쳐 올라오는데, 그것은 다름 아닌 죽음에 대한 투쟁욕이다. 이와 같이 힘차게 죽음에 도전하는 투사의 모습을 한 버나드의 섹션은 일단 끝나는데, 약간의 여백을 두고 이탤릭체로 "파도는 해변에 부서졌다"라는 한 줄의 문장이 등장하고 작품은 끝난다.

울프의 마지막 소설 『막간Between the Acts』의 끝 문장이 그렇듯이 이 한 줄의 문장도 형태상으로 어떻게 취급할 것이며, 또 그 의미는 무엇인가에 대하여 비평가들 사이에 의견이 엇갈린다. 우선 형태상으로 볼 때 단지 한 줄에 불과하지만 아홉 번째 섹션과는 떨어져 있고, 또 다른 섹션의 간주와 마찬가지로 이탤릭체로 되어 있기 때문에 또 하나의 간주로 보아야 할 것 같다. 이 섹션이 한 줄이어야만 하는 예술적 정당성을 우리는 죽음에는 이야기가 없다는 사실에서 찾을 수 있다. 자각의 빛이 사라지면 언어도 사라지는 것이다.

문제는 이 한 줄 문장의 의미이다. 버나드가 기운차게 죽음에 도전하고 나서는데 인간에게 무관심과 잔혹성을 보여온 자연의 묘사가 딱 한 줄 등장함으로써 버나드의 도전의 무의미성과 그의 결정적인 패배를 암시하는 것이라는 단순한 해석이 사실상 가능하다. 그러나 다른 한편으로 도전의 대상은 막강한 존재이고, 역설적이지만 그렇기 때문에 도전의 의미가 있는 것이라고 생각할 수도 있다. 투사라는 뜻의 이름을 버나드에게 준 작가의 의도도 이에 부응하는 것이라고 생각된다. 적수가 만만치 않아야 투사가 존재하게 되는 것이다. 이때에는 부정적인 자아의 세계에서 독버섯처럼 돋아나는 갖가지 환상이 제거된 상태, 다시 말해

거의 퍼서벌의 상태에 다다른 버나드가 마침내 사물의 본질을 있는 그대로 볼 수 있는 경지에 이른 사실을 작가가 보여준다.

물론 이 작품의 인물들이 절대로 독립된 인물이 아니고, 설사 그들이 한 인간의 각기 다른 측면을 드러내고 있는 존재들이라고 하더라도, 최소한의 변별이 가능한 특징은 가지고 있다. 이것이 이들 인물묘사의 묘미라고 할 수 있다. 그런 의미에서 아직 언급하지 않은 세 명의 여성 인물의 존재도 나름대로 의미를 갖는다. 그들 가운데는 단연 수잔이 가장 큰 비중을 차지한다. 그녀는 가부장 사회에서 타고난 능력과 야망을 모두 가슴에 묻은 채 여성에게 허용하는 유일한 문인 결혼의 문을 두드려서 아들딸을 많이 낳고 평범하게 사는 여인으로 등장한다. 그러나 그녀의 채워지지 않는 욕망, 낭비된 인생에 대한 분노가 간간이 화산처럼 폭발하곤 하는 것으로 작가는 그려놓았다.

수잔은 비록 가부장 사회의 제물이기는 하지만, 그래도 매우 건실하고 자연과 가까운, 대단히 비옥한 여인으로 부각되고 있는데 비해 지니는 그렇지 못하다. 지니는 가부장사회에 수잔만큼도 적응하지 못하는 여성의 비극적인 전형을 보여준다. 가부장 사회가 여성에게 허용하는 또 다른 길은 지니가 걸어간 창녀의 길이다. 아마도 문학사상 창녀의 생활을 이렇게 시적으로 아름답게 그린 예는 없을 성싶게 색깔의 상징(초록, 금색 등)을 써가면서, 본질적으로 아름답지 않은 것을 아름답게 그려서 그 비극적 효과를 배가시키고 있다. 창녀의 길을 택한 여성의 비참함, 특히 생활 수단인 육체가 늙어가면서 고조되는 참담함이 유감없이 묘사되어 있다.

수잔처럼 결혼도 하지 못하고, 그렇다고 지니처럼 창녀의 소질도 없으며, 대단히 심약하고, 지독하게 내성적인 로우다의 경우는 한층 더 비극적이다. 사회에 적응하지 못하고, 항상 두려움에 떨며, 극도로 소외되어 정신이상자가 되다시피 하는 그녀는 결국 자살로 생을 마감한다. 로우다는 어쩌면 작가의 분신일 가능성도 배제할 수 없다.

여태껏 언급되지 않은 남자 등장인물인 루이스는 호주 억양 때문에 상류 사회에 낄 수 없는 콤플렉스를 지니고 고통스럽게 살아가는 인물이다. 그러나 이 고통은 수잔, 지니, 그리고 로우다가 겪는 것에 비하면 하찮은 것이다. 그는 야망의 노예인데, 바로 이것이 그의 원한의 원천이다. 그는 퍼서벌과 정반대되는 인물이다.

마지막으로 시인으로 등장하는 네빌은 다른 어떤 인물보다도 처지는 인물이다. 인간으로서의 치수나 시인으로서의 자질이 버나드에 가까이 못 미치지만 그래도 남성으로 태어난 덕에 아류나마 시인이 되어 본인이 하고 싶은 창작업에 종사할 수 있었던 행운아이다.

시가 그러하듯이 이 소설의 생명은 이 작품이 지니고 있는 풍부한 시사성이라고 할 수 있다. 문장은 때로는 예리하고, 또 때로는 몽상과도 같이 유연하게 인간 내면생활의 리듬을 표출한다. 무엇보다 중요한 것은 이미지가 축적되어 작품에 무게와 농도를 더한다는 점이다. 이 축적에 의해 이루어진 풍성함은 이 작품을 되풀이해서 여러 번 읽어나가는 동안에만 완전히, 그리고 분명하게 그 모습을 드러낸다. 그러나 그때에도 독자의 적극적인 참여를 요구한다. 기게Jean Guiguet는 이것이 모든 위대한 작품의 특징이 아니겠느냐며 인간의 대인관계와 마찬가지로 작품도 오랫동안 친밀히 지낸 후에야 비로소 제대로 알게 된다고 말한다. 기게의 지적은 이 작품에 딱 들어맞는 말이다.

이제 우리는 처음으로 되돌아가서 어찌하여 이 작품이 이토록 특이하고 난해할 수밖에 없는가에 관해 생각해보아야겠다. 해답은 이 작품이 우리의 머리나 가슴이 아니라 영혼을 담아내고자 한 작품이었기 때문이라는 것이다. 담아내야 할 내용물이 원천적으로 다르기 때문에 종래의 소설이라는 그릇은 쓸모가 없었던 것이다. 내용에 알맞은 그릇의 모색이라는, 일찍이 아무도 시도하지 않은 작업을 끝내 해낸 작가는 자신을 존경하기에 이르고 독자는 아직은 어리둥절한 가운데서도 신선한 충격에 경외와 환희를 느끼는 것이다.

　　이 작품을 번역하는 과정은 고문과 환희가 교차하는 긴 여정이었다. 이 작품의 심오한 주제와 아름다운 의상이 번역 과정에서 그리 많이 손상되지 않았기를 바란다.

2004년 초여름에
박희진

버지니아 울프 연보

1882년	1월 25일, 런던 켄싱턴에서 출생.
1895년	5월 5일, 어머니 사망. 이해 여름에 신경증 증세 보임.
1899년	'한밤중의 모임Midnight Society'을 통해 리튼 스트레이치, 레너드 울프, 클라이브 벨 등과 친교를 맺음.
1904년	아버지, 레슬리 스티븐 사망. 5월 10일, 두 번째 신경증 증세 보임. 이 층 창문에서 투신자살을 시도하나 미수에 그침. 10월, 스티븐 가의 네 남매, 토비, 바네사, 버지니아, 에이드리안은 아버지의 빅토리아 시대를 상징하는 하이드 파크 게이트를 떠나 블룸즈버리로 이사함. 12월 14일, 서평이 『가디언*The Guardian*』에 무명으로 실림.
1905년	3월 1일, 네 남매가 블룸즈버리에서 **파티를 열면서** 이후 '블룸즈버리 그룹Bloomsbury Group'이라는 예술가들의 사교적인 모임을 탄생시킴. 정신 질환 앓음. 네 남매가 함께 대륙 여행을 함. 근로자들을 위한 야간 대학에서 가르침. 『타임스*The Times*』의 문예 부록에 글을 실음.
1906년	오빠인 토비가 함께했던 그리스 여행에서 돌아온 후 장티푸스로 사망.
1907년	블룸즈버리 그룹을 통해 덩컨 그랜트, J. M. 케인스, 데스몬드 매카시 등과 친교를 맺음.

1908년	후에 『출항 *The Voyage Out*』으로 개명된 『멜림브로지어』를 백 장가량 씀.
1909년	리튼 스트레이치가 구혼했으나, 결혼이 성사되지 않음.
1910년	1월 10일, 변장을 하고 에티오피아 황제 일행이라 사칭하고 전함 드레드노트 호에 탔다가 신문 기삿거리가 됨. 7~8월, 요양소에서 휴양. 11~12월, 여성 해방 운동에 참가.
1911년	4월, 『멜림브로지어』를 8장까지 씀.
1912년	1월 11일, 레너드 울프가 구혼함. 5월 29일, 구혼을 받아들여 8월 10일 결혼.
1913년	1월, 전문가로부터 아기를 낳는 것이 건강에 좋지 않다는 진단 결과를 들음. 7월, 『출항』 완성. 9월 9일, 수면제 백 알을 먹고 자살 기도.
1914년	8월 4일, 제1차 세계대전 발발. 리치몬드의 호가스 하우스로 이사.
1915년	최초의 장편소설 『출항』을 이복 오빠가 경영하는 덕워스 출판사에서 출간.
1917년	수동 인쇄기를 구입하여 7월에 부부가 각기 이야기 한 편씩을 실은 『두 편의 이야기 *Two Stories*』를 출간.
1918년	**3월**, 두 번째 장편 『밤과 낮 *Night and Day*』 탈고. 몽크스 하우스를 빌려 서재로 사용.
1920년	7월, 단편 「쒸어지지 않은 소설 An Unwritten Novel」 발표. 10월, 단편 「단단한 물체들 Solid Objects」 발표, 『제이콥의 방 *Jacob's Room*』 집필.
1921년	3월, 실험적 단편집 『월요일 아니면 화요일 *Monday or Tuesday*』을 호가스 출판사에서 출간. 「유령의 집 A Haunted House」, 「현악 사중주 The String Quartet」, 「어떤 연구회 A Society」, 「청색과 녹색 Blue and Green」

등이 수록됨. 11월 14일, 세 번째 장편 『제이콥의 방』 완성.

1922년	심장병과 결핵 진단을 받음. 9월에 단편 「본드 가의 댈러웨이 부인Mrs Dalloway in Bond Street」을 씀. 10월 27일, 『제이콥의 방』 출간.
1923년	진행 중인 장편 『댈러웨이 부인Mrs Dalloway』을 『시간들The Hours』로 가칭함.
1924년	5월, 케임브리지의 '이단자회'에서 현대 소설에 대해 강연. 그 원고를 정리한 『베넷 씨와 브라운 부인Mr Bennet and Mrs Brown』을 10월 30일에 출간. 『댈러웨이 부인』 완성.
1925년	5월, 『댈러웨이 부인』 출간. 장편 『등대로To the Lighthouse』 구상, 장편 『올랜도Orlando』 계획.
1927년	1월 14일, 『등대로』 출간. 5월에 단편 「새 옷The New Dress」 발표.
1928년	1월, 단편 「슬레이터네 핀은 끝이 무뎌Slater's Pins Have No Points」 발표. 3월, 『올랜도』 탈고. 4월에 페미나Femina상 수상 소식 들음.
1929년	3월, 강연 내용을 보필한 『여성과 소설Woman and Fiction』 완성. 10월에 『여성과 소설』을 『자기만의 방A Room of One's Own』으로 개명하여 출간. 12월에 단편 「거울 속의 여인: 반영The Lady in the Looking-Glass: A Reflection」 발표.
1931년	『파도The Waves』 출간.
1933년	1월, 『플러쉬Flush』 탈고.
1937년	3월 15일, 장편 『세월The Years』 출간.
1938년	1월 9일, 『3기니Three Guineas』 완성. 4월, 단편 「공작부인과 보석상The Dutchess and the Jeweller」 발표, 20년

전의 단편 「라빵과 라뻬노바Lappin and Lapinova」 개필.

1939년   리버풀 대학에서 명예박사 학위를 수여하려 했으나 사양함. 9월, 독일의 침공, 런던에 첫 공습이 있었음.

1940년   8~9월, 런던에 거의 매일 공습이 있었음. 10월 7일, 런던 집이 불탐.

1941년   2월, 『막간Between the Acts』 완성. 3월 28일 오전 11시경, 우즈 강가의 둑으로 산책을 나간 채 돌아오지 않음. 강가에 지팡이가, 진흙 바닥에 신발 자국이 있었음. 이틀 뒤에 시체 발견. 오랫동안의 정신 집중에서 갑자기 해방된 데서 오는 허탈감과 재차 신경 발작과 환청이 올 것에 대한 공포 등이 자살 원인이라고 추측함. 7월 17일, 유작 『막간』 출간.

옮긴이 **박희진**

서울대학교 영문과와 동 대학원을 졸업하고 미국 인디애나대학교에서 박사 학위를
받았다. 논문집으로 「The Search beneath Appearances: The Novels of Virginia Woolf and
Nathalie Sarraute」, 역서로 『의혹의 시대』『잘려진 머리』『영문학사』『등대로』『파도』
『올랜도』『상징주의』『다다와 초현실주의』『어느 작가의 일기』 등, 저서로 『버지니어
울프 연구』『페미니즘 시각에서 영미소설 읽기』『그런데도 못 다한 말』이 있다. 현재
서울대학교 명예교수이다.

버지니아 울프 전집 2

파도 The Waves

1판 1쇄 발행	2019년 4월 15일
1판 4쇄 발행	2024년 6월 21일
지은이	버지니아 울프
옮긴이	박희진
펴낸이	임양묵
펴낸곳	솔출판사
편집	윤정빈 임윤영
경영관리	박현주
주소	서울시 마포구 와우산로29가길 80(서교동)
전화	02-332-1526
팩스	02-332-1529
블로그	blog.naver.com/sol_book
이메일	solbook@solbook.co.kr
출판등록	1990년 9월 15일 제10-420호

© 박희진, 2004

ISBN	979-11-6020-074-4	(04840)
	979-11-6020-072-0	(세트)

• 잘못된 책은 구입한 곳에서 바꿔드립니다.
• 책값은 뒤표지에 표시되어 있습니다.